Herbert Schida

Ein Thüringer als Amtmann

Ein historischer Roman aus
der Völkerwanderungszeit

AF221084

Herbert Schida

Ein Thüringer als Amtmann

Ein historischer Roman aus
der Völkerwanderungszeit

Bibliografische Information der Deutschen Nationalbibliothek:
Die Deutsche Nationalbibliothek verzeichnet diese Publikation in
der Deutschen Nationalbibliografie; detaillierte bibliografische
Daten sind im Internet über http://dnb.de abrufbar.

Band 5 der Thüringen-Saga

© Herbert Schida, Wien 2020
Cover und Bilder: Herbert Schida, www.schida.net
Lektorat: Ursula und Heinrich Jung
Korrektorat: Reinhild Schida, Manuela Taudes
Herstellung und Verlag: BoD – Books on Demand, Norderstedt

ISBN: 978-3-7519-9564-1

Thüringer Provinzen im Frankenreich um 537

1. Zu Hause angekommen
Im Herbstmond (September) 535

Hartwig ritt in Begleitung des Pferdeknechtes Erich und seines fränkischen Verwalters Lucius, hinaus zu den Weiden. Lucius begleitete ihn von Mons bis in den Elbkniegau. Er ist der Verwalter seiner fränkischen Grafschaft, die er von König Theudebert als Erblehen erhielt.

Von weitem sahen sie eine größere Herde, die keine Anstalten machte, wegzulaufen. Die Tiere waren an Menschen und besonders an den Pferdeknecht gewöhnt. Er pfiff nach ihnen und eine Stute kam auf die Gruppe der Reiter zu. Die anderen folgten ihr zögerlich.

„Sie sind nicht scheu", sagte Hartwig anerkennend zu Erich.

„Ich bringe ihnen jeden Tag ein paar Salzsteine mit. Das haben sie sich gemerkt."

Hartwig und Lucius betrachteten die Tiere sachkundig. Sie waren gut genährt. Ihr Fell war glatt und glänzend von silberweißer Farbe. Bei den Fohlen konnten sie schon die Merkmale der eingekreuzten leichteren Pferderasse aus dem südlichen Frankenreich erkennen. Sie hatten keinen ausgeprägten Ramskopf und waren etwas schlanker als die reinrassigen Thüringer Pferde. Gern hätte der Verwalter noch länger verweilt, aber Hartwig wollte ihm die Götterburg auf der Insel zeigen, die sein Schwiegervater Weibel bauen ließ.

Die Burg strahlte im Glanz der Nachmittagssonne. Sie setzten sich am Ufer ins Gras und genossen für eine Weile den prachtvollen Anblick. Es war zu spät, um mit dem Boot hinüber zu rudern. Den Besuch verschoben sie auf den nächsten Tag und kehrten zum Gutshof zurück. Dort standen noch die voll beladenen Planwagen mit Getreide, die er aus seiner südfränkischen Grafschaft mitgebracht hatte. Auf seiner Heimreise führte er eine Gesandtschaft der Langobarden zum König Theudebert. Er hielt sich in Cabrieres auf. Seine Grafschaft lag nur einen Tagesritt entfernt. Von der anhaltenden Dürre in Thüringen und schlechten Ernte, hatte er in Metz erfahren. Deshalb entschloss er sich, Getreide mit nach Hause zu bringen.

Die fränkischen Fuhrleute hatten sich von der anstrengenden Reise schnell erholt und saßen gemütlich unter einer Ulme inmitten des Hofes. Ursula, die Freundin von Elke, hatte ihnen Bier gebracht und mit Vorsicht genossen sie das berauschende Getränk. Die Kinder wichen nicht von der Seite der Franken und versuchten unermüdlich, sich mit ihnen zu verständigen. Elke und Ursula bereiteten ein Festessen für den Abend vor, um die Heimkehr von Hartwig gebührend zu feiern.

Godwin, ein Cousin von Elke, war am frühen Morgen zur Siedlung des Gaugrafen Weibel geritten, um ihn und die ganze Familie einzuladen.

Auf Hartwigs Hof roch es nach Bratenfleisch von den Grillplätzen. An den Spießen schmorten zwei Schafe und ein Hausschwein. Die fränkischen Fuhrleute halfen bei den Vorbereitungen fleißig mit.

Hartwig setzte sich auf die Bank unter der Ulme und musste den Kindern von seinen Erlebnissen in der Fremde erzählen. Eine Frage folgte der anderen. Sein ältester Sohn wollte mehr von der Grafschaft seines Vaters im Frankenreich erfahren und wie er die Pferderäuber besiegte. Hartwig freute sich über sein Interesse und dachte daran, dass er vielleicht einmal dorthin auswandern und seinen Platz als Graf einnehmen könnte. Ob er dazu bereit wäre, seine Heimat zu verlassen? Nur die Nornen wussten es, doch sie würden ihm die Zukunft nicht verraten. Die weisen Frauen gaben keinem ihr Wissen preis. Selbst Odin hatte öfter versucht, von ihnen die Zukunft zu erfahren, doch sie schwiegen beharrlich.

Am frühen Abend trafen sein Schwiegervater Weibel und viele aus seiner Sippe auf dem Hof ein. Weibel umschlang Hartwig mit seinen großen Armen und drückte ihn an die Brust. Er war für ihn, wie ein eigener Sohn und musste ihn lange Zeit missen. Vor innerer Rührung brachte der alte, noch sehr rüstige Mann, kein Wort heraus. Er ging ins Haus und suchte nach seiner Tochter Elke, die sich in der Küche aufhielt und Brot buk.

Hartwig wurde von den Neuankömmlingen unter Beschlag genommen. Sie setzten sich zu ihm und er musste von seiner Reise erzählen. Weibel kam zurück auf den Hof. Er hatte offenbar die Stimme wiedergefunden und Hartwig musste seine Reisegeschichte von neuem beginnen. Wer am vorigen Abend bereits alles gehört hatte, langweilte sich trotzdem nicht. Die meisten konnten nicht begreifen, worüber er berichtete. Es war die Beschreibung einer Welt, die sie nicht kannten. Häuser aus Steinen zum Wohnen und große Kirchen für den christlichen Gott, hatten sie noch nie gesehen.

Um sich etwas Luft zu verschaffen, fragte Hartwig seinen Schwiegervater, was es Neues in der Heimat gab. Er fing gern an, zu erzählen.

Das Wichtigste war die Missernte durch die anhaltende Trockenheit im letzten Jahr und die darauffolgende Hungersnot im Winter. Im Frühling und Sommer fiel kaum Regen und es wuchs die Sorge, den Winter nicht zu überstehen. Vor allem an Saatgut mangelte es. Fleisch hatten sie genug.

Hartwig zeigte seinem Schwiegervater die Wagen mit dem Getreide. Ein Drittel des Korns überließ er ihm und bei allen war die Freude groß. Nun mussten sie im Winter nicht hungern und hatten genügend für die Aussaat im Frühjahr. Er dankte dem fränkischen Verwalter Lucius und seinen Knechten, dass sie die Wagen bis hierher geführt hatten. Mit seinem tönernen Humpen prostete er ihnen zu. Die Franken waren Weintrinker und nippten nur zögerlich an ihren Bechern. Erst als sie aufgefordert wurden, gleichsam mitzuhalten, kniffen sie die Augen zu und schluckten den Inhalt hinunter. Je mehr sie tranken, umso besser schien ihnen das Bier zu schmecken und bald gewöhnten sie sich daran.

Das Fleisch vom Spieß wurde verteilt und gekochtes Gemüse dazu gereicht. Für viele gab es erstmals wieder Brot von dem Getreide, das Hartwig aus dem Frankenreich mitgebracht hatte. Es wurde in kleine Stücke gerissen, damit auch jeder von dieser Kostbarkeit etwas bekam.

Elke war glücklich, dass viele von ihrer Sippe gekommen waren. Es zeigte, welches große Ansehen sie und ihr Mann im Elbkniegau besaßen. Mit dem Geschenk des Getreides hatte Hartwig der Gemeinschaft einen großen Dienst erwiesen und man würde lange darüber sprechen.

Edmund und Godwin, die beiden Söhne von Elkes Tante Ortrun, hatten das Nachtlager für die Gäste in den Pferdeställen und der Scheune hergerichtet. Die Verwandten legten sich vor Mitternacht ins Heu. Nur wenige feste Trinker saßen noch am Tisch und prosteten sich unentwegt zu. Darunter waren Hartwig, sein Verwalter Lucius, Weibel und der Pferdeknecht Erich.

Der Gaugraf versprach, sie am nächsten Morgen selbst durch die Götterburg zu führen. Das viele Bier zeigte seine Wirkung. Weibel brachte nur noch ein paar unverständliche Worte heraus und rutschte bald von seinem Hocker. An Ort und Stelle schliefen die Zecher ein.

Am Morgen begann das böse Erwachen für die Franken, die dem Bier gut zugesprochen hatten. Kopfweh plagte sie. Einige wollten liegen bleiben und sterben. Keiner verspottete die Männer und die Kinder ließen sie in Ruhe. Weibel und der Verwalter hatten ebenso Probleme. Deshalb ritten sie erst gegen Mittag los, um sich die Götterburg anzusehen.

Der Weg bis zum See war nicht weit. Er ging im Bogen durch den Wald und mündete auf einer großen Wiese, von der die Götterburg gut zu sehen war. Sie nahm die große Insel voll ein. Eine kleine Insel tangierte sie. Auf ihr standen nur wenige Bäume und Wohnhütten. Als sie das Ufer erreichten, rief Weibel hinüber zur Tempelinsel. Es dauerte eine Weile, bis man ihn hörte und jemand ein großes Boot zum Ufer sandte. Die Männer führten ihre Pferde in eine kleine Koppel am Seeufer und ließen sie dort grasen.

Der Bootsmann ruderte sie gemächlich zur Insel hinüber und half ihnen beim Aussteigen.

„Wo ist der Baumeister?", wollte Weibel wissen.

„Der ist heute im Steinbruch auf der anderen Seite des Sees."

Weibel schien es nicht zu stören, dass er nicht da war. Es gab ihm die Möglichkeit, die bauliche Anlage selbst zu erklären.

„Ich werde euch führen", meinte der Gaugraf und schritt zur Mitte des Hofes.

„Von hier aus könnt ihr das Ganze am besten überblicken."

„Es sieht aus, als wäre alles fertig!", bemerkte Hartwig erfreut.

„Die Statuen der Götter im Innenhof fehlen noch und der Übergang zu der zweiten kleinen Insel, auf der die Bauleute leben, muss fertiggestellt werden."

„Das ist nicht mehr viel."

„Es zieht sich leider hin, da mir die Leute fehlen. Der fränkische Amtmann hat den Männern im Süden Land gegeben. Deshalb sind viele Bauleute weggezogen."

„Hast du ihnen nicht auch Boden versprochen, wenn sie mit der Arbeit fertig sind?"

„Sie wollten nicht so lange warten und sind einfach gegangen."

Lucius betrachtete interessiert den Tempelbau. Er hätte gern mehr darüber gewusst, doch zu Fragen traute er sich kaum, da Hartwig ihm jedes Mal übersetzten musste. Da Lucius nicht thüringisch verstand, konnte Hartwig seinem Schwiegervater auch Fragen stellen, die das Zusammenleben mit den Franken betrafen.

„Wie geht es euch unter der fränkischen Herrschaft?", wollte er von Weibel wissen.

„Seit dem Winter ist es besser geworden. Als die Slawen im letzten Jahr noch gegen die Franken kämpften, war es nicht gut. Sie haben sich nun mit ihnen geeinigt und dürfen sich zwischen der Saale und Elbe ansiedeln. Jetzt ist Ruhe eingekehrt!"

„Wie ich hörte, hat man dich als Gaugraf im Amt belassen."

„In den meisten Gauen wurden die alten Gaugrafen bestätigt. Nur entlang der Elbe haben sie überall Königsgüter eingerichtet und fränkische Verwalter eingesetzt. Über allen steht die Verwaltung für die Thüringer

Ostprovinz in Gizpiel. Es ist das ehemalige Thüringer Königsguts, wo König Herminafrid noch bis zu seinem Tod regierte."

„Wie kommen unsere Landsleute mit den Franken aus?"

„Das ist unterschiedlich. Viele haben den Glauben an ein Thüringer Königreich verloren und machen mit ihnen gemeinsame Sache, andere warten ab und dann gibt es welche, die den Franken die Stirn bieten."

„Zu welcher Gruppe zählst du?", wollte Hartwig von seinem Schwiegervater wissen.

„Ich weiß es selbst nicht. Vielleicht gehöre ich zu denen, die abwarten. Es hängt davon ab, wie sie sich uns gegenüber verhalten. Ärger gibt es in manchen Gauen mit den Abgaben an die Zentralverwaltung. Jeder freie Bauer muss ein Schwein im Herbst abliefern. Sie nennen es Schweinesteuer. So etwas hat es noch nie gegeben und alle sind aufgebracht."

„Du hast früher auch dem König für die Nutzung von Königsland Abgaben entrichten müssen."

„Das ist etwas ganz anderes. Das war für unseren König und nicht für eine fremde Macht."

„Abgaben sind Abgaben und wer nicht viel hat, der leidet darunter, ganz gleich an wen sie gehen", bemerkte Hartwig.

„Ich denke, dass uns die Franken mit der Schweinesteuer nur demütigen wollen. Sie ziehen im Herbst durchs Land und sammeln die Schweine ein. Damit zeigen sie, wer die Herren im Land sind."

Die Männer gingen weiter und betrachteten die Statuen.

„Ich werde euch jetzt mein Abbild zeigen", sagte Weibel großspurig.

„Dein Pferdeknecht hat das Standbild erschaffen als er noch hier arbeitete und ich bin gut zu erkennen."

Er stellte sich neben eine der Steinfiguren.

„Was sagt ihr dazu?"

„Großartig getroffen. Nun bist du als Gott verewigt."
Weibel strahlte über das ganze Gesicht.

„Ich muss euch noch etwas Besonderes zeigen."
Er lief eilig zu der nächsten Figur. Die Statue sollte
Odins Sohn Balder darstellen.

„Stell dich mal daneben Hartwig", sprach er aufgeregt. Hartwig tat ihm den Gefallen. Die anderen sahen
einmal verblüfft zu dem steinernen Bildnis und dann
wieder zu Hartwig. Der Vergleich war eindeutig.

„Das ist erstaunlich", meinte Weibel, „wie dich der
Steinmetz getroffen hat."
Die anderen schienen der gleichen Meinung zu sein und
nickten bestätigend.

„Wer war der Künstler?", wollte Hartwig wissen.

„Dein Pferdeknecht Erich war es!"

„Er wollte doch nur dich in Stein meißeln", entgegnete Hartwig überrascht.

„Ja! Aber er konnte danach nicht aufhören und musste Gott Balder mit deinem Gesicht schaffen. Erst jetzt
sehe ich, wie gut er das gemacht hat."
Verlegen kratzte sich Erich am Kopf.
Hartwig erklärte seinem Verwalter auf Fränkisch in
kurzen Worten, was zu sehen war und wozu das Bauwerk dienen sollte. Die Priester sollen in der großen
Halle und dem durch Säulen eingefassten Hof, Zeremo-
nien zu Ehren der germanischen Götter abhalten können. Die Anlage beeindruckte durch die solide Ausfüh-
rung. In ganz Thüringen gab es kein vergleichbares
Bauwerk. Es ließ sich nur mit den römischen oder grie-
chischen Tempeln ein wenig vergleichen. Sie stiegen auf
die Empore und genossen den Blick über den See.

Ein Ruderboot war zu sehen, das auf die Insel zukam. Einen großen Steinquader konnten sie erkennen und mehrere Männer. Das Boot erreichte die Anlegestelle. Der Steinbrocken wurde mit einem hölzernen Baukran vom Boot gehoben und auf einem Karren abgesetzt. Alle Männer, die im Hof an Figuren arbeiteten, halfen den Block bis zu seinem Aufstellungsort zu ziehen.

Unter den Bootsleuten war der Baumeister, der Weibel von weitem erkannte und zu ihm ging. Er war erfreut, dass Hartwig wieder da war und lud die Besucher zu sich auf einen Humpen Bier ein.

Die Männer unterhielten sich über die noch offenen Arbeiten. Der Baumeister wollte gern vor Wintereinbruch in seine Heimat, jenseits der Werra, zurückkreisen und trieb die Leute zur Eile an. Deswegen hatten möglicherweise viele die Baustelle verlassen. Sie waren freiwillig hierhergekommen und arbeiteten für einen geringen Lohn. Zu spät erkannte es der Baumeister und hatte nun das Nachsehen. Da jetzt die Franken im Land waren und das Sagen hatten, hätte er auch ohne das Einverständnis von Weibel in seine Heimat reisen können. Er hatte zu Beginn des Baus dem Gaugrafen versprochen, den Tempel für ihn zu errichten. Wortbrüchig wollte er nicht werden. Sein Herr hatte ihm einst das Leben gerettet und dafür war er ihm dankbar.

Lange wollte Weibel nicht bleiben. Er hatte das Gefühl, den Baumeister aufzuhalten. Sie verabschiedeten sich und ritten zurück in die Siedlung.

Am nächsten Tag zog der Gaugraf mit seiner Sippe und den Getreidewagen nach Hause. Er wollte das Korn nicht geschenkt haben, und bot seinem Schwiegersohn an, es gegen Pferde zu tauschen. Hartwig war nach langem Widerstreben einverstanden. Er begleitete Weibel mit seinem fränkischen Verwalter Lucius auf dessen Gut. Für den Franken war es interessant, eine große Thüringer Siedlung zu sehen. Das Langhaus des Gaugrafen dominierte die Anlage. Verteilt davon befanden sich schilfgedeckte Häuser zum Wohnen für das Gesinde sowie die Stallungen und Speicher für Getreide und Heu. Weibels Anwesen war etwa viermal größer, wie das von Hartwig und es lebten viel mehr Menschen dort. Die Sklaven, Knechte und Mägde, verrichteten die Feldarbeit und kümmerten sich um das Vieh. Neben seiner Pferdezucht, die nur einen kleinen Teil ausmachte, hatte er große Rinderherden, die auf den ausgedehnten Weiden den ganzen Tag über grasten. Frühs und abends fuhren die Mägde zu den Sammelstellen und melkten die Kühe. Daraus wurde Butter und Käse gemacht.

Auf ausgewählten Ackerflächen baute Weibel Hülsenfrüchte, Gemüse und Getreide an. Er wechselte jährlich die Frucht und hatte damit gute Erfolge erzielt. Gespannt war er, wie sich das Korn aus dem Frankenland bei ihm entwickeln würde. Das Klima war hier viel rauer als im südlichen Frankenreich.

Weibel erzählte Hartwig, dass er etwas Neues ausprobieren wollte. In der Nähe seines Gehöftes beabsichtigte er, zwei Felder zu pflügen. Auf dem einen sollte schon im Herbst und auf dem anderen erst im Frühjahr das gleiche Getreide ausgesät werden. Es interessierte ihn, ob die aufgekeimte Saat den Winter überstehen würde und auf welchem Feld höhere Erträge erreicht werden könnten. Mit solchen Versuchen und mit dem Ziehen von ertragreichen und widerstandsfähigen Gemüsesorten beschäftigte er sich gern. Seine Töchter und der

Schwiegersohn, der Ehemann der ältesten Tochter Adelheit, unterstützten ihn dabei.

Nach einer kurzen Mahlzeit ritten sie zu den Pferdeweiden.

„Such dir selbst die Tiere aus, die ich dir für das Getreide eintausche", sprach er zu Hartwig.

„Wie viele Pferde willst du mir geben?"

Weibel überlegte eine Weile.

„Früher hättest du in guten Zeiten ein Pferd dafür bekommen, doch heute ist das Korn kostbarer als Fleisch. Deshalb gebe ich dir vier. Wozu brauchst du sie?"

„Ich nehme sie für meine Zucht."

„Wie ich gesehen habe, hast du selbst gute Tiere in deinen Herden."

„Darum geht es nicht. Ich habe weit größere Herden in meiner Grafschaft im Frankenland."

„Davon hast du mir noch gar nichts erzählt."

„Es hat sich nicht ergeben, dass wir darüber sprechen konnten. Mein Verwalter Lucius ist ein ebenso großer Pferdenarr wie ich und kennt sich in der Zucht gut aus. Er versucht bei sich zu Hause unsere Pferderasse einzukreuzen und ich versuche es hier. Wir wollen die Vorteile beider Rassen in einer vereinen."

„Das klingt gut", bestätigte Weibel.

„Ich habe ein paar Fohlen auf meinen Weiden stehen, die aus dieser Zucht stammen. Man muss jedoch abwarten, wie sie sich entwickeln. Mehr kann ich erst in ein paar Jahren sagen, wenn die Tiere ausgewachsen sind."

„Kannst du mir ein paar von den fränkischen Rössern überlassen. Ich würde da gern mitmachen."

„Das kann ich. Ich gebe dir die Gespanne und Getreidewagen im Ganzen. Die fränkischen Fuhrknechte

sollen mit unseren Pferden nach Hause reiten. Mein Verwalter hat somit eine größere Auswahl an Tieren für die Zucht."
Weibel war damit einverstanden.

An den darauffolgenden beiden Tagen hatten die Pferdeknechte und Fuhrleute damit zu tun, die geeigneten Zuchttiere einzufangen und zuzureiten. Mit Kennerblick wählte Lucius die Tiere aus. Es kostete viele Mühen, sie an den Sattel zu gewöhnen. Wer auf dem Ritt zu Hartwigs Gutshof vom Pferd fiel, erntete Spott und das Gelächter der anderen.

Der Tag für die Rückreise der Franken nahte. Ein großes Abschiedsfest wurde vorbereitet. Hartwig hatte mit seinem Verwalter vereinbart, dass er im nächsten Jahr nach der Ernte, wieder Getreide und Pferde zu ihm bringen soll. Er sagte ihm auch, dass er Bauern aus seiner Grafschaft, die sich in Thüringen eine neue Existenz aufbauen wollten, unterstützen würde. Sie sollten ihm nur ihr Kommen rechtzeitig bekannt geben und würden von ihm fruchtbares Land geschenkt bekommen.

Die Frauen bereiteten das Essen vor. Brot wurde gebacken und verschiedene Gemüse zubereitet. Edmund und Godwin kümmerten sich um das Fleisch am Grill. Die Kinder sahen den fränkischen Fuhrleuten bei den Vorbereitungen für ihre Heimreise zu. Sie fetteten die Sättel und ritten die Pferde ein. Einige der Tiere gebärdeten sich wild. Die älteren Jungen bewunderten die Franken. Sie würden gerne mit ihnen tauschen. Hin und wieder fiel ein Reiter vom Pferd. Es gab kein Gelächter, sondern Lob und Applaus, wenn der Gestürzte aufstand und sich erneut dem Tier näherte.

Ein letztes Pferd musste noch eingeritten werden. Es war ein Hengst und der Wildeste von allen. Ein Franke näherte sich mit dem Sattel dem Tier. Es ließ ihn an sich heran und den Sattel auflegen. Beim Anziehen des Gurtes fing das Pferd an zu tänzeln. Mit einem Sprung schwang er sich auf den Rücken des Tieres. Der Hengst bäumte sich auf. Er versuchte den Reiter abzuwerfen, doch es wollte ihm nicht gelingen. Ein Sprung zur Seite ließ den Reiter auf den Boden stürzen. Er kam unglücklich auf und rührte sich nicht. Erschrocken liefen seine Kameraden auf ihn zu, um ihm zu helfen.

Er war tot. Bei dem Sturz hatte er sich das Genick gebrochen. Die Männer trugen ihn in ihre Unterkunft und legten ihn auf den Tisch. Lucius und Hartwig wurden gerufen. Sie eilten in das Langhaus, in dem die Franken untergebracht waren. Der Mann war ein guter Reiter. Er hatte sich freiwillig als Fuhrmann gemeldet, um das Getreide nach Thüringen zu liefern. Hartwig und Lucius zogen sich zurück, um zu beraten, was in dieser Situation zu tun wäre. Der tote Pferdeknecht hatte in seiner Heimat in Mons eine Frau und zwei Kinder. Hartwig wies Lucius an, für die Hinterbliebenen ausreichend zu sorgen. Des Weiteren sollte in der neu errichteten Kirche eine Gedenktafel an den Pferdeknecht erinnern. Lucius bat den Leichnam nach christlichem Brauch bestatten zu dürfen. Hartwig war einverstanden und schlug vor, ebenso ein Totenfest nach heidnischer Art für den Verstorbenen abzuhalten. Lucius überlegte. Er fand dieses Ansinnen anfangs sonderbar. Es gab jedoch keinen triftigen Grund, Hartwig diese Bitte abzulehnen. Er war ein Mann, der sich auch mit dem Christengott arrangiert hatte, denn sonst hätte er keine Kirche in Mons erbauen lassen. Und im Übrigen stand der Christengott über allen und dazu gehörten auch die Heiden.

Der Tote wurde gewaschen und in eine Holzkiste gelegt. Im Beisein der gesamten Siedlungsgemeinde wurde er auf einer Waldwiese hinter dem Gut bestattet. Lucius sprach ein paar Worte des Abschieds. Edmund schaufelte Erde auf den Sarg und Godwin steckte ein Holzkreuz in den Grabhügel. Es folgte der Teil, der den Menschen der Siedlung bekannt war. Nach germanischem Brauch wurde ein Tier geopfert. Nach dem Rang der Person war das eine Ziege, ein Schaf oder bei hohen Persönlichkeiten ein Pferd. Da Hartwig mit dem Opfer gleichzeitig seinen Dank an Odin für seine glückliche Heimkehr kundtun wollte, wählte er als Opfertier den weißen Hengst aus, der den Pferdeknecht abgeworfen hatte. Da kein Priester anwesend war, musste er selbst die Zeremonie vornehmen. Es war für ihn das erste Mal, dass er das Opferschwert führte und die Umstehenden mit dem Blut des Hengstes segnete. Die Totenfeier endete in einem Saufgelage, bei dem oft des verstorbenen Pferdeknechtes gedacht wurde.

Mit beladenen Packpferden an der Hand, ritten die Franken am nächsten Morgen den gleichen Weg auf der Via Regia zurück, den sie gekommen waren. Alle bedauerten die frühe Abreise der freundlichen Männer, besonders die Kinder. Sie hatten sich in den letzten Tagen gut mit ihnen verständigen können. Mimik und die Finger halfen dabei.
Es kehrte langsam Ruhe in der Siedlung im Elbkniegau ein und jeder ging seiner gewohnten Arbeit nach. Der Herbst kündigte sich an und es begann die Laubfärbung. Hartwig genoss das Zusammensein mit seiner Familie. Mit einem Pferdegespann fuhr er mit den beiden Frauen und Kindern hinaus zu einem See. Sie verbrachten dort die letzten warmen Tage im Jahr, badeten und unterhielten sich oder spielten am Ufer.

Hartwig hatte Ursula von der Begegnung mit Baldur in Athies berichtet. Sie bedauerte sehr, dass ihr Geliebter nicht fliehen wollte, doch hatte sie Verständnis, dass er seine Schwester Radegunde nicht allein lassen konnte. Die Freundschaft mit Elke tröstete sie über die Trennung von ihrem geliebten Baldur hinweg. Beide Frauen verstanden sich gut. Sie hatten ein ähnliches Schicksal und waren in den vergangenen Jahren viel allein. Ihre Männer mussten gemeinsam als Geiseln ins Frankenreich. In der Schlacht an der Unstrut waren sie Meldereiter und kamen getrennt in fränkische Gefangenschaft. Nachdem Hartwig allein nach Hause kam, blieb er nicht für lange Zeit. Als Gefolgsmann begleitete er und sein Bruder Siegbert die Königin auf ihrer Flucht nach Ravenna. Jetzt, wo er wieder zu Hause war, konnte es Elke manchmal selbst nicht fassen. Sie hatte das Gefühl, dass ihr Zusammensein nicht von Dauer wäre. Jede Stunde wollte sie mit ihrem Mann genießen und auskosten. Ursula war ihr dabei nicht im Wege. Es war nicht nur eine Freundschaft, die sie verband, sondern es hatte sich eine intime Beziehung zwischen den beiden Frauen entwickelt, die auf einer besonderen Zuneigung und gegenseitiger Liebe beruhte. Hartwig hatte das bald bemerkt. Es störte ihn nicht, solange er nicht zu kurz kam.

Das Herumtollen und Spielen mit den Kindern genoss er. Zu lange musste er das entbehren. Mit seinen drei größeren Kindern und den beiden von Baldur konnte er baden gehen. Er brachte ihnen das Schwimmen bei. Die Frauen lagen auf einer großen Decke am Ufer und das Baby schlief zwischen ihnen.

Sie verbrachten fast eine Woche am See. Mit einem Pferdewagen fuhren sie zeitig los und kamen spät nach Hause zurück.

Eines Tages wurde es stürmisch. Zum Baden war es zu kalt und Hartwig versuchte sich zu Hause nützlich zu machen. Auf den Feldern und dem Hof war alles bestens organisiert und Hartwig wusste nicht, wo er mithelfen konnte. Er hatte die Idee, sich ein Schwert zu schmieden, wie er es vor vielen Jahren in Alfenheim tat. Ob es ihm gelingen würde? Die Cousins von Elke halfen ihm dabei. Sie warnten ihn jedoch, dass der Besitz von Waffen strengstens verboten war und mit der Versklavung geahndet wurde. Hartwig wies diese Gefahr von sich. Er war ein fränkischer Edelmann und das Tragen eines Schwertes war ihm erlaubt.

An den Abenden erzählte er von seinen Erlebnissen in der Fremde und Göttergeschichten. Beliebt waren bei ihnen die Erzählungen von Thor, wie er die Riesen besiegte und meistens gegen sie gewann.

Eines Abends wollte Godwin, von ihm wissen, wie es zu dem Zerwürfnis zwischen Loki und den Asen gekommen war. Hartwig blickte um sich als würde er von einem großen Geheimnis sprechen, das nicht für alle Ohren bestimmt war. Die Kinder lauschten ihm andächtig.

„Ihr wisst, dass Loki kein gebürtiger Ase ist, auch wenn er unter ihnen lebte. Eines Tages lud Ägir, der Meeresriese, die Götter zu einem Gastmahl ein. Während des Gelages hatte Loki zu viel von dem gut schmeckenden Bier, das die Töchter des Ägir gebraut hatten, getrunken. Er fing einen Streit mit einem Diener des Gastgebers an, der ihn nicht genügend beachtet hatte und versetzte ihm einen Faustschlag. Der Mann stürzte mit dem Kopf gegen eine Tischkante und war sofort tot. Dennoch trat Loki weiter auf ihn ein. Das entsetzte alle Anwesenden und einige Seeriesen drohten ihm mit den Fäusten. Da half ihm sein Weib Sigyn und versuchte die anderen zu beschwichtigen. Ägir war wütend und verlangte Genugtuung. Odin versprach ihm ein Wergeld, das er selbst festsetzen sollte. Der Meeresgott forderte jedoch, dass Loki sich nie wieder hier blicken ließe. Zwei Seeriesen packten den Störenfried und setzten ihn vor die Tür.

Das Festmahl wurde fortgesetzt, doch es wollte nicht mehr die rechte Stimmung aufkommen. Immer wieder sprachen sie über das, was passiert war.

Auf einmal wurde die Tür aufgestoßen und Loki trat wütend in den Festsaal. Er fühlte sich ungerecht behandelt und zürnte den Asen, dass sie ihn nicht gegen die Seeriesen in Schutz nahmen. Ägir wollte den Eindringling vertreiben, doch Loki berief sich auf das Recht der Blutsbrüderschaft mit Odin. Obwohl er von den Riesen abstammte, hielt der Gottvater immer seine schützende Hand über ihn. Auch diesmal gab er nach und der Bösewicht durfte bleiben. Er trank ungezügelt weiter. Lokis Anwesenheit erzürnte viele der Gäste. Er beschimpfte und beschuldigte sie, feig und untreu zu sein. Selbst Odin und seine Frau Frigga verschonte er nicht. Thor kam dazu und wollte mit seinem Hammer Loki erschlagen. Der Göttervater hinderte ihn daran und ließ den Feuergott frei davonziehen. In den Tagen darauf gab es kein anderes Gespräch mehr in Asgard. Die Bösartigkeiten von Loki hatten die Asen-Götter verärgert. Sie beschlossen, ihn zu fangen und zu bestrafen. Er wurde an einen Felsen gebunden und konnte keinem mehr schaden."

Betroffen und erregt kommentierten die Kinder die Geschichte.

„Ein Riese bleibt eben ein Riese und aus einem Wolf wird niemals ein Lamm. Die Götter hätten Loki längst vertreiben sollen", bemerkte Edmund, der ältere Sohn von Elkes Tante Ortrun.

„Da hast du wahrscheinlich recht. Es ist aber nicht jeder Riese schlecht."

Die Kinder wollten noch mehr von den Göttern hören und was nach der Gefangennahme von Loki geschah. Hartwig vertröstete sie auf den nächsten Tag. Er lief über den Hof und stieg zu dem Aussichtsturm hinauf. Am Horizont ging die Sonne unter und tauchte die Landschaft in ein tiefes Rot. Das Farbenspiel am Himmel begeisterte ihn und er rief nach Elke. Sie kam zu ihm auf den Turm hinauf. Zusammen erlebten sie den Sonnenuntergang. Elke schmiegte sich an ihren Mann und gestand ihm, dass sie erneut schwanger war. Überglücklich erlebten sie den Augenblick, bis die Sonne verschwand. Für Hartwig hatte sich der Traum von einem zufriedenen Familienleben erfüllt. Dies war es, was er wollte und er hoffte, dass nichts diese Ruhe stören würde.

2. Die Steuereintreiber
Im Weinmond (Oktober) 535

Die Herbstkühle war in der Schmiede nicht zu spüren. Die Glut des Holzkohlefeuers strahlte ihre Wärme weit ab. Hartwig und Elkes Cousins hämmerten unentwegt auf den glühenden Stahl ein. Sie hatten das ausgewählte Stück Eisen immer wieder gefaltet und die Hälften mit kräftigen Hammerschlägen zusammengeschweißt. Es war nun soweit, dass sie das Schmiedestück zu einer Schwertklinge austreiben konnten. Nach dem Abkühlen und Härten im Wasserbad, prüfte Hartwig das erste Mal die Elastizität des Stahls. Er schlug die Klinge mit der Flachseite auf eine Kante des Ambosses und sie federte zurück. Die drei Männer hatten den größten Teil geschafft. Jetzt folgten die Feinarbeiten, das Schleifen und Brünieren und abermals Schleifen. Durch diese Behandlungen wurden die wellenartigen Markierungen auf der polierten Fläche der Klinge deutlich sichtbar. Immer wieder hielt Hartwig die Schwertklinge gegen die Sonne und prüfte die Ebenheit und den Glanz der bearbeiteten Fläche.

Hartwigs ältester Sohn kam in die Schmiede gerannt. Er rief aufgeregt, dass Räuber in die Siedlung eingedrungen wären. Hartwig nahm das noch unfertige Schwert und lief dem Jungen nach. Er sah, wie Männer mit Helmen und Speeren bewaffnet, sich Zugang zu seinem Haus und die Stallungen verschafften. Die Frauen und Kinder kreischten und rannten weg. Sie versuchten sich zu verstecken. Als einer der Männer Hartwig mit dem Schwert ankommen sah, wollte er ihn mit seinem Speer abwehren. Doch Hartwig schlug zu und zerbrach den Speerschaft. Daraufhin flüchtete der Mann und schrie nach seinen Kameraden. Die kamen aus allen Ecken, um ihm zu helfen. Einige trugen Schilde mit der gleichen Bemalung. Daran erkannte Hartwig, dass es keine Räuber, sondern fränkische Krieger waren. Ihr Anführer kam aus dem Haus. Er hatte dort ein Schwert gefunden.

„Nehmt ihn gefangen!", schrie er.

Hartwig leistete keinen Widerstand, da er sich im Recht sah und glaubte, das Missverständnis schnell aufklären zu können. Die Männer fesselten ihn und brachten ihn zur Mitte des Hofplatzes.

Sie trieben alle Leute in der Siedlung zusammen und bedrohten sie mit ihren Waffen. Der Anführer ging auf Hartwig zu und musterte ihn.

„Du weißt, was dem blüht, der ein Schwert besitzt. Wie ich sehe hast du sogar zwei davon. Wolltest du meine Leute damit umbringen?"

„Ich dachte ihr seid Räuber."

„Sehen wir wie Räuber aus?", schrie der Anführer in die Menge und zeigte auf seine Männer.

„Wir sind die Steuereintreiber des fränkischen Königs und haben euer Versteck zufällig gefunden. Gut habt ihr es verborgen. Wer hat hier das Sagen?"

„Ich bin der Herr", sprach Hartwig, „und ich befehle euch, mich sofort loszubinden."

„Wieso sollten wir das?", erwiderte grinsend der Franke.

„Ich bin ein fränkischer Edelmann!"

Der Anführer umkreiste Hartwig, wie ein Wolf seine Beute.

„Das kann jeder von sich behaupten. Du schaust eher aus, wie ein schmutziger Schmied."

„Es ist wahr, mein Mann ist ein fränkischer Graf. Ihr dürft ihn nicht anrühren", rief Elke, die bei den anderen stand und ihre Kinder mit den Armen schützend umschlang.

Der Anführer lachte laut auf.

„Was sich die Thüringer alles einfallen lassen ist unbeschreiblich. Kannst du es beweisen?"

„Ich zeige dir seine Medaille, die ihn als Graf ausweist", rief Elke.

„Bring sie her, Weib!"

Elke lief ins Haus und nahm aus der Schatulle die Medaille. Sie hielt sie dem Anführer entgegen. Der fasste danach und betrachtete sie.

„Die sieht echt aus. Wem hast du sie abgenommen, du Lump. Auch die Medaille ist konfisziert, wie die Schwerter. Alles sind Beweismittel gegen dich."

„Das könnt ihr nicht tun. Es stimmt, was ich sage", jammerte Elke.

„Darüber entscheide nur ich. Sei still, Weib!"

Hartwig schrie den Anführer in fränkischer Sprache an, dass er ihn schleunigst wieder freilassen sollte.

„Ach, ein paar Brocken fränkisch versteht der Kerl auch", spottete er und befahl den Gefangenen in Ketten zu legen und auf den mitgeführten Ochsenkarren zu packen. Dort saßen bereits zwei junge Burschen, die angekettet waren. Er befahl seinen Männern noch einmal jeden Winkel in der Siedlung nach Waffen zu durchsuchen. Sie konnten aber keine weiteren finden.

„Ihr könnt froh sein, dass ich euer Nest nicht niederbrennen lasse", drohte der Anführer und wies seine Leute an, nicht nur die Steuerschuld von einem Schwein mitzunehmen, sondern auch die beiden Kühe, die im Stall standen und Hartwigs Hengst.

„Lass mein Pferd hier, du Räuber", schrie Hartwig ihn an. Der neben ihm stehende Mann schlug ihm mit einem Stock auf den Kopf. Besinnungslos sank Hartwig zu Boden. Die Franken warfen ihn zu den anderen beiden Gefangenen auf den Wagen.

Der Hengst machte Schwierigkeiten und bäumte sich auf. Hartwig kam zu sich und pfiff. Das Pferd riss sich los und galoppierte davon.

„Den Gaul fangen wir nicht mehr ein. Lasst uns abziehen. Es warten noch andere Bauern auf uns", rief der Anführer seinen Leuten zu.

Die Steuereintreiber zogen vom Hof. Es begann ein Wehklagen unter den Frauen. Alle standen unter Schock und wussten nicht, was sie tun sollten. Elke schickte ihren Cousin Godwin zur Insel, um den Baumeister zu holen. Er war ein guter Freund ihres Mannes und konnte ihr vielleicht raten, was sie tun könnte.

Edmund war auf den Turm geklettert, um nachzusehen, in welche Richtung die Steuereintreiber Hartwig brachten. Er konnte erkennen, dass sie nach Süden zogen.

Als der Baumeister kam, begann das Wehklagen der Frauen von neuem.

„Beruhigt euch!", rief er. „Es wird alles wieder gut werden. Elke, sag mir jetzt, was genau passiert ist!"

Sie berichtete unter Tränen, was sich zugetragen hatte.

„Wenn sie wissen, wer er ist, wird er wieder frei gelassen", beruhigte der Baumeister die Umstehenden.

„Wie kann er beweisen, dass er ein fränkischer Graf ist? Niemand glaubt ihm. Was können wir nur tun?"

Elke fing wieder an zu weinen.

„Hört her Leute! Wir müssen als Erstes den Gaugrafen informieren. Er weiß Rat!"

Der Pferdeknecht kam von den Weiden in die Siedlung geritten und wunderte sich über die Unruhe. Der Baumeister erklärte ihm die Situation und bat ihn sofort zu Weibel zu reiten. Im Galopp preschte er davon.

Weibel erkannte, dass die Situation sehr kritisch und für Hartwig gefährlich sein könnte. Vom fränkischen König gab es die Anordnung, dass nur die Franken Waffen tragen durften. Wer von den Thüringern oder anderen Volksgruppen dagegen verstieß, sollte getötet oder als Sklave in das Westfrankenland gebracht werden. Es musste schnell gehandelt werden.

Der Gaugraf ließ sein Pferd satteln und ritt mit zwei Knechten in Richtung des fränkischen Verwaltungssitzes Gizpiel. Der lag mehrere Tagesreisen im Süden. Nach der Flucht der Königin wurde der Ort von den Franken besetzt und als Verwaltungssitz für Ostthüringen ausgebaut.

Als Weibel dort ankam, suchte er sofort nach dem Amtmann. Der war nicht da und wurde erst in einer Woche zurückerwartet. Dem Sekretär erklärte er den Grund seines Kommens und ersuchte ihn, ihm zu helfen. Erst als er ein paar Silbermünzen über den Tisch reichte, war der bereit, ihn anzuhören.

Weibel erfuhr, dass die Gruppe der Steuereintreiber, die Hartwig als Gefangenen bei sich hatten, noch nicht eingetroffen war. Er konnte ihm auch nicht sagen, wann sie ankommen würden.

Der Gaugraf suchte sich in der Siedlung ein Quartier und konnte nichts anderes tun als zu warten. Er musste Hartwig befreien und wenn es mit Gewalt wäre. Der Verwaltungssitz war durch einen Palisadenwall geschützt. Zwei Tore führten hinein. Neben den Verwaltungsgebäuden gab es die Wirtschaftsgebäude des Gutes und die Häuser der Handwerker, Knechte, Mägde und Sklaven. Es war eine kleine Stadt. Weibel ließ die Tore von seinen Knechten bewachen. Sie sollten ihm sofort melden, wenn der Karren mit Hartwig zu sehen war. Er selbst schaute sich im Ort um. Er fand ein großes Langhaus, das gut bewacht war. Da er sich als Gaugraf durch seine Medaille, die er um seinen Hals trug, ausweisen konnte, ließen ihn die Bewacher hinein.

Es war ein Gefängnis. In der Mitte des großen Raumes befanden sich Gruben im Boden. Schwere Holzgitter deckten sie ab. Als Weibel hinabschaute, erschrak er. Abgemagerte Gestalten kauerten gedrängt in der Tiefe.

„Was sind das für Leute?", wollte er wissen.

„Es sind Gefangene", erwiderte der Wachmann mürrisch und stieß mit einer langen Stange durch das Gitter hindurch nach einem Mann am Boden der Grube.

„Was haben die verbrochen?"

„Es sind Rebellen, die man aufgegriffen hat."

„Haben sie jemand erschlagen?", wollte der Gaugraf wissen.

„Nein, die wurden festgenommen, weil sie Waffen bei sich trugen."

„Was wird mit ihnen geschehen?"

„Wir bringen sie alle in den nächsten Tagen ins Frankenreich. Dort werden sie als Sklaven verkauft."

„Viel wird man für die nicht mehr bekommen, sie sehen verhungert aus. Lange überleben sie nicht!", entgegnete Weibel.

„Das ist mir gleich! Wir verdienen nichts, wenn sie am Leben bleiben. Sollen sie nur verrecken, dann sparen wir uns das Essen für sie."

Für den Gaugrafen war es schwer, das Leid seiner Landsleute zu sehen. Gern würde er ihnen helfen, doch das konnte und durfte er nicht. Die Franken könnten empfindlich reagieren und ihn womöglich auch in ein solches Loch stecken. Eilig ging er hinaus an die frische Luft. Der Gestank, der aus den Gefangenengruben aufstieg, war unerträglich. Mit Grauen dachte er daran, dass dieses Schicksal seinem Schwiegersohn bevorstehen könnte. Es begann ein sehr langes Warten für Weibel, voller Ungewissheit.

Die Steuereintreiber waren noch unterwegs. Sie zogen mit zwei bepackten Ochsenkarren in Richtung Verwaltungssitz Gizpiel. Die Route für den Trupp hatte der Amtmann vor ihrer Abreise festgelegt. Manchmal wichen sie jedoch von dem vorgeschriebenen Weg ab und es gelang ihnen, verborgene Siedlungen zu erreichen. Da nicht genügend fränkische Krieger am Verwaltungssitz stationiert waren, nahmen die Franken Thüringer und Slawen als Knechte auf, die bereit waren mit ihnen zu kooperieren. Diese kannten sich in den abgelegenen Gebieten besser aus.

Hartwig hatte starke Schmerzen am Hinterkopf. Es war die Stelle, wo ihn einer der Männer mit dem Stock getroffen hatte. Wenn der Karren über einen großen Stein rollte, spürte er jedes Mal einen stechenden Schmerz.

„Wer seid ihr?", fragte Hartwig die beiden jungen Mitgefangenen.

„Wir sind Rebellen. Sie haben uns an der Elbe erwischt. Wir sind nicht schnell genug an das andere Ufer gekommen."

„Warum waren sie hinter euch her?"

„Sie hatten einige Jungkrieger gefangen und wir haben sie in der Nacht befreit. Am nächsten Morgen verfolgten sie uns. Wir ließen unsere Kameraden in eine andere Richtung gehen und hinterließen eine deutliche Spur, dass sie nur uns hinterhereilten. Das gelang bis zur Elbe. Da sprangen wir ins Wasser und wollten auf die andere Seite schwimmen. Sie fanden jedoch ein Boot und fingen uns ein. Wir dachten erst, dass sie uns gleich erschlagen, aber der Anführer meinte, dass wir ihm lebend mehr nützen könnten."

„Warum?", wollte Hartwig wissen.

„Er vermutete richtig, dass wir zu den Rebellen gehören und nimmt uns mit zum Amtmann, damit er uns verhört."

„Man sagte mir, dass es auf dieser Seite der Saale im Elbkniegau keine Aufständischen mehr gibt."

„Das stimmt nicht ganz. Die Slawen haben klein beigegeben, obwohl sie vorher versprochen hatten, sich gegen die fränkische Besatzung zu wehren. Sie wurden geködert. Die Franken gaben ihnen hier Land und stellten sie mit den Thüringern gleich. Sie kommen jetzt in Scharen aus den Gebieten östlich der Elbe und nisten sich ein. Es sind Verräter!"

Der Kutscher bemerkte, dass Hartwig mit den beiden Gefangenen sprach und schlug mit seiner Peitsche nach hinten.

„Ich habe euch gesagt, dass ihr nicht miteinander reden dürft. Wenn ich noch ein Wort höre, komme ich mit meinem Prügel und schlage euch die Schädel ein."

Sie kamen zu einer Siedlung und der Anführer forderte den Schweinezins. Der Sippenälteste war nicht gleich dazu bereit und die Männer drangen gewaltsam in die Ställe und durchsuchten sie. Sie packten das größte Schwein an den Ohren und zogen es nach draußen. Dann banden sie einen Strick um ein Hinterbein und trieben es zu den Karren. Mehrere Hühner mussten auch daran glauben. Sie sollten als Reiseproviant dienen. Eine alte Frau hatte unbemerkt den Gefangenen eine Schale mit Brei und eine Kanne mit Wasser gebracht. Sie nickten ihr dankbar zu.

Inzwischen war der zweite Karren mit der Herde angekommen und die Franken luden das beschlagnahmte Schwein zu den anderen Tieren in die Kiste. Der Karren mit den Tieren zog gleich weiter.

Die Steuereintreiber setzten sich auf die Bank unter der Linde im Hof und ließen sich von den Frauen Essen und Bier bringen. Dann forderte der Anführer den Sippenältesten auf, sich zu ihm zu setzen.

Ängstlich nahm der Bauer Platz.

„Du hast Glück, dass ich gut gestimmt bin, sonst hätte ich alle deine Schweine mitgenommen."

„Was habe ich denn falsch gemacht."

„Du wolltest mir die Steuern unterschlagen und hast die Tiere vor uns versteckt."

„Das war nicht mit Absicht. Die Schweine kriechen überall herum. Ich weiß manchmal selbst nicht, wo sie sich gerade aufhalten."

„Dann solltest du besser auf sie aufpassen. Das nächste Mal bin ich nicht so gütig zu dir."

„Es wird nicht wieder vorkommen Herr", entgegnete der Bauer ängstlich und senkte demütig den Kopf.

„So gefällst du mir besser. Wir ziehen jetzt weiter. Los Männer auf die Pferde, wir haben noch einen weiten Weg vor uns."

Sie standen auf und ritten weiter. Vor dem Dunkelwerden erreichten sie den anderen Wagen mit den Tieren. An einer günstigen Stelle in der Nähe eines Baches nächtigten sie. Die Gefangenen wurden an Bäume gekettet, damit sie nicht fliehen konnten. Über einer offenen Feuerstelle wurden die geraubten Hühner gebraten. Die Männer unterhielten sich beim Essen.

Jetzt konnte Hartwig mit den beiden Mitgefangenen leise sprechen. Er erfuhr, dass sie zu einem Rebellenlager im Harz gehörten und das Gebiet bis zur Unstrut und Elbe zu zweit durchstreiften. Waffen hatten sie keine bei sich, da es vorkommen konnte, dass sie fränkischen Kriegern begegneten. Ihre Aufgabe war es, die Wachstationen der Franken auszuspionieren und junge Männer für die Rebellen zu gewinnen. Sie kannten auch Siegbert, der im Gebiet des Rynnestigs sein Lager hatte. Hartwig verriet ihnen nicht, dass er sein Bruder war und hielt sich absichtlich bedeckt. Von den Mitgefangenen erfuhr er, woran die Rebellen zu erkennen waren. Sie trugen ein Lederband um den Hals. Die Form des schlichten Bandes verriet die Gruppe, der sie angehörten. Da sie glaubten, dass die Franken sie foltern und danach töten würden, baten sie Hartwig, dass er ihren Leuten von ihrem Tod berichten sollte.

„Ich kenne keinen von euch. Wie soll ich sie informieren?", erklärte Hartwig.

„Du brauchst nur Händlern oder Sklaven von unserer Begegnung berichten. Sie leiten die Nachricht an die richtige Stelle weiter.

In der Nacht war es kalt und Hartwig fror. Die drei Gefangenen rückten nah aneinander, um sich gegenseitig zu wärmen.

Am nächsten Tag kamen sie zu einer kleinen Siedlung, wo es keinen Sippenältesten gab. Die Männer waren im Krieg umgekommen und die Frauen kümmerten sich allein um die Feldarbeit und den Haushalt. Sie waren sehr arm. Auf dem Hof gab es nur eine Kuh, zwei kleine Ferkel, vier Ziegen und ein paar Hühner. Die Bäuerin flehte den Steuereintreiber an, von seinen Forderungen abzulassen. Sie kniete vor ihm nieder und bat ihn händeringend, gnädig zu sein.

„Wenn du uns kein großes Schwein geben kannst, nehmen wir deine Kuh mit, oder hast du noch etwas

Besseres vor uns verborgen. Ich werde selbst einmal nachsehen."

Er ging in Richtung Scheune und rief ihr zu, ihm zu folgen.

„Sag mir jetzt, wo du die große Sau versteckt hast, dann will ich dir die Kuh lassen."

„Ich habe wirklich keine Sau auf dem Hof. Die beiden Ferkel habe ich bei einem Nachbarn getauscht."

Der Mann stöberte in allen Ecken der Scheune herum.

„Wenn du sagst, dass du arm bist, dann hast du auch nichts zum Tauschen, oder habe ich etwas übersehen."

Er ging auf sie zu und lief um sie herum.

„Ein paar Hühner gab ich ihm, mehr habe ich nicht."

„Wenn ich dich ansehe, könnte ich mir vorstellen, womit du bezahlen kannst."

Er musterte die Bäuerin auffällig vom Kopf bis zu den Füßen.

„Lass einmal sehen, was du zu bieten hast. Vielleicht kommen wir beide ins Geschäft."

Er fasste nach ihrem Rock und hob ihn bis zum Knie hoch.

„Ich bin eine verheiratete Frau", entgegnete die Bäuerin schüchtern und schob ihn von sich.

„Einen Mann habe ich auf dem Hof nicht gesehen, oder hat er sich vor uns versteckt, der Schlingel."

„In der Schlacht an der Unstrut ist er umgekommen."

„Also bist du nur eine Witwe. Wenn du schon einmal einen Mann hattest, weißt du ja, was die wollen. Ziere dich nicht länger und hebe selbst deinen Rock hoch. Wenn du brav bist, glaube ich dir, dass du keine Sau vor mir versteckt hast."

Zögernd hob sie den langen Rock.

„Höher!", schrie er sie an.

Ängstlich raffte sie den Rock bis zur Taille hoch.

„Na also, das geht doch", meinte er triumphierend und lief wieder begutachtend um die Frau herum.

„Ich denke, wir können ins Geschäft kommen. Das, was du zu bieten hast, lässt mich vielleicht das versteckte Schwein vergessen. Knie dich nieder und beug dich nach vorn!", befahl er ihr.

Die anderen Männer standen auf dem Hof bei den alten Frauen und Kindern und grinsten. Eine wollte der Bäuerin nachgehen, doch sie wurde daran gehindert. Nach einer Weile des Wartens kam der Anführer zurück und befahl aufzusitzen. Sie ritten weiter, ohne ein Tier, oder etwas anderes mitzunehmen.

In der nächsten Siedlung erging es der Sippe schlechter. Sie hatten nur eine Kuh und ein paar Hühner auf dem Hof.

„Wo habt ihr eure Schweine versteckt?", fuhr der Steuereintreiber den alten Bauern an.

„Wir sind sehr arm Herr, mehr haben wir nicht. Wenn ihr uns das Wenige nehmt, müssen wir verhungern."

„Das ist euer Problem. Ich nehme das, was dem König zusteht."

Er wies seinen Männern an, die Kuh fortzuführen. Die alte Bäuerin klammerte sich um den Hals des Tieres. Sie weinte und jammerte herzzerreißend, doch es half nichts. Unerbittlich und brutal stießen sie die Frau weg.

Mehrere Siedlungen besuchten die Steuereintreiber an einem Tag. Nach einer Woche kamen sie in Gizpiel an. Hunger und Durst setzten Hartwig und den beiden Mitgefangenen stark zu. Nur von mitleidigen Frauen in den Siedlungen erhielten sie manchmal etwas zu essen und Wasser zu trinken.

Einer von Weibels Knechten hatte Hartwig auf dem Karren erkannt. Er folgte ihm. Die Gefangenen wurden direkt zu dem Langhaus mit den Gruben gebracht. Der Knecht sah, wie Hartwig in eines der Löcher im Boden gestoßen wurde. Eilig lief er zum Gaugrafen und berichtete, was er gesehen hatte.

Weibel ging zum Verwaltungsgebäude und erfuhr vom Sekretär, dass der Amtmann noch nicht eingetroffen war und er sich gedulden müsse. Ein paar Silbermünzen verhalfen ihm, den Gefangenen sprechen zu dürfen.

Weibel eilte ins Gefängnis und suchte Hartwig in den Gruben. Als er ihn fand, war er entsetzt von seinem Zustand. Dem Aufseher gab er eine Silbermünze und zeigte auf Hartwig.

„Das ist mein Mann. Gib ihm zu essen und Wasser, damit er nicht stirbt. Wenn der Amtmann kommt, will ich ihn auslösen."

Der Aufseher zeigte auf das Silberstück und meinte grinsend: „Das reicht nicht!"

Weibel drückte ihm ein zweites in die Hand. Danach warf der Mann ein Brot in die Grube und ließ einen Holzeimer Wasser hinab.

Weitere Trupps der Steuereintreiber kamen von ihren Reisen zurück. Die Gefangenen wurden in die Gruben geschmissen und die konfiszierten Tiere auf dem Gutshof registriert und in die Ställe gebracht.

Weibel ging jeden Tag zum Gefängnis und sah nach Hartwig. Er war, wie die anderen in einem beklagenswerten Zustand. Die Silbermünzen, die er dem Aufseher gab, ließen ihn und die Mitgefangenen in seiner Grube überleben.

Als Weibel eines Morgens zu dem Gefangenenhaus kam, waren die Wachen dabei, alle Inhaftierten aus den Gruben herauszuholen. Die abgemagerten Gestalten mussten sich auf dem Vorplatz aufstellen. Manche von ihnen waren kaum noch in der Lage, sich selbst fortzubewegen oder zu stehen. Ihre Kameraden halfen ihnen. Knechte schöpften aus dem Brunnen Wasser und gaben den Männern davon zu trinken. Danach holten sie aus der Küche einen großen Kessel, in dem Brei zubereitet war. In Holzschüsseln wurde er an die Gefangenen verteilt. Gierig griffen die mit ihren schmutzigen Fingern danach. Es war die erste warme Mahlzeit, seit vielen Tagen.

Nachdem der Kessel leer war, sprach der Aufseher zu ihnen.

„Ihr habt jetzt eine lange Reise vor euch und wer sie überlebt, der wird im Westen als Sklave verkauft. Thüringen seht ihr nie wieder."

Ein Knecht zählte die Gefangenen für den Abtransport. Keiner interessierte sich, warum sie gefangen genommen wurden. Niemand wurde befragt. Die noch kräftigen Männer mussten die Gruben säubern und die Toten außerhalb des Palisadenwalls in der Erde verscharren.

Es stank bestialisch nach Exkrementen. Weibel gelang es nicht, Hartwig frei zu bekommen. Der Amtmann war noch nicht von seiner Reise zurück. Was sollte er tun? Er konnte nur warten.

Die Gefangenen wurden auf Karren geladen und fuhren schwerbewacht in Richtung Westen.

Am Wegrand stand Weibel und winkte Hartwig zu. Er hatte seinen Schwiegervater erkannt und hob zum Abschied die Hand.

Am nächsten Tag kehrte der Amtmann von seiner Inspektionsreise an den Verwaltungssitz zurück. Sein Sekretär informierte ihn über das Ansuchen des Gaugrafen. Weibel wurde zu ihm vorgelassen und er trug sein Anliegen vor.

„Du sagst, es ist dein Schwiegersohn, den sie mit einem Schwert angetroffen hatten. Ihm war doch bestimmt bekannt, dass es den Thüringern verboten ist Waffen zu besitzen, geschweige sie zu tragen oder sogar anzuwenden. Wie mir gesagt wurde, ist dein Schwiegersohn mit seinem Schwert auf einen von meinen Leuten losgegangen."

„Er wusste nicht, dass es deine Männer waren. Er glaubte, es wären Räuber, die in seine Siedlung eindrangen", erklärte Weibel.

„Der Tatbestand des Waffenbesitzes besteht trotzdem und ich kann deshalb nichts für dich tun."

„Er darf doch Waffen tragen, er ist ein fränkischer Graf."

„Was ist das für eine Geschichte, die du mir erzählst. Das ist nicht zu glauben!"

„Ich versichere, dass es stimmt! Er war viele Jahre in den Diensten von König Theudebert."

„Was soll ich nun für dich tun? Sag selbst!"

„Gebt ihn gleich frei und lasst die Angaben prüfen."

„Es ist alles sehr sonderbar. Wenn es stimmt, was ich jedoch nicht glaube, wäre ihm ein großes Unrecht geschehen und wenn du gelogen hast, kostet das deinen Kopf. Ich werde ihn dir mitgeben, wenn du für ihn mit deinem Leben bürgst."

„Das tu ich! Er wird seine Siedlung nicht verlassen, bis ihr die Bestätigung habt", versicherte der Gaugraf.

„So sei es!"

Der Amtmann diktierte seinem Sekretär ein Schreiben, dass der Gefangene dem Gaugrafen vom Elbkniegau ausgehändigt werden soll.

Weibel ritt mit seinen Knechten dem Gefangenenzug hinterher.

Die Ochsenkarren waren nicht allzu weit gekommen. Weibel gab dem Anführer der Bewachung das Schreiben. Er las es und gab den Wachleuten die Anweisung, Hartwig frei zu lassen. Ihm wurden die eisernen Hand- und Beinfesseln gelöst.

Weibels Knechte halfen Hartwig auf ein Pferd. Dann ritten sie in Richtung Elbkniegau davon. Als sie an einen Bach kamen, machten sie Halt. Hartwig wusch sich gründlich. Die Knechte machten ein Feuer und bereiteten in einem Blechnapf eine heiße Brühe. Seine Kleidung konnte Hartwig nicht mehr anziehen. Sie stank widerlich. Einer der Knechte hatte noch ein Hemd und eine Hose bei sich, die er ihm gab.

Gestärkt und ausgeruht ging es weiter. Zu Hause war die Wiedersehensfreude groß. Da Elke lange Zeit nichts von ihrem Vater gehört hatte, glaubte sie, dass auch ihm etwas Schlimmes zugestoßen sein musste. Sie war ihm unendlich dankbar, dass er sich für Hartwig eingesetzt und gebürgt hatte. Immer wieder musste er berichten, was er gesehen hatte und wie es ihm gelang, ihren Mann frei zu bekommen. Sie waren alle zuversichtlich, dass die Sache ein gutes Ende nehmen würde.

Elke pflegte Hartwigs Verletzungen. Die Hand- und Fußfesseln hatten sich tief ins Fleisch gegraben und die Wunden eiterten. Elke ließ die Kräuterfrau kommen, die ihrem Mann Blätter gegen die Schmerzen zu kauen gab und die Wunden versorgte.

Langsam erholte sich Hartwig. Es vergingen noch viele Tage, bis er vollständig genesen war. Die letzten Wochen kamen ihm wie ein böser Traum vor. Sein Leben hing an einem dünnen Faden und wenn ihn nicht sein Schwiegervater gerettet hätte, wäre er auf der Reise ins Frankenland möglicherweise gestorben. Er fühlte sich wie neu geboren und dankte Odin für die glückliche Rettung.

Täglich ging er zur Götterburg und half beim Bau mit. Er versuchte sich als Steinmetz und diese Arbeit bereitete ihm große Freude.

Es hatte stark geschneit und Elkes Vater kam zu Besuch. Er hatte ein Schreiben vom Verwalter erhalten. In ihm stand, dass sie sich beide sofort in Gizpiel einfinden sollten. Es gab keinen Hinweis, dass Hartwig unschuldig und frei sei. Vermutlich hatte niemand in der Hauptverwaltung in Metz seinen Namen im Urkundenbuch der Grafen finden können. Das bedeutete, dass er als Gefangener ins Frankenland käme. Sorgenvoll und mit dem Schlimmsten rechnend, zogen sie zum Verwaltungssitz.

3. Die überraschende Wende
Vom Nebelmond (November) bis Taumond (Februar) 536

Der Amtmann empfing den Gaugraf Weibel und seinen Schwiegersohn Hartwig in seinem Arbeitszimmer. Er saß hinter seinem großen Schreibtisch und vor ihm lagen Stapel von Dokumenten. Entgegen der Erwartung begrüßte er die Vorgeladenen freundlich und bot ihnen Platz an. Mit einem durchdringenden Blick betrachtete er Hartwig.

„Es hätte böse ausgehen können. Wir haben klare Anweisungen vom König, wie wir bei Waffenbesitz vorzugehen haben. Meinen Leuten wäre es sogar erlaubt gewesen, dich zu töten. Mir war nicht bekannt, dass sich ein fränkischer Edelmann in meinem Gebiet niedergelassen hat und du hast dich bei deiner Verhaftung nicht zu erkennen gegeben."

„Das stimmt nicht!", erwiderte Hartwig. „Ich habe gesagt, dass ich ein fränkischer Graf bin, doch man hat mir nicht geglaubt."

„Der Sache werde ich nachgehen und den Anführer bestrafen. Seid ihr damit zufrieden?"

„Ja!", sagte Hartwig verhalten. Er war froh, dass die Vorladung zum Amtmann gut ausging und nicht mit einer nachträglichen Bestrafung zu rechnen war. Das Damoklesschwert hatte sich über seinem Haupt entfernt.

„Du musst deinem Schwiegervater danken. Er hat sich für dich eingesetzt und mit seinem Leben gebürgt. Das ist sehr löblich und hat dir wahrscheinlich das Leben gerettet."

Der Amtmann ging zu seinem Schreibtisch und betrachtete ein Pergament.

„Die Angelegenheit dürfte damit geklärt sein. Ich habe hier noch ein Schreiben, das dich Hartwig, betrifft. Es ist ein königliches Dokument. Man hat mich von meinem Amt abberufen, um im Süden unseres Landes, die eroberten ostgotischen Gebiete zu verwalten. Ich will nicht verhehlen, dass ich dieser Aufgabe gerne nachkomme. Mit Weisung des Königs hat er dich, Hartwig, als neuen Amtmann für die ostthüringische Provinz bestimmt. Ich werde so bald wie möglich abreisen und dich in der verbleibenden Zeit in dein neues Amt einweisen."

Verblüfft sah Hartwig zu seinem Schwiegervater. Der war ebenso überrascht. Hartwig erinnerte sich an das Treffen mit dem König in Mons. Theudebert sagte ihm, dass er ihn als Verwalter in Ostthüringen einsetzen wollte. Damals glaubte Hartwig, dass der König es vergessen würde. Es war eine lange Zeit vergangen seit seiner Rückkehr nach Thüringen. Er hatte nicht den Wunsch, mit einer derartigen Aufgabe betraut zu werden. Frei und ungebunden wollte er sein und bleiben. Für seine Familie wollte er da sein und auf seinem Landsitz Pferde züchten. Der Amtmann reichte Hartwig das Schreiben von der Zentralverwaltung in Metz.

Er las es mehrere Male durch.

Konnte er ablehnen?

Ihm wurde klar, dass es kein Angebot war, sondern eine Anordnung des Königs Theudebert. Eine Ablehnung könnte seine Existenz und die der gesamten Familie gefährden. Der Amtmann gab ihm Zeit das Schreiben zu lesen und in Ruhe darüber nachzudenken. Er bearbeitete inzwischen ein paar Dokumente von dem Stapel auf seinem Schreibtisch.

Hartwig befand sich im Dilemma. Eine freie Entscheidung war nicht möglich. Es gab nur die Möglichkeit, abzulehnen und den König zu erzürnen oder als dessen Amtmann die Interessen der fränkischen Besatzer in der ostthüringischen Provinz des Frankenreichs zu vertreten. Die Thüringer würden ihn in dieser Position als einen Verräter ansehen. Hartwig konnte keinen Ausweg erkennen. Er musste das hohe Amt annehmen und die Bürde tragen. Die Nornen hatten anders entschieden als es sein Wunsch war. Er musste sich seinem Schicksal fügen.

Hartwig sah zu seinem Schwiegervater, doch der konnte ihm bei dieser Entscheidung nicht helfen. Zögernd erwiderte er dem Amtmann: „Ich war noch niemals zuvor mit einer solchen Aufgabe betraut und weiß nicht, was da zu machen ist."

„Du brauchst dich nicht sorgen! Die Beamten machen ihre Arbeit gut. Was du noch wissen musst und hier zu tun ist, das werde ich dir bis zu meiner Abreise sagen."

Er rief seinen Sekretär und klärte ihn über den neuen Sachverhalt auf. Verlegen sah der Mann zu Weibel. Vielleicht dachte er an die vielen Silbermünzen, die er vom Gaugrafen erhielt und wie wenig er für die Freilassung dessen Schwiegersohns getan hatte.

„Wo seid ihr untergebracht?", wollte der Amtmann wissen.

„In der Herberge nebenan."

„Ihr könnt in mein Haus umziehen, es ist jetzt auch eures."

„Danke!", sagte Hartwig, „wir warten damit, bis ihr abgereist seid."

„Na gut, wie ihr wollt! Aber eine Einladung zum Abendessen werdet ihr mir bestimmt nicht abschlagen. Meine Frau ist eine ausgezeichnete Köchin."

„Wir nehmen die Einladung gerne an", antwortete Hartwig höflich und sie verabschiedeten sich.

Draußen auf dem Hof atmeten beide kräftig durch.

„Du kannst immer für Überraschungen sorgen", meinte Weibel voller Stolz.

„Was sollte ich tun? Ich hatte keine Wahl. Mir blieb nichts anderes übrig als das Amt anzunehmen."

„Sei unbesorgt, du wirst es packen."

„Da bin ich mir nicht sicher. Ich bin Pferdezüchter und kein Beamter."

„Für uns Thüringer wäre es ein großer Vorteil, wenn du an der Spitze der Verwaltung in Ostthüringen stehst."

„Es werden nicht alle dieser Meinung sein. Für die meisten von ihnen bin ich dann ein Verräter, weil ich den Franken helfe."

„Lass sie nur reden und denken, was sie wollen. Thüringen braucht Frieden, damit es sich erholen kann und du kannst unsere Interessen am besten bei den Franken durchsetzen."

Mit diesem Ausgang der Vorladung hatten Hartwig und Weibel nicht gerechnet. Sie dachten an das Schlimmste, der erneuten Inhaftierung und dem Verkauf als Sklave auf einem der Märkte im Frankenreich. Jetzt war Hartwig der Herr über das ganze Gebiet zwischen Saale und Elbe.

In der Herberge ruhten sie sich aus. Ein Diener holte die beiden am Abend ab. Sie waren nicht die einzigen Gäste beim Amtmann und seiner Frau. Es waren ein paar höhere Beamte mit ihren Frauen eingeladen.

Als die Thüringer ankamen, wurden sie vom Gastgeber vorgestellt. In einem Raum stand eine große Tafel, an der sie Platz nahmen. Hartwig erinnerte vieles an das Leben im Frankenreich. Sie sprachen alle nur fränkisch.

Weibel sah fragend von einem zum anderen. Er verstand nichts von dem, was gesprochen wurde. Hartwig konnte ihm nicht immer sofort das Gehörte übersetzen und der Gaugraf kam sich wie ein Außenseiter vor. Das Essen sagte ihm nicht zu. Viele Speisen waren ihm unbekannt und fremdartig gewürzt. Dazu gab es Traubenwein, der ihm anfangs gar nicht schmeckte. Nachdem er jedoch ein paar Becher gegen den Durst die Kehle hinuntergekippt hatte, änderte sich sein Geschmacksempfinden und er fand Gefallen an dem Getränk der Franken.

Nach dem Essen setzten sich die Männer in einem anderen Raum zusammen, unterhielten sich und tranken Wein. Dabei gab der Gastgeber bekannt, dass er in zwei Tagen mit seiner Familie abreisen würde und Hartwig sein Nachfolger sei. Diese Mitteilung löste großes Erstaunen aus und der Verwalter gab weitere Einzelheiten bekannt.

Einige der Beamten hätten ihn gern in den Süden begleitet. Im kalten Norden fühlte sich keiner von ihnen wohl. Ein jeder erhoffte sehnlichst die baldige Ablösung.

Nun wollten sie wissen, wie Hartwig zu der Ehre dieses Amtes kam. Er hielt sich jedoch bedeckt und keiner traute sich, weiter danach zu fragen. Die Sache schien ihnen sehr geheimnisvoll zu sein. Sie beließen es dabei und sprachen über Dinge, die unverfänglich waren. Die Gespräche betrafen aktuelle Ereignisse, die sich in Reims und Metz abspielten. Die Beamten waren überrascht, dass der Thüringer sich dort gut auskannte. Seine Kenntnisse der Sitten und Gebräuche am fränkischen Königshof ließen ihn locker und gelöst erscheinen und gerade das irritierte die Beamten. Sie würden viel Zeit brauchen, sich an ihn zu gewöhnen. Misstrauisch beobachteten sie ihn.

Nach geraumer Zeit verabschiedete sich Hartwig höflich von ihnen und ging mit Weibel zur Herberge. Sein Schwiegervater war wütend und wollte keinen Tag länger bleiben. Niemand hatte ihn entsprechend seiner Stellung gewürdigt. Er beklagte sich bei Hartwig.

„Die Beamten mit ihren Frauen unterhielten sich untereinander nur in ihrer Sprache. Ich verstand kein einziges Wort. Kannst du dir vorstellen, wie blöd ich mir vorkam", jammerte Weibel.

„Nimm es nicht schwer! Das nächste Mal lädst du sie ein und sprichst nur thüringisch. Ich wette, dass dich einige von ihnen auch nicht verstehen werden."

Für Weibel stand fest, dass er am nächsten Morgen wieder in den Elbkniegau zurückreitet. Hartwig bedauerte es, doch er konnte ihn verstehen.

„Ich würde dich gerne begleiten. Elke und die Kinder werden auf mich warten. Wie es jedoch aussieht, wird es in den nächsten Tagen nicht gehen."

„Du wirst es aushalten, allein zu sein. Mir fehlt hier die Luft zum Atmen. Ich kann die arroganten Franken nicht ausstehen."

„Beruhige dich, sie sind nun einmal da und werden so bald nicht wieder verschwinden. Wir müssen lernen, mit ihnen auszukommen."

Bis weit in die Nacht hinein diskutierten sie über das Für und Wider, mit den Besatzern zusammen zu arbeiten. Hartwig hatte erkannt, dass es nichts bringen würde, sich gegen sie zu stellen. Sie hatten die Macht. Sein Volk musste das auch erkennen und sich anpassen, wenn es weiter existieren wollte.

Wie dünn dieser Faden des Überlebens war, hatte er am eigenen Leibe erfahren. Es war ihm unmöglich, sich in ein Schneckenhaus zurückzuziehen und nur noch für seine Familie da zu sein. Er hatte jetzt die Möglichkeit, seinen Landsleuten zu helfen. Die fränkischen Beamten, die mehrheitlich widerwillig in die neue Provinz im Osten von Austrasien kamen, versuchten ihren Frust auf die hilflosen Thüringer abzuladen. Niemand half den armen Bauern oder beschützte sie. Hartwig könnte in seinem Amt versuchen, ihre Not zu lindern. Dank würde er nicht erwarten können, da er in den Diensten der Franken stand. Sie waren und blieben die Feinde der Thüringer. Wer sich auf ihre Seite schlug, war ein Verräter. Das betrübte ihn. Ob er damit leben konnte? Erneut begann er zu zweifeln. Hätte er das Amt ablehnen sollen?

Weibel wies darauf hin, dass es König Theudebert war, der darüber entschieden hatte. Sich dem Wunsch eines Königs zu widersetzen, war nicht ratsam. Er riet ihm sehr dazu, als Amtmann die Geschicke in der Provinz zu lenken. Vielleicht dachte er dabei auch an die Vorteile, die sich für ihn als Schwiegervater daraus ergaben.

Der alte Amtmann erschien früh in der Herberge. Die Thüringer waren kurz zuvor aufgestanden und warteten in der Gaststube auf ihr Frühstück.

„Kann ich mich zu euch setzen?", fragte er in gebrochenem Thüringisch.

„Gern!", antwortete der Gaugraf.

Der Wirt brachte einen Holzteller mit Hirsebrei und darüber gestreuten, getrockneten Waldbeeren.

Unaufgefordert stellte er auch dem Amtmann einen Teller hin.

„Ich habe bereits gefrühstückt, doch es sieht appetitlich aus, was der Koch für euch zubereitet hat."

„Es wird dir bestimmt nicht schmecken, denn es ist ein einfaches Gericht, das die Leute in dieser Gegend mögen", meinte Weibel.

„Die simple Küche der Thüringer und Slawen mag ich. Ich denke, sie ist viel gesünder als unsere. Aber ich bin nicht zum Essen hergekommen. Wir haben heute viel zu besprechen, denn schon morgen werde ich abreisen."

„Das ist viel zu kurz, um alles zu bereden", bemerkte Hartwig verstört.

„Ich denke nicht! Vieles erfährst du von meinem Sekretär. Er kennt sich in allen Dingen gut aus und ist gewohnt, selbständig zu entscheiden und zu handeln. Die übrigen Beamten, die ihr gestern Abend kennengelernt habt, machen ihre Arbeit auch zufriedenstellend. Es gab in der Vergangenheit nur wenig zu beanstanden."

„Was kann ich tun, wenn es Schwierigkeiten mit ihnen gibt?"

„Versuche das im Gespräch zu klären. Wenn es nicht hilft, kannst du dich schriftlich an die Hauptverwaltung in Metz wenden. Die werden eine Lösung finden. Hüte dich jedoch vor den Emporkömmlingen, die versuchen werden, dich zu denunzieren. Die meisten können nicht verstehen, wie du als gebürtiger Thüringer ein hohes Amt in der Verwaltung bekleiden darfst. Nach der Besetzung von Ostthüringen haben wir die bestehenden Strukturen weitgehend übernommen und auch mehr als die Hälfte der früheren Gaugrafen bestätigt. Nur alle Königsgüter wurden von unseren Leuten besetzt. In ihnen müssen wir den Überschuss erwirtschaften, den unser König von uns erwartet. Im Frühjahr und im Herbst nach der Ernte gehen die Lieferungen zum Königshof. Auch die Steuern von den Bauern werden dorthin gebracht."

„Ist das die Schweinesteuer?", wollte Hartwig wissen.

„Ja, 5oo Schweine sind vertraglich von den Thüringern als Tribut jedes Jahr im Herbst zu entrichten. Die Forderung ist nicht hoch. Sie hat einen symbolischen Wert. Sie soll daran erinnern, wer hier das Sagen hat."

„Wird es nicht als Schmach verstanden?"

„Das ist die Absicht, doch darüber möchte ich kein Urteil abgeben. Wir sind Verwalter und haben die königlichen Gesetze zu exekutieren. Das ist es, was man von uns erwartet."

„Wie groß ist die Möglichkeit, eigenständig in diesem Amt zu wirken", wollte Hartwig wissen.

„Das ist nicht leicht zu beantworten. Wichtig ist, dass du alle königlichen Anweisungen strikt befolgst. In anderen Dingen kannst du frei entscheiden."

Die Männer hatten ihren Brei gegessen und Weibel verabschiedete sich, um nach Hause zu reiten.

„Ich habe leider in der Vergangenheit keine Zeit gefunden, dich im Elbkniegau zu besuchen. Das tut mir leid", sagte bedauernd der Amtmann zum Gaugrafen.

„Ich weiß, dass du viel zu tun hattest", entgegnete Weibel verständnisvoll.

„Ich danke dir, dass ich mit deinem Gau keine Mühen hatte und du dich mir gegenüber immer loyal verhalten hast."

„Auch ich danke dir, besonders für die Rettung meines Schwiegersohns und wünsche dir und deiner Familie eine gute Reise."

Der Amtmann und Hartwig begleiteten Weibel zu dem Pferdestall und verabschiedeten ihn dort. Sie gingen danach zum Hauptgebäude.

Den wartenden Beamten und Schreibern wurde Hartwig als ihr neuer Herr, vorgestellt. An den Gesichtern war deutliches Missfallen zu erkennen.

Im Arbeitszimmer besprach der Amtmann mit Hartwig weitere wichtige Angelegenheiten. Es ging dabei um die innere und auch äußere Sicherheit in der Provinz.

„Wir müssen bei allen Entscheidungen vorsichtig vorgehen!", erklärte der Amtmann.

„Wie ist das zu verstehen?"

„Du hast bestimmt von der Vereinbarung gehört, die wir mit den Slawen in unserer Provinz getroffen haben. Anfänglich gab es von ihrer Seite wiederholt Aufstände, die wir nur schwer unterdrücken konnten. Wir machten ihnen das Angebot, sich ansiedeln zu dürfen. Somit erhielten sie die gleichen Rechte, wie die ansässigen Thüringer und im Gegenzug sollten sie den Widerstand aufgeben. Das verlief sehr erfolgreich und wir haben seitdem Ruhe."

„Wo haben sich die Slawen angesiedelt?", wollte Hartwig wissen.

„Überall dort, wo Wüstungen waren und manchmal habe ich auch Teile der Königsgüter an sie verpachtet. Seitdem sie Land haben, gab es keinen Aufstand mehr und wir benötigen nicht viele Wachleute in den Königsgütern."

„Das ist eine gute Lösung. Und was meintest du mit äußerer Sicherheit?"

„Von Händlern habe ich erfahren, dass es weit im Osten ein Reitervolk geben soll, das wie einst die Hunnen, weiter nach Westen vordringt. Man nennt sie Awaren. Sie treiben die Völker vor sich her und irgendwann werden sie vielleicht an unserer Grenze stehen."

„Mein Vater hatte mir erzählt, wie einst das wilde Reitervolk der Hunnen in Thüringen wütete. Wenn sich das wiederholen sollte, wäre das eine Katastrophe", bemerkte Hartwig.

„Gott behüte uns davor, doch müssen wir schon jetzt daran denken, was wir dagegen tun können."

„Vielleicht sollten wir östlich der Elbe eine Pufferzone einrichten", schlug Hartwig vor.

„Wie stellst du dir das vor?", wollte der Amtmann wissen.

„Wenn die Slawen auch dort sesshaft sind, würden sie ihren Besitz gegen Eindringlinge verteidigen und die Angreifer zurückdrängen."

„Es ist nicht leicht, sie sesshaft zu machen. Sie leben in kleinen Volksgruppen und ziehen immer weiter, wie sie es gewohnt sind."

„Das tun sie aber nur deshalb, weil der Boden nicht genug hergibt. Wir müssten ihnen zeigen, wie sie ihre Äcker richtig bestellen und ihnen besseres Saatgut liefern."

Der Amtmann verzog vielsagend das Gesicht. Er schien von den Ideen des Thüringers nicht überzeugt zu sein.

„Na, wir werden sehen. Ich wünsche dir viel Glück."

Der Amtmann ging zu einer Holztruhe und öffnete sie. Er entnahm ihr ein Gebinde, das mit einem Tuch umhüllt war und reichte es wortlos Hartwig.

„Das gehört dir", sprach der Amtmann und sah Hartwig zu, wie er es auswickelte. Zwei Schwerter kamen zum Vorschein und ein Lederbeutel.

Die Schwerter waren seine eigenen, doch an den Beutel konnte er sich nicht erinnern.

„Der Anführer von der Gruppe der Steuereintreiber hatte mir die Sachen gegeben. Es sind doch deine?"

„Den Beutel kenne ich nicht!"

„Sieh hinein!", forderte ihn der Verwalter auf.

Er öffnete ihn und fand darin seine Medaille, die ihn als Graf auswies.

Hartwig betrachtete sie und die Gedanken an die Gefangenschaft waren wieder da.

„Der Mann wird mich in den Süden begleiten. Dort wird er im Heer von König Theudebert dienen und sich in vorderster Linie beweisen dürfen. Bist du damit einverstanden?"

„Ja, nimm ihn mit!", war die kurze Antwort.

Zum Mittag- und Abendessen war Hartwig beim Verwalter eingeladen. Er lernte dessen beide Töchter kennen, die sich für Hartwigs Lebensgeschichte interessierten. Sie waren im pubertären Alter und ihre Mutter hatte ständig etwas an ihrem Betragen auszusetzen. Hartwig fand, dass sie gut erzogen waren, aber vielleicht hatte er andere Vorstellungen, wie sich Mädchen verhalten sollten. Er gab eine kurze germanische Göttergeschichte zum Besten, die bei den Beiden großen Anklang fand.

„Ihr wisst, dass die Germanen an Riesen und Elfen, an Zwerge und an viele Götter glauben und da gibt es eine Erzählung, wie die Tochter eines Riesen ihren Mann unter den Göttern aussuchte. Wollt ihr sie hören?"

Einmütig stimmten sie zu.

„Einst erschien die Riesin Skadi, die spätere Göttin der Jagd und des Winters, bewaffnet in Asgard, der Götterburg und dem Wohnsitz der Asen. Heimdall, der Torwächter, wollte sie zuerst gar nicht hereinlassen, doch der Göttervater Odin erlaubte es. Die Asen hatten den Vater der Riesin erschlagen, da er ihnen die Göttin Iduna mit ihren verjüngenden Äpfeln geraubt hatte. Skadi kam nun, um ihren Vater zu rächen. Odin war nicht an einer anhaltenden Fehde mit den Riesen interessiert und bot Skadi ein Wergeld an, doch die stolze

Riesin lehnte alles Gold und Silber ab. Balder, einer der Söhne Odins, versuchte zu vermitteln und Skadi fand Gefallen an dem hübschen Gott, den sie gern zum Ehemann hätte. Odin machte ihr einen Vorschlag. Sie dürfe sich unter den ledigen Männern einen Bräutigam aussuchen, doch würde sie nur die Füße von ihnen sehen. Die Riesin willigte ein. Sie stellte jedoch noch eine Bedingung. Wenn es einem der Götter gelingen würde, sie zum Lachen zu bringen, wollte sie in Zukunft keinen Groll mehr gegen die Asen hegen. Zunächst sollte Skadi sich den Mann aussuchen. Die ledigen Götter zogen ihre Schuhe aus und stellten sich hinter einen Vorhang. Die Riesin konnte nur ihre Füße betrachten. Ein Paar war besonders schön geformt, für das sie sich entschied. Sie glaubte, es wären die Füße von Balder, doch es waren die von dem alten Njord, der von den Wanen als Geisel bei den Asen lebte. Als der Vorhang gelichtet wurde, gab es ein lautes Gelächter. Es musste jedoch noch die zweite Bedingung erfüllt werden, um Frieden zu schließen. Alles, was die Asen anstellten, konnte kein Lächeln auf dem Gesicht der Riesin hervorrufen. Die Götter waren verzagt. Da trat der schelmische Loki mit einem Ziegenbock in den Saal. Er band das eine Ende einer Schnur um den Bart des Bocks und das andere um seine eigenen Hoden. Es begann nun ein ständiges Hin- und Herziehen und beide schrien vor Schmerzen jämmerlich auf. Da musste sogar Skadi lachen und die Riesin war versöhnt. Als Brautgeschenk warf Odin die Augen des Vaters der Riesin an das Himmelsgewölbe, wo sie sich in Sterne verwandelten. Die könnt ihr im Sternbild des kleinen Bären sehen."

„War die Riesin mit dem alten Mann wirklich glücklich geworden?", wollte die älteste Tochter wissen.

„Leider nicht, aber das lag nicht an seinem Alter. Njord liebte die See und die Riesin das Gebirge. Beide fühlten sich in der Umgebung des anderen nicht wohl und lebten lieber getrennt."

Die Geschichte war lustig und etwas traurig zugleich, doch sie gefiel den Mädchen. Sie wollten noch andere Sagen hören, doch ihre Mutter ließ sich nicht erweichen und sie mussten zu Bett gehen.

Hartwig besprach mit dem Amtmann noch verschiedene Dinge, die seine zukünftige Tätigkeit betrafen. Er hatte das Gefühl, dass es viel gab, was er hätte wissen müssen, doch reichte hierzu die Zeit nicht aus.

Die Sklaven des scheidenden Amtmanns hatten die Reisewagen gepackt und am Morgen der Abreise waren alle Beamten und die Einwohner des Ortes vor dem Haus erschienen, um ihn und seine Familie würdig zu verabschieden.

Hartwig erkannte, dass sein Vorgänger ein allseits geschätzter und beliebter Mann war. Ob es ihm auch gelingen würde, gut bei den Menschen anzukommen? Erfahrungen hatte er in der Verwaltung keine, doch einen gesunden Menschenverstand und eine schnelle Auffassungsgabe. Dies musste ihm vorerst genügen. Nach der Abreise seines Vorgängers ließ Hartwig sich vom Hausdiener die Wohnräume zeigen. Soviel Platz brauchte er allein nicht. Er musste mit Elke sprechen, ob sie mit hierherkommen würde. In den vergangenen Jahren hatte er die Trennung von seiner Familie nicht allzu schwer empfunden, doch jetzt kam ihm jeder Tag ohne sie, wie ein verlorener Tag vor. Leider konnte er nicht gleich nach Hause abreisen, das war ihm bewusst. Er musste sich zuvor einen Überblick verschaffen und alles kennenlernen.

Vom Sekretär ließ er sich über die Aufgaben der einzelnen Beamten und die internen Abläufe der Verwaltung informieren. Seine Aussagen deckten sich mit denen, des früheren Amtmanns. Dann ging er mit ihm zu dem Gefängnis. Der Sekretär schien noch nie dort gewesen zu sein. In einer der Gruben lagen drei junge Männer in Ketten.

„Wer sind die Gefangenen?" fragte Hartwig den Aufseher.

„Ich weiß es nicht. Sie sind seit kurzem hier."

„Wieso wurden sie nicht registriert, wie es üblich ist." Verdutzt sah ihn der Aufseher an.

„Das hat mir niemand angewiesen!"

„Wer ist für die Einlieferung der Gefangenen verantwortlich?"

Der Sekretär nannte den Namen des zuständigen Beamten.

„Er soll sofort kommen!", befahl Hartwig.

Eilig rannte ein Knecht in eine der angrenzenden Hütten. Hartwig sah sich in dem Gefangenenhaus um. Es war ein einziges Dreckloch, noch schlimmer als er es in Erinnerung hatte. An einer Seite des Langhauses war die Küche für die Gefangenen. Die Gerätschaften waren schmutzig und aus den Kesseln stank es nach vergammelten Essensresten. Der Sekretär hielt sich ein Tuch vor die Nase und folgte vorsichtig Hartwig durch den Dreck. Es stank nicht nur in der Küche, sondern ebenso bestialisch aus den leeren Gruben.

Da kam der Knecht zurück und es folgte ihm ein kleiner dicker Mann, der aussah als wäre er gerade von seinem Strohlager aufgestanden. Er wirkte sehr ungepflegt.

„Bist du verantwortlich für die Gefangenen?" wollte Hartwig von ihm wissen.

„Das bin ich Herr!"

„Sag mir, wer die da unten sind!"

„Die trugen Waffen bei sich als man sie aufgriff", stammelte der Mann.

„Haben sie keine Namen?"

„Sie sprechen nicht unsere Sprache. Wenn man sie etwas fragt, antworten sie nicht."

„Sprichst du ihre Sprache?"

„Wieso? Wir sind doch die Herren."

„Wie willst du sie dann verhören?"

Verlegen sah der Mann zu dem Sekretär.

„Wir verhören sie nicht. Sie werden alle in den Westen geschickt."

„Ist dir schon einmal der Gedanke gekommen, dass sie eine wichtige Information für uns haben könnten."

„Was sollen die schon wissen? Die sind doch dümmer als das Vieh."

Hartwig war außer sich. Am liebsten hätte er den Mann geschlagen. Wütend lief er aus dem Gefängnishaus. Der Sekretär eilte ihm hinterher. In seinem Amtszimmer ließ Hartwig seinem Ärger freien Lauf.

„Dieser arrogante Kerl soll mich noch kennenlernen. Geh zu ihm und teile ihm mit, dass bis morgen das stinkende Loch von einem Gefängnis sauber zu sein hat und wenn ich noch Dreck finde, werde ich den Fettwanst in eine der Gefangenengruben werfen lassen, damit er merkt, wie schön es da unten ist!"

Schnell lief der Sekretär zurück und gab die Anordnung sinngemäß weiter. Hartwig brauchte einige Zeit, um sich zu beruhigen.

Als der Sekretär zurückkam, beauftragte er ihn, einen Vorschlag zu machen, wie das Gefangenenhaus zu verbessern wäre. Er hatte seine eigenen Vorstellungen, doch wollte er, dass sich seine Beamten mit diesen Dingen befassen sollten.

Am nächsten Tag zu der gleichen Zeit ging Hartwig mit dem Sekretär zum Gefängnis, um nachzusehen, wie die Anordnung umgesetzt wurde. Der verantwortliche Beamte wartete mit den Aufsehern und Knechten vor dem Eingang. Hartwig ging wortlos an ihnen vorüber durch die Tür.

Er staunte.

Der Lehmboden war gefegt und mit frischem Stroh bedeckt. Der Kochbereich war sauber und die Gerätschaften gebürstet und poliert. Es roch nicht mehr nach verdorbenem Essen. Auf dem Feuer stand ein Kessel, in dem Wasser köchelte, in das sie Kräuter wegen des besseren Geruches gegeben hatten.

Hartwig ging zu den Gruben und sah hinunter. Es lag frisches Stroh ausgebreitet darin. Er ließ sich eine Leiter geben und stieg zu den Gefangenen hinab. Die Männer waren verwundert, dass jemand in ihrer Sprache sich nach ihren Namen erkundigte. Hartwig fragte nach dem Grund für ihre Festnahme und sie bestätigten, dass sie wegen Waffenbesitzes festgenommen wurden. Sie behaupteten jedoch, dass es keine Schwerter, sondern nur Messer waren, wie man sie üblicherweise am Gürtel trug.

„Hat man euch zu essen gegeben?", wollte er wissen.

„Gestern bekamen wir Brot und Wasser."

Hartwig stieg die Leiter hinauf und verließ das Gefangenenhaus, ohne ein Wort zu sagen. Der Sekretär kam zu ihm, mit einigen Vorschlägen zur Verbesserung der Anlage. Er hatte Skizzen angefertigt, um alles deutlicher erklären zu können. Hartwig sprach mit ihm darüber und entschied sich für eine dieser Lösungen.

In den nächsten Tagen veranlasste der Sekretär die Umsetzung seines Vorschlags.

Die Gruben wurden mit Lehm aufgefüllt und ebenerdige Käfige aus Holzbalken gezimmert. Dort wurden die Gefangenen untergebracht. Da sie gefesselt blieben, war die Fluchtgefahr gering. Ihre Unterkunft mussten sie täglich selbst säubern und im Garten bei der Arbeit helfen. Einmal am Tag bekamen sie warmes Essen und auch frisches Wasser. Jeder sollte ab sofort bei der Einlieferung registriert und verhört werden.

„Die Listen mit den Namen der Gefangenen und dem Grund der Inhaftierung wird mir jeden Tag vorgelegt", entschied Hartwig in barschem Ton.

„Bei der Vernehmung der drei Gefangenen hat sich gezeigt, dass sie ihre Messer bei sich hatten", erklärte der Sekretär.

„Sind Messer Waffen?"

„Eigentlich nicht. Soll ich sie freilassen", wollte der Sekretär wissen.

„Tu das! Danach sprechen wir über einen weiteren Missstand, der mir auffiel."

„Was ist das?", fragte der Sekretär neugierig zurück.

„Darüber sprechen wir, wenn du das eine erledigt hast."

Der Sekretär eilte zum Gefangenenhaus und erteilte die notwendigen Anweisungen zur Freilassung der drei Männer. Die waren sehr überrascht und konnten gar nicht begreifen, wie ihnen geschah.

Nachdem ihnen die Ketten abgenommen wurden, rannten sie davon als würden ihnen böse Geister folgen.

Danach ging der Sekretär ins Hauptgebäude zurück und überlegte, welchen Missstand der neue Amtmann meinen könnte.

Hartwig kam gleich darauf zu sprechen.

„Viele der Wachleute sitzen faul herum. Ihre Anzahl können und dürfen wir nicht verringern. Wenn auch zurzeit alles friedlich erscheint, kann sich die Situation jederzeit ändern. Deshalb müssen wir sie sinnvoll beschäftigen. Hast du eine Idee?"

Der Sekretär kratzte sich verlegen am Kopf. Wie soll er schnell eine Lösung parat haben? Es gäbe einige Dinge zu tun, aber Wachleute eigneten sich nicht für alle Arbeiten. Hartwig merkte, wie schwer sich sein Gegenüber tat.

„Wie sieht es mit unserem Wegenetz aus? Ist es so gut, wie im Frankenreich?"

„Keineswegs, Herr! Es gibt nicht eine befestigte Straße hier."

„Wäre das nicht etwas, wo die Wachleute mithelfen könnten?"

„Darüber muss ich nachdenken."

„Tu das und wenn du einen Vorschlag hast, sprechen wir darüber."

Nach wenigen Tagen hatte Hartwig den Überblick und in fast allen Bereichen seine eigenen Vorstellungen eingebracht. Der Sohn des Sekretärs diente ihm als Schreiber. Hartwig war von dem Wissen und den Fertigkeiten des jungen Mannes beeindruckt. Deshalb wollte er ihn auf seine Inspektionsreise zu den Gaugrafen und Königsgütern mitnehmen.

Von den Wachleuten suchte er sich die besten Krieger aus, die ihn begleiten sollten. Die neuen Aufgaben begeisterten Hartwig mehr als er anfangs dachte. Vieles konnte er als Verwalter in der Provinz beeinflussen und verbessern. Das freute ihn.

Noch nie hatte er gespürt, dass er über andere viel Macht besaß. In seiner Grafschaft war das anders als hier. Dort fühlte er sich als Fremder, obwohl ihm die Bevölkerung alle Ehrenbezeigungen entgegenbrachten.

Aber hier in Thüringen, das war und blieb seine Heimat, wo er geboren und aufgewachsen war. Er hatte nun die Möglichkeit, seinem Volk Gutes zu tun.

Ideen hatte er eine Menge. Ob sie umsetzbar waren, musste er herausfinden. Sein neuer Schreiber war ein aufgeweckter Bursche. Er war klug und redegewandt. Mit ihm konnte sich Hartwig gut unterhalten und seine Ideen diskutieren.

Von ihm erfuhr er auch, wie die Beamtenschaft am Verwaltungssitz über ihn dachte und wie sich ein Teil von ihnen gegen ihn positionierte. Die meisten waren mit ihm als Amtmann nicht einverstanden. Sie wollten keinem gebürtigen Thüringer unterstehen. Das fanden sie unter ihrer Würde. Einige meinten, dass man Hartwig ins Leere laufen oder vor sich her treiben sollte. Sie hofften, dass er dann von sich aus das Amt aufgeben und seiner Wege gehen würde. Mit diesem Wissen konnte Hartwig rechtzeitig Umbesetzungen unter den Beamten vornehmen. Über seinen Vater, dem Sekretär, sagte Gottlieb nichts und Hartwig fragte auch nicht danach.

4. Bedrohliche Vorzeichen
Vom Taumond (Februar) bis Wonnemond (Mai) 536

Der Weg in Richtung Elbkniegau war aufgeweicht und in einem schlechten Zustand. In den letzten Tagen hatte es abwechselnd geregnet und geschneit. Das Wetter war zu mild für diese Jahreszeit. Vereinzelt sah man Schneeverwehungen, die sich in den tiefen Rinnen bildeten. Eine Vielzahl alter Spuren war erkennbar. Jeder, der mit einem Karren hier entlangfuhr, suchte sich die beste Möglichkeit, um gut voran zu kommen. Hartwig ritt mit seinen Begleitern im Trab nach Norden. Immer wieder mussten sie den tiefen Pfützen ausweichen.

„Das Wegenetz ist das wichtigste Vorhaben in den nächsten Jahren", sagte er zu seinem Schreiber Gottlieb, der neben ihm ritt.

„Im Frankenland haben wir es den Römern zu verdanken, dass wir bei jedem Wetter gut reisen können. Wenn sie vor mehreren hundert Jahren nicht ihre Kultur in den Norden gebracht hätten, sähen dort die Wege genau so aus, wie hier."

„Du meinst wohl, dass die Thüringer froh und dankbar sein sollten, dass sie jetzt zum Frankenreich gehören?"

„Ja, das denke ich!"

„Vielleicht hast du recht."

Hartwig blickte zum Himmel.

„Wir müssen uns beeilen, dass wir Weibels Landgut erreichen. Es scheint bald Regen zu geben."

„Der Himmel sieht aus als wollte es hageln. Die Wolken haben eine sonderbare Farbe", bemerkte Gottlieb.

„Das ist mir auch aufgefallen. Es kündigt sich ein gewaltiges Unwetter an."

Sie ritten im Galopp die letzte Strecke bis zu Weibels Gehöft. Der Gaugraf stand vor seinem Haus und betrachtete sorgenvoll den Himmel. Mit dem Besuch von Hartwig hatte er nicht gerechnet.

„Es ist mir eine Ehre, den Amtmann zu begrüßen", rief er ihm zu.

Hartwig sprang vom Pferd und umarmte seinen Schwiegervater.

„Wie geht es dir? Hast du von meiner Frau gehört?"

„Allen geht es gut. Du hast Glück, denn sie ist bei mir zu Besuch. Lauf ins Haus, dort kannst du sie überraschen."

Hartwig eilte zur Tür und lugte in die Küche.

Elke stand am Kessel und schnitt Gemüse hinein. Sie war in ihre Arbeit vertieft und bemerkte die Ankunft ihres Mannes nicht. Er schlich sich von hinten an sie heran und umfasste sie plötzlich. Ein gellender Schrei durchdrang das Haus. Elke drehte sich um und erkannte ihren Mann.

„Hast du mich erschreckt! Das sollst du nicht tun. Ich hätte in den Kessel stürzen können."

„Unmöglich, ich hatte dich schon in meinen Armen."

Sie küssten sich. Elkes Mutter, die den Schrei gehört hatte, eilte herbei und sah den beiden zufrieden zu. Der Anblick machte sie glücklich. Nur zwei, ihrer fünf Töchter waren bis jetzt verheiratet, die Älteste und Elke. Sie hoffte inständig, dass auch die anderen einen guten Mann abbekommen würden.

Weibel hatte Hartwigs Begleiter zum Pferdestall geführt. Dort konnten seine Sklaven die erhitzten Tiere mit Stroh abreiben und tränken. Der Schreiber sprach gut thüringisch und hatte einen flüchtigen Blick zu den Boxen geworfen.

„Du hast schöne Pferde in deinem Stall!", bemerkte er voller Bewunderung.

Sichtlich geschmeichelt zeigte der Gaugraf dem jungen Franken seine Zuchthengste.

„Kennst du dich mit Pferden aus?" wollte er von dem jungen Mann wissen.

„Ich war oft bei meinem Onkel zu Besuch. Der hat eine große Pferdezucht. Seine Tiere verkauft er an das Heer unseres Königs."

„Züchtet er Kriegspferde?"

„Ausschließlich! Damit lässt sich viel Geld verdienen. Gekämpft wird überall und zu jeder Zeit. Es gibt selten genug Pferde für die Reiterei."

„Bei uns sieht es zurzeit nicht gut mit dem Verkauf oder Tausch aus. Wir haben keine Krieger mehr und die Menschen sind verarmt und können sich Pferde nicht mehr leisten."

„Wenn du willst, kann ich meinem Onkel schreiben, ob er Tiere von dir abkauft."

„Wenn er einen guten Preis zahlt, warum nicht?"

Weibel zeigte dem Schreiber und den vier Wachleuten ihre Unterkunft. Es war eine Lehmhütte mit einem Schilfdach.

„Das Essen nehmt ihr gemeinsam mit uns in der großen Wohnstube ein! Wenn ihr fertig seid, kommt gleich ins Haupthaus!"

Es hatte sich auf dem Gutshof schnell herumgesprochen, dass Hartwig angekommen war. Die Männer und Frauen beendeten ihre Arbeit und gingen zum Langhaus. Dort war von den Frauen alles für das gemeinsame Abendessen vorbereitet. Für die Gäste wurden zusätzliche Tische im Wohnraum aufgestellt. Die Kinder waren vorzeitig von ihrem Spielplatz gekommen, um ja nichts zu verpassen, was die Männer sich erzählten.

Hartwig berichtete Weibel von den letzten Ereignissen am Verwaltungshof und was er in der Zukunft verändern wollte.

Der Gaugraf hatte in manchen Dingen andere Vorstellungen. Er ließ jedoch seinen Schwiegersohn ausreden und wollte ihn nicht gleich belehren, was normalerweise seine Art war. Weibel zählte, wie fast alle Thüringer, zu denen, die insgeheim noch an ein Thüringer Königreich glaubten. Für ihn war die Zeit der fränkischen Besetzung nur eine vorübergehende Erscheinung, der man sich fügen musste.

Hartwig war da anderer Meinung. Er wusste, dass Amalafred als rechtmäßiger Nachfolger keine Ambitionen hatte, nach Thüringen zurückzukehren. Die Kränkung durch die Gaugrafen würde er nicht vergessen können. An der Seite Audoins und des oströmischen Kaisers konnte er mit seinen Kriegern, die ihm ins Langobardenreich gefolgt waren, mehr erreichen als sich ständig gegen eine fränkische Übermacht behaupten zu müssen.

Der Einzige, der aus der Königsfamilie die Krone annehmen würde, wäre Prinz Baldur. Er wurde von dem Frankenkönig Chlothar gefangen gehalten und an eine Freilassung oder Flucht war nicht zu denken.

Weibel sah noch andere Kandidaten für die Königswürde. Sich selbst schloss er dabei nicht aus. Immer wieder erzählte er die Geschichte von dem gemeinsamen Urahn aus Herminafrids Sippe. Beweisen konnte er dies nicht, denn es musste schon sehr viele Generationen zurückliegen. Wenn er davon anfing, widersprach ihm niemand. Es hätte keinen Zweck und der sonst so ruhige Gaugraf vertrug in dieser Sache keinen Widerspruch oder Zweifel.

Hartwig wollte sich, bevor er zu den anderen Gaugrafen reiste, noch ein paar Tage daheim erholen und seine Frau nach Hause begleiten. Weibel schlug ihm vor, dass sein Schreiber Gottlieb bei ihm auf dem Gut bleiben könnte. Er soll seinen Töchtern und ihm ein paar Stunden Unterricht in der fränkischen Sprache geben. Es hatte ihm sehr missfallen, dass er am Verwaltungssitz nichts von dem, was die Franken gesprochen hatten, verstand. Ehrgeizig, wie er war, wollte er sich das in seinem reifen Alter noch antun. Dafür erntete er viel Lob von seiner Sippe. Hartwig ließ auch zwei seiner Wachleute bei ihm.

Am nächsten Morgen fuhr er mit Elke und den beiden anderen Wachleuten in seine Siedlung. Es hatte die ganze Nacht geregnet und die Sandwege waren aufgeweicht. Elke fand Schutz unter der Plane des Pferdewagens. Fröstelnd kamen sie zu Hause an. Die großen Kinder liefen Ihnen entgegen und begrüßten ihren Vater, den sie lange entbehren mussten. Hartwig war froh, wieder bei ihnen zu sein.
Ursula stellte Becher mit heißem Tee auf den Tisch, damit sich die durchnässten und frierenden Herrschaften und ihre Begleiter von Innen erwärmen konnten. Hartwig und Elke nahmen ihre Becher und setzten sich in die Nähe des Herdfeuers.

„Wie ist es ohne mich gegangen", wollte Elke von ihrer Freundin Ursula wissen.

„Es ist nichts vorgefallen. Die Kinder waren brav."
Die Kleinen schmiegten sich verlegen an ihre Mutter.

„Ich habe jedem etwas Schönes von eurem Großvater mitgebracht", sagte Elke und sah in die erwartungsvollen Gesichter der Kinder.

Neugierig versuchten sie zu erraten, was es war. Elke holte ihren Reisesack und packte ihn langsam aus. Die Spannung stieg ins Unermessliche. Ganz unten am Boden kramte sie ein Tuch hervor und legte es auf den Tisch. Ihr ältester Sohn durfte es aufschlagen. Es kamen verschiedene Tiere aus Holz zum Vorschein. Hartwigs Ältester sollte die Sachen gerecht verteilen. Am Ende blieb für ihn selbst nichts mehr übrig. Er schien etwas traurig darüber zu sein, doch tat er als würde ihm das nichts ausmachen. Sein Vater hatte ihn dabei beobachtet und rief ihn zu sich.

„Du hast die Sachen richtig verteilt. Eines Tages wirst du meinen Platz einnehmen und da musst du, wie ich, zuerst an das Wohl der anderen denken. Aber du sollst heute nicht leer ausgehen. Ich habe für dich ein besonderes Geschenk, dass dich bestimmt sehr freuen wird."
Er griff an den Gürtel und löste sein Messer mit der Scheide.

„Das habe ich von einem Schmied, der im Norden des Frankenreichs lebt und die besten Gürtelmesser fertigt."
Er reichte es seinem Sohn und die Augen des Jungen strahlten vor Glück.

„Danke!", sagte er und umarmte seinen Vater.
Ursula goss Tee in die Becher nach und Elke berichtete von der Fahrt durch den Schneeregen.

„Alle Wege sind aufgeweicht und die Pferde kamen kaum voran. Es sieht aus als wollte die Welt untergehen."

„Wir dürfen nicht klagen", meinte Ursula, „die letzten Jahre waren zu trocken und wir brauchen dringend den Regen. Viele Quellen sind versiegt und die Erde ist ausgedorrt. Der Wasserspiegel in den Brunnen auf den

Weiden ist merklich zurückgegangen. Deshalb wollen wir nicht jammern, wenn es ein paar Tage regnet."

„Du hast recht Ursula, wir sollten uns freuen", erwiderte Elke und rieb sich mit einem Tuch die Haare trocken. Hartwig zeigte den Wachleuten ihre Unterkunft.

Aus der Schmiede waren gleichmäßige Hammerschläge zu hören. Hartwig ging zu der rauchgeschwärzten Hütte und trat ein. Überrascht sahen ihn seine beiden Anverwandten an.

„Habt ihr genug Arbeit?", wollte er wissen.

„Wir können nicht klagen. Es gibt mehr zu tun als wir bewältigen können."

„So muss es sein!", entgegnete Hartwig und ging zu dem Schmiedefeuer. Mit der Zange zog er ein glühendes Stahlstück heraus.

„Was sehe ich denn da. Ihr schmiedet Schwerter. Wisst ihr nicht, dass das strengstens verboten ist."

„Wir hörten von Weibel, dass du jetzt der Gebietsverwalter bist und das Schwert, das wir machen, ist doch nur für dich. Es soll ein Geschenk sein."

„Wenn das stimmt, ist es gut."

Sichtlich erleichtert wischten sich Edmund und Godwin den Schweiß von der Stirn. Hartwig wusste, dass sie gelogen hatten. Es lagen noch mehrere unfertige Stücke in einer Ecke.

„Hier sehe ich ja noch welche", meinte er beiläufig.

„Damit wollt ihr wohl ein ganzes Heer für mich ausrüsten?"

Edmund schien sichtlich verwirrt.

„Sagt schon, für wen ihr die macht."

„Sie sind für unsere Jungkrieger im Harz. Sie brauchen dringend Waffen."

„Warum holen sie die nicht von ihren Feinden?"

„Womit sollen sie kämpfen, um welche zu gewinnen?"

„Ihr solltet vorsichtiger sein. Wenn man euch dabei erwischt, kann ich euch nicht helfen. Es ist leichtsinnig die Schwerter herum liegen zu lassen. Sehen das meine Wachleute, nehmen sie euch gleich mit und ihr kommt als Sklaven ins Frankenreich."

Ängstlich verstauten die Brüder die halbfertigen Waffen in einer Kiste und vergruben sie im Lehmboden der Schmiede. Hartwig sah ihnen dabei zu. Er wusste, dass er sich mit dem Wissen zum Komplizen der beiden machte, aber es war ihm auch wichtig, dass die jungen Männer, die bei den Rebellen in den Bergen lebten, in den Waffentechniken ausgebildet wurden. Im Norden des Harzes vertrieben die Sachsen immer mehr Thüringer Bauern von ihren Höfen. Die Franken konnten sie nicht wirksam schützen, da sie zu wenig Krieger hatten. Deshalb ließen sie die Eindringlinge gewähren. Ihnen war es gleich, wer den Boden bebaute, wenn sie nur selbst die militärische Oberhand behielten.

„Ihr sagt keinem, dass ich euch hierbei erwischt habe. Als Amtmann darf ich das nicht dulden."

„Wir passen jetzt besser auf. Niemand wird die Schwerter bei uns sehen."

Hartwig ging zu Ortrun, der Mutter der beiden Schmiedegesellen. Sie schimpfte wie immer auf ihren Bruder Weibel, dass er sich zu wenig um sie und ihre Söhne kümmerte. Es waren jedes Mal die gleichen Vorwürfe und Hartwig hörte ihr geduldig zu. Trotz dieser Unart war sie die gute Seele in der Siedlung. Sie kümmerte sich um alles und jeden auf dem Hof. Wenn er und Elke nicht zu Hause waren hatte sie das Sagen.

„Ich habe eine Aufgabe für dich", sagte Hartwig zu ihr

„Zwei Wachleute sind mit mir gekommen und die müssen gut versorgt werden. Vielleicht kannst du dich ihrer annehmen?"

Ihre schlechte Laune schien wie weggeblasen. Ortrun freute sich, dass sie jemand zum Unterhalten oder zumindest Zuhören hatte. Hartwig schmunzelte bei dem Gedanken, dass seine Männer nur fränkisch sprachen und die alte Frau nicht verstehen würden. Er dankte ihr für ihre Bereitschaft und lief eilig durch den Schneeregen ins Haupthaus.

Der Pferdeknecht kam mit dem Sklaven Sigu von der Weide. Sie hatten die Zäune repariert und an verschiedenen Stellen neue Pfosten gesetzt. Erschöpft erreichten sie den Hof. Während des Abendessens fanden sich alle im Haupthaus ein. Elke trug die großen Schüsseln mit Hirsebrei auf und Ursula half ihr dabei. Der Hausherr dankte den Göttern für die Mahlzeit und danach langten alle zu. Nach dem Essen erzählte Hartwig noch eine Geschichte von den Asen und wer sich dafür interessierte, blieb am Tisch sitzen.

Elke und Ursula brachten danach die Kinder ins Bett.

Der Schneeregen wollte kein Ende nehmen. Die Sonne ließ sich kaum noch sehen. Wenige Augenblicke am Tag zeigte sie sich schemenhaft am Firmament. Wer nicht unbedingt das Haus verlassen musste, blieb in der Nähe der warmen Feuerstelle in der Küche. Sie war der Ort, an dem geschnitzt, Wolle gesponnen oder andere Dinge getan wurden. Natürlich gab es viel zu erzählen. Hartwig, der schon weit herumgekommen war, hörte man am liebsten zu. Es kam selten vor, dass er eine Geschichte wiederholte und wenn es dennoch einmal vorkam, störte sich niemand daran.

Die Freude war groß als der Wind die dunklen Wolken wegtrieb und der Regen etwas nachließ. Alle hofften auf sonnige Tage.

Hartwig ritt mit Erich und dem Sklaven Sigu zu den Weiden. Große Acker- und Wiesenflächen standen unter Wasser. Die Rinder und Pferde fanden nur wenige erhöhte Stellen, wo sie im Trockenen stehen konnten.

„Was können wir dagegen tun?", fragte er sorgenvoll seinen Pferdeknecht.

„Wir müssen das Wasser schneller wegbekommen. Am besten wäre es, Gräben zu ziehen und diese in Kanäle abzuleiten. Dazu haben wir jedoch nicht genügend Leute."

„Wie viele Männer würde man dafür benötigen."

„Ein ganzes Heer", antwortete Erich und sah Hartwig skeptisch an. Der Futtermangel war den Tieren anzusehen. Sie standen dösend im Schlamm und magerten ab.

„Gibst du ihnen zusätzlich Futter?"

„Sie bekommen einmal in der Woche extra Heu. Das wird nicht mehr lange ausreichen."

Der Pferdeknecht und Sigu setzten ihre Arbeit vom vergangenen Tag fort. Sie schlugen Holzstangen in den aufgeweichten Boden für eine Koppel. Hartwig ritt weiter zur Götterburg. Er sah ein paar Männer an den halbfertigen Statuen der germanischen Götter arbeiten. Sie hatten die Steinblöcke in den Gewölbegang geschoben, der den Hof umschloss. Somit waren sie im Trockenen. Der Baumeister konnte nicht gefunden werden. Hartwig suchte ihn auf der benachbarten Wohninsel. Auch dort war er nicht. Durch die offene Tür einer Hütte sah Hartwig die Schamanin. Sie war vertieft im Zubereiten eines Elixiers.

„Störe ich dich?", fragte er sie.

„Komm nur herein und setz dich!"

Sie nahm die Sachen, die auf dem Schemel lagen, weg und verstaute sie in einem Regal.

„Möchtest du Tee trinken?"

„Der würde mir guttun. Das Sauwetter ist kaum zu ertragen."

Aus einem Holzbecher nahm die Frau ein paar Blätter und gab sie in ein größeres Tongefäß. Dann goss sie heißes Wasser aus dem Kessel darüber. Nach einer Weile verbreitete sich ein würziger Duft in dem kleinen Raum der Lehmhütte.

„Du warst schon lange nicht mehr hier. Kann ich dir helfen?", fragte die Schamanin.

„Vor langer Zeit hast du mir geweissagt. Damals konnte ich deine Worte nicht richtig deuten, doch heute weiß ich, dass sie stimmten. Jetzt habe ich ein hohes Amt im Reich übernommen und will wissen, ob ich es gut ausüben kann."

Sie sah ihn skeptisch von der Seite an.

„Wir werden die Runen befragen."

Aus einer Kiste kramte sie ein Tuch hervor, in das eine Holzschale mit kleinen Buchenstücken eingewickelt war. Sie stellte sie auf den Tisch. Zeichen waren in die Holzstücke eingeschnitten.

„Kennst du dich damit aus?", fragte sie beiläufig und ließ sich in ihren Vorbereitungen nicht stören.

„Ein wenig! Es sind Runen!"

„Wenn du willst, kann ich sie dir erklären", sagte sie kurz.

Hartwig hatte schon mehrere unterschiedliche Runenalphabete gesehen und wusste nicht, welches die Schamanin benutzte. Mit bedächtigen Worten beschrieb sie ihm jedes Zeichen und seine Bedeutung.

„Kennst du die lateinische Schrift?", wollte sie wissen.

Hartwig nickte ihr zu.

„Die germanischen Schriftzeichen sind nur teilweise damit vergleichbar", fuhr sie fort.

Sie zeigte ihm eine Holzleiste, in die, neben den Buchstaben des lateinischen Alphabets, Runenzeichen eingeritzt waren.

„Hier kannst du erkennen, dass es weniger Runen als Buchstaben gibt."

„Ist es möglich einen Text damit zu schreiben?", fragte Hartwig.

„Im Prinzip ja, doch die Runen können noch viel mehr als nur die Laute wiedergeben. Jedes Zeichen für sich hat auch eine magische Bedeutung. Ein bestimmter Zauber steckt in ihnen."

„Woher kommen die Runen?"

„Sie sind ein Geschenk Odins. Er stieß sich einst seinen Speer zwischen die Rippen und hängte sich in die Äste der Weltenesche Yggdrasil. Dort blieb er ohne Essen und Trinken neun Tage lang. Die Schmerzen machten ihn fast wahnsinnig und er suchte Hilfe bei den Toten. Er sprach mit ihnen und lernte Runen ritzen."

„Würdest du mir eine solche Leiste mit den Zeichen herstellen."

„Ich schenke sie dir. Du bist der erste, der sich für dieses Alphabet interessiert. Darüber freue ich mich."

Hartwig bedankte sich. Ihn interessierte besonders die magische Bedeutung dieser Zeichen. Der römische Schreiber in Rodewin hatte sie ihm nicht erklärt. Die Schamanin kannte sich besser aus und beschrieb ihm den Gebrauch.

„Schwer ist es nicht, damit umzugehen. Jeder kann es lernen. Am Anfang rate ich dir zum Runenziehen."

„Was ist das?"

„Es ist eine einfache Art, eine Entscheidung zu finden."

Die Schamanin breitete alle Hölzer auf dem Tisch aus und legte sie mit der Bildseite nach unten. Dann verschob sie die Buchentäfelchen kreuz und quer, dass Hartwig nicht mehr wusste, wo welche Rune vorher lag.

„Wenn du die Tafeln gut gemischt hast, sprich deine erste Frage laut aus. Wähle frei eine Tafel und lege sie vor dich auf die rechte Seite des Tuches. Dann stellst du deine zweite Frage und legst die Tafel links von der ersten. Nach der dritten Frage deckst du alle drei Tafeln auf. Jetzt kommt es darauf an, die Zeichen richtig zu deuten. Das ist eine Sache der Übung. Je öfter du das mit einfachen Fragen probierst, umso sicherer und genauer werden die Antworten."

Die Schamanin legte Hartwig noch einmal jede einzelne Rune vor und er konnte ihre Bedeutung sagen. Sie war mit ihrem Schüler zufrieden.

„Jetzt werde ich dir deine Frage versuchen zu beantworten. Ich werde die Runen nicht ziehen, sondern sie werfen. Dadurch bekomme ich mehr Aussagen auf einmal."

Sie begann mit den Vorbereitungen, gab alle Holztäfelchen in die Schale und breitete das Tuch auf dem Lehmboden der Hütte aus. Danach entfachte sie das Feuer unter dem Kessel und warf ein paar getrocknete Kräuter hinein. Die verbrannten sogleich und verbreiteten einen süßen Duft im Raum.

Die Schamanin begann ein Ritual, das Hartwig noch nicht gesehen hatte. Sie beschwor die Götter, ihr die Runen zu offenbaren. Immer wieder formulierte sie Hartwigs Frage. Mit beiden Händen fasste sie die Schale und warf die Holzplättchen mit einem kurzen Schwung nach oben. Sie fielen zu Boden und bildeten wahllos verteilte kleine Haufen. Dann beugte sie sich nieder und sah darauf. Es war still, nur das Knistern des Feuers war zu hören.

Hartwig beobachtete die Frau, die wie erstarrt auf dem Boden kniete und die Runen betrachtete. Manche der Tafeln waren durch andere verdeckt oder lagen mit der Bildseite nach unten.

Die Schamanin fing an, Hartwig die Bedeutung zu erklären. Die Runen sagten ihr, dass er in den nächsten Jahren viele Schwierigkeiten überwinden müsse und am Ende doch erfolgreich wäre. Erstaunt sah er sie an. Ihm war es nicht möglich etwas aus den Zeichen zu erkennen.

„Hast du gesehen, was das für Schwierigkeiten sind?", wollte Hartwig wissen.

„Nicht deutlich! Es muss mit den äußeren Umständen zusammenhängen, denn es lagen die Zeichen IS und JARA ganz eng beieinander und die bedeuten Eis und Ernte."

Die Schamanin legte die Runentäfelchen zurück in die Schale und wickelte sie in das Tuch. Hartwig wollte ihr ein Silberstück für ihre Weissagung geben, doch sie lehnte es ab. Sie reichte ihm das Tuch und sagte: „Hier nimm dies als weiteres Geschenk von mir und lerne damit umzugehen."

„Brauchst du sie nicht selbst?"

„Ich kann mir neue machen."

Hartwig bedankte sich und ritt nach Hause. Dort erzählte er Elke von der Begegnung mit der Schamanin. Sie konnte sich noch gut an sie erinnern. Mit den Runen wusste sie nichts anzufangen. Hartwig schrieb auf ein Pergament die Bedeutung der einzelnen Zeichen, damit er sie nicht vergaß und legte es zu der Schale mit den Holztäfelchen und der Runenleiste.

Nach dem gemeinsamen Abendessen wollten die Kinder unbedingt die Geschichte über den Endkampf der Götter hören. Auch die älteren kannten sie noch nicht und waren gespannt, was passieren würde. Nachdem Hartwig seine Erzählung beendet hatte, begann eine lebhafte Diskussion. Die Kinder wurden immer lauter und eine Frage folgte der anderen.

Elkes Nerven waren durch den Lärm überstrapaziert und sie schrie: „Ruhe!"

Das genügte, um alle verstummen zu lassen, sogar die Männer schwiegen.

Als sie später mit Hartwig allein war, entschuldigte sie sich bei ihm, dass sie barsch war.

„Es ist schon gut! Anders wären die Kinder niemals verstummt. Ich freue mich, dass sie sich für unsere Göttergeschichten interessieren. Vielleicht sieht das in der nächsten Generation anders aus."

„Wie meinst du das?"

„Ich denke, dass wir uns im Laufe der Jahre immer mehr den Franken anpassen werden und dann übernehmen wir auch deren Glauben."

Elke erschrak.

„Das kann ich mir nicht vorstellen. Niemals wird das passieren! Keiner kann uns unsere Götter nehmen, eher würden wir sterben."

„Sei unbesorgt, wir erleben es nicht. Es dauert seine Zeit. Unser König Herminafrid hatte eine christliche Frau und trotzdem seinen Glauben an die alten Götter der Thüringer bewahrt."

„Da hat mir mein Vater etwas anderes dazu gesagt."

„Was denn?", hinterfragte Hartwig.

„Der König soll an gar keine Götter geglaubt haben und deshalb hat ihm auch keiner bei der Schlacht an der Unstrut beigestanden."

„Vielleicht glaubte er an den Christengott seiner Frau und die germanischen Götter gleichermaßen?", mutmaßte Hartwig.

„Es hat ihm nicht geholfen. Besser wäre es, er hätte sich entschieden und unsere alten Götter nicht verraten."

„Als Herrscher muss man tolerant sein und jedem Untertanen seinen Glauben lassen. Nur so werden die Menschen friedlich zusammenleben können."

Elke leuchtete es ein, doch ihr Gefühl sagte ihr etwas anderes.

„Ich meine, dass Toleranz in der Glaubensfrage unangebracht ist. Wer hat dann Recht? Welcher Gott ist der Richtige? Wenn jeder an etwas anderes glaubt, entsteht ein Chaos und das möchte ich nicht erleben."

Sie setzte sich Hartwig gegenüber. Es machte ihr Spaß, mit ihm zu diskutieren. Sie wusste, dass er der Gescheitere war, aber er brüstete sich niemals damit. Wenn sie eine andere Meinung äußerte, dachte er darüber nach und manchmal schloss er sich ihrer Auffassung an.

„Als ich im Langobardenreich war, bin ich vielen Menschen mit unterschiedlichen Religionen begegnet und sie haben sich gut vertragen. Es findet bei ihnen jetzt ein Wandel statt. Immer mehr werden Christen, weil Wacho dem oströmischen Kaiser damit gefallen möchte. Seinen Untertanen scheint das nicht zu stören und er, der König, ist tolerant in dieser Frage."

„Wenn alle so denken, wird es bald niemand mehr geben, der an unsere Götter glaubt", protestiert Elke.

„Vielleicht kommt dann die Zeit, wo die Welt untergehen wird", bemerkte Hartwig scherzhaft.

„Ich will nicht mehr darüber sprechen, das ist alles zu traurig. Sag mir lieber, was du morgen vorhast."

„Ich reite zu deinem Vater und am Tag danach besuche ich die Gaugrafen und Königsgüter. Hast du Lust mitzukommen?"

„Es geht nicht! Wegen der Kinder kann ich nicht lange wegbleiben und es müsste bei mir bald soweit sein." Hartwig sah ein, dass es nicht möglich war.

„Wirst du alles allein hier schaffen?"

„Ich bin doch daran gewöhnt und Ursula ist mir eine große Hilfe."

„Wie geht es ihr? Fehlt ihr Baldur sehr?"

„Sie spricht nicht darüber. Ich denke, sie hat sich damit abgefunden, dass er nicht mehr zurückkommen wird. Verstehen tut sie es nicht, dass er wegen seiner Schwester nicht fliehen will."

„Es ist seine einzige Verwandte, die er noch hat und seinem Vater versprach er, stets auf sie aufzupassen", erwiderte Hartwig.

„Wenn König Chlothar Radegunde heiraten will, wird Baldur nichts dagegen tun können."

„Aber er ist in ihrer Nähe und kann ihr Trost spenden."

„Doch hier hat er eine Frau und Kinder, um die er sich kümmern müsste", widersprach Elke.

„Er weiß, dass seine Lieben bei uns in den besten Händen und gut versorgt sind."

„Trotzdem ist es traurig mit den Beiden, weil keiner ihnen helfen kann."

„Mach dir keine Gedanken um sie, es wird alles wieder gut werden. Vielleicht dauert es etwas länger, aber man muss nur fest an das Gute glauben."

„Möchtest du noch etwas trinken?", fragte sie schmunzelnd.

„Bringe mir bitte einen Becher Met."

Elke lief in den Vorratsraum und schöpfte aus einem großen Tongefäß den süßen Honigwein in seinen Trinkbecher. Sie musste immer wieder an Baldur und Ursula denken. Es machte sie traurig, dass sie nicht helfen konnte. Hartwig bemerkte es und bemühte sich, sie zu trösten.

5. Besuch in den Königsgütern
Vom Wonnemond (Mai) bis Erntemond (August) 536

Der Regen hatte in der Nacht nicht nachgelassen und es gewitterte bis zum Morgen. Trotz des schlechten Wetters ritt Hartwig mit seinen beiden Wachleuten nach dem Frühstück zu Weibels Siedlung.

Der Gaugraf war überrascht, dass sein Schwiegersohn frühzeitig gekommen war und schien darüber verärgert zu sein.

Hartwig wunderte sich.

„Warum bist du sauer auf mich?", fragte er ihn.

„Du unterbrichst meinen Unterricht."

„Was für einen Unterricht?"

„Dein Schreiber lernt mir die fränkische Sprache. Das nächste Mal werde ich nicht wieder wie ein Trottel neben einem Franken sitzen und nichts von dem verstehen, was er sagt."

„Das ist löblich von dir, aber ich muss morgen abreisen, um alle Gaue und Güter zu besuchen. Wenn du willst, begleite mich! Du kannst unterwegs deinen Unterricht fortsetzen."

„Das ist mir zu beschwerlich, da warte ich lieber, bis ihr von eurer Tour zurückkehrt."

Weibel ging zurück ins Wohnzimmer. Hartwig folgte ihm. Drinnen stand sein Schreiber und unterrichtete die drei ledigen Töchter von Weibel. Sie himmelten den hübschen Burschen an und jede bemühte sich, durch besonderen Lerneifer dem jungen Lehrer zu gefallen.

In einer Pause informierte ihn Hartwig, dass sie am nächsten Morgen abreisen müssten. Die Enttäuschung war bei den fleißigen Schülerinnen groß. Als sie jedoch hörten, dass die Besuchsreise zu den Gauen in kurze

Etappen eingeteilt war und der Schreiber dazwischen hierher zurückkommen würde, freuten sie sich.

Hartwig ließ die Lerngruppe allein und sah nach seinen Wachleuten. Sie lungerten in der Tenne der Scheune und langweilten sich.

„Ihr werdet ein bisschen mit dem Schwert üben", sagte er zu ihnen und stieß sie von den Strohballen, auf denen sie saßen.

„Jetzt zeigt mir, was ihr könnt!"
Die Schwerter der Wachleute schlugen zusammen.

„Nicht so heftig, Männer. Ihr habt doch keine Keule in der Hand. Ich zeige euch, wie das gemacht wird."
Hartwig stellte sich in der Mitte auf und vollführte schwungvolle Bewegungen mit seiner Waffe.

„Das Schwert ist euer verlängerter Arm. Probiert es selbst, ohne Gegner!"
Die Wachleute stellten sich in einer Reihe auf und fochten in die Luft. Hartwig sah ihnen lange zu und gab Ratschläge. Die Anstrengung dieser Übungen konnte man den Männern ansehen. Schweiß lief ihnen über die Stirn und das Gesicht. Erst als die Hausfrau zum Abendessen rief, ließ er sie aufhören. Erschöpft setzten sie sich auf den Boden.
Nach dem Essen erläuterte Hartwig seinem Schwiegervater die Absicht seiner Reise.

„Es geht mir um das Kennenlernen und die Bestandsaufnahme in den Gütern. Mein Schreiber wird auch neue Wegekarten anfertigen."

„Das ist viel, was du dir vornimmst", erwiderte Weibel skeptisch.

„Das weiß ich und deswegen könnte ich deine Hilfe gut gebrauchen."

„Ich wäre dir vielleicht bei der Bestandsaufnahme von Nutzen, da kenne ich mich gut aus. Die meisten werden versuchen, wegen der Steuern, nicht alles anzugeben. Aber da kommen sie bei mir nicht durch."

„So kann ich mit dir rechnen?", fragte Hartwig.

„Da du zwischendurch immer wieder nach Hause kommen willst, bin ich einverstanden."

„Du kennst das gesamte Verwaltungsgebiet besser als ich. Deshalb werde ich mit dir unsere Routen besprechen."

Hartwig holte aus seinem Reisesack ein Pergament mit einer gezeichneten Karte des Gebietes zwischen Saale und Elbe heraus. Der Schreiber schlug vor, sternartig den Elbkniegau zu bereisen. Das gefiel Weibel und sie einigten sich darauf.

Weibels jüngste Tochter Hedwig fragte ihren Vater, ob sie mitkommen darf.

„Das ist zu anstrengend für dich", entgegnete er barsch. Sie ließ nicht ab und umschmeichelte ihn, wie eine Katze. Bald darauf gab ihr Vater nach.

Zeitig am Morgen ritten sie aus der Siedlung in Richtung Osten. Es regnete nicht mehr. Der Boden war stark durchnässt und überall hatten sich Wasserlachen gebildet. Die Wege glichen Schlammrinnen und die Reiter mussten einigermaßen begehbare Stellen suchen, wo sie leichter vorankamen.

Noch vor der Mittagszeit erreichten sie das erste Königsgut. Hier sah es nicht anders aus als im Elbkniegau. Mehr als die Hälfte der Landflächen standen unter Wasser. In der Siedlung war man überrascht, hohen Besuch zu bekommen und der Gutsverwalter entschuldigte sich bei Hartwig, dass er nicht vorbereitet sei.

„Das macht nichts. Ich bin gekommen, um dich und deine Familie kennenzulernen. Seit Anfang des Jahres bin ich als Amtmann für Ostthüringen eingesetzt."

Hartwig stellte seine Begleiter kurz vor.

„Folgt mir bitte!", rief der Gutsverwalter aufgeregt. Eilig lief er zum Haus und verschwand durch eine kleine Tür. Hartwig ging ihm nach. Die Frau und die Kinder des Verwalters saßen am Tisch, beim Mittagessen. Wie die Hühner sprangen sie vor Schreck auf.

„Lasst euch nicht stören und esst weiter. Ich werde mich draußen ein wenig umsehen", beruhigte Hartwig die Familie.

Er ging mit dem Gutsverwalter zurück auf den Hof. Sklaven kümmerten sich dort bereits um die Pferde und das Gepäck der Gäste.

„Habt ihr eine gute Reise gehabt?", wollte der Hausherr wissen.

„Wir sind zufrieden, wenn es nicht regnet", antwortete Weibel.

Der Gutsverwalter zeigte seinen unangemeldeten Gästen die Stallungen. Zwei Langhäuser waren für Rinder vorgesehen, das konnte Hartwig an der Anordnung der Futterraufen erkennen.

„Wo sind jetzt deine Kühe?"

„Sie stehen auf den Weiden."

„Finden sie genug Gras?"

„Es sieht momentan schlecht aus. Ich hoffe, dass bald die Sonne herauskommt und das Wasser von den Wiesen verschwindet. Jetzt muss ich noch zufüttern, da das Gras nicht wächst. Es ist schlimm mit dem Wetter." An der Seite gab es Boxen, in denen zwei massige Stiere standen.

„Das ist mein ganzer Stolz", erklärte der Gutsverwalter. Sogar meine Nachbarn kommen zu mir, um ihre Kühe decken zu lassen."

„Es sind wahrlich prächtige Tiere. Wo hast du sie her?"

„Die habe ich aus meiner Heimat, im mittleren Frankenreich mitgebracht."

Er erzählte Hartwig, wie er auf dem Bauernhof seines Vaters aufwuchs. Sein älterer Bruder übernahm das Anwesen und durch die guten Beziehungen seines Vaters zur Verwaltung des Königshofs fand sich für ihn die Möglichkeit, dieses Gut zu übernehmen. Am Ende des Rundgangs hatte er seine ganze Lebensgeschichte berichtet.

Als sie in die Wohnstube kamen, war der Tisch für die Gäste gedeckt und die Hausfrau hatte eine Graupensuppe mit viel Gemüse im Kessel vorbereitet. Die großen Töchter trugen Tonschüsseln mit der dampfenden Suppe auf und legten Holzlöffel dazu. In der Mitte des Tisches stand ein Korb mit frischem Brot.

„Setzt und stärkt euch", sagte der Hausherr und nahm etwas abseits auf einer Bank Platz.

„Hast du schon gegessen?", wollte Hartwig wissen.

„Ihr seid gekommen als ich anfing."

„Setz dich zu uns! Die Suppe schmeckt köstlich."

Der Gutsverwalter ließ sich nicht lange nötigen und sie aßen gemeinsam.

Für die Wachleute hatte die Hausfrau in der Küche das Essen hergerichtet, wie sie es von zu Hause kannte. Die Herrschaft aß allein und die Bediensteten mussten in der geräumigen Küche Platz nehmen. Nach dem Essen und der Bestandsaufnahme wollte Hartwig die Wachmannschaft aufsuchen.

„Die Männer sind nicht auf dem Gutshof untergebracht. Sie leben in einem befestigten Turm in der Nähe des Ufers zur Elbe. Ich versorge sie einmal in der Woche mit Lebensmitteln", informierte der Gutsverwalter den Amtmann.

„Zeige mir den Weg, nachdem wir gegessen haben! Der Gaugraf sowie mein Schreiber können mit dem Zählen deines Viehbestands beginnen. Wir wollen nur zwei Nächte bleiben und müssen uns deshalb sputen."

Dem Gutsverwalter schien es recht zu sein, dass die Gäste nicht lange auf dem Hof blieben. Seine Miene erhellte sich zusehends.

Hartwig ritt nach dem Essen auf direktem Weg zu dem Fluss. Weibel lief in Begleitung von zwei Sklaven zu den Weiden, um die Rinder zu zählen. Der Schreiber sollte mit Weibels Tochter Hedwig nach den Haustieren sehen und diese erfassen. Auf dem Gut gab es viele Hühner, die sich in jeder Ecke der Stallungen und Speicher aufhielten. Die Schweine, Ziegen und Schafe liefen ebenso frei herum. Sie wurden von den Kindern beaufsichtigt und in den nahegelegenen Wald zur Futtersuche getrieben.

Dem Schreiber kam alles wie ein arges Durcheinander vor. Er war in der Stadt aufgewachsen. Wie es auf einem Guts- oder Bauernhof aussah, kannte er nicht. Die Tiere waren ihm vertrauter, wenn sie gebraten oder gekocht auf dem Tisch lagen. Weibels Tochter Hedwig war ihm eine große Hilfe. Sie kannte sich aus und mit sicherem Auge spürte sie das Federvieh auf und zählte es. Der Schreiber konnte darüber nur staunen und der jungen Frau gefiel es, dem gescheiten Mann behilflich zu sein. Gemeinsam und mit Hilfe der Kinder schafften sie es, bis zum Abend das gesamte Vieh auf dem Hof zu zählen.

Weibel kam zufrieden von den Weiden zurück, denn die Tiere standen in Gruppen, an geschützten Stellen in der Nähe des Gutshofes. Er war sich sicher, kein Rind oder Pferd vergessen zu haben.

Als Hartwig von den Wachstationen zurückkam, setzten sie sich zusammen und der Schreiber ergänzte seine Bestandsliste und die Flächenkarte des Königsgutes. Dabei half ihm der Gutsverwalter. Nur er kannte die wichtigen Wege, die von seinem Hof wegführten und die Entfernungen zu den anderen Orten. Zeit zum Kontrollieren würden sie bei dieser Reise nicht haben, aber darum ging es Hartwig nicht. Er wollte sich einen Überblick verschaffen und dazu reichten diese Angaben aus.

Da sie zeitig fertig wurden, beschloss Hartwig, schon am nächsten Tag weiterzureisen. Er wollte nur noch den Futterbestand in den Speichern und die Lebensmittelvorräte erfassen.

Zwei seiner Wachleute schickte er in der Früh zu dem nächsten Gut, damit sie seinen Besuch ankündigten. Er hoffte, auch dort nicht länger verweilen zu müssen.

Gegen Mittag waren sie mit der Arbeit fertig und verabschiedeten sich nach dem Essen.

Sie hatten einen langen Ritt vor sich und kamen erst am späten Nachmittag im nächsten Königsgut an. Da der dortige Gutsverwalter durch die Wachleute informiert war, hatte er den Viehbestand selbst erfasst. Hartwig brauchte am Tag darauf diese Zahlen nur noch von Weibel und seinem Schreiber kontrollieren lassen.

In wenigen Tagen waren die ersten vier Königsgüter bereist und zufrieden kehrten sie in Weibels Siedlung zurück. Hartwig hielt sich nicht lange auf und ritt zu seinem Gut weiter. Er wollte Elke und die Kinder sehen. Zu Hause angekommen kam ihm Sigu auf dem Hof entgegen. Aufgeregt berichtete er, dass Elke einen strammen Sohn geboren hatte. Hartwig eilte ins Haus. Elke saß auf einer Bank und stillte das Baby. Sie reichte es ihm. Voller Freude betrachtete er den Jungen.

„Gib ihn mir zurück! Er ist noch hungrig und wird gleich schreien."

Behutsam reichte Hartwig seinen Sohn Elke. Die anderen Kinder sahen zu und waren stolz auf ihren neuen Bruder.

„Wie lange wirst du bleiben?", fragte Elke ihren Mann.

„In drei Tagen werde ich abreisen. Wir müssen noch viele Güter besuchen."

„Erzähle mir davon, wie es war", bat ihn Elke. Hartwig berichtete und alle Umstehenden lauschten seinen Worten.

Am dritten Tag reiste er zu Weibels Siedlung ab. Die Nachricht von dem Familienzuwachs wurde gut aufgenommen. Alle gratulierten Hartwig zu seinem Sohn. Der Schreiber hatte in den letzten Tagen gemeinsam mit Weibel und Hedwig die Bestandslisten von den besuchten Gütern geordnet und die Wegekarten ergänzt. Während der Reise hatte er sich mit Weibel und seiner Tochter oft in der fränkischen Sprache unterhalten. Sie hatten dadurch beim Sprachunterricht einen Vorteil. Die zu Hause gebliebenen Töchter sahen, dass ihre jüngere Schwester sehr vertraut mit ihrem Lehrer umging und rechneten sich weniger Chancen bei ihm aus. Sie gaben auf und wollten nicht mehr von ihm unterrichtet werden. Nun blieben Hedwig und der Schreiber allein. Außer den Schwestern merkte es niemand. Auf der gemeinsamen Reise hatten sie sich etwas näher kennengelernt und Gottlieb gefiel die temperamentvolle und ungezwungene Art von seiner Begleiterin. Er war schüchtern. Hedwig begriff, dass sie bei ihm die Initiative ergreifen musste, um etwas zu erreichen. Wenn sie ihm zu nahe kam, wich er ihr aus. Wie sollte sie es nur anstellen, seine Aufmerksamkeit zu wecken?

Der ältesten Schwester Adelheit vertraute sie sich an. Ihr Mann war auch schüchtern, bevor sie heirateten. Sie riet ihr, sich bei dem Schreiber unentbehrlich zu machen.

„Wie kann ich das?", fragte Hedwig verzweifelt.

„Am besten bei der Arbeit. Du sagtest mir, dass du ihm auf den Reisen geholfen hast. Das musst du weiter tun. Er gewöhnt sich immer mehr an dich."

„Aber was ist, wenn er mich gar nicht liebt?"

„Die Liebe musst du bei ihm wecken. Das braucht seine Zeit. Die kommt irgendwann von allein."

Hedwig befolgte den Rat und sie half dem Schreiber, wo es nur ging. Neben dem Fränkischen lernte sie Latein, da alle Aufzeichnungen in dieser Sprache erfolgten und der Schreiber brachte ihr geduldig das Schreiben bei. Dadurch war sie fast den ganzen Tag mit ihm zusammen.

Die Unterbrechung der Reisen zu den Königsgütern und Gauen gefiel Hartwig. Er hatte dadurch Gelegenheit, oft zu Hause zu sein und sich der geliebten Pferdezucht daheim zu widmen. Sorge bereitete ihm das anhaltend schlechte Wetter. Es war zu nass und zu kalt für diese Jahreszeit. Die Sonne war seit Wochen nicht mehr zu sehen. Keiner konnte sich dieses Wetterphänomen erklären. Im Hochsommer fiel an ein paar Tagen sogar Schnee. Die Stimmung der Menschen sank von Tag zu Tag. Es verbreitete sich eine Weltuntergangsstimmung unter den Menschen. Die germanischen Priester nährten diese durch ihre Prophezeiungen. Sie sprachen von Ragnarök, den ersten Anzeichen des Endkampfes der Götter gegen die Riesen. Drei Jahre soll die Dunkelheit anhalten, bis es zur großen Schlacht in der Ebene Wigrid kommen würde.

Hartwig wollte Klarheit haben und nicht nur die Meinung der germanischen Priester, sondern auch die der Christen hören. Dazu begab er sich auf eine Reise zu einem alten Mönch, der als Einsiedler, weit ab von den Menschen im Wald leben sollte. Mit ihm wollte er über das Wetter und die Zukunft sprechen. Ihm wurde berichtet, dass der Mann in einer Höhle haust. Er soll nur von Pflanzen, Beeren und Moos leben. Einer der fränkischen Gutsverwalter hatte Hartwig gesagt, dass der Mann ein Heiliger wäre und aus dem Frankenreich käme.

In Begleitung von zwei Wachleuten machte sich der Amtmann auf den Weg. Die beschriebene Route zu dem Einsiedler war nicht präzise und Hartwig verirrte sich oft. Der Weg führte in ein entlegenes Gebiet zu einem ausgedehnten Waldgebiet. Das Vorankommen wurde von Tag zu Tag schwieriger. Ein schmaler Pfad führte entlang eines Baches zu einer Felsengruppe. Dort war eine alte Bärenhöhle. Hartwig band sein Pferd am Stamm eines Baumes fest und wies seine Wachleute an, auf ihn zu warten. Entlang des Rinnsales führte ein schmaler Weg bachaufwärts. Dornensträucher verhinderten ein schnelles Vorankommen. Hartwig fing an zu zweifeln, ob es den christlichen Einsiedler wirklich gab und er ihn antreffen würde. Welcher Mann lebte freiwillig an einem verlassenen Ort, wie diesen. Vielleicht war der Mönch gar nicht existent und nur eine erfundene Legende. Hartwig überlegte, ob er aufgeben und umkehren sollte. Da hörte er den feinen Ton einer Glocke in der Ferne. Jetzt war er sich sicher, den rechten Weg gefunden zu haben. Vorsichtig lief er weiter auf eine

Felsengruppe zu. Auf einem Vorsprung sah er einen alten Mann in einer braunen Filzkutte. Vorsichtig näherte er sich dem meditierenden Mönch. Hartwig verhielt sich ruhig. Er beobachtete lange den Einsiedler. Nach einer Weile hob der alte Mann seinen Kopf und sah zu ihm hin. Mit tiefer Stimme sprach er: „Du hattest einen anstrengenden Weg zu mir, um eine einfache Frage zu stellen."

„Woher weißt du, dass ich dich etwas fragen will?"

„Wieso sollte sonst ein Mann, wie du, hierherkommen?"

„Kennst du mich?", fragte Hartwig.

„Du bist der Amtmann dieses Landes!"

Hartwig war überrascht. Er hatte den Mönch früher noch nie gesehen.

„Sind wir uns schon einmal begegnet?", wollte er wissen.

„Nie zuvor! Dennoch kenne ich dich gut, vielleicht besser als du dich selbst", antwortete der Mönch in seiner besonnenen Art und faltete seine Hände zum Gebet.

„Schließe dich mir im Gebet an!", sprach er zu Hartwig.

„Ich glaube nicht an deinen Christengott. Mir sind nur die germanischen Götter heilig."

Der Mönch sagte nichts dazu und verrichtete seine Andacht weiter. Er ignorierte seinen Besucher als wäre er Luft. Hartwig überlegte, ob er sich entfernen sollte. Er wand sich von dem Einsiedler ab und lief langsam den Weg zurück. Der Mönch rief ihm laut hinterher.

„Du willst wissen, was die Zukunft bringt. Ich werde sie dir verkünden!"

Hartwig sah überrascht zu dem Alten, der seine Hände zum Himmel hob und mit tiefer Stimme sprach.

„Das Wetter zeigt den Untergang deiner Götterwelt an. Es kommt in wenigen Jahren zum Endkampf der Asen gegen die Riesen und beide Seiten werden verlieren. Sie sind alle todgeweiht. Die Welt wird jedoch weiterbestehen und der Christengott den Erdenbewohnern Liebe und Frieden bringen. Wie nach einem großen Waldbrand werden die jungen Pflanzen aus dem Boden sprießen. Sie sind der Beginn für eine neue Zeit."

Hartwig war mit der Antwort nicht zufrieden.

„Bisher hat dein Gott keinen Frieden gebracht, wo die Menschen an ihn glauben. Die Arianer und Katholiken schlagen sich die Köpfe ein und hassen sich bis aufs Blut. Wenn das die neue Welt sein soll, die du preist, ist den Menschen nicht geholfen."

„Sie alle werden für ihr falsches Tun bestraft werden. Drum besinne dich und wende dich dem rechten Glauben in edler Gesinnung zu", beschwor der Mönch zum Himmel blickend. Es fing an zu schneien und der Einsiedler verschwand in seiner Höhle.

Hartwig ging nachdenklich den Weg zurück. Die Begegnung mit dem alten Mönch beschäftigte ihn. Er hatte den Eindruck, dass der Einsiedler ebenso wenig wusste, wie die germanischen Priester und Schamanen. Was sollte er tun und was den Menschen sagen, die ihn fragten und von ihm als Amtmann eine Antwort erwarteten? Hartwig versuchte, sich eine eigene Meinung zu bilden. Nach seinem Empfinden war die Wetterverschlechterung nicht der Beginn des Götterkampfes auf der Ebene Wigrid. Die Zeit vor der großen und letzten Schlacht der germanischen Götter gegen die Riesen müsste nach seiner Meinung härter ausfallen als momentan erkennbar. Sein Vater erzählte den Kindern oftmals die Geschichte von Ragnarök, dem Weltuntergang. Hartwig erinnerte sich, wie furchteinflößend er diese Schilderungen empfand. Sie handelten davon, wie die Wölfe Skalli und Hati die Sonne und den Mond verfolgten, um sie zu verschlingen. Sterne fielen vom Himmelsgewölbe, die Erde bebte, Stürme tobten und entwurzelten die Bäume. Der Fenriswolf konnte sich von seinen Fesseln lösen und spuckte Feuer. Seine Schwester, die Midgardschlange, die das Weltmeer umspannte, kam an Land und überschwemmte die Erde. Niemand konnte sie aufhalten. Die Feuerriesen wurden wach und zogen mit ihren flammenden Lanzen und Rüstungen über die Regenbogenbrücke nach Asgard, wo die germanischen Götter wohnten. Das alles sollte weit in der Zukunft liegen.

Den Beginn des Weltuntergangs stellte sich Hartwig viel dramatischer vor als er sich durch das Schlechtwetter momentan zeigte. Wenn der Feuerriese Surt mit seinem Heer durch Midgard, dem Wohngebiet der Menschen ziehen würde, müsste die Welt brennen. Von größeren Waldbränden hatte Hartwig noch nichts gehört. Nach diesen Überlegungen hörte er nicht mehr auf das Gerede vom Weltuntergang. Er sorgte sich darum, wie die Menschen den nächsten Winter überstehen konnten, wenn auch in diesem Sommer die Ernte ausfallen würde. Hierüber musste er mit Harald, seinem älteren Bruder sprechen. Er könnte ihm vielleicht einen Rat geben.

Die Besuchsreisen zu den nördlichen Königsgütern und Gauen gingen dem Ende entgegen. Es war Spätsommer, doch man merkte es nicht. Seit dem Frühjahr hatten die Menschen weder die Sonne noch den blauen Himmel gesehen. Die religiösen Eiferer waren nicht mehr zu überhören. Die Angst, die sie erzeugten, bestimmte mancherorts das Leben und führte zu chaotischen Zuständen. Viele waren wie gelähmt und zogen sich zurück. Andere wurden aggressiv und waren nur auf Raub und Totschlag aus. Hartwig befürchtete, dass Unruhen entstehen könnten und überlegte sich Maßnahmen, diese zu verhindern. Er sprach mit seinem Schreiber darüber, der ihn von allen seinen Leuten am besten verstand. Für ihn als Amtmann war es wichtig, Ruhe zu bewahren und diese nach außen hin zu vermitteln. Viele Menschen kamen zu ihm und wollten seine Meinung zu der Wetterverschlechterung hören. Entgegen den Aussagen der Priester führte Hartwig es auf eine momentane Wettersituation zurück, die man beobachten müsse. Wenn sich das Wetter in den nächsten Jahren weiter verschlechtern würde, wollte er sich ihrer Meinung anschließen. Er riet jedem, trotz der schlechten Ernte, genügend Vorräte für den Winter anzulegen und dafür zu sorgen, dass nicht die Mäuse und Ratten viel Schaden anrichten konnten. Oft kam es vor, dass die Hälfte der Getreideernte durch sie verdorben wurde.

Die Erntezeit war vorüber. Hartwig hatte den Kornspeicher auf seinem Gut kontrolliert und sorgenvoll die geringe Getreidemenge betrachtet.

Drei Planwagen fuhren auf den Hof. Die Kinder waren die ersten, die sich um die Wagen scharten und neugierig auf die Kutscher einredeten.
Hartwig ging zu ihnen und erkannte seinen fränkischen Verwalter Lucius. Er kam den weiten Weg aus dem Süden des Frankenlandes, um das versprochene Getreide zu liefern. Sigu und die Schmiedegesellen spannten die Pferde aus und kümmerten sich um sie. Lucius und die Fuhrleute gingen mit Hartwig ins Wohnhaus.
„Ich muss mich entschuldigen, dass ich nur mit drei Wagen komme, aber die Ernte ist dieses Jahr geringer als sonst ausgefallen. Das Wetter ist auch in deiner

Grafschaft schlechter als in den Jahren zuvor. Wir sind zusammen mit einer Hundertschaft Krieger hierhergezogen. Sie sollen die Wachen im Norden der Thüringer Westprovinz verstärken. Ohne sie wären wir mit unserer Kornladung wahrscheinlich nicht heil angekommen."

„Wieso?", entgegnete Hartwig.

„Es gibt immer mehr Raubgesindel und niemand fühlt sich auf den Straßen mehr sicher. Viele Menschen glauben, dass sie im Winter verhungern werden."

„Bei uns, im Osten Thüringens, sieht es mit der Ernte in diesem Jahr ebenso schlecht aus. Ich bin froh, dass du uns das Getreide gebracht hast. Jetzt stärkt euch erst einmal. Danach können wir reden."

Elke und Ursula trugen Brot und Speck, sowie einen Kessel mit Fleischbrühe auf. Die Männer langten kräftig zu. Es schien, als hätten sie Tage nichts mehr zu essen bekommen.

„Schmeckt es euch?", wollte Elke wissen.

Lucius nickte ihr zufrieden zu.

„Seit langem haben wir nicht so gut gegessen. Unterwegs übernachteten wir oft in den Königsgütern. Sie haben noch Lebensmittel vom Vorjahr. Es sieht in diesem Jahr überall schlecht aus", berichtete er.

„Jetzt könnt ihr euch ein paar Tage erholen, bevor ihr wieder zurückreitet. Ohne Wagen schafft ihr es in einer kürzeren Zeit", erklärte Hartwig.

„Die Strecke ist mir vertraut und sie kam mir diesmal kürzer vor als im letzten Jahr", meinte Lucius.

Hartwig fragte ihn nach den Neuigkeiten in seiner fränkischen Grafschaft. Lucius berichtete von den jüngsten Zuchterfolgen und dem guten Zustand der Pferdeherden, trotz des kühlen und trüben Sommers.

„Niemand kann sich das Wettergeschehen erklären. Es war einfach da und keiner wusste, wann es besser wird. Die Bischöfe predigen den nahen Weltuntergang, doch der König erklärte, dass es eine vorübergehende Erscheinung des Himmels wäre."

„Was meinst du?", fragte ihn Hartwig.

„Ich bin ein sehr gläubiger Mann, aber das Wort des Königs zählt mehr als das seiner Bischöfe. Deshalb glaube ich, dass sich das Wetter in den nächsten Jahren bessern wird."

„Das denke ich auch und hoffe es sehr", bestätigte ihm Hartwig.

Der Verwalter schien noch etwas auf dem Herzen zu haben, das er loswerden musste. Hartwig ließ ihm Zeit, sich zu sammeln.

„Es ist etwas Schlimmes passiert", begann Lucius zögerlich zu sprechen. „Man hat uns wieder Pferde aus den Herden gestohlen und wir konnten die Diebe noch nicht finden."

„Wie viel sind es?"

„Zwei."

„Dann werden sie es wohl auf das Fleisch abgesehen haben, denn verkaufen können sie die Pferde nicht, da nur noch der König welche von dieser Rasse besitzt und alle mit einem Brandzeichen versehen sind."

„Das denke ich auch. Ich habe jetzt ständig Hirten bei den Herden. Sie passen auf, dass es nicht wieder vorkommt."

„Bei uns ist noch kein Tier verschwunden, doch werden wir uns in Zukunft vor Dieben schützen müssen. Wenn im Winter die Hungersnot groß ist, müssen wir mit allem rechnen", erklärte Hartwig.

„Mit deiner Erlaubnis werden wir nicht lange hier verweilen. Ich denke schon morgen nach Hause zurück zu reisen."

„Ich verstehe deine Unruhe. Es ist deine Entscheidung", entgegnete Hartwig verständnisvoll.
Lucius berichtete von dem Bau der Kirche und dass
viele Handwerker und Bürger Geld spendeten.

„Die Mauern stehen bis zur Hälfte und man hofft,
damit im nächsten Jahr fertig zu werden."
Sonst schien sich nichts Besonderes in Hartwigs Grafschaft ereignet zu haben.
In Begleitung von Erich ritten sie nach dem Essen auf
die Weiden hinaus. Der Franke suchte die Tiere aus, die
er für die Zucht benötigte und die er mit ins Südfrankenreich nehmen wollte. Sie fingen die Pferde ein und
die Fuhrleute versuchten sie zu reiten. Nach anfängli-
chen Schwierigkeiten gelang es ihnen. Hartwig und sein
Verwalter besprachen noch viele Dinge, bis weit in die
Nacht hinein und leerten mehrere Becher des köstlichen
Mets, an den sich Lucius schnell gewöhnte.

Der Morgen war trüb und neblig. Die Sklaven und
Knechte hatten die Pferde, die für die weite Reise ins
Frankenland bestimmt waren, fein gestriegelt und ihnen
noch eine extra Portion Futter vorgesetzt. Der Verwalter kontrollierte die Sättel und das Reisegepäck und
verabschiedete sich mit seinen Leuten von Hartwig und
den anderen.
Elke gab ihm ein Geschenk für seine Frau mit. Es war
eine prächtige Bernsteinkette, die sie von einem slawischen Händler gekauft hatte. An seine Kinder hatte sie
auch gedacht. In einer Truhe hatte sie verschiedenes
Holzspielzeug gelagert und suchte davon ein paar geeignete Stücke aus. Ein letztes Händeschütteln und auf
ging es, zurück in die Heimat.
Wehmütig blickte Hartwig den Franken nach. Elke
merkte es und fragte: „Möchtest du gern mit ihnen reiten?"

„Wieso stellst du eine solche Frage?", entgegnete er entrüstet.

„Ich sah es in deinem Gesicht."

„Für einen kurzen Moment dachte ich an die Sonne in meiner fränkischen Grafschaft. Aber die soll leider dort auch nicht mehr scheinen."

Hartwig nahm seine Frau in die Arme und sie gingen gemeinsam ins Haus.

„Was willst du mit dem Korn machen? Es ist ein großer Schatz in diesen Zeiten."

„Ich werde einen Wagen davon deinem Vater und einen Harald geben. Sie brauchen das Getreide genauso dringend, wie wir."

„Bringst du das Getreide selbst nach Rodewin?", wollte Elke wissen.

„Ja, warum fragst du?"

„Vielleicht kannst du Ursula und ihre Kinder mitnehmen. Sie würde sich bestimmt freuen, wenn sie ihre Familie wiedersieht."

„Ich werde es mir überlegen", entgegnete Hartwig missmutig.

„Wenn du nicht magst, ist das auch nicht schlimm. Ich habe noch nicht mit ihr darüber gesprochen."

„Wie soll sie wieder zurückkommen? Ich lasse den Wagen bei Harald und eine weite Strecke wird sie nicht mit ihren Kindern zurückreiten können."

„Das habe ich nicht bedacht, doch vielleicht kannst du nach ihren Verwandten sehen."

„Das werde ich", entgegnete Hartwig kurz.

„Willst du allein reisen?"

„Nein, ich werde meinen Schreiber mitnehmen. Er wird mir dabei helfen, die Karte bis zum Anschluss an den Königsweg zu zeichnen."

„Und wann willst du aufbrechen?"

„Heute bringe ich den einen Wagen zu deinem Vater und komme gleich wieder zurück. Morgen früh werde ich nach Rodewin abreisen. Ich lasse dir zwei meiner Wachleute zum Schutz hier. Wie mir Lucius berichtete, treibt sich im Frankenland viel Raubgesindel herum. Irgendwann müssen wir bei uns auch damit rechnen, dass sie ihr Unwesen treiben."

„Hoffen wir, dass es niemals dazu kommen wird. Es beruhigt mich, wenn deine Leute da sind und vom Turm aus über das Land sehen. Mach dir keine Sorgen um uns! Sigu ist auch noch hier und passt gut auf mich auf."

Hartwig spannte die weißen Pferde ein, die Lucius ihm überlassen hatte. Sie waren gut an den Wagen gewöhnt. Sigu und die anderen sahen ihm zu. Keiner von seinen Leuten kannte sich mit Pferdegespannen aus, da normalerweise nur Ochsen als Zugtiere verwendet wurden.

Der Weg war durch den Regen aufgeweicht. Mit dem Pferdegespann kam Hartwig gut voran. Bald erreichte er den Hof seines Schwiegervaters Weibel.

Die Sippe freute sich, ihn zu sehen und war überrascht, dass er kostbares Getreide mitbrachte. Ohne diese Zuwendung wäre es im kommenden Winter eng geworden. Hartwig sagte, dass er am nächsten Tag nach Rodewin reisen wollte und der Schreiber mitkäme. Hedwig bettelte ihren Vater an, dass sie mitreisen durfte. Seiner jüngsten Tochter konnte der alte Patriarch nichts abschlagen. Hartwig hatte nichts dagegen, da sie bei den Reisen zu den Königsgütern und Gauen mit dabei war und seinem Schreiber half. Auf der Reise könnte sie Gottlieb beim Zeichnen der Wegekarten unterstützen und ihre fränkische Sprache verbessern. Hedwig packte ein paar Sachen zusammen und zu dritt ritten sie zu Hartwigs Hof.

Sie war glücklich, dass sie auf der Reise in der Nähe von Gottlieb sein konnte. Es gab keine Rivalinnen, wie ihre ledigen Schwestern, die um die Gunst des hübschen Jünglings buhlten. Er gehörte ihr allein und sie hoffte, dass er ihre Gefühle bald erwidern würde. Bisher verhielt er sich reserviert. Hedwig führte es auf seine Schüchternheit zurück. Die gemeinsame Zeit auf der Reise würde sie näher zusammenbringen. Davon war Hedwig überzeugt.

6. Getreide für Rodewin
Vom Erntemond (August) bis Nebelmond (November) 536

Am nächsten Morgen fuhren sie mit dem zweiten Pferdewagen in Richtung Süden. Elke hatte für alle Verwandten Geschenke eingepackt. Zwei Wachleute begleiteten den Amtmann und kümmerten sich unterwegs um Proviant und angemessene Unterkunft. Es war nicht immer möglich in einem Bauernhaus oder Gutshof zu übernachten.

Hartwigs Vorfreude war groß, seine Verwandten in Rodewin wiederzusehen und er hoffte, alle gesund anzutreffen.

Der Weg war schlechter als im letzten Jahr. Die starken Regenfälle hatten dem Boden zugesetzt und niemand sorgte sich um die Instandhaltung. Bei manchen Streckenabschnitten teilte sich der Weg ein Dutzend Mal auf. Viele Karrenspuren lagen nebeneinander. Wenn die Spurrinnen für die Wagen zu tief wurden, wich man seitlich aus. Somit gab es breite Korridore. Mit dem Schreiber hatte Hartwig darüber gesprochen, dass er den Königsweg von der Saale bis zur Elbe verlängern wollte. Über den genauen Verlauf war er sich noch unsicher. Er wollte mit Harald darüber sprechen. Vor vielen Jahren hatte sein älterer Bruder Teilstrecken der Via Regia auf Pergamente gezeichnet. Der römische Gelehrte, der seitdem in Rodewin lebte, half ihm dabei. Sie erstellten Karten für das gesamte Thüringer Königreich mit den wichtigsten Verbindungswegen. Hartwig hoffte, dass Harald ihm die Karten zum Abzeichnen zur Verfügung stellt.

Hedwig gefiel die Reise, denn sie war in der Nähe ihres Geliebten Gottlieb, der von seinem Glück noch immer nichts ahnte. Manchmal kränkte es sie, weil er auf ihre Annäherungsversuche nicht reagierte, doch sie war schon froh, dass er sie nicht abwies. Sie sorgte sich, wie eine Ehefrau um ihn, wusch seine Kleidung und bereitete sein Essen. Um die normalen täglichen Dinge brauchte er sich nicht zu kümmern und konnte sich voll seinen Aufgaben widmen. Gottlieb erkannte die Abhängigkeit, doch da Hedwig nichts von ihm forderte, ließ er sie gewähren.

Die Gruppe übernachtete in den Siedlungen, alleinstehenden Bauernhäusern oder ehemaligen Königsgütern, die am Weg lagen. Es war komfortabler in den Ställen zu schlafen als im Freien unter einem Zeltdach aus Fellen zu liegen. Die Bauern waren freundlich zu ihnen und sahen es als große Ehre an, dass der Amtmann bei ihnen einkehrte. Hartwig hörte sich an den Abenden die Sorgen der Leute an. Es gab nur selten etwas Gutes zu berichten. Die meisten hatten Angst vor einem harten Winter und Überfällen von Räubern und Rebellen. Niemand ahnte, dass der Anführer der Rebellen sein Bruder Siegbert war. Ob er ihn in Rodewin wiedersehen wird?

Er erinnerte sich daran als sie vor zwei Jahren die Thüringer Königin auf ihrer Flucht durchs Langobardenreich zu den Ostgoten nach Ravenna begleiteten. Es waren ereignisreiche Tage. Siegbert wurde von der Königin nach Thüringen zurückgesandt, um die Rebellen im Kampf gegen die Franken anzuführen. Hartwig glaubte nicht mehr daran, dass das Thüringer Königreich wieder auferstehen würde. Er kannte die beiden Thüringer Prinzen Amalafred und Baldur und wusste, dass sie nicht nach dem Königsamt strebten. Amalafred lebte bei den Ostgoten und Prinz Baldur befand sich in fränkischer Gefangenschaft. Die Franken hätten auch kein Interesse daran, das eroberte Land wieder herzugeben. Sie brauchten es zum Schutz gegen die gefährlichen Reiterstämme aus dem Osten. Immer wieder stürmten diese nach Westen, um in den dichtbesiedelten Gebieten zu rauben und zu plündern. Von den Awaren war viel die Rede. Es wurde erzählt, dass sie noch grausamer als die Hunnen wären.

Der Kampf der Rebellen gegen die Franken blieb bisher erfolglos und vergrößerte nur das Leid für die Thüringer. Sie mussten immer mehr Abgaben leisten, da jeder als Unterstützer der Rebellen angesehen wurde und dafür bestraft werden sollte.

Die halbe Strecke bis zur Saale hatte Hartwig mit seinen Begleitern erreicht. Nachmittags kamen sie zu einem Bauernhof mit einem Langhaus. In dem großen Gebäude lebte die Familie des Bauern gemeinsam mit dem Vieh. Es waren nur wenige Rinder, die der Bauer besaß und sie waren sein ganzer Stolz. Gottlieb hatte sich inzwischen an den strengen Geruch von Jauche und Kuhmist gewöhnt. Dennoch verzog er jedes Mal das Gesicht, wenn er ein Bauernhaus betrat. Hedwig amüsierte sich, doch sie ließ sich nichts anmerken. Nach dem Abendessen ergänzte der Schreiber seine Wegekarte und Hedwig sah ihm still bei der Arbeit zu.

Nachts schlief sie neben ihm im Stroh. Sie kuschelte sich an Gottlieb und passte auf, dass er sich nicht aufdeckte. Stets war sie um seine Gesundheit bemüht. In dieser Nacht bemerkte sie, dass er sehr unruhig schlief. Er lag auf dem Rücken und zuckte ständig zusammen. Sein Schnarchen war nicht gleichmäßig, wie sonst und besorgt legte sie ihre Hand auf seine Stirn. Die war kühl, somit hatte er kein Fieber. Sie rückte näher an seine Seite. Die Unruhe schien nicht von ihm zu weichen. Wahrscheinlich waren es Albträume, die ihn plagten.

Mit der Hand strich sie ihm leicht über die Brust. Als das nichts half, versuchte sie es mit kreisenden Bewegungen auf seinem Bauch, wie es ihre Mutter machte, wenn sie Leibschmerzen oder Angstträume hatte. Für sie war dies als Kind beruhigend und sie konnte danach gut schlafen. Vielleicht half es auch bei Gottlieb. Sie musste es versuchen. Das Leinenhemd, das er nachts stets anbehielt, störte sie und vorsichtig zog sie es nach oben. Sie setzte die Kreisbewegungen fort und spürte die Wärme seiner Haut. Weich war sie und glatt. Ihr Bemühen schien zu wirken, denn er zuckte nicht mehr zusammen und schnarchte gleichmäßiger. Bei diesem Tun wurde ihr auf einmal heiß. Eine unerklärliche Unruhe befiel sie. Neugierig versuchte sie ihn erneut zu berühren, um in jedem Moment die Hand schnell zurück zu ziehen. Immer mutiger wurde sie dabei und konnte es sich selbst nicht erklären, was sie dazu trieb. Dieses Erlebnis hatte sie aufgeregt, dass sie die ganze Nacht nicht einschlafen konnte.

Am Morgen stand sie zeitig auf und holte einen Eimer Wasser vom Brunnen, damit sich Gottlieb waschen konnte. Er zog sich vor ihr aus und begann mit seiner Körperpflege. Sie beobachtete ihn dabei heimlich. Über das ungewöhnliche Erlebnis in der Nacht, sagte sie nichts zu ihm. Irgendetwas hielt sie davon ab.

Nach dem Frühstück zogen sie weiter. Der Weg führte durch eine Furt eines breiten Baches. Für die Pferde war es schwer, den Wagen hindurch zu ziehen. Alle mussten dabei helfen. Als sie auf der anderen Seite ankamen, waren die Männer durchnässt. Hartwig ließ ein großes Feuer machen, an dem sie ihre Kleidungsstücke trockneten. Sie nutzten die Rast, um zu essen. Hedwig schnitt Speckstücke und steckte sie auf Holzspieße. Die Männer hielten diese über die Flammen. Der Duft des schmorenden Fettes stieg in die Nase. Ungeduldig zupften sie an dem heißen Speck. Dazu aßen sie das von Elke mitgegebene Brot. Gottlieb und die Wachleute saßen in ihren dünnen langen Hemden am Boden um das wärmende Feuer herum und präsentierten Hedwig unbewusst ihre männliche Schönheit.

Früher hätte sie weggeschaut, doch diesmal sah sie fasziniert hin. Mit ihr geschah etwas, das sie sich selbst nicht erklären konnte. Sie bedauerte, dass ihre ältere Schwester nicht bei ihr war. Die hätte eine Antwort gewusst.

Am späten Nachmittag erreichten sie den nächsten Bauernhof. Es war ein Franke, der sich hier angesiedelt hatte. Er übernahm den verlassenen Hof vor einem Jahr und bekam besondere Förderungen von der fränkischen Zentralverwaltung in Metz. Seine größte Sorge bestand darin, dass er sich nicht genügend gegen die Rebellen und Räuber schützen konnte. Als freier Franke durfte er Waffen besitzen, um sich gegen Eindringlinge zu wehren, doch gegen eine Übermacht der Rebellen hätte er keine Chance. Das war ihm und seiner Familie bewusst. Der Palisadenwall um den Hof würde keinen ausreichenden Schutz bieten. Die Rebellen waren meist junge Thüringer. Sie gaben den Franken die Schuld für ihre Not und versuchten in ihre Höfe einzudringen und Lebensmittel sowie Vieh zu stehlen. Die neuen Siedler vermuteten, dass diese Überfälle im Winter zunehmen würden. In den fränkischen Gütern gab es nicht genügend Bewaffnete, die sie schützen konnten.

Es wurde dunkel. Der Bauer brachte Stroh und verteilte es in einer Ecke des Langhauses. Sie legten sich schlafen. Hartwig gingen noch lange die Worte des Franken durch den Kopf. Seine Sorge um die Existenz schien nicht übertrieben zu sein. Er, als Amtmann, musste

Maßnahmen ergreifen, damit es im kommenden Winter nicht zu Überfällen auf die Höfe kommt. Was konnte er dagegen tun? Seine Möglichkeiten waren begrenzt. Er hatte keine Idee, wie er das vermeiden könnte. Unruhig wälzte er sich auf dem Strohlager und konnte nicht einschlafen. An der Wand zum Stall lagen Gottlieb und Hedwig. Sie schien auch unter Schlafstörungen zu leiden. Er beobachtete sie und es amüsierte ihn, wie sich seine Schwägerin um den jungen Mann bemühte und er nicht auf ihre Annäherungen reagierte.

Nach wenigen Tagen erreichten sie das Ufer der Saale. Hartwig fand den Fährmann, der ihn im letzten Jahr über den Fluss gesetzt hatte. Er konnte sich noch an ihn erinnern und auch an das Gespräch, das sie damals führten. Auf der anderen Seite des Flusses war der Weg besser instandgehalten. Hier begann die Via Regia, die bis nach Paris führte. Entlang des Königlichen Weges gab es in regelmäßigen Abständen Königsgüter. Sie lagen eine Tagesreise mit einem Ochsenkarren voneinander entfernt. Diese Güter mit einem großen Gutshof gab es bereits zu Zeiten des Thüringer Königreiches und gehörten Herminafrid. Sie waren wichtige Handelsplätze auf dem Weg in den fernen Osten. Die Franken haben nur die Verwalter ausgetauscht und die Gutshöfe durch Palisadenwälle gegen Überfälle geschützt. Bewaffnete Krieger sicherten die Tore.

Hartwig wurde freundlich empfangen. Obwohl dieses Gebiet nicht zu seinem Verwaltungsgebiet zählte, wurden er und seine Leute mit allen Ehren aufgenommen. Der fränkische Einfluss war stark zu spüren. Zum Abendessen gab es Wein statt Bier und die Speisen waren an den fränkischen Geschmack angepasst. Hartwig gefiel die Ehrerbietung, die man ihm zukommen ließ. Es war wie in seiner Grafschaft. Alles entsprach dem Komfort, den er vom Frankenreich her kannte.

Bis spät in die Nacht saß er mit dem Gutsverwalter zusammen und hörte sich dessen Nöte an. Sie sprachen fränkisch miteinander. Der Verwalter wusste nicht, dass der Amtmann ein gebürtiger Thüringer war. Die Bemerkungen über Hartwigs Landsleute fielen nicht gut aus. Der Verwalter gab seinen Unmut gegenüber dem undankbaren Volk freien Lauf.

„Von uns bekommen sie besseres Saatgut und Werkzeuge und zum Dank rauben sie uns aus. Das haben wir nicht nötig. Wenn es nach mir ginge, würde ich sie alle umbringen oder versklaven. Wir brauchen sie hier nicht. Besser wäre es ohne sie."

„Warum überfallen sie die Güter?"

„Die sind zu blöd und zu faul, um selbst etwas zu schaffen", meinte der Gutsverwalter erregt. Er hatte sich in Rage geredet und sein Kopf glühte, wie die Glut des Herdfeuers. Für Hartwig war es interessant, die ungeschminkte Meinung eines Franken zu hören.

„Arbeiten auch Thüringer auf deinem Hof?"

„Gott bewahre! Ich setze mir doch keine Flöhe in den Pelz."

„Kennst du ihre Siedlungen und Orte, wo sie wohnen?", wollte Hartwig wissen.

„Ich werde mich hüten, in deren Nähe zu kommen. Manchmal trauen sich welche zu mir und wollen etwas eintauschen. Na ja, die sind nicht übel."

„Wie meinst du das?"

„Es sind meist alte Männer. Sie sind friedlich und dankbar, wenn man ihnen etwas gibt, doch die jungen Burschen kann man vergessen. Aufmüpfig und frech sind sie."

„Was tauschst du mit ihnen?"

„Pilze, Beeren und Sachen, die es nicht auf meinem Gut gibt. Mir wäre es zu gefährlich durch die Wälder zu ziehen. Schon mancher von uns hat dabei sein Leben verloren."

„Wenn du deine Wachleute mitnimmst, brauchst du dich doch nicht zu fürchten."

„Die unterstehen mir nicht. Sie dürfen auch nicht selbständig durch das Land streichen."

„Hat das euer Gebietsverwalter angeordnet?"

„Ja, nachdem einige von unseren Männern in den unzugänglichen Wäldern umgekommen sind, hat es der Amtmann in Erphesfurt *(Erfurt)* verboten."

Es gab noch viele Dinge, die der Gutsverwalter zu berichten hatte und es schien ihm sichtlich gut zu tun, dass ihm jemand dabei aufmerksam zuhörte und ihn verstand.

Der Schreiber und Hedwig hatten sich frühzeitig zur Nachtruhe in eine Ecke des Langhauses zurückgezogen. Gottlieb war müde von den Anstrengungen des Tages bei der Flussüberquerung und schlief gleich ein. Bald war sein leichtes Schnarchen zu hören. Es störte Hedwig nicht und sie schmiegte sich in gewohnter Weise unter der Wolldecke eng an ihn. Ihr gingen noch viele Gedanken durch den Kopf und sie fand keine Ruhe. Am liebsten hätte sie sich mit Gottlieb unterhalten, doch wecken wollte sie ihn nicht. Vergebens versuchte sie ihre Gedanken zu zerstreuen. Da erinnerte sie sich an die Nacht, in der er unruhig schlief. Ihre Hand ging auf Entdeckungsreise. Er lag auf dem Rücken und sein Mund öffnete sich leicht im Rhythmus der Atemzüge. Sie fand es interessant ihn zu beobachten. Die Flammen des Herdfeuers erhellten ihren Schlafplatz im Stroh. Langsam zog sie sein Hemd hoch und schob vorsichtig die Decke beiseite. Jetzt konnte sie sehen, wie er auf ihre Berührungen reagierte. Vor Aufregung glaubte sie ihren Herzschlag zu hören. Sie achtete angestrengt auf seinen Atem. Wenn er aufwachen würde, hätte sie nicht gewusst, wie sie ihm ihr Tun erklären sollte. Eine innere Stimme schien sie zu ermutigen, weiter zu machen. Wenn Gottlieb tief durchatmete, hielt sie inne. Es war ein schönes Spiel, das ihr unerklärliche Freude und Lust bereitete.

Am nächsten Morgen war Gottlieb besser gelaunt als sonst. Sie kannte ihn nur als Morgenmuffel und er sprach bis zum Frühstück normalerweise kein Wort. Diesmal war er ausgesprochen freundlich zu ihr. Hedwig bemerkte diesen Unterschied, doch den Grund konnte sie sich nicht erklären.

In wenigen Tagen erreichten sie Rodewin. Als sie am Wilberg ankamen, lief ihnen eine kleine Gruppe Kinder entgegen. Sie kontrollierten von der Höhe des Berges den Weg zur Siedlung. Harald hatte dieses Warnsystem seit vielen Jahren eingeführt als er damit begann, den Oberwipgau zu sichern und die Buben waren mit Begeisterung bei der Sache. Sie hielten lange Stöcke in den Händen und trugen ein Messer am Gürtel. Das wies sie als Angehörige des Wachtrupps aus. Der älteste Sohn von Harald war unter ihnen und er erkannte seinen Onkel Hartwig auf dem Pferdewagen. Schnell ritt er nach Rodewin voraus, um den Besuch anzukündigen. Als Hartwig dort einlangte, warteten alle ungeduldig auf ihn. Er und seine Begleiter wurden von Harald empfangen. Der Hausherr humpelte mit seinem Holzbein dem Bruder entgegen. Sie fielen sich in die Arme. Es war Zeit zum Abendessen und sie gingen zusammen in das große Elternhaus. Hier kochte die Mutter noch immer für die ganze Sippe und Heidrun, Haralds Frau, half ihr dabei. Sie nahmen an den Tischen Platz und Harald dankte den Göttern für die Speisen. Dann langten sie in die vor ihnen stehenden Holzschüsseln, in denen sich Hirsebrei mit Waldfrüchten befand. Es war, wie vor vielen Jahren.

Nach dem Essen musste Hartwig vom Elbkniegau berichten. Ein Jahr war es her, dass sie sich das letzte Mal sahen und er kam damals mit Getreide aus dem Frankenreich. In diesem Jahr rechnete niemand mit dieser kostbaren Gabe, da durch die Missernte, keiner etwas abgeben konnte. Umso dankbarer waren sie ihm, dass er ihnen wieder half.

Hartwig erzählte von seiner Gefangennahme und der glücklichen Befreiung, die er seinem Schwiegervater zu verdanken hatte. Er verschwieg auch nicht seine Ernennung zum Amtmann der thüringischen Ostprovinz und den vielen Aufgaben, die damit verbunden waren. Von den Erfolgen bei seiner Pferdezucht erzählte er zuletzt. Niemand unterbrach ihn.

Als er geendet hatte, wurde er mit vielen Fragen auf einmal überhäuft. Der eine wollte dieses, der andere jenes wissen. Hartwig wich geschickt aus und verwies auf Hedwig, damit sie zunächst von Weibels Sippe berichten konnte. Zu Hartwigs Hochzeit waren die meisten aus dem Elbkniegau in Rodewin gewesen und wenn sie jetzt Namen nannte, konnte sich jeder die Person vorstellen. Für die Männer brachte Heidrun Met und die Brüder stießen mit ihren Tonbechern an.

Es wurde spät, bis sich die Letzten schlafen legten. Harald hatte in seinem Langhaus genügend Platz, wo sie sich ein weiches Strohlager einrichten konnten.

Am nächsten Tag ritten die beiden Brüder nach Alfenheim. Der Sippenälteste Ulrich war in der Schlacht an der Unstrut gefallen und sein Sohn Udo vor fast einem Jahr nach Hause zurückgekehrt. Er hatte eine junge Frau mitgebracht und sie geheiratet. Anfänglich gab es ein paar Unstimmigkeiten mit dem Bergmann, der schon zu Ulrichs Zeiten als Knecht auf dem Hof diente und nach dem Wegbleiben des Sippenältesten sich manche Rechte herausgenommen hatte. Udo machte ihm jedoch bald klar, wer nun das Sagen hatte. Leider war Udo an diesem Tag nicht zu Hause. Er besuchte mit seiner Frau einen Verwandten und wurde erst in zwei Tagen zurückerwartet.

Gislinde, die jüngste Tochter von Ulrich, war noch nicht verheiratet. Sie hatte sich einst Hoffnung gemacht, Hartwig als Ehemann zu bekommen. Sein Vater hatte ihn jedoch einer anderen versprochen und so zerschlug sich dieser Wunsch. Gislinde hatte es nie richtig verwinden können und glaubte, dass er damals gegen seinen Willen die Frau aus dem Elbkniegau nehmen musste. Sie war ihm nicht böse, denn er konnte nichts dafür, aber dem Schicksal war sie ein wenig gram.

Als die beiden Brüder aus Rodewin plötzlich auf dem Hof auftauchten, war die Freude groß und die Arbeit musste warten. Hartwig berichtete vom Elbkniegau und besonders von Ursula. Ihre Mutter und Schwester freuten sich, dass es ihnen gut ging. Als Hartwig von seinem neuen Amt als Gebietsverwalter berichtete, glänzten die Augen von Gislinde. Sie war noch immer davon überzeugt, dass sie die bessere Frau für Hartwig wäre und das sagte sie ihm auch als sie einmal kurz mit ihm allein war. Er ließ sie in diesem Glauben, doch war er überzeugt, dass sie seiner Frau Elke niemals das Wasser reichen könnte. Weniger wegen des Aussehens, sondern mehr wegen des Verstandes.

Auf dem Heimweg ritten sie bei der Kräuterfrau am Eichelsee vorbei. Harald wollte, dass sie ihm wahrsagt.

Er kam einmal in der Woche zu ihr als der Himmel sich auch am Tag verfinsterte. Sie hatte die Ahnen befragt und alle ihre bekannten Künste angewandt, um in die Zukunft zu sehen. Das Ergebnis war ähnlich und lief darauf hinaus, dass es eine mehrjährige schlechte Ernte geben würde. Die Dunkelheit soll nur langsam abnehmen. Ob der Endkampf der Götter naht, konnte sie nicht voraussagen. Sie erkannte nur, dass sehr viel Unheil auf die Menschen im Wiesenland, zu dem auch Haralds Gau zählte, zukommen würde. Für ihn warf sie die Runen und deutete die Zeichen. Die Runen für Dorn *(Dorn)* und Besitz *(Othel)* lagen im Zentrum. Die für Sonne *(Sigel)* und Tag *(Daeg)* waren bis zum Rand gefallen und lagen neben Eis *(Is)* und Fackel *(Ken)*. Die Schamanin deutete es Harald.

„Schütze deinen Besitz! Das Licht ist fern. Eis und Flammen sind die Gefahr."

„Ist es das Weltende, das du siehst?", fragte er die weise Frau.

„Es kann sein, dass es das Ende ist, weil die Rune für den Gott Tyr *(Tir)* nahe bei ihnen liegt. Aber vielleicht kann er das Schlimmste noch abwenden und die Riesen des Feuers und Eises von euch fernhalten."

„Ich werde ihm zu Vollmond auf dem Thingplatz ein Pferd opfern. Meinst du, dass er es annehmen wird?"

„Das kann ich dir nicht sagen, aber schaden wird es nicht."

Harald war aufgeregt. Die Aussagen der Priester und Schamanen wiesen alle auf den Weltuntergang hin. Er unterhielt sich auf dem Ritt nach Hause mit Hartwig darüber und verriet ihm, dass er einen christlichen Priester danach befragt hatte.

„Sie sind der gleichen Meinung. Uns Menschen geben sie nur noch wenige Jahre auf dieser Erde. Die Christen nennen es jüngstes Gericht, wo entschieden wird, wer bei ihrem Gott leben darf und wer in das Totenreich zu Hel muss."

Hartwig winkte ab.

„Wenn die Weissagungen eintreten, können wir Menschen nicht viel dagegen tun. Deshalb denke ich an diese Möglichkeit nicht. Ich habe vor kurzem mit einem Einsiedler gesprochen. Er konnte mir auch keine zufriedenstellende Antwort geben. Ich glaube, dass die anhaltende Dunkelheit auf ein Naturereignis zurückzuführen ist und in wenigen Jahren die Sonne wieder normal scheinen wird."

„Ich bin skeptisch, doch ich schließe mich deiner Meinung an", sagte Harald erleichtert.

„Dann sind es schon zwei, die nicht an den Untergang der Welt glauben", meinte Hartwig lachend.

Harald sah zweifelnd zu seinem Bruder.

„In unseren Liedern wird deutlich gesagt, dass mit der Verdunklung der Sonne in ein paar Jahren die Schlacht der Götter gegen die Riesen stattfinden wird. Über ein halbes Jahr wurde es tagsüber nicht mehr richtig hell. Der Regen verdirbt das Gras auf den Weiden. Das hat es noch niemals zuvor gegeben. Die Skalden sagen, dass es eindeutig das Ende ist."

„Wenn du das als Gaugraf deinen Leuten erzählst, werden sie dir glauben. Doch, was erreichst du damit? Ihre Angst und Hoffnungslosigkeit würden steigen. Jeder wird nach seinem Gutdünken handeln und sich vom Nachbarn nehmen, was ihm gefällt. Einer ist dann des Anderen Feind. Mord und Totschlag wird folgen."

„Wie soll ich etwas anderes sagen, als mir die Priester prophezeien?", erwidert Harald verzweifelt.

„So klar ist das nicht, was sie meinen. Die Schamanin sah die Götter zwischen den Riesen stehen, doch das ist seit langer Zeit so. Thor ist täglich damit beschäftigt, uns Menschen vor ihnen zu schützen. Diesmal ist das Aufgebot von beiden Seiten etwas größer und wie wir alle überzeugt sind, werden die Götter gewinnen."

Harald gefiel die Argumentation von seinem Bruder und er dachte darüber nach.

In Rodewin hatten sich Gottlieb und Hedwig mit dem alten Schreiber von Harald zusammengesetzt und die Wegekarten, die Harald vor Jahren angefertigt hatte, verglichen. Sie fanden eine gute Übereinstimmung, auch in der Abschätzung der Entfernungen. Hedwig lauschte, wie ein Mäuschen, doch sie verstand nicht immer, worum es genau ging. Die beiden Gelehrten verfielen oft in die lateinische Sprache und ließen sie unbewusst im Unklaren. Sie machte auf sich aufmerksam. Die Männer redeten dann, ihr zuliebe, fränkisch weiter.

Dem alten Schreiber gefiel die hübsche und gescheite junge Frau. Anfangs wunderte er sich über ihr Interesse an dem Kartenwesen, doch dann bemerkte er an ihren Augen, dass noch etwas anderes der Grund dafür war. Wenn Gottlieb etwas sagte, sah sie ihn wie gebannt an. Das war nicht nur Bewunderung für sein Wissen, sondern eine tiefe Zuneigung.

Er war ein alter Mann und von solchen leuchtenden Augen konnte er nur träumen. Manchmal hatte er das Empfinden, dass er von seiner Umwelt gar nicht mehr richtig wahrgenommen wurde. Er mutmaßte einen allmählichen Übergang vom Diesseits in das Schattenreich. Gedanken über das Altwerden und das Sterben machte er sich in letzter Zeit oft. Die Vergangenheit war ihm in seinen alten Tagen ein guter Freund geworden, der neben ihm auf der Bank saß und mit dem er sich über viele Dinge unterhalten konnte, die junge Leute nicht verstanden. Das Alter offenbarte ihm das Leben in einer anderen Welt. In seiner Kindheit glaubte er an die römischen Götter und später stellte er fest, dass dieser Glaube auf keinem festen Fundament stand. Er hatte viele Schriften gelesen, die von anderen Göttern handelten. Im Prinzip ähnelten sie sich. Die Herrscher der Welt verwendeten sie, um ihren Willen beim Volk leichter durchsetzen zu können. Gutes verwandelte sich zum Bösen und nichts blieb für ewig. Gern dachte der Schreiber über diese Dinge nach und er war davon überzeugt, dass alle Glaubensformen Hirngespinste waren, die keinen ewigen Bestand hatten. Leider gab es in Rodewin niemand, mit dem er darüber sprechen konnte und der ihn verstand. Der Schreiber von Hartwig schien ihm ein aufgewecktes und gebildetes Bürschchen zu sein. Er würde ihn wahrscheinlich verstehen können. Doch leider war seine Aufenthaltszeit an diesem Ort begrenzt. Eine Stimme, wie aus der Ferne, vernahm er. Hedwig sprach ihn an. Sie rief ihn in die Wirklichkeit zurück.

„Was möchtest du, mein Kind?", fragte der Schreiber interessiert.

„Ich wollte wissen, ob du auch einen Tee trinken möchtest?"

„Sehr gern. Das belebt die Sinne."

Sie verschwand in die Küche, wo Heidruns Sklavin Rosa Schafwolle spann.

„Kann ich für die Männer Tee brühen?", fragte sie Rosa.

„Ich werde es für sie tun."

„Das ist nicht notwendig. Wenn du aufstehst, verlierst du den Faden."

Gekonnt trieb Rosa die Handspindel an und zog gleichmäßig die Wollfasern aus einem Rocken. Die

Spindel zog den neuen Faden fast bis zum Boden. Dann wickelte sie ihn geschwind auf den Schaft und alles begann von vorn.

Hedwig schob den Kessel mit Wasser über das Feuer und setzte sich zu ihr.

„Du machst das sehr geschickt", sprach sie zu Rosa.

„Willst du es versuchen?"

„Ich habe es gelernt, doch ich beschäftige mich lieber mit anderen Dingen."

„Wohl mit jungen Männern?", meinte Rosa spöttisch.

„Nein, das nicht. Es gibt nur wenige, die man mögen könnte."

„Du musst dich richtig umsehen, dann findest du den, der zu dir passt."

„Bei uns zu Hause kann man keine jungen Männer mehr finden. Die meisten sind im Krieg gegen die Franken umgekommen und der Rest ist mit der Königin nach Süden gezogen."

„Ist denn der junge Schreiber kein Mann?", wollte Rosa wissen.

Hedwig schoss das Blut in den Kopf.

„Der ist nichts für mich! Er ist ein Franke."

„Was macht das schon? Mann ist Mann!"

„Er interessiert sich nicht für mich."

„So, wie du herumläufst, würde ich mich als Mann auch nicht für dich entscheiden."

„Was ist falsch an mir?"

„Du trägst Männerkleidung. Deswegen sieht er dich nicht an."

„Meinst du wirklich?"

„Na klar, da kenne ich mich aus!"

„Bist du verheiratet?", wollte Hedwig wissen.

„Ich bin Heidruns Sklavin und meine Herrin hat mir keinen Mann zur Ehe gegeben. Aber ich brauche auch keinen anderen."

„Wieso keinen anderen? Hast du einen?"

Verlegen versuchte Rosa sich herauszureden.

„Darüber will ich nicht sprechen", sagte sie verlegen.

„Du hast also einen heimlichen Liebhaber?"

Rosa nickte und drehte ihre Spindel an. Sie musste aufpassen, dass sie nicht zu viel verriet.

„Wenn du willst, kann ich dir ein Kleid borgen. Es ist nicht besonders schön, wie das von meiner Herrin, aber besser als deine Männerhosen."

„Gern!", erwiderte Hedwig erfreut.

Rosa legte ihre Handspindel auf den Boden und ging zu einer kleinen Truhe, die in einer Ecke stand. Dort kramte sie ein einfaches Leinenkleid hervor.

„Das musst du anprobieren. Mein Herr hatte es mir vor langer Zeit geschenkt."

„Es ist hübsch. Bekommst du öfter solche Geschenke von ihm?"

Das war wieder eine verfängliche Frage. Darauf gab Rosa lieber keine Antwort. Sie half Hedwig sich auszuziehen. Als das Mädchen nackt vor ihr stand, dachte sie an die Jahre zurück, wo sie sich Harald gern so gezeigt hatte. Der Glanz der Jugend war jetzt vorüber, doch sagte der Herr ihr manchmal, dass sie nichts von ihrer Schönheit verloren hätte. Hin und wieder kam er zu ihr. Heidrun wollte es, da sie fast jedes Jahr schwanger war. Sie brauchte etwas Ruhe und bat sie, sich in dieser Zeit um ihn zu kümmern. Das tat Rosa gern, da sie ihren Herrn heimlich liebte. Natürlich hatte das keine Bedeutung für eine Sklavin, doch sie war mit sich und ihrem Leben zufrieden.

Hedwig hatte das Kleid über den Kopf gezogen und strich es nach unten glatt. Sie sah bezaubernd darin aus.

„Du musst aufpassen, dass nichts damit passiert, denn es ist mein Lieblingskleid!"

„Ich gebe acht darauf und du meinst, dass er mich jetzt ansieht?"

„Es kommt auf einen Versuch an. Was du nicht ausprobiert hast, kannst du nicht wissen!"

Der Tee war inzwischen gebrüht und Rosa stellte drei Tonbecher in einen Bastkorb. Hedwig lief eilig mit dem Korb zurück zu den Schreibern.

Als sie in den Raum kam, hatte der alte Mann gleich bemerkt, dass Hedwig sich umgezogen hatte.

Sie verteilte die Becher auf dem Tisch und setzte sich auf ihren Schemel. Gottlieb erklärte etwas. Er schien ihre äußerliche Veränderung nicht zu bemerken. Das enttäuschte Hedwig. Vielleicht mag er sie doch nicht, dachte sie sich.

Sie ging wieder hinaus zu Rosa und sagte ihr, dass er das Kleid an ihr gar nicht bemerkt hatte.

„Sei geduldig, das braucht seine Zeit! Wenn ihr zusammen seid, musst du ihm ein paar von deinen Reizen zeigen. Das ist wie beim Angeln. Den großen Fisch muss man vorher gut ködern. Geh wieder hinein und sei locker!"

Das war leichter gesagt als getan. Hedwig fühlte sich in einem Kleid nicht wohl. Der Schreiber, der ihr Bemühen um Gottlieb erkannte, stellte ihr einfache Fragen zu den alten Wegen im Elbkniegau, wie Weibel sie instand hielt und wie er das Problem der ständigen Überschwemmungen löste.

Sie antwortete und brachte somit Gottlieb dazu, zu ihr hinzusehen. Jetzt erst bemerkte er ihr neues Gewand. Es schien ihm an ihr zu gefallen, denn immer wieder musste er sie ansehen. Ihre Arme waren frei und das Kleid lag eng an. Es formte ihre Brüste, die er vorher noch nie bei ihr bemerkt hatte. Auch ihre zarte, weiße Haut fiel ihm auf. War das der Mensch, der wochenlang mit ihm zusammen war? Ihre Nähe machte ihn verlegen und unsicher.

Im Hof hörten sie Pferde. Harald und Hartwig waren angekommen und Heidrun rief zum Abendessen. Gottlieb war froh, dass er bald aus dem Raum kam. Das Kleid von Hedwig störte ihn, doch das konnte er ihr nicht sagen. Sie wäre bestimmt gekränkt. Er stieß ihren Teebecher wie unabsichtlich um. Der Tee floss über das Kleid. Hedwig erschrak und rannte sofort in die Küche. Rosa beruhigte sie.

„Das ist nicht schlimm. Die Flecken kann ich auswaschen."

„Ich ziehe jetzt wieder meine eigenen Sachen an, da fühle ich mich wohler", entgegnete Hedwig heftig.

„Wie du meinst. Ein anderes Kleid, das dir gut passen würde, habe ich nicht."

Gottlieb kam in die Küche, um sich bei Hedwig wegen seiner Ungeschicklichkeit zu entschuldigen. Sie stand gerade nackt vor der Feuerstelle, mit dem Rücken zu ihm gekehrt. Ihre Haut leuchtete zartrosa. Fasziniert sah er sie an und vergaß, warum er eigentlich gekommen war. Da er an der Tür stehen blieb, hatte ihn nur Rosa bemerkt. Sie tat als wäre er nicht im Raum und ließ sich Zeit, Hedwig das Hemd zu reichen. Als sie es sich übergezogen hatte, verschwand Gottlieb aus der Küche.

Ab diesem Zeitpunkt hatte er gemischte Gefühle, wenn ihm Hedwig begegnete.

Während des Abendessens, bei dem alle Sippenangehörige und Gäste im großen Wohnraum des väterlichen Langhauses zusammensaßen, berichtete Harald von der

Wahrsagung der Kräuterfrau. Auf dem Weg von ihr nach Rodewin, hatte er sich alles noch einmal gründlich überlegt und sich Hartwigs Meinung angeschlossen. Er sprach davon, dass die Dunkelheit nur eine ungewöhnliche Wettererscheinung sei und in wenigen Jahren vorbei wäre. Er erzählte davon, dass Odin und Thor, einen heftigen Kampf gegen die Eis- und Feuerriesen führten und die Menschen sich ruhig verhalten sollten. Dann gab er bekannt, dass es sehr wichtig sei, den Schutzwall des Oberwipgaus zu verbessern. In der nächsten Zeit würden böse Mächte versuchen, den Gau zu plündern. Deshalb müsse jeder sehr wachsam und wehrhaft sein. Wie eine Weissagung eines Orakels, verkündete Harald seine Erkenntnisse. Niemand widersprach ihm.

Hartwig schlief in Haralds Haus. Gegen Mitternacht wurde er durch lautes Gerede geweckt. Zuerst dachte er, dass sich Harald mit seiner Frau Heidrun stritt, doch dann erkannte er, dass es zwei Männerstimmen waren. Vorsichtig sah er durch die Tür zum Wohnraum. Am Tisch saßen Harald und sein jüngerer Bruder Siegbert. Sie diskutierten heftig miteinander. Als sie Hartwig an der Tür wahrnahmen, wurden sie still.

„Komm zu uns!", rief Harald.

Siegbert stand auf und umarmte Hartwig.

„Mein herzliches Beileid zum Ableben deiner Frau. Harald hatte mir von dem Unglück berichtet. Ich hätte sie gern kennengelernt", sagte ihm Hartwig.

„Danke!", erwiderte Siegbert nur kurz.

Den Tod seiner geliebten Brunhilde hatte er noch nicht verwunden und wenn er daran erinnert wurde, schmerzte es ihn.

„Es ist lange her, dass wir uns das letzte Mal sahen. Wie geht es dir?", fragte Hartwig.

„Schlecht, oder besser gesagt, meinen Leuten geht es schlecht."

„Was ist mit ihnen, sind sie krank?"

„Hunger haben sie und ich weiß nicht, wo ich die Verpflegung für alle hernehmen soll. Wir haben einige Königsgüter geplündert, doch die bewaffnen sich immer stärker und unsere Verluste sind groß."

„Wie viele Männer hast du?"

„Ich weiß nicht, ob ich dir das noch sagen darf, da du nun auf der Seite der Franken stehst und für die Thüringer ein Verräter bist."

Betroffen sah Hartwig, Siegbert an.

„Denkst du das auch?"

„An erster Stelle bist du mein Bruder. An zweiter Stelle beurteile ich dich, was du tust. Wieso hast du dich mit ihnen zusammengetan?"

„Ich hatte keine Wahl. Theudebert wollte es."

„Seit wann beugst du dich einem anderen König als dem der Thüringer?"

„Wir haben keinen König mehr. Unsere Königin und Amalafred sind fern ab und werden nicht wieder heimkehren."

„Es gibt noch Baldur, dem du ewige Gefolgschaft geschworen hast. Er könnte auch König der Thüringer werden."

„Ich habe im vorigen Jahr mit ihm gesprochen. Er verlässt seine Schwester Radegunde nicht, auch wenn Chlothar sie heiratet."

„Das kann sich schnell ändern. Lass uns erst alle Franken aus Thüringen vertreiben, dann kehrt er wieder heim und wird im Thing von allen Gaugrafen zum neuen König gewählt."

Skeptisch sah Hartwig seinen Bruder an.

„Bist du so naiv, das anzunehmen? Chlothar würde ihn vorher umbringen lassen. Was die Mehrheit unserer Gaugrafen betrifft, ist ihnen der Frankenkönig lieber als ein Nachkomme aus König Bisins Geschlecht."

„Wie kannst du diese ungeheure Behauptung aufstellen!", erwiderte Siegbert sichtlich erregt.

„Warum haben die Adeligen nach der Ermordung von König Herminafrid nicht gleich seinen Sohn Amalafred als den rechtmäßigen Nachfolger auf den Schild gehoben?"

„Er erschien ihnen noch zu jung, um das Amt auszuführen."

„Das war es nicht! Die Franken haben einige Gaugrafen mit Silber bestochen, damit sie ihn nicht wählen."
Siegbert sprang wütend von seinem Schemel auf.

„Das glaube ich nicht! Das ist eine Verleumdung!", schrie er und sah zu Harald.

„Es ist richtig, was Hartwig sagt. Mir hat einer von den frankenfreundlichen Gaugrafen einen beträchtlichen Geldbetrag angeboten, damit ich gegen Amalafred abstimme. Ich lehnte das Bestechungssilber ab. Ob jedoch alle so gehandelt haben, kann ich nicht sagen. Damals nahm ich an, dass nur ich ein solches Angebot bekam, doch der Ausgang der Wahl, lässt mich jetzt daran zweifeln."
Betreten schwiegen alle drei. Siegbert schüttelte unentwegt den Kopf. Er wollte und konnte das nicht glauben. Eine Welt stürzte für ihn zusammen. Nie hätte er es für möglich gehalten.

„Wozu kämpfen wir dann überhaupt noch, wenn uns die Gaugrafen für ein paar Silberstücke verkaufen?", schrie Siegbert.

„Nicht alle sind Verräter!!", entgegnete Harald finster. Er fühlte sich angesprochen und empfand die Beschuldigung von Siegbert als Beleidigung.

„Entschuldige! Ich habe nicht dich damit gemeint, doch gerade von einem Gaugrafen erwartet man Ehre und Anstand. Diese Verräter gehören alle aufgehängt!"

„Du wirst nie erfahren, wer bestechlich war und es würde letztendlich nichts bringen. Es gibt zu viele, die nicht mehr an ein Thüringer Königreich glauben und von Tag zu Tag werden es mehr", mutmaßte Hartwig. Siegbert blickte zu Boden.

„Die einzigen Treuen sind wahrscheinlich nur noch die Rebellen. Bei jedem Angriff verlieren meine Männer ihr Blut für die Heimat. Gibt es noch das Thüringen, wofür es sich lohnt zu kämpfen oder sollten wir wegziehen, wie es viele Völker vor uns getan haben", sinnierte Siegbert laut vor sich hin.
Betreten sahen alle drei zu Boden.
Hartwig unterbrach die Stille.

„Wie wäre es, wenn du mit allen Rebellen und denen, die ihren Hof verlassen wollen, zu unseren Leuten ins Langobardenreich auswanderst. Ihnen geht es gut und keiner möchte mehr zurückkehren, das weißt du am besten."
Siegbert sah Hartwig verzweifelt an.

„Meine Männer, die mich von Vindobona nach Thüringen begleiteten, sagen das auch zu mir. Sie sehnen sich nach der Wärme von Pannonien und glauben, dass das Wetter dort besser ist. Es ist jedoch nicht leicht, von hier fortzukommen. Die Franken würden uns auflauern und hinterrücks überfallen. Auf diese Gelegenheit warten sie nur."

„Ich könnte versuchen, zwischen den Rebellen und den Franken zu vermitteln. Vielleicht lassen sie euch ziehen? Auch sie sind interessiert, dass Ruhe einkehrt."
Siegbert sah zu seinem ältesten Bruder, der ihn in schwierigen Fragen stets gut beraten hatte.
„Was sagst du dazu, Harald?", fragte er ihn.
Harald überlegte eine Weile.
„Der Vorschlag von Hartwig ist gut. Wenn ihr im Langobardenreich eure alte Heimat nicht vergesst und die Hoffnung in euren Herzen tragt, irgendwann wieder zurückzukehren, bin ich auch dafür, dass ihr jetzt fortgeht. Viele Menschen werden den kommenden Winter nicht überleben. Die Ernte ist schlecht, wie noch nie zuvor und der Hunger wird viele im kommenden Winter dahinraffen. Am ehesten trifft es die Thüringer."
Siegbert wurde nachdenklich.
„Ich habe meinen Leuten gesagt, dass wir bis zum bitteren Ende ausharren werden. Mir geht es darum, die Franken zu vertreiben und das ist der Auftrag, den mir die Königin erteilt hat. Die Besatzer haben sich auf unsere Angriffe eingestellt und wissen sich zu schützen. Einige meiner Jungkrieger sind in den letzten Tagen bei den Überfällen umgekommen. Die Beute wird von Mal zu Mal geringer. Ich denke, ihr habt recht. Wenn uns die Franken einen freien Abzug garantieren, dann wandern wir ins Langobardenreich aus. Die Königin wird meine Entscheidung verstehen. Für uns ist der Kampf in dieser Lage aussichtslos."
Hartwig umarmte Siegbert.
„Das ist eine gute Entscheidung. Du rettest vielen Thüringern das Leben. Wenn du einverstanden bist, werde ich den Vorschlag dem Gebietsverwalter auf der Bertaburg in Erphesfurt unterbreiten. Von ihm wird es abhängen, ob der freie Abzug erfolgen kann."

Siegbert nickte Hartwig zu. Damit war es zwischen den Brüdern entschieden.

Heidrun brachte Brot und Speck für die Männer. Siegbert aß hastig und Hartwig sah ihm zu. Das Aussehen seines Bruders hatte sich, nach der Trennung im Langobardenreich, stark verändert. Mehrere Narben zeichneten sein Gesicht, die ihn aber nicht verunstalteten. Das Haar war lang und ungepflegt. Ihn hatte das Leben in der bergigen Wildnis geprägt. Siegbert merkte, dass Hartwig ihn musterte.

„Erzähle mir, wie du nach Hause gekommen bist!", bat er seinen Bruder.

Hartwig berichtete, was er als Begleiter der langobardischen Gesandtschaft im Frankenreich erlebte und zuletzt über die Auseinandersetzung mit dem Gesandten.

Siegbert schien es nicht zu verwundern, dass sich der Heruler, als neuer Verwandter des Langobardenkönigs, falsch verhielt.

„Du meinst, dass König Wacho für uns alle genügend Platz hat und guten Boden hergibt?"

„Das sagte er mir selbst als ich mit ihm an der Hochzeitstafel zusammensaß. Du weißt, dass große Gebiete nicht besiedelt sind. Unsere Leute haben sich in Vindobona und in der Umgebung gut eingelebt. Die Krieger ziehen mit Amalafred und Audoin jedes Jahr in die oströmischen Provinzen am Mittelmeer, um Beute und Sklaven zu machen. Amalafred braucht mich dort nicht mehr und er überließ es mir, ob ich zu meiner Familie in den Elbkniegau reise oder nach Vindobona zurückkehre."

„Wieso bist du dann gleich Gebietsverwalter geworden?"

„Nach der Auseinandersetzung mit dem langobardischen Gesandten floh ich in meine Grafschaft. Dort suchte mich Theudebert auf, der von dem Vorfall mit dem Gesandten gehört hatte und er bot mir dieses Amt an. Ich wusste nicht, wie ernst ihm das war. Er ist ein Mann schneller Entschlüsse und ändert oft seine Meinung. Als ich zu Hause war, wäre ich beinahe in die Sklaverei verschleppt worden, weil die Steuereintreiber Waffen bei mir fanden. Weibel hat mich gerettet und ihm verdanke ich, dass ich lebe."

„Na, dann hast du ja auch einiges durchgemacht!", erwiderte Siegbert anerkennend und aß hastig weiter. Plötzlich hielt er inne.

„Wenn du sagst, dass König Wacho noch Thüringer Jungkrieger braucht, wollen wir ihn nicht lange warten lassen. Es ist besser zu ihm zu gehen als hier zu verhungern!"
Harald nickte ihm zustimmend zu.

„Wie stellst du dir den Abzug vor?", wollte Siegbert von Hartwig wissen.

„Es könnten sich alle, die mit dir gehen wollen, in meinem Verwaltungsgebiet sammeln und über die Berge in das Langobardenreich weiterziehen."

„Du denkst, dass wir den gleichen Weg wählen, den wir mit der Königin gingen."

„Das meine ich!", bestätigte Hartwig.

„Vom Rynnestig in dein Verwaltungsgebiet zu kommen ist über die Saale nicht schwierig, doch wie bekomme ich meine Leute vom Harz in dein Gebiet?"

„Sie könnten entlang der Elbe ziehen."

„Wenn du das bei den Franken durchsetzen kannst, spreche ich mit meinen Kriegern und gebe dir danach unsere Entscheidung bekannt."

Siegbert blieb nicht bis zum Morgen. Harald gab ihm zwei Pferde, die er mit Lebensmitteln belud. Dann ritt der Rebellenführer südwärts auf dem Weg, der zu den

Sommerweiden auf dem Rynnestig führte, davon. Harald und Hartwig sahen ihm lange nach.

„Er hat großes Leid ertragen müssen. Seine Frau ist ertrunken und das hat er bis heute nicht überwunden. Nur selten kommt er vom Rynnestig zu uns. Du hast gesehen, wie verwahrlost er aussieht."

„Seine Augen haben den Glanz verloren", bemerkte Hartwig.

„Ihm fehlt der Lebensmut und nur die Verantwortung zu seinen Leuten hält ihn aufrecht. Wenn er mit den Rebellen ins Langobardenreich ziehen könnte, würde er den Schmerz vielleicht schneller überwinden können."

Schon am nächsten Tag kam ein Bote mit einem Schreiben von Siegbert, in dem er das Einverständnis zum Abzug der Jungkrieger ins Langobardenreich seinem Bruder mitteilte.

Hartwig zeichnete sogleich eine Wegekarte, wie die Rebellen vom Rynnestig durch den Dunkelwald bis zur Elbe kommen konnten. Dort sollten sich alle Rebellen sammeln.

Der Bote wartete auf die Antwort. Heidrun stellte Essen und Bier auf den Tisch. Sie sah dem jungen Mann zu, wie hastig er die Speisen verschlang. Lange musste er gehungert haben. Nachdem er fertig war, fragte sie ihn über das Leben im Kriegerlager aus. Sie erfuhr vieles, was sie sich gar nicht hätte vorstellen können. Der junge Mann tat ihr leid. Er hatte seine ganze Sippe verloren. Alle wurden ins Frankenreich verschleppt. Er allein konnte fliehen und ist zu den Rebellen gegangen. Das Leben war dort für jeden hart und entbehrungsreich.

Als Hartwig mit der Karte fertig war, zeichnete Gottlieb sie noch einmal ab und übergab sie dem Boten.

7. Ein Treffen mit den Rebellen
Im Nebelmond (November) 536

Hartwig ließ packen und zog mit seiner Begleitung von Rodewin nach Norden. Ziel war der fränkische Verwaltungssitz, der das Gebiet zwischen Rynnestig und Harz einnahm. Mit dem Gebietsverwalter musste er den Abzug der Thüringer vom Rynnestig und Harzgebirge besprechen.

Der Verwaltungssitz der Provinz Westliches Thüringen war die Bertaburg. Sie war der ehemalige Königshof des Thüringer Teilkönigs Bertachar, dem Vater von Baldur und Radegunde. Die Franken hatten die Burg ausgewählt, da sie an der Via Regia lag und gut erreichbar war. Sie bot guten Schutz vor Anschlägen der Rebellen. In der Vergangenheit hatten sie den fränkischen Wachstationen großen Schaden zugefügt.

Hartwig war die Umgebung der Bertaburg vertraut. Hier hatte er Prinz Baldur kennengelernt und schöne Tage mit ihm verbracht.

Am Stadttor von Erphesfurt stand ein Wachmann, der Hartwig ansprach.

„Wer seid ihr und was wollt ihr?"

„Ich bin der Amtmann der Thüringer Ostprovinz. Bring mich zu deinem Herrn!"

Der Wachmann rief nach seinem Gehilfen. Der kam hastig aus einem Torverschlag.

„Begleite die Gäste zu unserem Herrn!", schrie er ihn an.

Der Bursche lief eilig vor der Gruppe her, bis zur Burg. Im Burghof glitten Hartwig und der Schreiber von ihren Pferden und folgten dem Mann in das Gebäude. Am

Ende eines langen Ganges saß ein Wachmann mit den Händen auf den Knauf seines Schwertes gestützt.

„Was wollt ihr?", brummte er mürrisch in seinen Bart.

„Ich will mit dem Gebietsverwalter sprechen."

„Wen kann ich melden?"

„Sage ihm, dass der Amtmann von Ostthüringen ihn sprechen will!"

Behäbig erhob sich der alte Krieger und meldete Hartwig an.

Der Dienstraum des Gebietsverwalters war spartanisch eingerichtet. Neben einer Öffnung in der Wand, durch die das Tageslicht schien, stand ein großer Tisch. In einem Armstuhl saß ein kleiner dicker Mann.

Der Franke war aufgestanden und begrüßte Hartwig.

„Sei mir willkommen, werter Amtsbruder! Was verschafft mir die Ehre deines Besuchs?"

„Ich möchte mit dir etwas von hoher Dringlichkeit besprechen."

„Setzt euch!"

Mit der Hand wies er zu einem Stuhl gegenüber seinem Schreibtisch. Er musterte Hartwig von der Seite und tat als suchte er nach einem Pergament in dem Stapel auf dem Tisch.

„Ich habe gehört, dass du seit dem Frühjahr die Verwaltung in der Thüringer Ostprovinz übernommen hast. Dort geht es bestimmt viel ruhiger zu als bei uns."

„Es kommt darauf an, was du meinst?", entgegnete Hartwig, ohne zu wissen, worauf sein Amtsbruder hinaus wollte.

„Täglich erhalte ich Meldungen von Überfällen durch Räuber und Banditen. Sie dringen in die Königsgüter ein und plündern. Ich traue mich nicht mehr zu reisen."

„Solche Übergriffe kennen wir nicht. Wenn jedoch die Hungersnot im Winter einsetzt, rechne auch ich mit Unruhen."

„Die Überfälle gab es hier seit Anbeginn. Es sind Rebellen, die in den Bergen hausen und die wir dort nicht fassen können."

„Mein Vorgänger hat mir berichtet, dass er anfangs das gleiche Problem hatte, wie du. Er konnte sich jedoch mit den Anführern der aufständischen Slawen einigen und gab ihnen Land zum Bebauen. Seitdem ist Ruhe."

„Das würde bei mir nicht gehen, denn das Raubgesindel sind Thüringer und die wollen uns vertreiben."

„Sie können doch nichts gegen unsere Krieger ausrichten!", beruhigte Hartwig seinen Amtsbruder.

„Die Burschen sind flink und mutig wie Jagdhunde. Meine Verluste an Wachmännern sind hoch und der König gibt mir nicht mehr Krieger zu unserem Schutz", klagte der Franke.

„Du hast doch welche bekommen."

„Die musste ich in den Norden senden, dort ist der Ärger noch viel größer als hier. Außer den rebellischen Thüringern gibt es da die Sachsen, die gegen uns kämpfen. Es ist ein wahrer Graus und ich sehe keine Besserung in weiter Ferne."

Eine Magd trat ein und stellte für jeden einen Tonbecher auf den Tisch. Aus einer Metallkanne schenkte sie verdünnten Wein ein und verschwand danach mit dem Krug.

Der Verwalter sah Hartwig prüfend an.

„Du bist bestimmt nicht den weiten und gefährlichen Weg zu mir gekommen, um dir meine Sorgen anzuhören?"

„Ich will etwas mit dir in dieser Sache bereden."

„Da bin ich gespannt!"

„Vor ein paar Tagen erhielt ich von einem Rebellenführer eine Nachricht. Er machte mir einen interessanten Vorschlag. Die Rebellen würden ins Langobardenreich auswandern, wenn wir sie unbehelligt durch unser Gebiet ziehen ließen."

„Wieso sollten sie weggehen, sie leben doch hier wie die Maden im Speck?"

„Sie glauben, dass die Hungersnot im Winter stark zunimmt und dann auch bei uns nichts mehr zu rauben ist."

„Das haben sie richtig erkannt. Mir soll es sehr recht sein, wenn sie gehen. Ich würde ihnen sogar noch etwas dafür geben, wenn sie nur verschwinden. Was fordern sie von uns?"

„Freien Abzug mit all ihrer Habe, für jeden, der mit ihnen fortziehen will."

„Das ist die erste gute Nachricht, die ich seit langer Zeit höre. Wann sind sie weg?", rief der Franke begeistert.

„Sobald wir ihnen die Garantie geben, sie nicht bei ihrem Abzug zu behelligen."

„Die können sie jederzeit von mir bekommen."

„Sie verlangen jedoch auch, dass wir beide sie als Geiseln bis zur langobardischen Grenze im Dunkelwald begleiten."

Der Amtmann riss die Augen vor Angst auf.

„Das geht nicht! Niemals würde ich mich in die Hände des Raubgesindels begeben."

„Vielleicht nehmen sie auch mit mir vorlieb, wenn du ihnen Karren und Ochsen für den Transport gibst?"

„Die können alles von mir haben, doch ich bleibe hier."

„Wenn du damit einverstanden bist, werde ich mit ihnen reden."

„Du hast mein Wort darauf, dass sie frei abziehen können und ich ihnen Karren und Ochsen gebe, soviel sie benötigen. Ebenso kann jeder Thüringer mitziehen, der will. Ich brauche diese Brut hier nicht."

Der dicke Gebietsverwalter war von seinem Stuhl aufgestanden und umarmte Hartwig. Seine Sorgen waren gewichen.

„Wenn es dir recht ist, werde ich mit meinen Leuten in die Harzberge reisen und hoffe, dass alles gut geht. Wir bleiben durch Boten ständig in Kontakt", schlug Hartwig vor.

„Du hast echt Mut, dich mit ihnen einzulassen. Eigentlich bist du gar nicht direkt betroffen, wie ich."

„Wenn sie im Winter bei dir nichts mehr rauben können, werden sie sich nicht von der Saale abschrecken lassen und plündern in meiner Ostprovinz."

„Du bist nicht nur mutig, sondern auch sehr weitblickend. Willst du nicht noch ein paar Tage bei mir bleiben? Ich würde mich gern länger mit dir unterhalten."

„Die Zeit eilt, denn es wird bald Winter und bis dahin möchte ich sie weg haben."

„Wenn du etwas von mir brauchst, lass es mich wissen!"

„Eine Vollmacht kannst du mir noch ausstellen, dass deine Gaugrafen und Verwalter der Königsgüter mir jede Unterstützung gewähren, die ich von ihnen verlange."

„Die sollst du haben!"

Er suchte nach einem Stück Pergament. Darauf schrieb er die Vollmacht und reichte das Dokument Hartwig. Der las es und war damit zufrieden. Er steckte es in ein

Lederfutteral und der Gebietsverwalter begleitete ihn bis zum Hof.

„Ich wünsche dir viel Erfolg und Glück. Ich gebe dir noch meinen Hauptmann und ein paar Wachleute mit. Sie kennen den Weg und werden für deine Sicherheit sorgen. Der Hauptmann ist für alle Wachleute in meinem Verwaltungsgebiet zuständig. Wenn ihr in Gefahr geratet, wird er Verstärkung herbeischaffen."

Nachdem der Schutztrupp zusammengestellt war, zog Hartwig mit den fränkischen Kriegern in Richtung Harzberge weiter. Der Hauptmann ritt voran. Er kannte das Gebiet und war bei der Eroberung Thüringens im Heer von König Theuderich dabei.

Die Reise verlief an der Amalaburg vorbei bis zur Unstrut. Weiter ging es zur Herminaburg. Auch sie gab es nicht mehr, doch das umgebende Königsgut war erhalten geblieben. Eine große Mannschaft an Wachleuten war in dem Gut stationiert. Hartwig und seine Leute übernachteten dort.

Der Verwalter des Königsguts war froh, mit einem hohen fränkischen Amtsträger sprechen zu können. Er hatte im Frühjahr einen Überfall miterlebt und dachte noch mit Grauen daran. Er erzählte, was geschehen war.

„Die Angreifer belagerten mehrere Tage meine Siedlung. Lange hielt der Wall mit den Palisaden nicht stand und die Rebellen töteten alle Wachleute. Auch die, die sich ergaben, verschonten sie nicht."

„Wieso taten sie das?"

„Ich weiß es nicht. Es ist möglich, dass sie sich für die Niederlage im Winter rächen wollten. Da hatten meine Wachen zwei von den Räubern aufgegriffen und ihre Köpfe auf Stangen gespießt. Jeder konnte und sollte sehen, wie wir mit Räubern verfahren."

„War es nur aus Rache, dass sie angriffen?"

„Ich kann es nicht sagen. Mir haben sie ein paar Pferde weggenommen und diese vorher mit Lebensmitteln bepackt."

„Ging es ihnen nur um Beute?", fragte Hartwig.

„Sie hätten mein Geld und die anderen wertvollen Gegenstände rauben und unsere Frauen schänden können. Das haben sie nicht getan. Es ist mir ein Rätsel."

„Ich hoffe, dass du das nicht noch einmal erleben musst. Wir wollen mit den Rebellen verhandeln, dass sie freiwillig das Land verlassen", erklärte Hartwig.

„Den Gefallen werden sie uns bestimmt nicht tun", erwiderte der Gutsverwalter heftig.

„Es ist ein Vorschlag, der von ihnen selbst kommt."

„Ich kann es nicht fassen!", meinte der Verwalter erstaunt und schüttelte heftig den Kopf.

„Vielleicht haben sie erkannt, dass sie nichts gegen uns ausrichten können und ziehen deshalb ab", mutmaßte Hartwig.

„Es wäre zu schön, doch traue ich dieser Mörderbrut nicht."

„Wir werden sehen, was sie uns zu sagen haben. In ein paar Tagen müssten wir in die Nähe ihres Lagers kommen."

„Pass nur auf, Herr! Mit denen ist nicht zu spaßen."

„Ich denke, es wird uns nichts passieren. Sie sind es, die das Gespräch suchen."

„Da kann ich euch nur viel Glück wünschen. Ich würde niemals freiwillig in ihre Nähe gehen."

Der Verwalter prostete Hartwig zu. Der schien über etwas nachzudenken und fragte den Hausherrn: „Hier war doch einst das Zentrum des Thüringer Reichs, mit dem Königssitz?"

„Das ist richtig! Die Burg stand nah bei dem Gut. Doch jetzt ist kaum noch etwas zu sehen. Sie wurde vollkommen zerstört. Du kannst nur noch die Grundmauern erkennen."

„Soll nicht dort der Königsschatz vergraben sein?"

„Das ist möglich, aber gefunden hat ihn noch niemand. Die Wachleute verbringen viel Zeit damit, danach zu suchen. Sie haben bisher nur Tongefäße und Küchengeräte aus dem Schutt geholt. Warst du schon einmal dort?"

„Ja, das ist lange her", antwortete Hartwig.

„Da warst du wohl bei der Schlacht dabei?"

„Das war ich!"

„Ihr habt den Thüringern mächtig eins über den Kopf gezogen. Ich bin erst später hierhergekommen."
Der Verwalter nahm an, dass sein Gast im fränkischen Heer gekämpft hatte und Hartwig ließ ihn bei diesem Irrtum.

„Ich werde dir etwas aus dieser Zeit zeigen", sagte der Verwalter und ging zu einer Truhe. Aus ihr nahm er ein zusammengefaltetes Leinentuch heraus. Das legte er auf den Tisch und schlug es auf. Verschiedene Gegenstände kamen zum Vorschein.

„Das sind alles Stücke, die auf dem Schlachtfeld gefunden wurden."

„Wo hast du die Sachen her?"

„Die Bauern tauschen sie gegen Lebensmittel oder etwas anderem. Die Frauen hatten sie nach der Schlacht den toten Thüringern abgenommen, bevor sie die Leichen verbrannten."
Ein unangenehmes Gefühl überkam Hartwig. Seine Gedanken schweiften in die Vergangenheit und er sah die sterbenden Männer und Pferde vor seinen Augen. War der Krieg etwas, was die Götter den Menschen abverlangten, um das Heer der Schattenkrieger in Walhall zu mehren?

Ihm kamen Zweifel. Die Gegenstände auf dem Tisch gehörten seinen Kameraden, die tapfer gekämpft hatten und von denen nichts mehr übrig blieb als Staub auf den Feldern.

Der Verwalter packte die Dolche, Armreifen und die anderen Gegenstände von Wert wieder zusammen und verstaute sie in seiner Schatztruhe.

„Es war eine grausame Schlacht und auf beiden Seiten starben viele tapfere Männer. Wozu?"

„Ich bin Beamter und kann mit dem Schwert nicht umgehen, aber ich bin froh, dass es Krieger gibt. Sie vermitteln mir Sicherheit."

„Was haben dir die Wachleute genützt als du überfallen wurdest und die Rebellen sie umbrachten. Dein Leben war nicht sicherer durch deine Leute. Ich denke, dass das gegenseitige Töten nichts bringt. Besser ist es, Konflikte von vornherein zu vermeiden."

„Grundsätzlich bin ich deiner Meinung, doch wie soll man Rebellen dazu bringen, das Morden zu beenden?"

„Das ist die entscheidende Frage und deshalb reise ich zu ihnen und werde mit ihnen sprechen."

„Ich bete zu Gott, dass sie dich nicht umbringen."

Der Verwalter hatte einen guten Wein bringen lassen, von dem sie vor dem Schlafengehen ein paar Becher leerten.

Die Wachleute saßen in ihrem Aufenthaltsraum zusammen. Sie tranken dünnes Bier und unterhielten sich. Ihnen schien die Reise nicht geheuer zu sein und sie hatten Angst, in das Rebellengebiet zu gehen. Von fürchterlichen Dingen konnte der eine oder andere erzählen. Die Männer vom Gut berichteten von dem Überfall im Frühjahr dieses Jahres. Sie schmückten den Vorfall nach Gutdünken aus. Den Zuhörern kroch ein eiskalter Schauer den Rücken hinunter. Unmenschliche

Grausamkeiten sollten sich da abgespielt haben, doch keiner der Erzähler hatte sie mit eigenen Augen gesehen.

Hedwig suchte einen geeigneten Schlafplatz im Pferdestall. Nach dem anstrengenden Ritt hatte sie keine Lust, mit den Wachleuten zusammenzusitzen. Für die Männer war Hedwig ein namenloser Gehilfe des Schreibers und sie war entsprechend gekleidet. Lange Hosen bedeckten ihre Beine, ein Hemd aus derben Leinen mit Lederweste den Oberkörper und ein Ledergürtel hielt das Ganze in der Taille zusammen. Daran hingen ein Messer in einer Scheide und ein Lederbeutel mit allerlei Utensilien, die ein Gehilfe des Schreibers bei sich haben musste. Als sie einen geeigneten Platz gefunden hatte, legte sie die Schaffelle und Wolldecken auf das Haferstroh, das sie am Boden ausgebreitet hatte.

Es dauerte nicht lange und Gottlieb kam zu ihr. Ihm waren die Gespräche bei den Wachleuten zu zotig und müde war er auch. Er zog seine Schuhe und Hose aus und kroch unter die Wolldecke. Da ihm etwas kalt war, schmiegte er sich eng an den Rücken von Hedwig. Sie tat als würde sie bereits schlafen und es gefiel ihr, wie vorsichtig er war sie nicht zu wecken. Ihr gingen viele Gedanken durch den Kopf. Seit dem Abend in Rodewin, wo sie sich Gottlieb im Kleid zeigte, fühlte sie, dass er sich ihr gegenüber abweisend verhielt. Sie konnte nicht sagen, was der Grund war, doch spürte sie es. In den letzten Nächten hatte sie sich nicht an ihn geschmiegt und ihn berührt. Eine Zurückweisung hätte sie nicht ertragen können. Tagsüber verhielt er sich ihr gegenüber anders als zuvor. Die vielen Tage, die sie zusammen verbrachten, weckten in ihr ein Gefühl der Vertrautheit, vielleicht auch Liebe. Sie war der Meinung, dass Gottlieb das Gleiche fühlen musste, wie sie. Lange grübelte sie darüber nach und fand keine Antwort. Das Rascheln der Mäuse im Stroh und das Schnauben der Pferde ließen sie immer wieder aufhorchen. Gottlieb schien erneut Albträume zu haben. Sie wusste, wie sie ihm helfen konnte. Vorsichtig drehte sie sich zu ihm um und verschaffte ihm Erleichterung. Danach wälzte er sich auf die Seite und kehrte ihr den Rücken zu. Hedwig überlegte, ob sie mit ihm darüber sprechen sollte. Es schien ihr ratsam, zu schweigen. Vielleicht wäre er verärgert und würde nachts nicht bei ihr liegen wollen. Das Risiko wollte sie nicht eingehen.

Das Wetter hatte sich am nächsten Morgen nicht gebessert. Draußen war es noch dunkel, doch daran hatten sie sich gewöhnt. Nur wenige Stunden am Tag verbreitete die Sonne ein diffuses Licht, wie im Nebel. Hedwig holte einen Eimer Wasser aus dem Brunnen und sie wuschen sich. Da die anderen noch schliefen, besichtigten sie die Umgebung. Sie kamen zu einer Ruine, die vor wenigen Jahren eine prächtige Burg war. Die Fundamente waren gut zu erkennen.

„Es ist ein gespenstischer Ort. Komm lass uns wieder gehen! Ich fürchte mich", sagte Hedwig.

„Du brauchst keine Angst haben. Es ist keiner da", beschwichtigte sie Gottlieb.

„Vielleicht gibt es hier schwarze Elfen oder Trolle?"

„Das ist Blödsinn, die existieren überhaupt nicht", meinte Gottlieb, doch er war davon selbst nicht überzeugt.

„Ich glaube an diese Wesen, deshalb habe ich Angst."
Ein Fuchs sprang aus seinem Versteck und rannte weg. Erschrocken klammerte sich Hedwig an ihren Begleiter. Sie standen zueinander gekehrt und sie hatte ihn fest umklammert. Gottlieb fühlte sich als Beschützer und er blickte in ihr ängstliches Gesicht. Sie reckte sich nach

oben und küsste ihn auf den Mund. Dann lachte sie und sprang davon. Er lief hinterher und fing sie ein. Nebeneinander schlenderten sie durch das feuchte Gras und hörten den Vögeln zu. Als sie im Gutshof ankamen, waren die Wachleute bereits aufgestanden und machten sich reisefertig. Die Frau des Gutsverwalters hatte ein deftiges Frühstück vorbereitet und alle langten kräftig zu. Sie wussten nicht, wann sie wieder eine gute Mahlzeit bekommen würden.

Der Weg führte an einem kleinen Fluss entlang. Sie überquerten ihn an der Furt und zogen in ein Tal, das zu den Harzbergen hinführte. Gegen Abend kamen sie zu einer Mühle. Der Hauptmann riet, da zu übernachten. Der Müller und seine Familie waren von dem Besuch überrascht. Die Hausfrau wärmte die Gemüsesuppe auf, die noch im Kessel war und ihr Mann zeigte seinen Gästen die Scheune, in der sie schlafen konnten. Nach dem Essen ruhten sie sich aus, denn der Ritt war für jeden anstrengend. Hartwig sagte dem Müller, dass sie zu den Rebellen in die Harzberge wollten. Verständnislos blickte ihn der Mann an.

„Wenn euch euer Leben lieb ist, kehrt um", meinte er.

„Ich muss ihren Anführer sprechen. Kannst du uns zu ihm führen?"

„Wo denkst du hin, Herr? Ich mache doch keine gemeinsame Sache mit den Rebellen", versicherte der Müller.

„Das glaube ich dir, doch einer muss zu ihnen gehen und ihnen sagen, dass der Amtmann von Ostthüringen, sie sprechen will."

„Was ist, wenn sie mich umbringen? Was soll dann aus meiner Familie werden?"

„Dir wird nichts geschehen. Wir warten in deiner Mühle, bis du wieder zurück bist. Ein Silberstück bekommst du jetzt für deinen Botendienst und ein zweites, wenn du zurückkommst."

Der Müller war mit dem Lohn einverstanden.

Am nächsten Morgen zog er talaufwärts in die Berge. Seine Frau war unglücklich, dass ihr Mann fort ging und hörte nicht auf zu weinen.

„Du brauchst dich nicht zu fürchten, er wird bald wieder hier sein", tröstete Hartwig die Frau.

Es begann ein langes Warten. Zwei Tage hörten sie nichts von dem Müller und seine Frau glaubte, dass ihr Mann tot sei.

Am dritten Tag tauchte er auf und zwei bewaffnete Männer begleiteten ihn. Sie sahen ähnlich wild und ungepflegt aus, wie Siegbert. Sie beäugten misstrauisch die Anwesenden und blickten auch in die Scheune und den Stall, ob sich dort noch jemand verborgen hatte. Als sie niemand fanden, wiesen sie Hartwig mit seinem Gefolge an, ihnen zu folgen.

Die Frau des Müllers gab den Reisenden Proviant mit, ohne dass jemand sie darum gebeten hatte. Sie war überglücklich, dass ihrem Mann nichts passiert war und alle wieder abzogen. Hartwig gab dem Müller als Lohn für seine Dienste noch eine fränkische Silbermünze. Sie war mehr wert als er in einem ganzen Jahr für seine Arbeit von den Bauern der Umgebung erhielt.

Einer der Rebellen ritt der Frankengruppe voran und der Zweite kontrollierte am Schluss, ob ihnen jemand unauffällig folgte.

Das Gelände wurde unzugänglich. Sie konnten nur noch hintereinander auf einem ausgetretenen Pfad reiten. Sie erreichten einen Bauernhof.

„Hier wartet ihr, bis unser Hauptmann kommt und mit dir sprechen wird!", sagte der Anführer unwirsch zu Hartwig.

Die beiden Rebellen ritten bachaufwärts weiter.

Hartwig sah sich auf dem Hof um. Da lebte nur eine Bäuerin mit ihren drei Kindern und den Schwiegereltern. Den beiden Alten sah man die schwere Arbeit in dieser Einöde an. Sie gingen gebückt als würden sie ständig eine große Last mit sich herumtragen. Die Bäuerin sah alt aus, obwohl die Kinder nicht über zehn Jahre waren. Im Stall standen zwei Kühe und drei Schweine und auf dem Hof rannten ein paar Hühner herum.

Hartwig ging zurück ins Haus. Er legte einen Teil des Proviants, den ihm die Müllerin mitgab, wortlos auf den Tisch.

„Behaltet die Sachen, ihr braucht sie dringender", sagte er zu der Frau.

Die Bäuerin kochte im Kessel eine Gemüsesuppe und gab ein kleines Stück Speck hinein.

„Musst du die Arbeit hier allein machen?", wollte Hartwig von ihr wissen.

„Mein Mann ist in der Schlacht gefallen und seitdem muss ich alles selbst tun."

„Bald werden dir die Kinder helfen können", tröstete er die Frau.

„Ohne sie würde ich es schon jetzt nicht schaffen."

„Ich kenne viele Sippen, in denen die Männer in der Schlacht an der Unstrut getötet oder verwundet wurden. Sie haben es alle schwer, zu überleben."

„Es ist nicht nur die Arbeit, sondern die schlechte Ernte. Bei der Dunkelheit am Tag wächst nichts mehr. Selbst das Wild findet im Wald nicht genug Nahrung und kommt bis zu unserem Hof. Ich weiß nicht, wie wir den Winter überstehen sollen."

Die Suppe war fertig und alle setzten sich um den großen Tisch im Wohnküchenraum. Da nicht genügend Suppenschalen vorhanden waren, nahmen die Wachleute ihre eigenen, aus Kupfer getriebenen, Kasserollen. Sie hatten sie unterwegs immer dabei.

Als sie mit dem Essen fertig waren, fragte Hartwig die Bäuerin, ob sie Arbeiten auf dem Hof hätte, die von Männern gemacht werden müssten.

Sie verwies auf das Scheunendach, das an einigen Stellen undicht war. Hartwig sprach mit dem Hauptmann und er ließ die Wachleute an die Arbeit gehen. Bis zum Abend waren sie mit den Ausbesserungsarbeiten fertig und erledigten noch verschiedene andere Dinge, die ihnen die Bäuerin zeigte. Mit einer solchen Hilfe hatte die Frau nicht gerechnet und die anfängliche Angst vor den Franken wich. Auch die Kinder wurden gesprächig, nur verstanden sie die Wachleute nicht. Sie verlegten sich auf Zeichensprache und hatten viel Spaß dabei.

Hartwig besprach inzwischen mit seinem Schreiber verschiedene Möglichkeiten für die Organisation des bevorstehenden Abzugs der Rebellen. Wenn es dazu kommen sollte, musste Audoin im Langobardenreich benachrichtigt werden. Er würde den Aussiedlern wegekundige Führer entgegenschicken können. An der Elbe entlang war der Weg nicht zu verfehlen, doch wenn sie die Moldau erreichten, war der beste Übergang nur schwer zu finden. Weiterhin musste für Unterbringungsmöglichkeiten am Reiseziel in Vindobona gesorgt werden. Die Thüringer würden im Winter ankommen und eine Reise mit den Ochsenkarren war in dieser Jahreszeit nicht einfach.

„Ich werde meine beiden Wachleute nach Vindobona zu Amalafred senden müssen", sagte Hartwig zu Gottlieb.

„Sie werden niemals rechtzeitig dort hinfinden", entgegnete er.

„Ich weiß, dass sie nicht sehr geeignet sind. Wen würdest du vorschlagen?"

„Mich!", war die prompte Antwort von Gottlieb.

„Du überraschst mich. Kannst du dir vorstellen, was das für Gefahren und Mühen sind, dort hinzugelangen?"

„Ich bin der Einzige, der den Weg nach deiner Karte findet und zum Schutz können mich die beiden Wachmänner begleiten."

Hartwig überlegte lange.

„Wenn du es dir zutraust, bin ich damit einverstanden."

Gottlieb freute sich, diese Aufgabe übertragen zu bekommen und hatte einen Vorschlag parat.

„Wie wäre es, wenn ich die Handelsstraße über Nürnberg nach Ratisbona *(Regensburg)* nehme. Von dort könnte ich mit einem Boot auf der Donau bis Vindobona gelangen."

Hartwig war begeistert von dem Vorschlag. Daran hatte er nicht gedacht, und es zeigte ihm, dass sein Schreiber der geeignete Mann für diesen Botendienst war.

„Du sparst dadurch viele Tage ein und kommst rechtzeitig vor Winteranfang in Vindobona an. In Ratisbona gehst du zu einem Bootseigner, den ich gut kenne und der dir weiterhelfen wird."

„Könnte ich auch zu Pferd an der Donau entlang reiten?"

„Das ist wegen der Räuber zu gefährlich. Auf einem Boot von einem Handelsmann bist du sicherer, es sei denn du fürchtest dich auf dem Wasser."

„Ich bin noch nie mit einem großen Boot auf einem Fluss gefahren", gestand Gottlieb.

„Es gibt ein paar gefährliche Stellen auf der Donau, doch die Bootsleute kennen sie ganz genau. Sie können es sich nicht leisten, ihre Waren nass werden zu lassen. Jetzt lass uns damit beginnen ein Geleitschreiben für dich und Briefe an Amalafred und Audoin zu verfassen."

Hartwig diktierte und Gottlieb schrieb. Das Geleitschreiben wies ihn als Gesandten des fränkischen Gebietsverwalters der ostthüringischen Provinz aus.

Am nächsten Morgen ritten drei Männer auf den Hof. Es waren Rebellen, die nach dem fränkischen Gesprächsführer fragten. Die Bäuerin wies auf die Tür des Langhauses. Hartwig unterhielt sich gerade mit seinen Leuten. Als die Männer eintraten, verließen alle den Raum, bis auf den Hauptmann und den Schreiber.

Die Rebellen betrachteten Hartwig und die Franken misstrauisch.

„Du hast uns gesucht?", wollte der Anführer wissen.

„Ich will mit dir über euren Abzug ins Langobardenreich sprechen."

„Ich weiß, es wurde mir bereits gemeldet. Um es kurz zu machen, werden wir gleich über die Bedingungen reden."

„Damit bin ich einverstanden", entgegnete Hartwig.

„Wer sind deine Begleiter?", wollte der Anführer wissen.

Hartwig stellte den Hauptmann und Schreiber vor. Der Rebell sah sich die beiden genau an.

„Wir sind nur bereit abzuziehen, wenn ihr uns frei reisen lasst und uns dabei unterstützt."

„Wie stellt ihr euch das vor?", wollte Hartwig wissen.

„Bis wir das Thüringer Gebiet verlassen haben, darf sich kein fränkischer Krieger außerhalb der Wachstationen bewegen. Zweitens stellst du uns eine bestimmte

Anzahl von Ochsenkarren zur Verfügung, auf die wir unsere Habe laden können."

„Ist das alles?"

„Noch eines! Zur Sicherheit, dass ihr euer Wort haltet, sollst du und der Gebietsverwalter von der Bertaburg uns als Geiseln begleiten."

„Das geht nicht, denn der Verwalter auf der Bertaburg kann sich aus gesundheitlichen Gründen nicht zur Verfügung stellen."

„So soll sein Hauptmann an seiner statt mitkommen."

Hartwig sah den Hauptmann an und besprach mit ihm in Fränkisch die Situation. Er blieb dabei, sich als Geisel, anstelle seines Herrn, den Rebellen zur Verfügung zu stellen.

„Unsererseits gibt es keine Einwände zu euren Forderungen, doch muss der Abzug bis spätestens zur Wintersonnenwende abgeschlossen sein."

„Das ist in unserem Sinn", meinte der Rebellenführer.

Hartwig schlug die weitere Vorgangsweise vor. Er teilte dem Anführer mit, dass er einen Gesandten zum Prinzen Amalafred und König Wacho senden werde, damit ihre Ankunft in Vindobona vorbereitet werden kann. Des Weiteren schlug er als Sammelpunkt das Elbtor vor. Das war die Ebene, wo die Elbe aus den Bergschluchten des Sandsteingebirges kam. Sie lag an der Grenze zum Langobardenreich. Bis dorthin wollten sie ihnen als Geiseln zur Verfügung stehen. Der Anführer besprach diese Vorschläge mit seinen Begleitern und diese nickten dazu.

„Wir machen es, wie du es vorgeschlagen hast. Du kannst deine Vorbereitungen treffen und danach begleitest du und der Hauptmann uns allein in die Berge."

Der Amtmann nahm den Schreiber zur Seite und besprach mit ihm noch einmal, was sie am gestrigen Abend bereits angedacht hatten. Er wies Gottlieb an, dass er auf der Reise ins Langobardenreich zuvor Hedwig nach Rodewin zu seinem Bruder Harald bringen soll. Es läge fast am Weg von der Bertaburg nach Ratisbona. Dort wäre sie fürs Erste in Sicherheit.

Hartwig verfasste noch einen Brief an seinen Bruder Harald. Er bat ihn dem Schreiber einen bestimmten Betrag an fränkischen Silbermünzen für seine Reiseausgaben auszuhändigen.

Ein weiteres Schreiben war an den Gebietsverwalter für Westthüringen und eines an seine Verwaltungsbeamten in Ostthüringen gerichtet. In ihnen verwies er auf die soeben getroffenen Abmachungen.

Der Hauptmann übergab die beiden Schreiben seinen Wachmännern und befahl ihnen, sie unverzüglich in die Verwaltungssitze zu bringen. Alles Notwendige war erledigt. Hartwig händigte der Bäuerin ein paar kleine Münzen für die Bewirtung aus. Sie wollte das Geld nicht annehmen, da seine Leute das Dach repariert hatten, doch er bestand darauf.

Allein ritten die drei Rebellen mit dem Hauptmann und Hartwig bachaufwärts zu den Harzbergen. Am Abend übernachteten sie in einer Waldhütte. Es war gut, dass Hartwig noch eine Wegzehrung von seiner Mutter bei sich hatte. Es war nicht viel, aber er teilte es mit allen. Die Rebellen schienen daran gewohnt zu sein, sich hungrig niederzulegen. Am Lagerfeuer wurden die beiden Jüngeren gesprächig. Sie erzählten von den Entbehrungen in den Bergen und wie sie sich ein besseres Leben im Langobardenreich vorstellten. Dabei kamen sie ins Schwärmen. Der Anführer musste etwa in Hartwigs Alter sein. Er war sehr nachdenklich und schwieg.

Am nächsten Tag erreichten sie ein Rebellenlager. Der Anführer ließ alle Leute auf dem Thingplatz versammeln und gab die Abmachung mit den Franken bekannt. Da sie Geiseln hatten, wich die Angst vor einem Wortbruch der Franken. Nur wenige Jungkrieger wollten zurückbleiben und zu ihren Sippen heimkehren. Die Hungersnot war überall gleich groß und sie wussten, dass der kommende Winter viele Opfer fordern würde.

Der Anführer gab bekannt, dass sich alle Trupps baldmöglichst in dem Sammellager vor dem Elbtor einfinden sollten. Von dort aus wollten sie geschlossen weiter nach Süden durch das Langobardenreich ziehen.

Hartwig war überrascht, wie gut die Weitergabe von Nachrichten zu den anderen Trupps funktionierte. Eine Woche blieb er in dem Lager. In dieser Zeit waren alle Antworten von den übrigen Trupps eingelangt. Die Rebellen hatten eine straffe militärische Organisation. Es lebten hier auch Frauen und Kinder der Jungkrieger. Für sie mussten die Ochsenkarren beschafft werden. Das war anfangs nicht leicht möglich. Die Verwalter der Königsgüter wollten sich nur ungern von ihren Tieren und Karren trennen. Der Hauptmann übernahm diese Aufgabe und er zog mit einer Gruppe der Rebellen von einem Königsgut zum anderen. Es schien, als wäre er einer der Rebellenführer und nicht eine Geisel. Sein Auftrag war klar definiert. Bis zur Wintersonnenwende sollten alle Rebellen Thüringen verlassen haben. Wenn das gelänge, würde es ihm viel Ruhm einbringen und möglicherweise eine Beförderung dazu.

Hartwig blieb im Lager. Er unterwies den Anführer und dessen Männer, was sie bei der Reise durch das Langobardengebiet beachten sollten. Nur wenige von ihnen kannten sich im Lesen einer Karte aus. Durch die

Dunkelheit würden sie nur langsam vorankommen und dann mussten sie auch noch mit Schneefall rechnen.

Als der Hauptmann wieder im Lager war, wurde die Fahrhabe auf Pferde geladen. Am Ende des Tals warteten Jungkrieger mit den leeren Ochsenkarren und sie luden die Sachen um. Es ging auf direktem Weg in Richtung Elbtor weiter. Zuerst erreichten sie die Saale, deren Überquerung für die Ochsenkarren nicht leicht war. Es gab nicht genügend große Fährboote und die Saale führte Hochwasser. Auf ihrem Weg versuchten die Rebellen die Höfe der Königsgüter zu umgehen. Hartwig war sich nicht sicher, ob ein Heißsporn der fränkischen Wachleute sich mit den Rebellen messen wollte. Die Wachleute hatten die Anweisungen, die Höfe nicht zu verlassen, doch ob sie sich daran hielten, war ungewiss.

Aus verschiedenen Richtungen schlossen sich immer mehr Auswanderungswillige den Trupps an. Es waren nicht nur Rebellen, sondern auch Sippen, die keine Hoffnung sahen, den Winter in Thüringen zu überleben. Alle sammelten sich in der großen Ebene am Elbtor. In diesem Gebiet hatte Hartwig das Sagen. Er wies den Verwaltern seiner Königsgüter an, die Aussiedler mit Lebensmitteln zu versorgen.

Mit dem Anführer der Harzrebellen einigte er sich, den Hauptmann als Geisel schon jetzt frei zu lassen. Er verfasste ein Schreiben an den Gebietsverwalter für Westthüringen, in dem er den großen Einsatz des Mannes würdigte. Der Anführer der Harzrebellen verlas den Brief im Thing und bestätigte mit seiner Unterschrift das Dokument. Das freute den Franken, auch wenn das Lob von einem Rebellen kam.

Die Thüringer hatten am Sammelplatz provisorische, zeltartige Unterkünfte aufgebaut. Auf Holzstangen wurden Tierfelle gespannt und trockenes Laub oder Stroh auf den Boden gestreut. Die Zelte schützten vor Regen und der zunehmenden Kälte. Nicht weit entfernt floss die Elbe. Da das Ufer an vielen Stellen zu sumpfig war, hatte beim Abzug der Thüringer Königin, der Langobardenfürst Audoin einen Weg gewählt, der über die Berge führte. Hartwig erinnerte sich noch gut daran, wo er verlief. Damals hatten sie es leichter, denn es war Spätsommer und nicht, wie jetzt, beginnender Winter.

Nach wenigen Tagen kam Siegbert mit den meisten seiner Jungkrieger aus den Thüringer Bergen im Sammellager an. Es waren mehrere Hundertschaften, die noch keine Kampferfahrung besaßen. Viele erschienen mit ihrer gesamten Sippe.

Von den Vindobonensern fehlte keiner. Es waren die Krieger, die mit Siegbert aus Vindobona nach Thüringen zurückkehrten und in den Rebellenlagern am Rynnestig die Jungkrieger ausbildeten. Für Siegbert waren sie mit ihrer Erfahrung eine große Hilfe.

Hartwig fertigte Wegekarten und ein Dokument an, in dem sich die abziehenden Thüringer verpflichteten, nicht gegen die Franken, vom langobardischen Gebiet aus, Krieg zu führen. Siegbert verstand diese Vorsichtsmaßnahme seines Bruders nicht. Er hatte jedoch nichts dagegen, das Dokument als der Vertreter der Königin Amalaberga, zu unterzeichnen.

Mit einem Tross zu reisen, war im Winter besonders schwer. Hartwig diskutierte dies tagelang mit seinem Bruder und den Anführern der Rebellen. Er war überzeugt, dass sie es schaffen könnten. Das Leben in den Bergen und Wäldern hatte die Jungkrieger abgehärtet und Strapazen waren sie gewöhnt. Große Sorge bereitete den beiden Brüdern die vielen Karren und Wagen mit verarmten Bauern, die sich dem Zug nach dem Süden anschlossen. Es waren hauptsächlich Frauen und alte

Leute, die sich im Langobardenreich ein besseres Leben erhofften. Für Siegbert stellte der Tross eine große Belastung dar. Ihm war bewusst, dass sich durch diese Menschen die Reisedauer verlängern würde. Sie mussten Berge und sumpfige Täler überwinden. Der Zug würde sich lang ausdehnen und konnte nur schlecht in den Flanken abgesichert werden. Doch zurückweisen konnte er die Menschen nicht. Sie waren seine Landsleute und er fühlte sich als Vertreter der Thüringer Königin auch für sie verantwortlich.

Als die letzten Gruppen im Lager eintrafen, stellte Siegbert den Zug zum Abmarsch zusammen. Der Tross folgte den Kolonnen der Hundertschaften und am Ende ritt die Nachhut zur Absicherung. Sie mussten auch im Langobardenreich sehr vorsichtig sein und mit Überfällen rechnen. Räuber und marodierende Slawenkrieger durchstreiften das Land. Im nördlichen Reichsgebiet hatten die Langobarden keine Wachstationen besetzt. Sie konzentrierten sich mehr auf den Süden und damit entstand entlang der Elbe ein Freiraum, in dem sich andere Volksgruppen ansiedelten und manche plündernd umherzogen.

Der Abzug der Rebellen war in vollem Gange. Hartwig war der Einzige, der zurückblieb und er sah interessiert dem Treiben zu. Als die Nachhut sich in Gang setzte, kam Siegbert noch einmal zu ihm geritten und schweigend umarmten sich die Brüder. Sie tauschten zur Erinnerung an diesen bedeutsamen Tag ihre Schwerter.

„Grüße Amalafred und Audoin von mir und natürlich auch die anderen. In Gedanken bin ich bei dir, mein Bruder. Kommt wohlbehalten in Vindobona an" sagte Hartwig gerührt.

„Ich danke dir! Ohne dich hätten wir das nicht geschafft und viele von uns würden den Winter nicht überleben."

„Achte auf dich und sende mir durch einen Boten eine Nachricht, sobald ihr gut angekommen seid."

Siegbert ritt eilig den anderen nach.

Hartwig blieb lange wie angewurzelt stehen. Gern würde er die Rebellen begleiten, doch seine Aufgaben lagen hier, bei den Menschen in Thüringen, die zurückblieben und seine Hilfe benötigten. Er war froh, dass bis jetzt alles reibungslos ablief und er hoffte, dass seine Landsleute ihr neues Zuhause unbeschadet erreichten.

Um ihn herum standen die Stangen für die Zelte, wie mahnende Zeugen. Erst als der letzte Mann in der Ferne verschwunden war, ritt er in Richtung seines Verwaltungssitzes. Hartwig war sich sicher, dass der Abzug der Rebellen die richtige Lösung war. Im Reich der Langobarden würden sie eine neue Heimat finden.

8. Die Verlängerung des Königswegs
Vom Julmond (Dezember) bis Lenzmond (März) 537

Nicht nur die Franken, sondern auch das Klima stellte sich gegen das Volk der Thüringer. Hartwig war dennoch überzeugt, dass das alles einen tieferen Sinn hatte und sich irgendwann zum Guten wenden würde. Jetzt galt es die Zurückgebliebenen zu schützen und wenn es sein musste, auch als Franke. Die Jungkrieger werden es im Langobardenreich bestimmt besser haben als in den Bergen des Thüringer Waldes. Davon war er überzeugt. Der Weg nach Vindobona war beschwerlich und er hoffte, dass sein Schreiber Gottlieb den Thüringer Prinzen Amalafred rechtzeitig erreichen würde. Vielleicht kann der Langobardenfürst Audoin den Jungkriegern eine Abordnung entgegen schicken. Es war mutig von Gottlieb, sich selbst als Überbringer der Briefe an Audoin und König Wacho vorzuschlagen. Er war ein aufgeweckter Bursche und Hartwig konnte sich keinen anderen vorstellen, der dieser Aufgabe gewachsen wäre.

Gegen Abend erreichte Hartwig den fränkischen Verwaltungssitz und ließ sich von seinen Beamten die neuesten Vorkommnisse berichten. Die Verwalter der Königsgüter in der Nähe des Elbtors hatten sich beschwert, dass sie zu viele Lebensmittel für die Rebellen hergeben mussten. Hartwig ordnete an, ihnen diese aus den Steuereinnahmen zu ersetzen. Eine andere Beschwerde betraf die Abgaben. Viele Gaugrafen und Verwalter konnten durch die Missernte die hohen Steuern nicht aufbringen. Das machte Hartwig große Sorgen.

Der Sekretär legte ihm ein Dokument vor.

„Ich habe ein Schreiben an den Verwaltungsrat des Königs verfasst und unsere Notlage geschildert. Vielleicht hat man ein Einsehen und erlässt uns die Abgaben für dieses Jahr."

„Das ist ein guter Vorschlag. Zumindest gewinnen wir dadurch Zeit. Gibt es sonst noch Dinge, die keinen Aufschub erlauben?"

„Das ist alles", erwiderte der Sekretär unterwürfig.

„Dann möchte ich dir noch ein paar persönliche Worte sagen. Dein Sohn, der mir seit langem als Schreiber dient, verrichtet seine Arbeit außergewöhnlich gut und ich bin mit ihm sehr zufrieden."
Dem Mann taten diese Worte gut. Er war sehr stolz auf seinen Jungen und überzeugt, dass er in Zukunft großen Erfolg im Verwaltungsdienst haben wird. Es freute ihn auch, dass die anderen Beamten es mithörten.

„Du fragst dich bestimmt, wo er jetzt ist. Genau kann ich es dir nicht sagen, aber er ist auf dem Weg nach Vindobona."

„Wohin?", rief der Sekretär erstaunt aus.

„Er ist als mein Gesandter in das Langobardenreich unterwegs und wird erst im Frühjahr wieder zurückkommen. Doch sorge dich nicht. Es war sein Wunsch zu gehen und ich hätte keinen besseren Gesandten finden können."

„Wenn ihm etwas passiert? Die Langobarden sollen gar grausame Krieger sein", entgegnete der Sekretär voller Sorge.

„Sie werden einem Franken nichts tun, denn unser König ist mit einer Tochter von König Wacho verlobt."
Die anfängliche Freude im Gesicht des Mannes war gewichen. Traurig blickte er in die Runde.
Der Mann tat Hartwig leid.

„Wenn du möchtest, werden wir uns heute Abend auf einen Becher Wein zusammensetzen und ich erzähle dir und deiner Frau, wie es im Langobardenreich und speziell in Vindobona ausschaut. Deine Bedenken werden sich dann zerstreuen."

Das schien den Sekretär zu beruhigen und er lud den Amtmann zum Abendessen zu sich ein.

Bei seinem höchsten Beamten war Hartwig noch nie zu Besuch. Er schien viel älter als seine Frau zu sein. Gottlieb war ihr einziges Kind und beide waren sehr besorgt um ihn. Die Frau freute sich zu hören, dass der Amtmann mit ihrem Sohn sehr zufrieden war. Sie reagierte nicht furchtsam als sie erfuhr, dass ihr Sohn allein ins Langobardenreich reiste.

„Junge Männer müssen in die Welt hinaus", entgegnete sie bewundernd.

„Es wird ihm in Vindobona bestimmt an nichts fehlen. Der Ort liegt an der Donau und war ein ehemaliges römisches Heerlager der zehnten Legion", berichtete Hartwig.

„Leben noch Römer dort?", wollte sie wissen.

„Die sind vor fast hundert Jahren in das weströmische Reich zurückgekehrt und danach verfielen fast alle Gebäude."

„Wie lange gab es in Vindobona ein Militärlager?"

„Ich weiß es nicht genau! Ich denke etwa 500 Jahre. Der römische Kaiser Mark Aurel hatte während der Markomannenkriege in Vindobona sein Hauptquartier und starb auch im Lager."

„Dann muss es ein bedeutender Ort sein", bestätigte die Frau und sah zu ihrem Mann.

„Das war er", bestätigte Hartwig.

„Wenn die Gebäude verfallen sind, wie kann man dann dort leben?", wollte die Frau wissen.

„Die Badeeinrichtung existiert noch und wurde von der Landbevölkerung genutzt. Als die Thüringer mit der Königin nach Ravenna zogen, überwinterten sie in Vindobona. Im Ostgotenreich gab es Unruhen. Sie konnten nicht weiterziehen und blieben. Auf den Grundmauern der zerstörten römischen Gebäude bauten sie neue Häuser."

„Wollen die Thüringer dort bleiben?"

„Das ist unbestimmt. Der Langobardenkönig Wacho ist daran interessiert, dass sie sesshaft werden, denn das umgebende Land ist fruchtbar und nur sehr dünn besiedelt. Ich denke, dass zumindest ein Teil ansässig wird, denn sie haben dort alles, was sie in der Heimat aufgeben mussten."

„Und wozu ist Gottlieb hingereist?", wollte die Frau wissen.

„Er soll dem Langobardenkönig die Ankunft der Thüringer melden und ihn bitten, dass er ihnen Quartier und Land zuweist."

„Ob unser Sohn das schafft?", gibt die Frau zu bedenken und sieht ihren Mann fragend an.

„Seid unbesorgt, Gottlieb ist ein sehr gewandter Mann, der auch bei den Langobarden gut ankommen wird", beruhigte Hartwig.

Die Frau des Beamten erzählte dem Amtmann aus ihrer fränkischen Heimat und dass es dort einen großen Fluss, wie die Donau gab. Als Kinder hatten sie gern an seinem Ufer gespielt und kleine Flöße mit Wunschzetteln auf dem Wasser ausgesetzt. Ihr Mann blieb bei den Gesprächen sehr bedeckt und es schien ihn nicht zu gefallen, dass seine Frau freimütig über ihr Leben berichtete. Hartwig ermunterte sie dazu, weiterzusprechen.

Es interessierte ihn, wo sein Sekretär mit seiner Familie herkam und wie sie früher lebten. Die Frau war sehr redselig und sprach über ihre Herkunft und den guten und schlechten Gewohnheiten ihres Mannes. Der Sekretär versuchte, auf ein anderes Thema umzulenken, doch es gelang ihm nicht. Hartwig merkte, dass es ihm immer unangenehmer wurde und verabschiedete sich bald von seinen Gastgebern.

Am nächsten Tag inspizierte er das Gefängnis. Es sah aufgeräumt und sauber aus. Die Insassen waren meist Slawen, die bei Raubüberfällen aufgegriffen wurden. Ihnen wurden Hand- und Fußfesseln aus Eisen angelegt, damit sie nicht fliehen konnten. Tagsüber zogen sie unter Bewachung zu einem Moor und stachen Torf, der getrocknet als Brennmaterial verwendet wurde. Es war eine schwere Arbeit.

„Wie kommt ihr mit den Gefangenen zurecht?", wollte Hartwig vom Sekretär wissen.

„Wir können uns nicht beklagen, doch sie essen zu viel. Unsere Lebensmittelvorräte nehmen zu schnell ab und die Gefangenen werden mehr und mehr."

„Verhungern lassen können wir sie nicht. Schicken wir sie ins Frankenland!", schlug Hartwig vor.

„Das geht nicht, denn sie brauchen die Sklaven erst im Frühjahr. Im Winter will sie niemand haben, da gibt es keinen Markt, sie zu verkaufen."

„Hast du einen Vorschlag, was wir tun können?"

„Nein!", erwiderte der Sekretär ratlos.

Hartwig sah sich die jungen Burschen genau an.

„Sie sehen kräftig aus. Ich habe da eine Idee. Im Elbkniegau gibt es im Frühjahr große Probleme mit den Überschwemmungen. Weite Flächen stehen lange Zeit unter Wasser. Durch Kanäle könnte man den Boden schneller trockenlegen. Wäre das eine Arbeit für die Gefangenen?"

„Unsere Kosten würden sich dadurch erhöhen", gab der Sekretär zu bedenken.

„Nicht, wenn der Nutznießer für sie aufkommt. Die Gaugrafen und Königsgutverwalter müssten für Verpflegung und Unterkunft der Gefangenen sorgen."

„Das wäre eine gute Lösung. Ob sie jedoch damit einverstanden sind?"

„Ich werde sie fragen. Noch heute reite ich zu ihnen", erklärte der Amtmann.

Hartwig ging zur Wachstation und sprach mit seinem Hauptmann. Er benötigte Wachleute, die ihn begleiten sollten. Der Hauptmann ließ seine Männer in einer Reihe aufstellen und Hartwig entschied sich für zwei junge Burschen, die noch wenig Erfahrung in den Waffentechniken besaßen. Sie wurden erst in den letzten Tagen für die Verstärkung der Wachstationen in den östlichen Königsgütern rekrutiert. Es waren Thüringer und sie stammten aus der näheren Umgebung von Gizpiel.

„Um die Ausbildung der Männer werde ich mich selbst kümmern", sagte Hartwig zum Hauptmann.

„Es ist nicht leicht, geeignete Leute zu bekommen. Viele melden sich bei uns, doch die meisten sind nicht zu gebrauchen."

„Der Hunger zwingt sie, den heimischen Bauernhof zu verlassen", vermutete Hartwig.

„Die Burschen verstehen es nicht, mit dem Schwert umzugehen, da sie es nicht gelernt haben."

„Wie sieht es mit neuen Kriegern aus dem Frankenreich aus. Bekommen wir keine Verstärkung?"

„Die meisten Krieger kämpfen mit unserem König im Süden des Reiches."

Hartwig erkannte die schwierige Lage, in der sich der Hauptmann befand.

„Ich glaube, du musst dich selbst um den Nachwuchs kümmern. Ich bin mit deiner Arbeit zufrieden."

Hartwig reiste mit den beiden Thüringer Wachleuten in Richtung Elbkniegau. Es war eisig und die Stürme tobten über das Land. Da sich die Sonne noch immer nicht zeigte, drückte es die Stimmung und den Lebensmut der Menschen.

Wenn Hartwig bei einem Bauern vorbeikam, hielt er an und sprach mit den Leuten. Sie erzählten ihm ihre Sorgen und nie waren es gute Dinge, von denen sie berichteten. Hinzu kamen die Abgaben, die seine Beamten eintrieben. Die Schweinesteuer war eine große Belastung in den schweren Zeiten, denn manche Bauern hatten nur sehr wenige Tiere. Wenn die Steuereintreiber in der Gegend gesichtet wurden trieben die Kinder die großen Schweine in den Wald und verbargen sie vor ihnen. Viele schlachteten die Tiere rechtzeitig und räucherten oder pökelten das Fleisch. Sie mussten es jedoch gut verstecken, sonst hätte man es ihnen weggenommen. All das steigerte den Unmut gegen die fränkische Besatzung. Die Bauern hatten keine Kraft, um aufzubegehren. Jetzt, wo die letzten Jungkrieger abgezogen waren, gab es für sie keine Hoffnung mehr, dass sich das Leben zum Besseren ändern würde. Sie mussten ausharren, denn nirgendwo anders konnten sie hingehen.

Die Weltuntergangsstimmung verstärkte sich und die Priester hatten viel zu tun. Sie schürten durch ihre Reden den Glauben daran. Mancher alte, kriegsuntaugliche Mann holte seine Waffen aus dem Versteck hervor und schärfte die Klinge seines Schwertes oder die Spitze seines Speers. Er hoffte im Kampf um die Verteidigung seines Eigentums, heldenhaft sterben zu können. Somit würde er nach Walhall kommen und alle Not hätte für ihn ein gutes Ende. Hartwig konnte nichts dazu sagen und er war manchmal froh, dass die Leute nicht wussten, dass er der Verwalter des Gebietes war, in dem sie lebten.

Die beiden jungen Wachleute hielten sich bedeckt und schwiegen. Sie waren Thüringer, möglicherweise sogar ehemalige Rebellen, die es vorgezogen hatten, in der Heimat zu bleiben. Die Ängste und Nöte ihrer Landsleute kannten sie. Was waren ihre Gründe, in den Dienst der Franken zu treten. Der Sold konnte es nicht sein. Er war zu gering. Es war die tägliche Mahlzeit, die sie vor dem Hungertod schützte.

Hartwig ritt auf direktem Weg nach Hause. Elke war auf dem Hof als er ankam. Sie ließ den Obstkorb fallen und eilte auf ihn zu.

„Habe ich eine Angst gehabt, dass dir etwas passiert sein könnte. Ich hörte, dass du als Geisel bei den Rebellen warst."

„Beruhige dich, Elke, alles ist überstanden. Die Rebellen sind doch unsere Brüder und keine Feinde."

„Wer hat dir erzählt, dass ich eine Geisel war?"

„Mein Vater hat es uns gesagt."

„Woher weiß er es?"

„Er war in Rodewin und hat es dort erfahren."

„Hat er Hedwig mit nach Hause gebracht?"

„Sie war nicht mehr da."

„Wo ist sie?", fragte Hartwig erstaunt.

„Sie ist deinem Schreiber nach Vindobona gefolgt."

„So ein dummes Ding! Sie weiß gar nicht, was unterwegs passieren kann", erwiderte Hartwig erbost.

„Wenn Gottlieb bei ihr ist, wird schon alles gut gehen. Sie ist nun mal in ihn verliebt", beschwichtigte Elke.

„Was ist sie?", rief Hartwig erstaunt.

„Hast du nicht bemerkt, dass sie ihm schöne Augen macht."

„Das ist mir entgangen. Was sagt denn dein Vater dazu?"

„Er sieht das nicht tragisch und meinte zu mir, dass sie ihren Kopf ohnehin durchgesetzt und er letztendlich ‚ja‘ gesagt hätte."

Hartwig konnte es lange nicht fassen und Elke amüsierte sich darüber.

„Du bist ein Mann und in solchen Dingen seid ihr blind", sprach sie zu ihm amüsiert.

„Ich habe nur auf dich ein Auge und sehe, dass dein Bauch wieder schön angewachsen ist. Du solltest in deinem Zustand nicht schwer arbeiten."

„Ich bin nicht krank. Jetzt kommt mit ins Haus. Ihr werdet hungrig sein."

Hartwig folgte ihr mit seinen beiden Begleitern in die Wohnstube.

„Wer sind die jungen Männer?", wollte Elke wissen.

„Sie gehören zu meiner Wachmannschaft und ich will sie im Umgang mit den Waffen anlernen."

„Macht das nicht dein Hauptmann?"

„Der fühlt sich überfordert. In den letzten Tagen haben sich viele Burschen bei ihm gemeldet, doch die wissen nicht, wie man mit einem Schwert oder einem Speer umgeht. Alles müssen sie von Grund auf lernen."

„Es ist kein Wunder, da es ihnen bisher verboten war."

„Wenn sie im Wachdienst aufgenommen werden, sind sie keine Sachsen oder Thüringer mehr, sondern Franken."

Elke winkte ab.

„So schnell wird keiner ein Franke!"

„Ich weiß, dass es nicht schnell gehen wird, doch irgendwann müssen wir damit anfangen. Hinzu kommt, dass sie in dieser schlechten Zeit nicht hungern müssen. Mit meinen beiden neuen Vorhaben werde ich Arbeit und Brot für sie und viele andere schaffen."

„Was hast du vor?", fragte Elke neugierig.

„Ich will die feuchten Gebiete durch Kanäle trocken legen und die Via Regia bis hin zur Elbe verlängern."

„Das wird sehr teuer sein. Wie willst du das bezahlen. Die Steuern sind jetzt schon zu hoch."

„Ich werde in der Zentralverwaltung in Metz anfragen, ob wir die Steuereinnahmen für diese Maßnahmen verwenden dürfen. Den Beamten, der für die Steuern zuständig ist, kenne ich von früher. Er ist der Kämmerer für die thüringischen Provinzen."

Elke schien das Ganze nicht optimistisch zu sehen, doch sie half ihm dabei, den Brief zu verfassen.

Hartwig vermisste seinen Schreiber, mit dem er solche Dinge besprach. Oft hatte er den ersten Entwurf nach seinem Dafürhalten korrigiert und es war meist zum Besten. Jetzt, wo Gottlieb wahrscheinlich schon in Vindobona weilte, konnte ihm Elke durch ihren scharfen Verstand behilflich sein. Ihr fehlte wohl das Wissen zu vielen Dingen, doch durch ihre logischen Fragen, veranlasste sie Hartwig zum Nachdenken.

Die Unterhaltung führten beide in Fränkisch, damit die Thüringer Wachleute von dem Gespräch nichts verstanden. Sie genossen ihren Brei und waren froh, in einer warmen Küche zu sitzen und satt zu werden.

Ursula kam mit den Kindern aus dem Wald zurück. Sie hatten trockenes Reisig zum Entzünden des Herdfeuers gesucht. Voller Stolz zeigten sie die zusammengebundenen kleinen Bündel in ihren Tragkörben. Durchgefroren standen sie neben dem Herdfeuer und rieben sich die Hände.

Elke brühte ihnen Tee auf und sie schlürften ihn genüsslich aus ihren Holzschalen. Es war eine große Kinderschar, die ihrem Vater etwas mitzuteilen hatte und manchmal ging es dabei recht laut zu. Hartwig störte es nicht, doch Elke, die schwanger war, fühlte sich manchmal gereizt und schrie die Kinder an, wenn es zu laut wurde. Die beiden Kinder von Ursula zählten mit zu den Älteren. Sie kannten ihren leiblichen Vater nicht. Dass sie von königlichem Blut abstammten, verheimlichte Hartwig ihnen nicht. Oft erzählte er von der Zeit als er mit ihrem Vater, Prinz Baldur, als Geiseln am fränkischen Hof lebte und von der spektakulären Flucht, zurück ins Thüringer Königreich. Sie schienen ihren leiblichen Vater nicht zu vermissen. Er war für sie, wenn über ihn gesprochen wurde, ein fremder Mann. Ursula störte es, doch sie konnte nichts dagegen tun. Vor fünf Jahren hatte Ursula Baldur zum letzten Mal gesehen. Sie war froh, dass er noch lebte und es ihm leidlich gut ging. Es blieb ihr die Hoffnung, dass er doch noch eines Tages freikommen würde und sie wie ein Paar zusammen leben könnten. Dieser Gedanke stärkte sie, wenn sie sich einsam fühlte.

Hartwig blieb längere Zeit zu Hause und machte sich über die Verwaltung Gedanken. Seine Amtsgeschäfte erledigte er von seinem Gut im Elbkniegau aus. Es war möglich, da der fränkische Botendienst gut funktionierte. Nachrichten konnten schnell an die Zentralverwaltung in Metz gesandt werden. In seinem Amtsgebiet führte er das System der Meldereiter ein, wie er es unter König Herminafrid kannte. Den Boten gab er Pferde aus seiner eigenen Zucht. Sein Pferdeknecht musste den Männern das Reiten beibringen. Wer sich ungeschickt anstellte oder grob mit den Tieren umging, wurde zum Wege- oder Kanalbau abgestellt. Dort musste er neben der Ausbildung als Fußkrieger, die Hälfte der Zeit schwer körperlich arbeiten oder auf die Gefangenen aufpassen.

Aus Metz erhielt Hartwig Antwort von seinem Freund, der als Beamter für das Abgabewesen im besetzten Thüringen zuständig war. Er teilte ihm mit, dass er die Einnahmen für die angegebenen Zwecke verwenden dürfe, wenn sie dazu dienten, die Sicherheit des Reichs nach außen zu gewähren und zu verbessern. Der Bau von Kanälen fiel nicht darunter, jedoch der Straßen- und Brückenbau. Hartwig erzählte Elke davon.

„Wirst du die Trockenlegung der Sumpfwiesen nun einstellen?", wollte sie von ihm wissen.

„Die Entscheidung werde ich den betroffenen Gaugrafen und Gutsverwaltern der Königsgüter überlassen. Wer seine Weiden trocken bekommen will, muss dafür zahlen. Die Arbeitskräfte dafür stelle ich ihnen zur Verfügung. Es sind die vielen Männer, die eine Arbeit suchen und sich in den fränkischen Wachdienst stellen. Die halbe Zeit ist Ausbildung an den Waffen und die andere Zeit arbeiten sie mit Hacke und Schaufel."

„Sind die Burschen dazu bereit?"

„Sie haben keine andere Wahl, entweder verhungern oder mitmachen."

„Bei der erstbesten Gelegenheit werden sie aufbegehren", vermutete Elke.

„Das glaube ich nicht. Schon die alten Römer haben ihr Wegenetz mehrheitlich von ihren Kriegern bauen lassen. Diese Straßen müsstest du einmal sehen. Sie sind mehrere hundert Jahre alt und ziehen sich über viele Tagesreisen quer durch alle Provinzen."

„Gehen die nicht kaputt, wie unsere Wege?"

„Nein, sie sind künstlich angelegt. Sie haben ein gutes Packlager mit mehreren Gesteinsschichten. Unten liegen die großen Brocken und nach oben werden die Steine immer feiner. Das Wasser kann gut im Untergrund versickern. Die oberste Deckschicht besteht aus ausgewählten und teilweise extra gefertigten Steinplatten, die eng aneinander passen. Damit sie nicht an den Rändern weggleiten können, gibt es eigene Randbefestigungen mit sogenannten Randsteinen. Solche Straßen sind bei jedem Wetter gut befahrbar", berichtete Hartwig begeistert.

„Wo die Römer waren, komme ich nicht hin", entgegnete Elke.

„Vielleicht kann ich dich einmal in unsere Grafschaft mitnehmen. Im Frankenreich reist man meist auf solchen Straßen."

Elke seufzte.

„Das werde ich wohl nie erleben. Es liegt zu fern von hier und wer soll auf unsere Kinder achtgeben?"

„Wozu haben wir eine große Familie. Sie haben genügend Tanten, die auf sie aufpassen."

„Jetzt muss erst unser Baby zur Welt kommen, dann sehen wir weiter."

Das Thema schien für sie beendet. Hartwig hatte öfter den Vorschlag gemacht mit ihr ins Südfrankenreich zu reisen, doch davon wollte Elke nichts hören. Einen Grund konnte er sich nicht vorstellen. Vielleicht wusste sie selbst nicht, was sie zurückhielt.

In den Tagen, die Hartwig zu Hause verbrachte, hatten sich die beiden jungen Wachmänner gut entwickelt.

Sie nutzten jede Gelegenheit, um sich in den Kampftechniken zu verbessern. Die großen Kinder bewunderten sie und das ermutigte die Burschen zu effektvollen Schaukämpfen. Hartwig störte es nicht und ließ sie gewähren.

Einer ihrer Bewunderer war Ursula. Es fiel Hartwig auf, mit welcher Begeisterung sie diesen Kämpfen zusah und applaudierte.

Die sonst eher zurückgezogene und nüchtern wirkende Frau ging bei den Vorführungen ganz aus sich heraus. Die Burschen bemerkten es. Besonders der größere brachte sich bei jeder Gelegenheit in Positur. Er war um mehrere Jahre jünger als Ursula, doch zwischen den Beiden schien es gefunkt zu haben. Hartwig musste daran denken, wie er die Liebesbeziehung zwischen seiner Schwägerin Hedwig und dem Schreiber übersah. Vielleicht hatte Elke recht, die der Meinung war, dass Männer dafür kein Auge haben. Diesmal jedoch schien er es erkannt zu haben. Es waren ihre Augen, die sie verrieten. Ursula konnte ihre Zuneigung zu dem Jüngling nicht völlig verbergen. Das Spiel zwischen ihr und seinen beiden Wachmännern gefiel ihm und er überlegte, ob diese kühle Frau aus Alfenheim den Werbungsversuchen der Jünglinge nachgeben würde.

Elke bekam Nachricht, dass ihre Mutter erkrankt sei. Sie wollte sie unbedingt besuchen. Hartwig riet ihr ab, doch sie ließ sich nicht umstimmen. Sigu fuhr sie mit dem Planwagen zur Siedlung ihrer Eltern. Die beiden Wachleute begleiteten sie.

Hartwig saß im Wohnzimmer und trank Met. Die Kinder waren im Bett und der Honigwein machte ihn müde. Er schlummerte im Sitzen, auf die Ellbogen gestützt, ein.

Die beiden Wachmänner, die Elke zu ihrem Vater Weibel gebracht hatten, kamen spät zurück. Triefend nass traten sie in die Küche.

„Oh je! Wie seht ihr aus. Euch kann man gleich mit den Sachen auswringen", rief Ursula entsetzt.

Die Tür zum Wohnraum stand weit offen. Hartwig wurde wach und verharrte in der Schlafstellung. Er bekam alles mit, was sich in der Küche abspielte.

Ursula forderte die Burschen auf, sich ein trockenes Hemd anzuziehen, damit sie sich nicht verkühlten.

„Können wir die Tür zum Wohnzimmer schließen, damit der Herr nicht aufwacht", fragte der eine der Wachleute.

„Sie knarrt zu sehr! Der Herr schläft am Tisch. Seid nicht laut!", wies Ursula ihn zurecht.

Die beiden zogen sich nackt aus und stellten sich vor das Herdfeuer, um sich zu trocknen. Es störte sie nicht, dass Ursula ihnen zusah, wie sie sich gegenseitig mit einem Tuch abrieben.

„Ich hole euch ein paar Hemden von mir. Die dürften euch passen."

Sie ging in ihr Zimmer und nahm aus der großen Kleidertruhe zwei weiße Leinenhemden. Als sie in die Küche kam, standen die beiden immer noch vor dem Herdfeuer und wedelten sich die Wärme zu.

„Hier nehmt das und zieht euch an", sagte sie.

Aus dem Kinderzimmer hörte sie Geräusche. Sie wollte hineilen, um nachzusehen.

„Bleib hier und brühe uns einen Tee! Ich gehe und erzähle den Kleinen eine Geschichte, bis sie einschlafen", sagte der kurzstämmige Wachmann und zog sich das trockene Hemd über. Eilig lief er zu dem Zimmer, wo die Kinder lagen.

„Was ist mit dir? Willst du dir nicht auch das Hemd überziehen?", sprach Ursula zu dem anderen.

„Wenn du deines ausziehst, zieh ich meines an", erwiderte er keck.

Ursula griff sein Hemd und stülpte es ihm über den Kopf. Im gleichen Moment löste er die Schnur ihrer Bluse und zog sie bis zur Taille hinunter.

„Was soll das?", sagte sie entrüstet.

„Du bist schön!", erwiderte er gefühlvoll.

„Das darfst du nicht tun! Ich könnte deine Mutter sein", flüsterte sie ihm zu.

„Für einen Kuss von dir würde ich gern sterben", erwiderte er lächelnd.

„Wenn uns hier jemand sieht, kostet es dich dein Leben!", ermahnte sie ihn.

„Gib mir einen Kuss und ich bin still!", forderte er im Überschwang der Gefühle.

„Wie heißt du?"

„Benno."

„Lass uns in meinen Schlafraum gehen! Dort will ich sehen, wie viel dir dein Leben wert ist", sagte Ursula und fasste den Jüngling an der Hand. Sie zog ihn in ihr Zimmer und es wurde still.

Hartwig stand auf und lief im Wohnraum hin und her. Er überlegte, ob er eingreifen sollte, oder die Sache weiter beobachten. Es war inzwischen dunkel geworden. Auf einem Regal in der Küche standen ein paar Öllichter. Er nahm sich eines und zündete es an dem Herdfeuer an. Leise ging er im Gang zu seinem Schreibzimmer, das am anderen Ende lag. Gleich neben der Küche war der Schlafraum für die Kinder. Er hörte hinter der Tür den Wachmann selbst erfundene Geschichten erzählen, um die Kleinen zum Schlafen zu bringen. Hartwigs Schreibzimmer lag neben Ursulas

Schlafraum. Er musste daran vorbei. An ihrer Tür blieb er kurz stehen und lauschte. Es war kein Ton zu hören. Er ging weiter und öffnete leise die Tür zu seinem Schreibzimmer. Das fahle Licht der Öllampe erleuchtete nur dürftig den Raum. Auf dem Tisch lag eine Karte, an der er in den letzten Tagen gearbeitet hatte. Lustlos begann er die Linien für die Wege weiter zu zeichnen.

Da vernahm er einen Ton aus dem Nebenraum. Leise trat er zu der Holzwand und legte sein Ohr an die Bretter. Deutlich hörte er jetzt das Keuchen und Stöhnen der Liebenden. Gern hätte er mit dem Wachmann getauscht. Der Bursche war jung und voller Energie und Ursula eine Frau im reifen Alter, die lange ohne einen Mann auskommen musste. Hungrig nach Zärtlichkeit ließ sie sich von dem Jüngling verwöhnen. Beide konnten die Laute der Lust nicht unterdrücken und schienen sich in einem blinden Rausch der Gefühle zu befinden. Dann wurde es still. Voller Genugtuung dachte Hartwig daran, wie seine Frau reagieren würde, wenn sie davon erführe.

Am nächsten Morgen erschienen alle am Frühstückstisch. Ursula war froh gelaunt. Sie sang am Herd, was sie sonst nie tat.

„Hast du einen schönen Traum gehabt, dass du am Morgen singst?", fragte Hartwig mit einem flüchtigen Seitenblick zu seinen Wachleuten.

„Ja, das hatte ich!", erwiderte Ursula frohgestimmt. Kraftvoll rührte sie den Brei in dem Kessel. Als er fertig war, schob sie den Dreibock zur Seite und füllte die Holzschalen. Getrocknete Beeren streute sie nur wenige obenauf, denn sie musste damit sparen, weil im Wald nicht mehr viele wuchsen. Für ihren Liebhaber hatte sie unbemerkt eine doppelte Menge darauf gestreut und mit dem Schöpflöffel niedergedrückt, damit es die anderen nicht sehen konnten.

„Wir werden heute Morgen ein wenig mit den Waffen üben, damit ihr munter werdet", sagte Hartwig zu den beiden Wachleuten. Die verzogen das Gesicht und schwiegen. Sie wussten was es bedeutete, mit dem Herrn zu fechten.

An den Übungen nahmen auch Elkes Cousins, die beiden Schmiedegesellen, teil. Hartwig hatte es angeordnet, um die Wehrhaftigkeit in seiner Siedlung zu erhöhen. Nach dem Abzug der Rebellen hatte er als Amtmann die Handhabung und den Besitz von Waffen für Thüringer in besonderen Fällen erlaubt. Die Schwerter durften jedoch nicht gegen Franken eingesetzt werden.

Edmund und Godwin stellten sich ungeschickt an. Obwohl sie stärker und größer als seine Wachleute waren, verloren sie jeden Zweikampf gegen sie. Geduldig zeigte Hartwig ihnen, worauf es im Fechtkampf ankam. Sie schienen es nicht zu begreifen. Seine Wachleute sollten es ihnen beibringen und am Nachmittag wollte er nachsehen, was sie gelernt hatten.

Hartwig ging in die Schreibstube und zeichnete weiter an der Karte. Ihm kam Ursula in den Sinn, wie sie sich im Nebenraum mit Benno vergnügte. Wahrscheinlich würde sich das wiederholen. Er sah zu der Bretterwand. Es waren starke Holzbohlen, die eng aneinander gesetzt waren. Kein Spalt war zu erkennen, durch den man in den anderen Raum hätte sehen können. Hartwig wollte zurück an seine Karte gehen, da entdeckte er an einer Stelle einen großen Ast, der sich in dem Brett gelockert hatte. Es bedurfte nur weniger Rüttler und der Ast ließ sich aus dem Loch herausziehen. Die Öffnung lag in Augenhöhe und Hartwig sah hindurch. Er konnte den ganzen Nebenraum überblicken. Im Gang hörte er

Schritte. Schnell steckte er das Holzstück an seinen alten Platz und ging zu seiner Karte. Ursula öffnete die quietschende Tür und brachte Hartwig eine Schale Tee.

„Wie geht es dir Ursula, ist die Arbeit mit den Kindern nicht zu viel für dich?", fragte Hartwig ganz beiläufig und sah nur kurz von seiner Karte auf.

„Ganz und gar nicht. Es macht mir viel Freude mit den Kleinen."

„Dann ist es gut. Wenn du Hilfe brauchst, sag es mir. Ich kann dir eine Magd besorgen."

„Es ist wirklich nicht notwendig. Ich schaffe es gut allein."

Sie ging zurück in die Küche. Hartwig holte aus dem Schuppen, wo die Pferdewagen standen, ein wenig Fett, mit dem die Radnaben geschmiert wurden. Damit bestrich er das Scharnier von der Tür zu der Schreibstube.

Ein Botenreiter ritt auf den Hof. Er brachte einen Brief von seinem Sekretär aus Gizpiel. Der teilte ihm mit, dass sich mehrere Verwalter der Königssitze darüber beschwerten, dass sie allein die Leute für den Wegebau und die Trockenlegung der nassen Weiden verpflegen mussten und die thüringischen und slawischen Bauern nicht mit dafür herangezogen wurden. Sie verlangten eine gleiche Aufteilung der Belastungen für alle. Die Forderungen waren gerecht, doch die Thüringer und Slawen hatten selbst kaum genug zum Leben. Ihnen konnte er nichts mehr wegnehmen. Lange grübelte er darüber, wie er das lösen konnte. Er kam auf die Idee, dass die Bauern anstatt der Abgaben auch Arbeitsleistungen erbringen konnten. Es war eine Art von Frondienst. Dabei konnten die Frauen, Kinder und die Alten mittun.

Die verbesserten Wege und die Trockenlegung der Nassgebiete, würden eines Tages auch ihnen und ihren

Nachkommen von Nutzen sein. Hartwig schrieb seine Überlegungen nieder und übergab den Brief für den Sekretär, dem Boten.

Es wurde kalt und der Regen verwandelte sich in Schnee. Er blieb nicht lange liegen und taute gleich wieder weg. Hartwig quälten große Sorgen, wie die Menschen in seinem Verwaltungsgebiet den Winter überstehen konnten. Er war missgelaunt und ging zu dem Schuppen, wo seine Wachmänner mit den beiden Cousins seiner Frau sich im Schwertkampf versuchten. Sie wollten mit den Übungen aufhören, doch er gab ihnen ein Zeichen, dass sie weitermachen sollten. Eine Weile sah er dem Kampf zu, dann griff er selbst zum Holzschwert.

„Alle gegen mich!", ordnete er an und kämpfte mit einer Härte, die sie noch niemals vorher bei ihm gesehen hatten. Hartwig spürte dabei, wie ihn der Kampf ablenkte und von seinen Sorgen befreite. Wenn seine Klinge durch die Deckung des Gegners kam, hieb er manchmal mit der Breitseite des Schwertes zu. Schreie des Schmerzes waren zu hören. Hartwigs Gegner lagen schweißgebadet am Boden und rieben sich die geprellten Körperstellen, die sein Holzschwert verursacht hatte.

„So ähnlich sieht ein Kampf in der Realität aus. Anstatt der Prellungen hättet ihr jetzt tiefe Hieb- und Schnittwunden. Wenn ihr das nächste Mal übt, denkt daran."

Er ging zurück zum Wohnhaus und ließ sich von Ursula einen Becher Met bringen. Die Sorgen hatten ihn wieder eingeholt.

Wortkarg antwortete er auf die Fragen und Bemerkungen von Ursula die Kinder betreffend. Sie merkte bald, dass er nicht sprechen wollte und dachte, dass es mit seinem Alleinsein zu tun haben könnte.

„Elke wird bestimmt bald zurückkommen. Lange wollte sie diesmal nicht bei ihren Eltern bleiben. Bist du deshalb traurig?"

„Nein! Es hat nicht mit ihr zu tun. Die schlechten Nachrichten, die ich aus Gizpiel erhielt, belasten mich."

„Willst du mit mir darüber sprechen?"

„Du kannst mir nicht helfen. Das muss ich allein mit mir ausmachen."

Ursula ließ ihn in Ruhe und kümmerte sich um das Abendessen in der Küche.

Bald kamen die beiden Wachleute. Sie waren völlig erschöpft und setzten sich auf eine Bank in der Nähe der Feuerstelle.

„Was ist mit euch los? Ihr seht aus als hätte man euch verprügelt. Wer war denn der Übeltäter?"

Fast gleichzeitig zeigten sie in Richtung des Wohnraums.

„Hat der Herr mit euch gekämpft?"

Sie blieben stumm und nickten nur. Ursula besah sich die Prellungen an den Armen. Tiefrote Striemen waren zu sehen, die von der Flachseite des Schwertes herrührten.

Ursula verzog den Mund zu einem Lächeln.

„Uns ist überhaupt nicht nach Lachen zumute. Er hätte uns fast umgebracht", meinte Alfred, der stämmige Wachmann.

„Es wird wieder vergehen", tröstete sie Ursula und reichte ihnen ein nasses Tuch, damit sie sich vor dem Essen das Gesicht säubern konnten.

Während des Abendessens fiel nicht ein Wort. Stumm löffelten sie ihren Brei und Hartwig ging in seine Schreibstube, um an der Karte weiter zu zeichnen. Zu später Stunde hörte er Ursulas Tür quietschen. Sie schien nicht allein zu sein, denn er vernahm leise ihre Stimme. Was sie sagte, konnte Hartwig nicht verstehen. Er deckte die Öllampe ab und ging zur Wand mit dem präparierten Astloch. Vorsichtig zog er das Holzstück heraus und sah hindurch. Ursulas Öllampe erhellte diffus ihr Zimmer. Auf ihrem Bett lag Benno und ließ sich von Ursula die Striemen mit einer Salbe behandeln. Bei jeder Berührung der geröteten Stellen stöhnte Benno hörbar auf.

„Sei still! Es sieht nicht schlimm aus", sagte Ursula.

„Du kannst dir gar nicht vorstellen, welche Schmerzen ich habe."

„Dann musst du wohl heute bei deinem Kameraden schlafen", bemerkte sie spöttisch.

„Ich denke es wird gehen", erwiderte er kurz.

„Gestern warst du ein tapferer Draufgänger und heute bist du nur ein müder Krieger."

„Ich werde dir beweisen, wie munter ich bin. Heute Nacht wirst du als erste vor Erschöpfung einschlafen."

„Beweise es mir, mein tapferer Held!", erwiderte Ursula spöttisch.

Hartwig schob langsam den Ast in das Loch und hob die Abdeckung der Öllampe. Eine ganze Weile zeichnete er weiter und hörte von nebenan die unterdrückten Geräusche der Lust.

Nach wenigen Tagen schien Benno vollkommen erschöpft zu sein. Tagsüber hatte ihn Hartwig bei den Übungen mehr als die anderen herangenommen und abends wurde er von Ursula gefordert. Hartwig überlegte, wie lange es der Bursche noch durchstehen könnte.

Eines Abends kam Benno spät in Ursulas Schlafraum.

„Was ist mit dir? Warum kommst du erst jetzt?"

„Alfred hat mich gebeten, dich etwas zu fragen."

„Was will er denn?"

„Er ist in dich verliebt!"

„Was hat das mit mir zu tun?"

„Er hat schon lange Zeit keine Frau gehabt und möchte gerne einmal mit dir schlafen."

„Bin ich eure Hure!", zischte Ursula ihn wütend an und gab Benno eine schallende Ohrfeige.

„Ich hätte dich nicht gefragt, wenn er nicht mein Freund ist", stammelte Benno als Entschuldigung.

„Ich will von euch beiden nichts mehr wissen. Verschwinde!"

Benno ging aus ihrem Raum und Ursula ließ sich weinend auf das Bett fallen.

Hartwig glaubte, dass nun das Verhältnis der beiden ein jähes Ende gefunden hatte und fand es gut, wie es gekommen war. Möglicherweise hätte es der Bursche kräftemäßig nicht mehr lange durchgestanden.

Am nächsten Morgen schickte er ihn zur Siedlung von Weibel und übergab ihm ein Schreiben an seinen Schwiegervater. Er informierte ihn bezüglich der vermehrten Überfälle in seinem Amtsgebiet und fragte, ob er auf seinem Land ähnliche Vorfälle bemerkt hatte. Täglich kamen Boten mit schlechten Nachrichten. Sie betrafen die Verweigerung der Lebensmittellieferungen an die Bautrupps und vieles andere mehr. Alles schien sich gegen Hartwig gestellt zu haben. Niemand konnte ihm etwas Positives berichten.

Auch zu Hause lief es nicht gut. Der Pferdeknecht hatte Schwierigkeiten bei der Errichtung der Weidezäune. Immer wieder wurden sie vom Wild zerstört und er kam nicht hinterher, die Lücken zu schließen.

Jetzt, wo Benno aus der Siedlung fort war, verschlechterte sich die Laune von Ursula und seitdem schmeckte das Essen nicht besonders gut.

Alfred kümmerte sich weiter liebevoll um die Kinder, wenn Ursula keine Zeit hatte. Er spielte mit ihnen auf dem Stroh am Boden und brachte sie durch Faxen zum Lachen. Ursula gefiel die Art, wie er mit ihnen umging.

„Willst du einmal eine Familie gründen und eigene Kinder haben?", fragte sie ihn.

„Gern, wenn ich eine passende Frau gefunden habe."

„Du musst dich umsehen, es gibt genug!"

„Die, die ich liebe, will mich nicht."

„Hast du sie gefragt?"

„Mein Kamerad hat sie gefragt, doch sie hat ihn abgewiesen."

Ursula stand hinter Alfred, der am Boden hockte und fasste ihn ins Haar. Er tat ihr leid.

„Sei nicht traurig! Mein Mann, den ich über alles liebe, ist weit fort von mir in fränkischer Gefangenschaft. Jeden Tag denke ich an ihn und hoffe, dass er irgendwann zu mir zurückkommen wird."

„Was ist mit Benno? Liebst du ihn nicht?"

„Das war für uns beide nur eine kurze Liebschaft, wie das Aufflackern des Herdfeuers, wenn du ein Stück Holz hineinlegst. Jetzt ist das Holz verbrannt."

„Für mich bedeutest du mehr. Ich würde gern mein Leben mit dir teilen."

„Schlag es dir aus dem Kopf. Ich mag dich, doch das reicht nicht für eine Beziehung."

Enttäuscht sank Alfred auf den Boden und weinte vor Liebeskummer.

9. Das Frühlingsfest
Im Lenzmond (März) 537

Elkes Mutter hatte eine starke Erkältung. Die Kräuterfrau war bei ihr und pflegte sie. Es war nicht notwendig, dass Elke sich länger um sie kümmerte. Weibel begleitete die Tochter mit ihrem Baby nach Hause, denn er wollte mit Hartwig wichtige Dinge besprechen. Alle waren froh, dass die Herrin wieder da war.

Weibel nahm Hartwig zur Seite und fragte ihn, wo sie ungestört reden konnten.

„Gehen wir in meine Schreibstube, dort sind wir allein!"

Weibel setzte sich auf den dargebotenen Schemel neben dem Tisch.

„Ich hatte zwei Überfälle von Räubern in meiner Siedlung. Knechte und Sklaven konnten sie vertreiben, doch die Landstreicher werden bestimmt wiederkommen. Wie können wir uns davor schützen?"

„Täglich erreichen mich ähnliche Nachrichten von den anderen Gaugrafen. Sie verlangen von mir Wachleute, zu ihrem Schutz."

„Ich denke, die haben es nur auf unsere Lebensmittel abgesehen. Einen von ihnen konnte ich einfangen und habe ihn mit hergebracht. Du kannst ihn später in Ruhe verhören."

„Wie sollen wir unser Korn schützen? Hast du vielleicht einen Vorschlag?"

Weibel überlegte eine Weile.

„Ich kenne einen Platz, an dem es vor ihnen sicher ist", erklärte er mit einem verschmitzten Lächeln.

„Sag, wo soll das sein?", drängte Hartwig ungeduldig.

„Ich würde das Getreide in der Götterburg einlagern. Sie ist nur mit Booten erreichbar und ließe sich gut verteidigen."

Hartwig überlegte eine Weile.

„Das ist ein guter Vorschlag", bestätigte er. „Könntest du dich der Sache annehmen und die Getreidespeicher einrichten? Spätestens bis zur nächsten Ernte müsste alles fertig sein. Die Wachleute besorge ich dir."

Der Amtmann verfasste ein Schreiben an seinen Sekretär, in dem er den Verwaltern der Königsgüter anbot, einen Teil ihres Getreidevorrats, besonders das Saatgut, sicher auf der Götterinsel zu verwahren. Dem Hauptmann, der sich in einem Baulager für die Erweiterung der Königsstraße befand, wies er in einem zweiten Schreiben an, ihm zwei Dutzend geeignete Wachleute zu überstellen. Sie sollten auf das Getreide aufpassen.

Mit seinem Schwiegervater ritt er zur Götterburg und besah sich die Räumlichkeiten. Die Insel schien völlig verwaist, da dem Baumeister nur wenige Leute geblieben waren. Sie besprachen mit ihm das Vorhaben und er war nicht abgeneigt, die entsprechenden Einrichtungen zu schaffen. Für den Baumeister war dies eine überraschende Wandlung der Nutzung des Bauwerks. Er hatte die steinerne Burg über viele Jahre geschaffen und war stolz auf sein Werk. Als Lagerstätte für das lebenswichtige Getreide fand diese Burg seiner Meinung nach, eine bessere Nutzung als nur den germanischen Göttern zu huldigen. Er erklärte, dass er in die hohen Räume Zwischenböden einziehen wollte, auf denen das Getreide trocken und vor den Mäusen geschützt lagern konnte. Viel Bauholz war dazu notwendig, das Weibel aus seinen Wäldern beschaffen wollte.

Der Hauptmann hatte rechtzeitig die Wachleute freigestellt, die in den nächsten Tagen bei dem Bau der

Trockenböden mit Hand anlegen sollten. Viele Verwalter nutzten die Möglichkeit und brachten ihr Saatgut zur Verwahrung. Sie hofften, dass bei einer Plünderung ihrer Güter durch Räuber ein Rest des kostbaren Getreides erhalten blieb.

Das Schlechtwetter nahm kein Ende. Es schneite und regnete abwechselnd. Eiskalte Stürme tobten über das flache Land. Für Mensch und Tier war es eine harte Zeit. Wer nicht genügend Vorräte besaß, ging in den Wald, um Wurzeln, Baumrinden und Flechten für den täglichen Verzehr zu sammeln. Viele Menschen starben, weil sie keine Kraft mehr hatten, nach dem wenig Essbaren in den Wäldern zu suchen. Es sprach sich schnell herum, dass an den Baustellen für das neue Wegenetz eine warme Mahlzeit für die ausgegeben wurde, die beim Bau mithalfen. Es fanden sich sogar Frauen und Kinder ein, die einfache Arbeiten verrichteten.

Geradlinige Schneisen wurden durch den Wald gelegt. Wachleute und Gefangene besorgten das Roden. Die Frauen und Kinder räumten das Reisig weg.

Überall brannten kleine Feuer, an denen man sich aufwärmen und heißen Tee trinken konnte. Nach getaner Arbeit gab es am Abend eine warme Suppe, in der große Fleischstücke schwammen. Weibel hatte das meiste Fleisch gespendet. Er ließ die Rinder zu den einzelnen Baustellen treiben und dort wurden die Tiere den germanischen Göttern geopfert. Dadurch ging der Fleischvorrat nicht aus und viele von den Bauleuten fanden zu dem Glauben an Odin zurück und schöpften Hoffnung auf bessere Zeiten.

Die Bautrupps für die neuen Wege wurden verstärkt durch die Leute, die für die Entwässerungskanäle abgestellt waren. Wegen der häufigen Niederschläge mussten die Arbeiten dort eingestellt werden. Schnell zog sich der neue Königsweg als Verlängerung der Via Regia durch das Land. Hartwig besichtigte oft die Baustellen. Die Anzahl der Gefangenen stieg im Winter sprunghaft an. Viele Männer kamen aus den Gebieten jenseits der Oder. Sie rotteten sich zu Gruppen zusammen und raubten, was sie bekommen konnten. Ihr Weg führte sie zwangsweise in die ostthüringische Provinz. Dort hofften sie etwas Essbares zu finden und leichte Beute machen zu können. Hartwigs Wachleute hatten viel zu tun, das Verwaltungsgebiet zu kontrollieren. Die Gefangenen waren meist kräftige Männer, die im Wegebau gut eingesetzt werden konnten. Da sie einmal am Tag Essen bekamen und nicht mehr hungern mussten, begehrten sie selten auf. Kam es dennoch vor, griffen die Wachleute unbarmherzig durch und töteten die Aufsässigen. Das schreckte die anderen ab.

Sein Hauptmann fand es gut, dass der Amtmann oft die Baustellen besuchte und sich vor Ort nach dem Geschehen erkundigte. Die meisten fränkischen Beamten taten keinen Schritt mehr aus ihren beheizten Verwaltungsräumen. Für sie war dieser Winter, wie eine Vorstufe zur Hölle, jedoch etwas kühler. Keiner konnte sich vorstellen, dass irgendwo im Reich die Lebensbedingungen ähnlich schlecht waren, wie hier. Viele ertränkten den Frust im berauschenden Wein, den sie sich von ihren Verwandten aus dem südlichen Frankenreich schicken ließen. In der Kälte schien alles zu erstarren, jede Tätigkeit, jede Freude.
Nur auf den Baustellen für die neuen Straßen und Wege schien alles anders zu sein. Die Menschen hatten sich an das raue Klima gewöhnt und Hartwig hörte niemand über das Wetter klagen. Die schwere Arbeit ließ sie das Wetter vergessen und satt wurden sie auch. Das genügte ihnen.

In Hartwigs Siedlung bei der Götterinsel wurde es unruhig. Elke erwartete jeden Tag ihr Kind. Obwohl sie mehrere Geburten gut überstanden hatte, war sie aufgeregt, wie beim ersten Mal. Ursula und die Schamanin von der Götterinsel waren bei ihr und bereiteten alles für die Geburt vor. Hartwig war noch unterwegs auf einer Baustelle als die Wehen einsetzten. Die Tür zum Schlafraum stand offen, damit die Wärme aus der Küche über den Gang hineinströmen konnte. Aufgeregt standen die älteren Kinder an der Tür und beobachteten, was sich da abspielte. Es dauerte nicht lange und das Baby war da. Es war ein Mädchen mit vielen dunklen Haaren auf dem Kopf. Es schrie als wollte es das Dach zum Einstürzen bringen und hörte erst auf als Ursula es der Mutter an die Brust legte. Glücklich hielt Elke es in ihrem Arm und strich sanft über den Kopf. Die Kinder gingen zu ihr und sahen sich ihre kleine Schwester an. Ortrun mit ihren beiden Söhnen, sowie die Frau vom Pferdeknecht mit ihren Kindern, waren erschienen und brachten kleine Geschenke. Alle waren froh und glücklich und dankten der Göttin Frigga für die leichte Geburt.

Vom beginnenden Frühling war nichts zu spüren. Immer mehr Menschen aus dem Osten versuchten das westliche Elbeufer zu erreichen. Der Fluss war bereits im Herbst durch die starken Regenfälle über die Ufer getreten und hatte große Gebiete überschwemmt. Die anhaltende grimmige Kälte verwandelte die ganze Landschaft in ein riesiges Eismeer. Nur der Hauptstrom war nicht zugefroren. Halbverhungerte Gestalten zogen über das Eis und mit einfachen Holzflößen über den Strom, um im Frankenreich etwas Essbares zu finden. Die Wachleute trieben sie zurück. Sie verfuhren nicht zimperlich mit ihnen und mancher blieb erschlagen auf dem Eis liegen. Einigen kräftigen Männern gelang es, den Wachen zu entkommen und sie rotteten sich zu Gruppen zusammen. Sie drangen in die ungeschützten Bauernhöfe ein. Grausam wüteten sie dort. Es ging ums Überleben. Hartwig hatte nicht genügend Wachleute, um dieser Invasion erfolgreich begegnen zu können. Er bat daher seinen Amtsbruder in der westthüringischen Provinz, ihm Krieger für den Schutz der Ostgrenze zur Verfügung zu stellen. Die große Anzahl von Wachleuten wurde im Westen nicht mehr gebraucht, da die Rebellen weg waren. Untätig lagerten sie in den Königsgütern und mussten von diesen verpflegt werden. Dem Gebietsverwalter von Westthüringen kam die Anfrage von Hartwig somit ganz gelegen und er fühlte sich ihm wegen der Aktion mit dem Abzug der Rebellen, verpflichtet.

Mit der Verstärkung gelang es Hartwig die Eindringlinge einzufangen. Wer sich widersetzte oder mordend umherzog, wurde gleich getötet. Die Gefangenen kamen zu den Baustellen an den neuen Straßen. Sie mussten unter Bewachung und in Ketten gelegt, schwer arbeiten.

Mit dem auslaufenden Lenzmond verbesserte sich das Wetter kaum. Die Temperaturen stiegen und der Schnee schmolz. Überall gab es große Überschwemmungen und die Not wurde noch größer. Der Zeitpunkt der Tagundnachtgleiche war durch die starke Bewölkung nur schwer zu bestimmen. Die Priester legten ihn fest und bestimmten, welche Tiere den Göttern geopfert werden sollten.

Von der Sonne war nicht viel zu sehen. Wenn sie sich für wenige Augenblicke am Himmel zeigte, schrien die Kinder vor Begeisterung auf. Hartwigs ältester Sohn schnitt mit seinem Messer Kerben in einen Stock, wenn er sie erkennen konnte. Im Vergleich zum letzten Jahr waren die Tage etwas heller und es regnete nicht mehr so oft. Die Untergangsstimmung blieb und hatte sich durch die vielen Hungertote verstärkt.

Hartwigs Sippe war gut über den Winter gekommen und auch sein Schwiegervater musste keine großen Verluste beklagen. Bei einem der vielen Überfälle durch Räuber verlor er einen Knecht, doch verhungert war keiner auf seinem Hof.

Hartwig kam von einer Baustelle und wollte sich ein paar Tage zu Hause erholen. Nach dem Frühlingsfest, der Tagundnachtgleiche, wollte er nach Gizpiel reisen. Die Kinder hatten fleißig Holz für das Feuer gesammelt. Es sollte auf einem kleinen kahlen Hügel in der Nähe des Sees abgebrannt werden. Da die Landschaft eben war, würde man das Feuer noch von weitem sehen können.

Die Schamanin und Hartwig wollten die Opferung durchführen. Sie sprachen sich ab und wählten die geeigneten Tiere aus. In diesem Jahr erwarteten sie viele Besucher. In der Götterburg lagerte eine große Wachmannschaft, die das Getreide für die Bauern und Königsgüter vor Diebstahl beschützen sollten. Weibel hatte einen großen Teil seines Saatguts dort eingelagert und mancher Verwalter eines Königsguts schloss sich ihm an.

Die jungen Männer der Wachmannschaft wirkten bei den ledigen Frauen der näheren und weiteren Umgebung, wie Honigtau auf die Bienen. Von überall strömten sie herbei, zur Götterburg. Sie lagerten auf den Wiesen und am Ufer des Sees. Von dort aus winkten sie den Wachmännern auf den Zinnen der Burg zu. In der wenigen Freizeit zwischen den Wachdiensten ruderten die

Wachleute zu den Gruppen der jungen Frauen und ließen sich von ihnen verköstigen. Ständig köchelte etwas in den Kesseln über den offenen Feuerstellen und verbreitete einen wohlriechenden Duft. Hartwig hatte den Frauen Korn und Brennholz gespendet, damit sie Brot backen und sich in ihren provisorischen Hütten aufwärmen konnten.

Zum Frühlingsfest hatte er den Hauptmann seiner Wachmannschaft in seine Siedlung eingeladen. Der junge Mann konnte als Franke und Christ den germanischen Festen nichts abgewinnen, doch er kam gern der Einladung seines Vorgesetzten nach. Hartwig zeigte ihm nicht ohne Stolz seine Pferde. Der Franke hatte vor vielen Jahren die Zuchtstation der weißen Pferde seines Königs im Süden des Frankenreichs gesehen. Hartwig verriet ihm nicht, dass er einige der Tiere von ihm geschenkt bekam und für seine Zucht verwendete. Die Beziehung zu König Theudebert verschwieg er.

Sie kamen bei einem Ausritt ans Ufer der Götterburg. Dort stellten sie ihre Pferde in die bereitstehende Koppel und ein Boot brachte sie zu der Steinburg. Beeindruckt von dem Bauwerk äußerte der Hauptmann seinen vollen Respekt. Hartwig zeigte ihm die Getreidespeicher und die Räume für die Mannschaft. Die Männer waren Krieger, die der Gebietsverwalter von Westthüringen seinem Amtsbruder zur Verfügung gestellt hatte. Der Hauptmann wechselte ein paar Worte mit ihnen und fuhr mit Hartwig zurück zum Ufer.

„Was bedeuten die Zelte und Hütten?", wollte er wissen.

„Es sind Leute, die zum Frühlingsfest von weither angereist sind. Morgen ist die Feier."

„Ich werde mich überraschen lassen. Mein Vater hat noch an die germanischen Götter geglaubt."

„Es wird dir bestimmt gefallen, auch wenn es nicht gerade ein christliches Fest ist."

Von einem der Feuerplätze stieg ihnen ein wohlriechender Duft in die Nase.

„Es riecht gut", bemerkte der Hauptmann.

„Sehen wir nach, was es zu essen gibt!", erwiderte Hartwig und führte seinen Gast zu der Feuerstelle.

Mehrere Frauen und Männer lagerten vor dem Kessel und warteten auf die Abendmahlzeit.

„Habt ihr für uns noch eine Schale der gut riechenden Suppe?", fragte Hartwig die Frau, die fleißig mit dem Kochlöffel in dem Kessel rührte.

„Wir haben bisher keinen Mann hungrig davonziehen lassen", erwiderte die Frau und lächelte verschmitzt.

Hartwig und der Hauptmann setzten sich zu den übrigen Männern. Sie sagten absichtlich nicht, wer sie waren. Ihnen wurde eine Schale mit der dampfenden Suppe gereicht. Ebenso erhielten sie ein Stück Brot, was in diesen schlechten Zeiten eine Kostbarkeit war.

„Lasst es euch schmecken und dass niemand über meine Suppe nörgelt!", rief die resolute Frau am Kessel und lachte dazu. Ein zufriedenes Schmatzen übertönte das Rauschen des Waldes. Hartwig war noch nicht fertig mit essen, da setzte sich die Köchin zu ihm.

„Dich habe ich schon einmal gesehen. Hast du uns nicht das Korn gebracht?"

„Ja! Ich bin der Bauer von dem Land hier."

„Dann wirst du morgen mit uns das Frühlingsfest feiern."

„Ich bin dabei! Woher kommt ihr alle?"

„Wir sind ledige und verwitwete Frauen und leben auf den Höfen, die mehrere Tagesreisen von hier entfernt sind. Wir haben davon gehört, dass hier schöne und starke Burschen sind, die mit uns gemeinsam feiern wollen."

„Die Männer sind Franken und glauben nicht an die germanischen Götter."

„Das stört uns nicht. Wir werden sie zum rechten Glauben zurückführen. Freya wird es uns danken."

„Sie sprechen schlecht thüringisch und können euch nicht verstehen", gab Hartwig zu bedenken.

„Für das, was wir ihnen sagen wollen, reicht es", erwiderte die Frau und lachte.

„Bist du eine Bäuerin?", wollte Hartwig von ihr wissen.

„Ich bin eine Kräuterfrau und lebe ganz allein auf einem verlassenen Bauernhof, fünf Tagesreisen südlich von hier."

„Das ist ein weiter Weg."

„Manche Frauen hatten es weiter als ich. In vielen Gebieten gibt es keine Männer mehr und ohne diese gibt es nun mal keine Kinder", meinte sie lachend. Jetzt erst sah sich Hartwig die Frau genauer an. Sie bemerkte, wie er sie musterte. Unauffällig drehte sie ihren Oberkörper zur Seite, damit er sie im Profil sehen konnte. Sie war vollschlank, mit großer Oberweite. Ihr Alter konnte er schlecht einschätzen. Der Hauptmann versuchte zu verstehen, was sich die beiden zu sagen hatten. Hartwig sprach betont langsam und deutlich. Die Frau wusste anfangs nicht, warum er das tat. Sie versuchte es ebenso und danach konnte der Hauptmann sie besser verstehen und sich an dem Gespräch beteiligen. Er stellte der Kräuterfrau ein paar Fragen zu dem germanischen Jahreskreis und sie begann ihm den Zusammenhang der Feste im Jahr zu erklären.

Hartwig wollte nach Hause und fragte den Hauptmann, ob er ihn später abholen soll. Unschlüssig sah ihn dieser an.

„Wenn du willst, kannst du auch in meinem Zelt übernachten", bot ihm die Kräuterfrau an. Das Angebot schien dem Hauptmann zu gefallen.

„Ich werde noch etwas bleiben und später nachkommen. Der Weg ist nicht schwer zu finden", meinte er frohgelaunt.

„Dann gehe ich allein heim", entgegnete Hartwig und verabschiedete sich.

Es wurde bereits dunkel und Elke war in Sorge, warum ihr Mann mit dem Hauptmann noch nicht da war. Die Schamanin von der Götterinsel wartete auf ihn in der Siedlung. Sie wollte mit ihm noch ein paar Einzelheiten wegen des Ablaufs des morgigen Festes besprechen. Die ungläubigen Franken bereiteten ihr etwas Sorge, ob sie nicht das Fest entweihen könnten. Hartwig beruhigte sie und versicherte ihr, dass sich die Wachleute diszipliniert verhalten würden. Er hatte bereits auf der Götterburg mit ihnen darüber gesprochen. Die Reihenfolge der Opfertiere wurde festgelegt und die Reden und Tanzfolgen abgestimmt. Das Fest sollte großartig werden, sodass die Götter ihnen wieder mehr Sonnentage in Midgard schenkten.

Es wurde Nacht und der Hauptmann war nicht zurückgekehrt. Hartwig begann sich zu sorgen, ob er sich verlaufen haben könnte und nun irgendwo im Wald herumirrte. Er nahm sich eine Fackel und ging ihn suchen. Im Wald war es gespenstisch still. Angst kannte Hartwig nicht und mit Hilfe der Fackel konnte er den Weg zum See gut erkennen. Als er den Bootsanlegeplatz erreichte, sah er in die Koppel. Da stand das Pferd des Hauptmanns, also musste er noch bei der Kräuterfrau sein. Er löschte seine Fackel und steckte sie in den Boden. Das Flackern der Lagerfeuer war zu erkennen. Langsam näherte er sich dem Zelt der Kräuterfrau.

Die Vorfeier auf das Frühlingsfest schien in vollem Gange zu sein. Frauen hielten verschiedenartige Trommeln zwischen ihren bloßen Schenkeln und schlugen, wie in Ektase auf die Bespannung. Andere tanzten in spärlicher Bekleidung und die in einem Halbkreis sitzenden Männer sahen ihnen vergnügt zu. Unter ihnen erkannte er auch den Hauptmann. Die Kräuterfrau hatte ihm vertraulich ihre Hand über die Schulter gelegt und es schien als hätte er die Zeit vergessen. Eine Frau ging mit einem kupfernen Kessel umher und gab allen einen Schluck von dem Gebräu zu trinken, das sie zubereitet hatte. Hartwig hatte sich etwas abseits in das Gras gesetzt und sah dem Treiben zu. Die Frau mit dem Kessel kam auch zu ihm. Sie reichte ihm die Schöpfkelle mit dem Trank. Er schmeckte wie Kräutertee, doch ein wenig bitter.

„Warum setzt du dich nicht in den Kreis zu den anderen Männern, oder wartest du hier auf deine Auserwählte?"
Hartwig wusste nichts zu erwidern und sah sie nur an.

„Bleib hier! Ich muss nur noch den Tee an alle verteilen, dann komme ich zu dir. Du gefällst mir."
Der Schein des großen Lagerfeuers leuchtete, den ganzen Platz bis weit hinter die Zelte aus. Hartwig ging zu dem Schlafplatz der Frauen. Es waren einfache Holzgestelle, die mit Schilf aus der Uferzone bedeckt waren. Der Eingang lag zur Feuerstelle ausgerichtet und man konnte gut in das Innere der Hütten sehen. In einigen lagen Pärchen nackt und eng umschlungen. Sie huldigten scheinbar der Liebesgöttin Freya.

Hartwig ging zurück zum Lagerfeuer und suchte den Hauptmann. Der saß im Gras und starrte, wie abwesend in die lodernden Flammen des Lagerfeuers. Der Trommelwirbel wurde stärker und einige Frauen fielen in Trance. Die Kräuterfrau sah zu Hartwig.

„Es ist schön, dass du zurückgekommen bist. Der Tanz für die Göttin Freya hat fast seinen Höhepunkt erreicht. Setz dich her und genieße den Rhythmus der Trommeln!"

„Ich bin gekommen, um meinem Gast den Weg zum Hof zu zeigen."

„Er bleibt hier bei mir", sagte sie in bestimmenden Ton.

„Das soll er mir selbst sagen", forderte Hartwig.

Die Kräuterfrau drehte den Kopf des Hauptmanns zur Seite und er erkannte Hartwig.

„Willst du hierbleiben oder kommst du mit mir?", fragte er ihn.

Wie aus einem Traum herausgerissen sah er sich um.

Als er sich gefangen hatte, meinte er: „Ich habe das Gefühl als wäre ich unter den Göttern. Am liebsten würde ich die Nacht hierbleiben."

„Dann hole ich dich morgen zum Frühstück, ab."

Der Hauptmann nickte und seine Hände bewegten sich im Takt der Trommeln. Er war in eine Parallelwelt eingetaucht.

Die Kräuterfrau griff Hartwig in die Haare und zog ihn nah an sich heran. Ein betäubender Geruch ging von ihr aus.

„Bevor du heimgehst, kann ich dir noch meine Hütte zeigen. Komm mit!"

„Das geht nicht! Meine Frau wartet auf mich!", erwiderte er entschuldigend.

„Die Glückliche", flüsterte die Kräuterfrau ihm ins Ohr und ließ von ihm ab.

Hartwig zog aus einem der kleineren Feuer ein brennendes Holzscheit und lief damit zum Ufer. Dort konnte er seine Fackel entzünden und rannte den Weg zurück zum Hof.

Hartwig erzählte Elke, von dem Erlebten. Sie war außer sich vor Zorn.

„Diese Weiber solltest du vertreiben und vorher auspeitschen lassen. Sie machen sich an jedes Mannsbild heran."

„Das ist doch kein Grund, sie zu strafen."

„Wenn sie verheiratete Männer anmachen, gehören sie bestraft."

„Jetzt urteilst du ungerecht."

„Ich ungerecht!", schrie sie vor Entrüstung, dass ihre Freundin Ursula aus ihrem Zimmer in die Küche kam, um nachzusehen, was passierte.

„Versetz dich einmal in die Lage dieser Frauen! Sie leben irgendwo auf einem einsamen Bauernhof, wo sich außer den Steuereintreibern kein anderer Mensch hin verirrt. Sie brauchen Kinder, damit im Alter jemand da ist, der sie erhält. Wie sollen sie sonst dazu kommen? Das Sommerfest ist auch der Göttin Freya gewidmet und die Göttin weiß, was richtig ist."

Die Wut von Elke war noch nicht verraucht. Ursula bemühte sich, sie zu beruhigen und drückte sie an ihre Brust. Hartwig erzählte auch ihr, was sich im Lager der Frauen abspielte. Sie empfand es nicht anstößig, was die Frauen taten.

Das Angebot der Kräuterfrau an ihren Mann hatte Elke aufgeregt und sie erkannte, dass es nicht genügte, verheiratet zu sein, um einen Mann an sich zu binden. In dieser Nacht schlief sie seit der Geburt des Kindes das erste Mal wieder mit Hartwig.

Am Tag des Frühlingsfestes regnete es nicht und die Sonne zeigte sich für kurze Zeit am Firmament. Die Vorbereitungen waren in vollem Gange. Es wurde gebacken und gekocht. Ein jeder hatte sein Tun.

Hartwig ritt zu dem Frauenlager. Er suchte nach seinem Hauptmann und fand ihn in der Hütte der Kräuterfrau. Wie tot lag er auf dem trockenen Schilf.

„Was hast du mit ihm gemacht?", schrie Hartwig die Frau an.

„Ich habe nicht viel getan. Er hat sich wohl ein wenig verausgabt", antwortete sie lachend und weckte den ausgestreckt Daliegenden. Der Hauptmann rieb sich den Schlaf aus den Augen und sah ratlos um sich.

„Ich warte draußen", sagte Hartwig und blieb vor dem Zelt stehen. Die anderen schienen noch zu schlafen, denn es war still im Lager. Hartwig sah in einige der Zelte. Überall das gleiche Bild, der aneinandergeschmiegten, schlafenden Paare.

Inzwischen stand der Hauptmann wieder auf den Beinen. Wortlos folgte er Hartwig zur Koppel.

„Es wird besser sein, wenn du dich bei mir auf dem Hof ausruhst", meinte Hartwig lächelnd zu ihm. Sie ritten zurück und der Hauptmann verzog sich, ohne zu frühstücken, in den Schlafraum für Gäste.

Gemeinsam mit der Schamanin bereitete Hartwig das Frühlingsfest vor. Als Hofbesitzer und Herr über das umliegende Land kam ihm diese Aufgabe zu. Die Tagundnachtgleiche war eines der wichtigsten Feste, bei dem die Rückkehr der Sonne und des Lichts zelebriert wurde. Der Winter war vorbei und der Frühling begann. Die Tiere waren für die Paarung bereit und schufen neues Leben. In vielen Thüringer Siedlungen wurden

Feuer abgebrannt und man traf sich mit Freunden und Verwandten, um den Göttern für den gut überstandenen Winter zu danken.

Die Söhne von Ortrun hatten auf dem Hügel in der Nähe der Götterinsel einen großen Holzhaufen errichtet. Sie trugen trockene Holzstämme zusammen und schichteten sie auf. Dazwischen packten sie Reisig, um das Feuer schneller entfachen zu können. Ein paar Tage zuvor wurden mehrere Schafe und Ziegen geschlachtet und gebraten. Brot war rar, daher gab es ausreichend Fleisch. Hartwig wies seinen Pferdeknecht Erich an, ein Pferd auf den Weiden auszuwählen, das zu Ehren der Liebesgöttin Freya und ihres Bruders, dem Fruchtbarkeitsgott Freyr, geopfert werden sollte. Von diesem Opfer erhoffte er sich Besserung des Wetters.

Auf dem Hof sorgte Ortrun für Sauberkeit des Anwesens. Jeder musste beim Haus- und Hofputz mithelfen. Mit Birkenreisigbesen wurde der Schmutz zusammengekehrt und in der Abfallgrube entsorgt. Nachdem alles sauber war, zündete Hartwig die Birkenreisigbesen an und reinigte mit dem Rauch die Wohnräume und Stallungen. Das war der Beginn der Zeremonie. Im Anschluss zog er mit seiner Familie und den Gästen zu dem Hügel, auf dem das Frühlingsfeuer abgebrannt werden sollte. Godwin folgte mit einem Ochsenkarren. Erich führte den Hengst, der den Göttern geopfert werden sollte. Es war ein schönes Tier mit einem leuchtend weißen Fell. Der Hauptmann, der als Gast neben Hartwig herlief, bedauerte, dass das edle Tier getötet werden sollte.

„Es ist Brauch, eines der schönsten Tiere zu opfern, damit uns die Götter ein fruchtbares Jahr schenken. Wenn das Tier den geringsten Makel hätte, würde es die Götter erzürnen", erklärte Hartwig.

„Was ist auf dem Karren?", wollte der Hauptmann wissen.

„Da befindet sich das Bratenfleisch, Kessel mit Suppen und Bier für unsere durstigen Kehlen", antwortete Hartwig lächelnd.

Dem Zug schlossen sich die Frauen, die neben der Götterinsel lagerten und einige Wachleute, die keinen Dienst hatten, an. Sie waren bereits enthemmt und euphorisch. Hartwig vermutete, dass sie sich durch Pilze und Kräuter in diese Stimmung gebracht hatten. Elke äußerte ihren Missmut gegenüber diesen Frauen und Ursula versuchte sie zu beruhigen.

Sie waren auf der Hügelkuppe angekommen. Hartwig entzündete das Reisig. Im großen Bogen um den Feuerplatz standen die Menschen und schrien vor Begeisterung als die Flammen an den Baumstämmen hinauf züngelten. Hartwig hielt eine Rede. Er beschwor die Götter, dass sie ihnen eine gute Ernte bescheren mögen. Die Schamanin erklärte den Ablauf der weiteren Zeremonie mit dem Höhepunkt, der Opferung eines weißen Pferdes. Da kein Priester anwesend war, musste Hartwig selbst das Tier töten. Es fiel ihm nicht leicht, eines seiner besten Zuchttiere zu opfern. Die Schamanin reichte ihm das Opferschwert. Mit traurigen Augen sah er sie an und wollte ihr das Schwert zurückgeben. Sie schüttelte nur kurz mit dem Kopf. Hartwig stach die Klinge dem Pferd bis ins Herz. Das Tier stürzte auf die Knie und fiel tot um. Die Kräuterfrau fing das Blut des Pferdes in einer Schale auf. Sie ging damit zu Elke und strich ihr mit den Fingern über die Stirn. Danach ging sie zu den anderen und segnete sie in gleicher Weise. Erich und Sigu zerteilten das Fleisch des Pferdes und verteilten es an die Umstehenden. Edmund und Godwin luden das Bier und die Speisen vom Karren. Wer Hunger und Durst hatte, kam zu ihnen. Vier fränkische Wachleute machten Musik und die Jungen tanzten danach. Das Fest wurde immer ausgelassener. Elke fand keinen Gefallen daran. Sie bat Hartwig mit ihr nach Hause zu gehen. Ursula und die Kinder folgten ihnen.

Hartwig hatte den Schmerz wegen der Tötung des Pferdes überwunden. Er wusste, dass die Opferung nur dann Erfolg haben konnte, wenn er ohne Bedauern den Göttern das Geschenk darbrachte. Vielleicht nahmen sie es an.

10. Das Verfahren
Vom Ostermond (April) bis Wonnemond (Mai) 537

Ein paar Tage nach dem Frühlingsfest kamen fünf fränkische Krieger gegen Mittag auf den Hof. Der Anführer überreichte Hartwig ein Schreiben der zentralen Verwaltungsbehörde in Metz. Das Pergament befand sich in einem Lederfutteral und war versiegelt. Hartwig bat die Männer abzusitzen und sich auszuruhen, doch sie lehnten höflich ab. Besorgt brach er das Siegel und entnahm das Schreiben.

Alle, die in der Siedlung waren, liefen herbei und betrachteten die Krieger.

Hartwig las den Brief. Es war eine Aufforderung, sofort auf der Bertaburg zu erscheinen. Ein Grund war nicht angegeben.

„Von wo kommt ihr?", fragte er den Anführer.

„Aus Metz", war die kurze, aber präzise Antwort.

„Na gut, dann werde ich packen und euch folgen."

Hartwig ging ins Haus und zeigte dem Hauptmann das Schreiben. Der konnte es sich nicht erklären, was vor sich ging.

„Soll ich dich begleiten?", bot er sich an.

„Nein, es ist besser, wenn du zu meinem Verwaltungssitz zurückreitest und darauf achtest, dass alles in meinem Sinn dort abläuft. Ich schreibe dir eine Vollmacht und du kannst sie verwenden, wenn es notwendig ist."

Elke und Ursula packten Hartwig Kleidung und Lebensmittel in seinen Reisesack und bald darauf ritt er mit der Eskorte in Richtung der neu entstandenen Verlängerung der Via Regia.

Die Gruppe übernachtete in den Königsgütern. Die fränkischen Gutsverwalter konnten sich noch gut an Hartwig erinnern als er im letzten Jahr mit dem Pferdegespann auf dem Weg nach Rodewin war und bei ihnen übernachtete. Wie damals beklagten sie sich über dieses und jenes. Es waren die hohen Steuern, die sie nach Metz abliefern mussten, die geringe Ernte im Vorjahr und das schlechte Wetter, das kein Ende zu nehmen schien. Sie vergaßen auch nicht das Ausbleiben der Entschädigungen für die Gespanne, die sie den abziehenden Rebellen überlassen mussten, zu erwähnen. Das Ende der Rebellenüberfälle auf ihre Güter, ignorierten sie. Hartwig hörte nur zu und nahm keine Stellung zu den Beschwerden. Die Gutsverwalter erwarteten von ihm, dass er ihre Sorgen nach Metz zur Zentralverwaltung weiterleiten würde.

Nach wenigen Tagen erreichten sie die Bertaburg in Erphesfurt. Alles war Hartwig vertraut, hier in der Stammburg seines Freundes Prinz Baldur.

Das letzte Mal war Hartwig im Vorjahr hier als er mit seinem Amtsbruder den Abzug der Rebellen abgestimmt hatte und sich als Geisel zur Verfügung stellte.

Der Anführer der Eskorte ritt auf den Burghof und die anderen folgten ihm. Sie saßen ab und liefen die Steinstufen hinauf zu den Amtsräumen des Gebietsverwalters der westlichen thüringischen Provinz. Hartwig war verwundert, dass ihn sein Amtsbruder nicht persönlich empfing. Sie kamen in einen großen Saal, in dem sich viele Personen befanden. Er erkannte einige Gesichter, doch sie schienen sich nicht zu freuen, ihn zu sehen. Sie wendeten sich von ihm ab. Sein Sekretär, der Vater von Gottlieb, stand unter ihnen. Hartwig ging zu ihm und fragte, warum er hier wäre. Verlegen räusperte er sich und sah zu Boden.

„Wir dürfen nicht miteinander sprechen", flüsterte er ihm zu.

„Sag mir nur, worum es hier geht!"

„Es wurde ein Amtsenthebungsverfahren beantragt."

„Gegen mich?"

„Ja!"

„Weshalb?", erwiderte Hartwig heftig.

Die Umstehenden sahen mit versteinerter Miene zu ihm.

„Das darf ich nicht sagen. Der Verhandlungsführer wird gleich erscheinen und wird es verkünden."

Hartwig wollte seinen Amtsbruder sprechen, der allein neben einer Steinsäule stand. Als er auf ihn zuging, wich er aus. Es war eine Situation, die er noch nie erlebt hatte. Alle mieden ihn. Was warf man ihm vor? Was war passiert?

Nach endlosem Warten erschien der Verhandlungsführer. Es war ein Beamter aus der zentralen Verwaltungsbehörde in Metz. Ihn begleiteten zwei junge Männer, die seine Gehilfen zu sein schienen. Er nahm an einem breiten Tisch Platz, der auf einem Podest stand. Die Gehilfen stellten sich zu den Schreibpulten neben dem Tisch. Der Verhandlungsführer konnte gut von den umherstehenden Personen gesehen werden.

Nachdem der Beamte seine Unterlagen auf dem Tisch ausgebreitet und geordnet hatte, begann er zu sprechen.

„Ich leite die Untersuchungen zur Amtsenthebung der Gebietsverwalter der westlichen und östlichen Thüringer Provinzen. Ab sofort sind beide Gebietsverwalter von ihren Pflichten entbunden und dürfen bis zum Ende der Untersuchungen die Bertaburg nicht verlassen. Dies gilt auch für die Beschwerdeführer, die den Beschuldigten Amtsmissbrauch vorwerfen.

Das Verfahren ist somit eröffnet. Ich ersuche nun den Hauptbeschwerdeführer seine Anschuldigungen vorzubringen."

Alle blickten um sich. Viele wussten nicht genau, worum es ging. Hartwigs Sekretär löste sich aus der Menge und trat auf das Podest. Er vermied seinen Herrn anzusehen. Nachdem es im Raum still wurde, begann er seine Beschwerde vorzutragen.

„Mehrere Gutsverwalter haben sich an mich gewandt, um Klage beim König einzureichen, wegen der hohen Abgaben, die sie für den Abzug der Rebellen erbringen mussten. Es waren dies Ochsengespanne und Lebensmittel in großer Zahl. Die beiden Gebietsverwalter hätten ihr Vorgehen mit der zentralen Verwaltung in Metz vorher abstimmen müssen, doch sie haben eigenmächtig gehandelt, zum Schaden für den König."

Das war eine ungeheure Anschuldigung. Die Beschwerdeführer konnten sie mit Dokumenten beweisen. Es waren Schreiben von Hartwig und seinem Amtsbruder, die alle Gutsverwalter zu diesen Leistungen aufforderten. Hinzu kamen weitere Beschuldigungen gegen Hartwig, der den Wegebau forcierte und die Steuereinnahmen dazu verwendete. Der Sekretär wies darauf hin, dass er diesbezüglich seine Besorgnis dem Gebietsverwalter mitteilte, von ihm aber keine Antwort zu den einzelnen Fragen und geäußerten Bedenken erhielt.

Hartwig war fassungslos.

„Das ist eine Lüge!", schrie er empört in den Raum.

Der Verhandlungsführer rügte ihn, wegen seines Zwischenrufs.

Die schweren Anschuldigungen standen im Raum und Hartwig konnte sie nicht widerlegen. Er hatte keine Abschriften seiner Antwortschreiben angefertigt. Wie konnte er das Gegenteil beweisen? Ihm war bewusst, dass er sich in einer schwierigen Situation befand.

Die Verhandlungen fanden nur vormittags statt. Hartwig war in einem kleinen Raum auf der Burg untergebracht und konnte sich innerhalb des Burggeländes frei bewegen. Er durfte jedoch mit keiner Person sprechen, die als Ankläger oder Angeklagter in dem Verfahren galt. Somit war es ihm nicht erlaubt, sich mit dem ebenfalls beschuldigten Gebietsverwalter für Westthüringen, der wie er auf der Burg wohnte, zu unterhalten. Die übrigen Personen wohnten in den Gasthäusern in Erphesfurt und kamen nur zu den Zeiten der Verhandlung auf die Burg.

Im Laufe der Untersuchungen stellte sich heraus, dass die Beschwerden schon vor dem Winteranfang in der zentralen Verwaltungsstelle in Metz eingelangt waren.

In den nächsten Tagen kamen einige Gutsverwalter zu Wort. Die beiden Gehilfen des Verwaltungsrichters protokollierten alle Aussagen.

Nach einer Woche durften sich die Beschuldigten zu den Beschwerdepunkten äußern. Zuerst wurde der Gebietsverwalter für die westliche Provinz befragt.

Er wies alle Schuld von sich und erklärte, dass alles die Idee von Hartwig war und er allein mit den Rebellen verhandelt hatte. Er sprach sogar die Vermutung aus, dass Hartwig als gebürtiger Thüringer eher die Interessen der abtrünnigen Landsleute als die des Königs im Auge hatte. In dem Gebiet zwischen Elbe und Saale, wo Hartwig Amtmann war, gab es gar keine Rebellen. Sie lebten nur im Thüringer Wald und dem Harzgebirge, in der westthüringischen Provinz. Wieso sollte er Interesse an dem Abzug der Leute haben?

Was hatte ihn bewogen sich für sie einzusetzen?

Die Möglichkeit, dass er sogar mit den Rebellen eine gemeinsame Sache machte, stand auf einmal im Raum. Das war eine schwere Anschuldigung.

Niemand unter den in Thüringen lebenden Franken wollte sich daran erinnern, wie das Leben unter der Belastung durch die Rebellen vor wenigen Monden war. Sie hatten sich inzwischen an das friedvolle Leben in den Königsgütern gewöhnt und einige von ihnen versuchten bereits, dort die Situation für sich auszunutzen. Es kam zu Ausschreitungen gegenüber den Thüringer Bauern, die sich nicht wehren konnten.

Hartwig wurde als Letzter angehört. Es lagen so viele Beschuldigungen gegen ihn vor, dass er kaum eine Möglichkeit sah, diese abzuwehren. Alle Franken schienen sich gegen ihn verschworen zu haben. Vielleicht störten sie sich an seiner Herkunft oder es war der Neid über den unerklärlichen Aufstieg eines Thüringers in ein hohes Verwaltungsamt?

Auf einem Pergament hatte sich Hartwig alle Punkte notiert, die gegen ihn vorgebracht wurden. Er stellte den Sachverhalt klar, wie er sich für ihn ergab und verwies immer wieder auf die Vorteile für das Frankenreich, dass es keine Rebellen in den thüringischen Provinzen mehr gab. Hierzu machte er eine Kostenzusammenstellung und stellte den Aufwand an zusätzlichen Wachleuten den einmaligen Ausgaben für Fuhrwerke und Lebensmittel für die ausgewanderten Rebellen gegenüber. Seine Kontrahenten zweifelten diese Darstellung an und es gab ein tagelanges Diskutieren, wer wohl recht hatte. Einziger Unparteiischer schien der Verwaltungsrichter aus Metz zu sein, der auch Hartwig zu Wort kommen und seine Argumente gelten ließ. Ob er gegen die Übermacht seiner Gegner etwas ausrichten konnte, das bezweifelte der Thüringer.

Die täglichen Protokolle wurden dupliziert und in die Zentralverwaltung nach Metz gesandt, die eine Prüfung des Sachverhalts noch einmal vornehmen sollte.

Alle rechneten damit, dass zumindest Hartwig sein Amt verlieren würde. Dem Amtsbruder in der Westprovinz war es gelungen, sämtliche Schuld Hartwig aufzubürden. Er behauptete, von ihm damals falsch informiert worden zu sein.

Am Tor der Burg standen eines Tages, nach Mittag, zwei Frauen und baten eingelassen zu werden.

„Wer seid ihr und zu wem wollt ihr?", fragte der Wachmann im barschen Ton.

„Ich bin die Frau des Amtmanns von Ostthüringen und möchte meinen Gatten sprechen."

„Da muss ich erst einmal nachfragen!", brummte der alte Wachmann in seinen Vollbart und rief nach einem jüngeren Kameraden. Der lief in die Burg und suchte den Amtsrichter. Als er ihn fand, teilte er ihm den Wunsch von den beiden Frauen am Tor mit. Der Richter ging auf den Gang und sah hinab zur Toreinfahrt.

„Lass sie noch eine Weile warten und dann hole ihren Ehemann. Sie dürfen sich aber nur am Tor unterhalten und du bleibst neben ihnen stehen. Wenn sie weg sind, kommst du zu mir und berichtest, was sie besprochen haben."

Der junge Wachmann nickte beflissen und rannte zurück. Dort erklärte er den Frauen, dass er Hartwig suchen wolle. Elke kam die Wartezeit wie eine Ewigkeit vor. Endlich sah sie ihn. Freudig eilte er ihr entgegen und nahm sie in die Arme.

„Wo kommt ihr her?", wollte er wissen.

„Wir erfuhren, dass du von der Bertaburg nicht weg darfst. Deshalb sind wir mit den Kindern nach Rodewin gereist."

„Hat euch dein Vater dorthin gebracht?"

„Nein, Sigu hat die Pferde eingespannt und uns zu Harald gefahren. Dein Bruder lässt dich grüßen und drückt dir die Daumen, dass alles gut geht."

„Danach sieht es leider nicht aus. Alle scheinen sich gegen mich verschworen zu haben."

„Du brauchst dir nichts vorwerfen. Du hast nie etwas Unrechtes getan."

„Weißt du, worum es hier geht?"

Verdutzt sah Elke ihren Mann an.

„Nein, aber du wirst mir jetzt alles genau erzählen."

Sie setzten sich auf eine Bank, die gleich hinter der Toreinfahrt stand und Hartwig berichtete, was passiert war. Entrüstet über so viel Falschheit, konnte sich Elke kaum beruhigen. Sie tröstete ihren Mann und war zuversichtlich, dass sich alles aufklären wird. Ihr war es gleich, ob er sein Amt behielt oder verlor. Für sie war wichtig, dass er wieder nach Hause kam und nicht für Dinge bestraft wurde, die auf falschen Behauptungen beruhten.

Der Besuch von Elke und Ursula tat Hartwig gut. Der junge Wachmann stand neben ihnen und achtete genau darauf, was besprochen wurde.

„Warum spitzt du deine Ohren? Das tut man nicht!", belehrte ihn Ursula.

„Mir ist befohlen worden, genau hinzuhören und alles zu melden."

„Wer hat dir das gesagt?"

„Der Beamte aus Metz!"

„Du sollst uns also bespitzeln?", fuhr sie ihn erbost an.

„Du kannst es nennen, wie du willst. Ich tue nur meine Pflicht."

„Verstehst du denn, was wir sagen?", fragte ihn Ursula in Thüringer Mundart.

„Nicht sehr viel, nur einige Wörter."

„Wenn du nichts verstehen kannst, was willst du dann weitergeben?"

Verdutzt sah der junge Mann Ursula an.

„Ihr dürft euch nur fränkisch unterhalten. Sonst muss ich euch wegschicken."

Hartwig hatte den Streit der beiden bemerkt.

„Lass ihn in Ruhe, Ursula. Er kann nichts dafür, dass man ihm diesen Auftrag gab. Was wir uns zu sagen haben, kann jeder mit anhören und der Wachmann darf es weiter berichten."

Freudig über die unerwartete Hilfe von Hartwig sah er triumphierend Ursula an.

Ihr machte es Spaß, den Burschen abzulenken. Immer wieder fragte sie ihn über persönliche Dinge aus, ob er eine Freundin hat, wo er geboren wurde, wer seine Eltern sind, ob er Geschwister hat und vieles mehr. Zum Zuhören war keine Zeit mehr. Elke und Hartwig konnten sich nun miteinander unterhalten, ohne dass jemand ihr Gespräch belauschte. Großteils ging es um die Kinder. Immer wieder kamen sie jedoch auf die Beschuldigungen und das Amtsenthebungsverfahren zu sprechen.

„Es beschäftigt mich am Tag und in der Nacht. Ich wollte das Amt nicht!", erklärte Hartwig.

„Es hat dir aber auch Freude gemacht als du gesehen hast, wie viel du bewirken konntest. Siegbert und die Jungkrieger sind bei den Langobarden in Sicherheit, das Wegenetz hast du verbessert und viele Menschen in dem harten Winter vor dem Hungertod bewahrt. Mehr konntest du nicht tun."

„Ich habe mir dabei auch viele zu Feinden gemacht. Im Königssaal ist nicht einer, der zu mir hält. Alle haben sich von mir abgewandt und keiner traut sich in meine Nähe."

„Es sind Franken und für die wirst du immer ein besiegter Thüringer bleiben. Wer will sich von einem solchen schon etwas sagen lassen."

„Du meinst, dass es anders gekommen wäre, wenn ich im Frankenreich geboren wäre?"

„Ganz bestimmt, doch dann hättest du das alles nicht getan. Dich würde das Land Thüringen und seine Menschen nicht wirklich interessieren."

Hartwig überlegte und stimmte Elke lächelnd zu. Er wusste jetzt, dass es richtig war, was er tat. Es ging hier nicht nur um das Wohl des fränkischen Königreichs, sondern um die Menschen, die in diesem Reich lebten. Wenn es denen gut ging, profitierte auch der König davon. Hartwig hielt die Hand seiner Frau und wünschte sich, dass sie bei ihm auf der Burg bleiben könnte. Leider ging das nicht, weil die Kinder in Rodewin auf sie warteten und es nicht erlaubt war.

Der alte Wachmann raunzte dem Jungen zu, dass er das Tor schließen soll. Es war ein Wink, dass die Gesprächszeit beendet war.

Elke versprach in der nächsten Woche wiederzukommen und gab ihrem Mann ein paar selbst gebackene Honigkuchen, die in ihrem Weidenkorb verstaut waren. Fast hätte sie nicht mehr daran gedacht.

Die Frauen gingen den Burgweg hinunter zur Stadt, wo Sigu mit dem Pferdegespann auf sie wartete.

Elke war froh, dass sie gekommen war und hatte das Gefühl, Hartwig mit dem Gespräch geholfen zu haben. Sie versuchte sich vorzustellen, wie es sein musste, wenn alle Menschen sich von einem abwenden.

„Das würde mich umbringen", erwiderte Ursula.

„Ich könnte es auch nicht ertragen. Zum Glück ist Hartwig ein starker Mann. Er hat schon viel erlebt und durchgestanden. Mit einer solchen Situation kann er besser umgehen als wir."

„Wenn es nicht lange anhält, mag es gehen, doch wenn sich die Untersuchung über ein Jahr hinzieht, wird es ihn zermürben", gab Ursula zu bedenken.

„Hoffen wir, dass es nicht lange dauert. Ich bleibe auf jeden Fall solange in Rodewin und kann ihn oft besuchen."

„Ich würde das bei Baldur auch tun. Wenn ich ihn nur einmal sehen könnte?", seufzte Ursula.

„Vielleicht besuchen wir ihn zusammen, wenn die Kinder größer sind. Was hältst du davon?"

„Ich weiß nicht, ob ich mir eine weite Reise zutraue."

„Es gibt doch den Handelsmann, der oft in Rodewin weilte. Vielleicht fährt er nach Athies an der Somme und nimmt uns beide mit."

„Würdest du mich wirklich begleiten?", rief Ursula begeistert.

„Natürlich komme ich mit. Ich bin doch deine Freundin."

Ursula fasste Elkes Hand und träumte von dem Wiedersehen mit ihrem Geliebten.

Es folgte eine lange Zeit des Bangens auf die Entscheidung aus Metz. Anstatt eines Schreibens der Zentralverwaltung wurde die Ankunft des höchsten Verwaltungsbeamten aus Metz auf der Bertaburg angekündigt. Die Aufregung war bei allen groß. Der Untersuchungsrichter erschien mit dem hohen Beamten im Saal und stellte seinen Beisitzer vor. Beide nahmen Platz und die Verhandlung wurde fortgesetzt. Hartwig war wohl am

meisten überrascht als er Berthold erkannte. Die Situation war jedoch so verfahren, dass Hartwig nicht glauben konnte, dass ihm sein Freund in dieser Sache helfen könne. Warum war er gekommen?
Gern hätte er mit ihm unter vier Augen gesprochen, doch das ging nicht.

Was war vor der Ankunft Bertholds auf der Bertaburg passiert?

Der hohe Beamte aus Metz hatte vor seiner Ankunft auf der Bertaburg die Ostprovinz besucht. Ihm waren die Anschuldigungen gegen Hartwig bekannt und er wollte sich vor Ort über den Sachverhalt informieren. Hartwigs Hauptmann wies er an, nach Schriftstücken zu suchen, die den Fall betrafen. Dabei wurden in den Unterlagen des Sekretärs die Antwortschreiben von Hartwig gefunden. Sie lagen versteckt in einer Holzschatulle. Der Beamte reiste mit dem Hauptmann weiter zu einigen Baustellen. Er war beeindruckt. Im Elbkniegau besuchte er den Gaugraf Weibel und erzählte ihm von den Anschuldigungen gegen beide Gebietsverwalter. Der Gaugraf war zu Tode erschrocken. Er wusste nur, dass sein Schwiegersohn eilig zur Bertaburg abreisen musste und hatte keine Ahnung von dem, was inzwischen passiert war. Weibel begleitete den Beamten zu Hartwigs Siedlung. Die Hausherrin war nicht da und deshalb half er dem Beamten bei der Suche nach weiteren Dokumenten zu dem Sachverhalt.

„Soviel ich weiß, hat er alles in seiner Schreibstube aufbewahrt", sagte Weibel.

„Zeig uns den Raum, damit wir gemeinsam nachsehen können, ob es etwas gibt, das für die Untersuchung wichtig sein könnte."

„Wonach sollen wir suchen? Es liegen hier viele Pergamente."

„Lege alles auf den Tisch, das dir wichtig erscheint. Ich sehe es mir genau an."

Der Hauptmann und Weibel öffneten die mit Schnüren zu Paketen zusammengebundenen Pergamente. Die meisten waren Aufzeichnungen von Wegekarten. Es interessierten ihn jedoch nur Schriftstücke zwischen dem Sekretär und Hartwig.

Fein geordnet fanden sie diese in einem Fach des Regals. Der Beamte sichtete sie kurz und legte einige davon auf die Seite des Tisches. Die Übrigen wurden in die Regalfächer zurückgelegt.

Bei einem dieser Schriftstücke hielt der Beamte inne.

„Was ist das?", rief er überrascht. Weibel und der Hauptmann gingen zu ihm und sahen sich das Pergament mit an. Der Beamte las laut vor. Es war eine Absichtserklärung der Rebellen, keine fränkischen Gebiete vom Langobardenreich anzugreifen. Alle sahen sich verwundert an.

„Der Gebietsverwalter ist ein weitsichtiger Mann. Dieses Dokument wird ihn von einem der schweren Vorwürfe entlasten. Ihr seid Zeugen, dass es in seinen Unterlagen gefunden wurde", sagte der Beamte und rollte das Pergament gesondert zusammen. Die Schriftstücke des Sekretärs musste der Hauptmann bündeln und in ein Tuch schlagen.

„Das dürfte genügen, um die Unschuld von Hartwig zu beweisen", meinte Berthold und verabschiedete sich von Weibel. Der Hauptmann begleitete ihn bis zur Saale. Von dort ritt der Beamte mit seiner Eskorte auf der Via Regia in Richtung Bertaburg weiter. In Erphesfurt quartierte er sich in der Herberge am Marktplatz ein. Es war das beste Gasthaus am Platz und er hatte schon auf dem Weg in die Ostprovinz mehrere Räume dort reservieren lassen. Der Gastraum war fast leer. Nur ein Mann saß an einem der kleinen Fenster und sah hinaus auf den Vorplatz. Der Beamte ging zu ihm und der Mann stand ehrfurchtsvoll auf.

„Bleib sitzen! Hattest du eine gute Reise?", fragte Bertold.

„Als ehemaliger Kurier des Königs habe ich das Reiten noch nicht verlernt."

„Das ist lange her, doch jetzt seid ihr im Heer weit aufgestiegen. Du wunderst dich sicher, warum ich dich angefordert habe."

„Das ist wahr. Es muss eine wichtige Angelegenheit sein, denn mein König kann zurzeit keinen Mann entbehren."

„Sei ohne Sorge, bevor er mit seinem Heer die Mittelmeerküste erreicht, wirst du wieder bei ihm sein."

Der Beamte rief nach dem Wirt.

„Bring uns Bier und Fleisch."

Der Wirt eilte in die Küche und trieb seine Leute an.

„Vor deiner Beförderung warst du mit dem Gebietsverwalter der Ostprovinz zusammen. Ihr habt euch als Geiseln den Rebellen zur Verfügung gestellt. Ich möchte von dir hören, wie sich alles abgespielt hat."

Der ehemalige Hauptmann des Gebietsverwalters auf der Bertaburg begann zu erzählen und ließ sich nicht stören, dass der Beamte dabei seine Mahlzeit einnahm. Nachdem er alles berichtet hatte, sollte er noch einige heikle Fragen, die die Entscheidungen der beiden Gebietsverwalter betrafen, beantworten. Freimütig berichtete der ehemalige Hauptmann und verschwieg nicht die Angst zu erwähnen, die sein damaliger Vorgesetzter hatte. Er weigerte sich als Geisel den Rebellen zur Verfügung zu stehen und deshalb sei er, der Hauptmann, für seinen Vorgesetzten eingesprungen.

„Was war passiert als du auf die Bertaburg zurückgekehrt bist?"

„Nach dem Abzug der Thüringer schlug mich mein Amtmann zur Beförderung vor. Ich denke, er war froh, dass ich weit weg kam."

„Wieso sollte er auf einen solch tapferen Krieger verzichten?"

„Ich vermute, wenn er mich sah, erinnerte er sich an die Rebellen und die Angst, die er damals hatte. Irgendwie ist das zu verstehen."

„Wie hat sich der Gebietsverwalter der Ostprovinz zu den Rebellen verhalten. Hat er mit ihnen gemeinsame Sache gemacht?"

„Keineswegs! Wir waren beide als Geiseln bei den Räubern und es war uns nicht wohl dabei. Es gab dort solche und solche. Manche wollten eine harte Gangart einschlagen und andere waren friedfertig. Zu keinem Zeitpunkt wussten wir, ob sie uns am Ende freilassen oder umbringen würden. Den Amtmann der Ostprovinz hätte ich mir als meinen Vorgesetzten gewünscht. Er ist ein Mann, der sich für andere einsetzt und für den es sich zu kämpfen lohnt."

„Ihm wird vorgeworfen, dass er damals gegen die Interessen des Königs gehandelt hat", bemerkte der Beamte.

„Wer das sagt, ist ein Lügner! Ich war an seiner Seite als wir mit den Rebellen verhandelt haben."

„Man sagt, dass ihnen zu viele Ochsengespanne und Lebensmittel für die Abreise zur Verfügung gestellt wurden."

„Was sind ein paar Ochsengespanne mehr oder weniger? Wenn ich unsere Verluste durch die Rebellen in dem letzten Jahr dagegenstelle, macht das mehr als das Doppelte des Wertes aus. Dabei habe ich noch nicht die toten Wachleute mitgerechnet, die unser König dringend als Krieger gegen die Goten benötigt."

„Die Untersuchung wird morgen gegen die beiden Gebietsverwalter fortgesetzt. Sie wurden des Amtsmissbrauchs beschuldigt und sollen ihrer Ämter enthoben werden. Vielleicht hilft deine Aussage Klarheit in diese Angelegenheit zu bringen."

„Ich werde all das wiederholen, was ich soeben berichtet habe, denn es ist die Wahrheit."

„Wir können morgen gemeinsam zur Bertaburg reiten. Ich möchte die überraschten Gesichter sehen, wenn sie dich erblicken."

Die beiden Männer leerten noch ihren Bierkrug und der Beamte ging früh zu Bett. Der lange Ritt hatte ihn ermüdet und er wusste, dass der nächste Tag nicht leicht für ihn sein würde.

11. Das Urteil
Im Wonnemond (Mai) 537

Der Verwaltungsrichter war bemüht, dass sich die Gemüter beruhigten und keiner mehr sprach. Die Verhandlung konnte fortgesetzt werden. Ein neuer Zeuge wurde aufgerufen. Es war der ehemalige Hauptmann von der Bertaburg. Ihn hätte niemand hier erwartet. Raunen war unter den Beschwerdeführern zu vernehmen, das durch ernste Blicke des Vorsitzenden verstummte.

Der Hauptmann berichtete von den damaligen Geschehnissen und verschwieg nicht das feige Verhalten seines ehemaligen Vorgesetzten zu erwähnen. Er lobte den mutigen Einsatz von Hartwig und welchen Dienst er damit dem König geleistet hatte.

Die Hauptschuld gegen Hartwig, wurde durch diese Aussage widerlegt. Der Vorsitzende bestätigte, dass der Amtmann für die Ostprovinz nicht gegen die Interessen des Frankenreichs gehandelt hatte und ließ das im Protokoll vermerken. Es blieb noch die Beschuldigung des Sekretärs, dass Hartwig eigenmächtig die Steuereinnahmen für den Wegeausbau unrechtmäßig verwendet hatte und auf seine Besorgnisse und Warnungen keine Antwort gab. Alle Beschwerdeführer atmeten auf. Sie wollten die Enthebung von Hartwig als Gebietsverwalter. Die Beschwerde seines Sekretärs sollte ihn doch noch zu Fall bringen. Es stand Aussage gegen Aussage in dieser Sache.

Hartwig hatte nie abgestritten, dass er die Steuereinnahmen in Form von Lebensmitteln für die Bautrupps verwendet hatte. Kompetenzüberschreitung und Misswirtschaft zum Schaden des Königs fanden in diesem

Moment mehr Gehör als die Kosten bei dem Abzug der Rebellen. Als Grund für eine Amtsenthebung blieben die unbeantworteten Anfragen des Sekretärs und die unerlaubte Verwendung der Steuereinnahmen für den Wegebau. Ob dies ausreichte?

Alle sahen zu dem Verwaltungsrichter und erwarteten von ihm eine Aussage zu diesen Beschuldigungen. Sie hofften, dass er die Suspendierung von Hartwig bestätigen würde. Die Chancen standen gut, den verhassten Thüringer aus seinem Amt zu jagen. Triumphierend und siegessicher sahen sie sich an. Aus dieser Schlinge würde sich Hartwig nicht befreien können. Der Verhandlungsführer sichtete ein letztes Mal seine Aufzeichnungen und fragte alle Anwesenden, ob sie noch etwas Wichtiges zu sagen hätten.

Es meldete sich der hohe Beamte aus Metz zu Wort.

„Meine Herren. Ich bin nicht direkt aus Metz hierhergekommen, sondern habe einen Umweg durch die Ostprovinz genommen. Dabei fiel mir auf, dass sich in diesem Teil unseres Reiches seit dem letzten Jahr sehr viel getan hat. Besonders wichtig erscheint mir die Verlängerung der Via Regia und die Verbesserung des übrigen Wegenetzes. Wege sind wie die Adern in unserem Körper und nicht nur für den wichtig, der dort lebt, sondern für das gesamte Reich. Weit im Osten dringen starke Reiterheere nach Westen vor und wir wissen nicht, wo sie Halt machen. Wir kennen die Gefahr durch die Hunnen und müssen schon jetzt Maßnahmen ergreifen, die eine gute Verteidigung ermöglichen. Dazu gehört, dass wir unser Heer schnell vorwärts bringen. Das wussten schon die Römer. Es gelingt nur auf gut ausgebauten Straßen. Der Ausbau des Wegenetzes ist somit ein königliches Anliegen und hat Vorrang vor anderen Baumaßnahmen."

Viele der Umstehenden nickten zustimmend.

„Ich habe noch etwas zu der Anschuldigung des Sekretärs zu sagen. Wenn ein Vorgesetzter nicht auf Anfragen seiner Beamten antwortet, ist das ein sehr schlimmes Vergehen und muss hart geahndet werden."

Das Gesicht des Sekretärs hellte sich auf und siegessicher nickte er einigen seiner Mitstreiter zu.

Der hohe Beamte gab ein Zeichen zur Tür und einer der Männer seiner Eskorte brachte ihm zwei Bündel, die in einem Leinentuch eingeschlagen waren. Er öffnete das eine Bündel und es kam ein Stoß von Pergamenten zum Vorschein, die mit einem Band verschnürt waren. Langsam zog er die Schleife auseinander und bat den Sekretär die Dokumente zu sichten. Der ging siegessicher zum Tisch und prüfte einige Schreiben.

Erfreut rief er: „Das sind alles meine unbeantworteten Anfragen an den Gebietsverwalter."

Die Spannung im Raum war zum Bersten.

Der hohe Beamte aus Metz fuhr fort: „Ich habe mir einige Schreiben angesehen und die darin enthaltenen Fragen sind dringlich. Ein Aufschub der Antwort wäre unzulässig", bemerkte er in scharfem Ton.

Damit war Hartwig überführt und nichts und niemand würde ihn mehr retten können.

Verzweifelt rief Hartwig dazwischen: „Darauf habe ich meinem Sekretär geantwortet."

Der Sekretär schrie ihm entgegen: „Du hast alle meine Anfragen ignoriert! Ich habe dich gewarnt!"

Es wurde wieder still im Saal. Ein solches Vergehen eines Gebietsverwalters durfte nicht ungestraft bleiben, dachten sich viele.

Der hohe Beamte schlug das Tuch von dem zweiten Paket auf. Zum Vorschein kam eine Holzschatulle. Er öffnete sie und entnahm einen Stoß von Pergamenten.

„Dies sind die Antworten auf die Fragen. Sie wurden in der Kanzlei des Verwaltungssitzes in dem Amtszimmer des Sekretärs gefunden."

Alle sahen zu dem Sekretär. Der stand da, wie versteinert und war blass im Gesicht. Er setzte sich auf den Rand des Holzpodestes, da ihm die Knie schwach wurden. Der Vorsitzende sah sich die Dokumente an und wies die Beschwerde gegen Hartwig im Ganzen zurück.

„Wache, bringt den Sekretär ins Verlies! Dort kann er sich ausruhen und über seine falschen Beschuldigungen nachdenken", ordnete der Vorsitzende an.

Es wurde laut im Gerichtssaal. Alle redeten durcheinander. Der Vorsitzende ließ es eine Weile zu und verständigte sich mit dem Beamten aus Metz.

Er hob die Hand und gebot zur Ruhe. Es wurde still.

„Die Untersuchungen betreffend die Amtsenthebung der Gebietsverwalter für Ost- und Westthüringen sind mit der heutigen Beweisführung abgeschlossen. Die Suspendierung wird aufgehoben und beide Gebietsverwalter werden in ihren Ämtern bestätigt. Der Sekretär als Hauptbeschwerdeführer, wird einem ordentlichen Gericht zugeführt und über die Nebenbeschwerdeführer wird in den nächsten Wochen in der Zentralverwaltung entschieden. Damit ist die Untersuchung beendet."

Hartwig war glücklich. In allen Punkten der Anklage war er freigesprochen worden. Er galt als rehabilitiert. Sein Amtsbruder kam zu ihm und entschuldigte sich für sein abweisendes Verhalten. Es kamen auch einige seiner Gutsverwalter zu ihm. Sie erklärten, dass der Sekretär sie zu der Beteiligung an dem Beschwerdeverfahren genötigt hätte. Hartwig sagte kein Wort dazu. Als die beiden Beamten aus Metz den Königssaal verließen, strömten alle hinaus auf den Hof und diskutierten dort weiter.

Hartwig war froh über den Ausgang der Untersuchung, doch ein Gefühl der Verbitterung blieb. Er wollte schnell zu seiner Familie, die in Rodewin war. Ein Knecht brachte ihm sein Pferd und er ritt im Galopp davon. Nichts hätte ihn jetzt halten können. Er wollte nur weg von hier.

Schweißgebadet kamen Pferd und Reiter in Rodewin an. Hartwig suchte Elke und fand sie bei Heidrun in der Küche. Sie war froh, dass ihr Mann da war. Tränen der Freude liefen über ihre Wangen. Jeder wollte wissen, wie das Verfahren ausging, doch Hartwig war nicht in der Stimmung, darüber zu sprechen. Seine Schwägerin Heidrun schickte die Umstehenden aus der Wohnstube und ließ die beiden allein. Hartwig berichtete Elke von der glücklichen Wendung im Verfahren gegen ihn. Er war müde und wollte nichts mehr mit seinem Amt zu tun haben. Elke ließ ihn ausreden. Es tat ihm sichtlich gut, dass er mit jemanden darüber sprechen konnte. Seine Verbitterung gegenüber dem fränkischen Beamtentum schien tief zu sitzen.

„Sie sind falsch und korrupt. Zu denen will ich nicht gehören", rief er zornig aus.
Nach einiger Zeit hatte sie das Gefühl, dass er ruhiger wurde. Er würde ihr jetzt zuhören.

„Du darfst sie nicht alle in einen Topf werfen. Hat nicht der Beamte aus Metz die Wahrheit ans Tageslicht gebracht und der Verwaltungsrichter dich frei von jeder Schuld gesprochen."

„Sie sind die Ausnahme."

„Du siehst daran, dass es wichtig ist, solche Männer in hohen Ämtern zu haben. Sie sorgen für Gerechtigkeit."

„Willst du mich umstimmen, mein Amt weiter zu führen?"

„Das will ich. Es ist wichtig für jeden Thüringer und auch die vielen Slawen, dass du sie vor der fränkischen Willkür beschützt. Das kannst du nur, wenn du Gebietsverwalter bleibst."

Hartwig ging nachdenklich im Wohnraum hin und her. Nach einer Weile fasste Elke seine Hand. Er blieb stehen und sah sie unschlüssig an.

„Tu es für uns, deine Familie und Freunde!", sagte sie.

Hartwig strich seiner Frau über die Haare.

„Vielleicht hast du recht. Ich werde es mir noch einmal überlegen. Doch jetzt möchte ich nichts mehr darüber hören."

Sie gingen zusammen auf den Hof. Viele Leute warteten auf Hartwig und wollten von ihm wissen, wie die Untersuchung ausgegangen war. Er war genervt. An die Geschehnisse der letzten Wochen wollte er jetzt nicht mehr denken und auch nicht darüber sprechen. Elke, die ihn mehrmals auf der Bertaburg besuchte, kannte sich aus und war bereit, die vielen Fragen zu beantworten. Sie flüsterte ihm zu, dass er ausreiten und sich entspannen sollte. Er stimmte ihrem Vorschlag zu.

„Elke wird euch alles berichten. Ich reite nach Alfenheim", rief er den Wartenden zu.

Er ging zu seinem Bruder Harald und fragte ihn, ob er ihn begleiten würde. Der sagte zu und gab ihm ein frisches Pferd.

Sie ritten den Umweg über den Eichelsee. Hartwig wollte die Kräuterfrau kurz aufsuchen. Sie saß mit ihrer Enkelin in der Küche und bereitete Gemüse für eine Suppe vor. Die Frau freute sich über den seltenen Besuch. Hartwig bat sie, die Runen zu befragen.

„Was willst du wissen, mein Junge?"

„Sie sollen mir sagen, ob ich weiter mein Amt ausüben soll!"

Die alte Frau warf die Hölzer mit den eingeritzten Runenzeichen. Beide Brüder sahen ihr gespannt zu. Bevor die Frau antwortete, erkannte Hartwig die Bedeutung der Zeichen. Die Kräuterfrau bestätigte, was er gesehen hatte. Er sollte in seinem hohen Amt bleiben und Gutes tun. Zufrieden über diese Aussage ritten sie weiter nach Alfenheim.

Udo kam ihnen auf dem Hof entgegen. Freudig begrüßten sie sich und Hartwig gratulierte seinem Freund zur Hochzeit.

„Wo ist deine schöne Frau? Hat sie sich in Thüringen eingelebt?"

„Sie ist in der Küche und versorgt das Baby. Kommt ins Haus, sie wird sich freuen euch zu sehen!"

Udos Frau saß auf einer Bank neben dem Fenster und stillte das Kind.

„Was ist es, ein Sohn oder eine Tochter?"

„Ein Sohn!"

Die Männer setzten sich an den Tisch und Udo holte aus der Hauskammer einen Krug mit Met. Er schenkte die Becher voll und prostete seinen Freunden zu.

„Wir wünschen dir und den Deinen alles Gute!", sagte Hartwig und trank seinen Becher in einem Zug aus. Das gefiel Udo und er füllte sie von neuem.

„Wo sind deine Mutter und die Schwester?"

„Auf dem Feld! Sie müssten bald heimkommen. Ich hoffe, dass ihr zum Mittagessen bleiben könnt."

„Wir müssen vor dem Dunkelwerden wieder daheim sein", erwiderte Harald.

„Hell ist es den ganzen Tag nicht. Ich werde euch Fackeln mitgeben, damit ihr nicht vom Weg abkommt."

214

„Keine Sorge, wir kennen uns aus. Wenn uns dein Met betrunken macht, fragen wir unsere Pferde, wo es langgeht", scherzte Hartwig.

„Damit ich es nicht vergesse. Ich will dir etwas zurückgeben, was du mir geliehen hast."

Verdutzt sah Hartwig Udo an.

„Ich vermisse nichts!"

Udo verließ den Raum und kam mit einem kleinen Beutel in der Hand zurück. Er schüttete den Inhalt auf den Tisch. Es waren mehrere Silberstücke.

„Was soll das?", wollte Hartwig wissen.

„Ich möchte mich von dir freikaufen!"

„Das war ein Freundschaftsdienst, ein Geschenk für dich."

„Mir brachte es die Freiheit und die ist wertvoller als das Leben. Du warst auch Sklave und weißt, was ich meine."

Hartwig nahm die Münzen und erklärte Udo als freien Mann.

Harald saß dabei und verstand von alledem nichts.

Udo merkte es und erklärte ihm den Sachverhalt. Er erzählte von seinem spektakulären Freikauf im Frankenland. Hartwig kam auf seiner Heimreise von Ravenna in den Elbkniegau nach Strateburgum *(Straßburg)*. Auf dem Markt sprach er mit einem Bauern, der ihm von einem Sklaven aus Thüringen erzählte. Der Bauer bat Hartwig, zu ihm nach Hause zu kommen und von seinen Erlebnissen in der großen Welt zu erzählen. In der Siedlung des Bauern fand er Udo und kaufte ihn frei.

„Ich habe dich nie danach gefragt, weil ich dachte, dass du nicht darüber sprechen wolltest", sagte ihm Harald.

„Jetzt trinken wir auf meine wahre Freiheit!", rief Udo und hob seinen Becher. Sie stießen an und leerten sie in einem Zuge aus. Udo schenkte gleich wieder nach.

„Es gibt noch einen Grund, auf den wir anstoßen müssen", rief Harald.

„Was ist das? Bist du erneut Vater geworden?", bemerkte Udo lachend.

„Nein, diesmal nicht. Es betrifft meinen Bruder, der heute den Klauen der Franken entkommen konnte."
Er und Udo erhoben die Becher, doch Hartwig war nicht danach, darauf zu trinken. Betroffen ließen sie ihre Arme sinken.

„Es ist wohl kein guter Grund, drum lassen wir die Hausfrau mit ihrem schönen Baby hochleben."
Die Ablenkung gelang Harald. Er streckte ihr seinen vollen Becher entgegen und sie lächelte ihm verschämt zu. Auch Udo und Hartwig folgten diesem Beispiel, doch die fröhliche Stimmung war gestört.

Udos Mutter und Gislinde, seine jüngste Schwester, kamen in die Wohnstube. Sie hatten die Pferde im Hof angebunden gesehen und dachten, dass Ursula und Elke zu Besuch da wären. Gislinde konnte ihre Freude nicht zurückhalten und umarmte Hartwig in einer Weise, wie es nur seiner Ehefrau zukam. In der Aufregung sahen die anderen darüber hinweg.
Fragen über Fragen kamen über ihre Lippen und Hartwig sollte von den Geschehnissen auf der Bertaburg berichten. Er merkte, dass es ihm schon leichter fiel, darüber zu reden. Ob es an dem Met lag, den er schnell getrunken hatte oder an etwas anderem, wusste er nicht. Gislinde schien unersättlich, und wollte alles von ihm wissen. Als er darüber berichtete, dass sich alle von ihm abgewendet hatten, kamen ihr sogar Tränen. Hartwig drängte seinen Bruder, nach Hause zu reiten. Enttäuscht

216

nahm es Gislinde zur Kenntnis und die anderen bedauerten, dass die beiden Männer nicht zum Essen bleiben wollten.

Elke war überrascht, dass die Männer früh aus Alfenheim zurückkamen.

„Gislinde hat mich mit ihren Fragen genervt", erwiderte Hartwig kurz.

Elke vermutete, dass sich die Männer betrinken und in Alfenheim übernachteten würden. Glücklich schloss sie Hartwig in ihre Arme. Er wunderte sich, warum sie sich so stürmisch verhielt. Die beiden zogen sich in ihre Unterkunft zurück und keiner drängte sie, zu bleiben und weiter zu erzählen. Die Vorbereitungen zu einem Willkommensfest von Hartwig liefen ohne sein Wissen ab. Der Pferdesklave Jaros und Sigu hatten ein Schwein geschlachtet und angebraten. Es sollte bis zum Fest gar sein.

Am nächsten Morgen schliefen Hartwig und Elke bis in den Tag hinein. Er hatte großen Nachholbedarf und brauchte die Ruhe. Alle waren auf dem Feld. Es war selten so still in der Siedlung. Die großen Kinder suchten mit ihrer Großmutter Beeren im Wald und Ursula versorgte die Kleinen. Elke und Hartwig genossen die Ruhe.

„Ist es nicht wie vor vielen Jahren?", fragte Hartwig seine Frau.

„Wenn du die Stille meinst, ist sie mir unheimlich. Ohne das Kindergeschrei ist es als wäre ich tot", meinte Elke nachdenklich.

„Dann lass uns dafür sorgen, dass es nicht ausgeht", erwiderte ihr Mann und zog sie zu sich auf das Bett.

Auf dem Hof wurde es laut. Pferdegetrappel und Stimmen waren zu hören.

„Wer stört uns hier beim Zeugen von Helden?", rief Hartwig verärgert. Er zog seine Hose an, um nachzusehen.

Erschrocken wich er an der Haustür zurück. Im Hof standen fünf Reiter. Einer davon war sein Freund Berthold aus Metz. Schnell ging Hartwig zu Elke und informierte sie, wer gekommen war. Er rief Ursula, dass sie die Gäste begrüßen soll und zog sich an.

Die Männer saßen immer noch auf ihren Pferden als Hartwig in den Hof kam.

„Wollt ihr nicht absitzen?", rief er ihnen von der Tür aus zu.

„Ich weiß nicht, ob mein Besuch erwünscht ist?", entgegnete der Beamte.

„Ich freue mich immer, dich zu sehen, doch habe ich hier nicht damit gerechnet. Du hättest mir Bescheid geben sollen, dass du kommst."

„Zu schnell warst du verschwunden und in dieser Gegend nicht leicht zu finden. Lass dich umarmen, alter Freund!"

Berthold ging auf Hartwig zu und sie umarmten sich. Elke, die ängstlich an der Tür stand, atmete auf. Sie dachte im ersten Moment, dass die Franken ihren Mann wieder gefangen nehmen wollten. Hartwig rief sie zu sich und stellte sie dem Beamten vor. Elke hatte ihre Haare und Kleider noch nicht geordnet. Lächelnd sah Berthold beide an.

„Es tut mir leid, dass ich euch gestört habe. Das war nicht meine Absicht", flüsterte er Hartwig zu.

„Ein Freund stört nie. Komm mit ins Haus und ruhe dich aus."

Ursula kümmerte sich um die Männer der Eskorte. Sie brachte ihnen Essen und gewürztes Bier. Sie setzten sich auf die Bänke unter der Linde und spülten mit Bier den

Staub der unbefestigten Wege hinunter. Erfreut waren sie, dass Ursula ihre Sprache verstand und freimütig beantworteten sie ihre Fragen.

Hartwig führte seinen Gast in den Wohnraum.

„Das ist das Haus meines Bruders Harald. Was darf ich dir zu trinken anbieten?"

„Hast du Wein?"

„Met habe ich, das ist ein Wein aus Honig."

„Den kenne ich nicht, doch probiere ich ihn gern."

Sie setzten sich an den Tisch und Elke brachte einen Krug von Haralds bestem Met. Der Franke nippte an dem Becher und nahm einen kräftigen Schluck.

„Bei diesem Getränk können wir bleiben. Es ist köstlich."

Hartwig freute sich über das Kompliment und schenkte die Becher nach. Elke trug kalte Speisen, süßsauer eingelegtes Gemüse und ein großes Stück des kalten Schweinebratens auf. Da Hartwig den ganzen Tag noch nichts gegessen hatte, griff er ebenfalls beherzt zu.

„Warum bist du so eilig von der Bertaburg verschwunden?", wollte der Franke wissen. „Ich dachte, du wolltest mich nicht sehen."

„Es war nicht wegen dir. Wochenlang habe ich auf der Burg wie ein Gefangener gelebt und alle haben mich angefeindet und gemieden. Ich musste schnell weg von dort."

„Ich kann dich verstehen. Zum Glück hatte ein junger Wachmann gewusst, wo sich deine Frau aufhält und deshalb nahm ich an, dass du bei ihr zu finden bist. Sie ist ein sehr hübsches Weib."

Elke kam gerade in den Wohnraum und hatte die letzten Worte des Beamten gehört. Verlegen schenkte sie Met nach und ging zurück in die Küche.

„Ich hoffe, deine Frau hat mich nicht verstanden. Es wäre ansonsten schon frivol von mir gewesen."

„Alle Weiber hören gern Komplimente und da ist Elke keine Ausnahme."

„Das ist gut."

„Du bist bestimmt nicht nur wegen der schönen Worte hierhergekommen?", fragte Hartwig.

„Das stimmt! Ich habe ein paar wichtige Dinge mit dir allein zu besprechen."

„Das trifft sich jetzt gut, denn alle sind auf dem Feld oder im Wald. Niemand stört uns."

„Als Erstes möchte ich dir viele Grüße unseres Königs ausrichten. Er ersucht dich, dass du ihn bald aufsuchst. Es gäbe wichtige Dinge zu besprechen und er braucht deinen Rat."

„Worum geht es?"

„Das hat er mir nicht gesagt, doch ich vermute, dass es um seine Verlobte im Langobardenreich geht. Kennst du sie persönlich?"

„Ich habe sie ein paarmal gesehen und auch gesprochen. Viel kann ich ihm da bestimmt nicht sagen."

„Eine zweite Sache betrifft dich als Amtmann. Ich habe entschieden, dass alle Männer, die gegen dich Beschwerde führten, in ein anderes Gebiet versetzt werden, das weit im Nordwesten unseres Reiches liegt, wo niemand gern hingeht. Ihr Verhalten glich einer Verschwörung gegen dich und so was darf nicht geduldet werden. Du bekommst junge Männer, die fleißig sind und dich bei deinen Baumaßnahmen unterstützen werden. Als Letztes habe ich vor, den Gebietsverwalter der Westprovinz ebenfalls zu versetzen. Er ist ein großer Feigling und kann sich in den eroberten Provinzen im Süden des Frankenreichs bewähren. Die sonnengebräunten Burschen werden ihm dort gehörig einheizen."

„Gibt es schon einen Nachfolger für ihn?"

„Ja, den habe ich!"

„Kenne ich ihn?"

„Du wirst es sein!"

„Wieso ich? Was ist mit meiner Ostprovinz?", fragte Hartwig enttäuscht.

„Du wirst sie beide verwalten. Wir legen sie zusammen."

„Das ist ein zu großes Gebiet", entgegnete Hartwig sorgenvoll.

„Nicht für dich. Du hast dadurch die Möglichkeit die Ungleichheiten in den beiden Provinzen auszugleichen."

„Wo soll dann der Verwaltungssitz sein?"

„Das kannst du selbst in Ruhe entscheiden. Ich würde dir die Bertaburg dafür vorschlagen. Sie liegt an der Via Regia und du kommst von dort schnell bis an die Elbe."

Hartwig war zufrieden mit diesem Vorschlag.

„Für die Vorhaben im Osten bräuchte ich jedoch erhebliche Mittel."

„Du kannst für drei Jahre die Steuereinnahmen aus beiden Gebietsteilen dafür verwenden. Das muss genügen. Danach müssten die Wege fürs Erste fertig sein."

Es war ein gutes Angebot und Hartwig überlegte, dass er auch die Trockenlegung der großen Feuchtgebiete im Elbkniegau und entlang des Elbeflusses mit den Steuermitteln finanzieren könnte. Seine anfängliche Abneigung gegen das Amt wich dem Tatendrang. Er stimmte der Entscheidung seines Freundes zu und sie begossen es mit einem Becher Met.

Harald kam mit dem Pferdegespann und seinem Schreiber aus Wipa zurück. Er hatte dem Priester einen Sack Getreide und andere Lebensmittel gebracht. Für den Schreiber war das eine Gelegenheit sich mit dem angefreundeten Priester über Gott und die Welt zu unterhalten. Harald genoss diese Gespräche und er lernte viel dabei.

Die Frankenkrieger saßen noch immer unter der Linde und ließen sich das Bier schmecken. Es musste ein angenehmer Besucher als Gast hier sein, dachte sich Harald, denn sonst würden die Männer nicht Bier trinken. Er ging mit dem Schreiber ins Wohnzimmer. Dort saß Hartwig mit dem Fremden beim Met. Sein Bruder stellte ihm den Gast vor und Harald setzte sich zu ihnen. Dem Schreiber deutete er mit der Hand, dass er neben ihm Platz nehmen sollte.

„Bereiten die Frauen ein zünftiges Essen für unseren hohen Gast vor?", fragte er Hartwig.

„Sei unbesorgt Bruder, wir haben soeben einen Happen gegessen. Ich weiß nicht, wie lange mein Freund bleiben kann."

Alle sahen den Franken an.

„Ich bin auf der Heimreise nach Metz und wollte gleich weiterreiten und im nächsten Königsgut übernachten."

„Das kommt gar nicht in Frage. Ihr seid mein Gast und könnt bei mir über Nacht bleiben. Unter meinem Dach schläft es sich bestimmt genauso gut, wie in den Königsgütern."

Harald sagte es bestimmend, dass der Beamte nicht widersprechen wollte. Elke kam, um Met nachzuschenken.

„Bereitet ein zünftiges Mahl für unsere Gäste. Der Herr bleibt mit seinen Männern über Nacht", sagte Harald zu ihr.

Inzwischen kamen die anderen vom Feld und aus dem Wald zurück. Sie freuten sich auf das Fest und besonders dem gegrillten Schwein. Die fränkischen

Krieger halfen beim Grillen und die Kinder bestürmten sie mit Fragen. Harald ließ es sich nicht nehmen, dem Franken seine Pferde zu zeigen. Viel verstand der Beamte nicht davon, doch hatte er die weißen Rösser wegen ihrer Schönheit gemocht.

„In meinem Stall habe ich jetzt auch ein solch schönes Tier stehen. Hartwig hatte es mir bei seiner Rückreise geschenkt. Ich bin es aber selbst noch nicht geritten", erzählte der Beamte.

„Es ist nicht gut, wenn ein Pferd nur im Stall steht", erwiderte Harald vorwurfsvoll.

„Das weiß ich. Meine Wirtschafterin reitet das Tier fast jeden Tag. Es hat genügend Bewegung."

„Dann ist es gut. Meine Pferde befinden sich das ganze Jahr über auf der Weide, im Sommer, wie im Winter. Nur die trächtigen Stuten lasse ich bei starkem Schneefall im Stall stehen. Es sind sehr widerstandsfähige Tiere und ich bin stolz auf die Zucht. Es ist schade, dass es damit zu Ende geht."

„Das verstehe ich nicht!"

„Es gibt keine Abnehmer für die Pferde und ich muss auf Rinder umstellen. Die liefern mir Milch und Fleisch."

„Für den Verkauf deiner Pferde könnte ich dir behilflich sein. Der König braucht viele für sein Heer und du könntest diese prächtigen Tiere für einen guten Preis loswerden."

„Wo müsste ich sie hinbringen?"

„Im Heer gibt es eigene Pferdeaufkäufer und die holen die Tiere vom Stall ab. Wenn du willst, werde ich dir einen vorbei schicken."

„Wenn ich die Tiere nicht zu billig hergeben muss, bin ich damit einverstanden", erwiderte Harald freudig.

„Ich hörte, dass sie einen guten Preis zahlen und vielleicht kannst du dich mit anderen Züchtern zusammentun, damit ihr eine größere Anzahl an Pferden zusammenbekommt."

„Mein Bruder Hartwig und sein Schwiegervater züchten ebenso wie ich und haben mehr Tiere auf den Weiden stehen. Vielleicht geben sie auch welche für das Heer ab."

„Es ist gut, wenn ihr euch absprecht. Dein Bruder wird Gebietsverwalter für die west- und ostthüringische Provinz. Somit fällt dein Gau in seinen Zuständigkeitsbereich."

„Davon hat er mir noch gar nichts gesagt", entgegnete Harald erstaunt.

„Er weiß es erst seit meiner Ankunft. Wir legen die beiden Landesteile zusammen. Damit wird es nur noch eine nördliche und südliche Provinz geben."

„Dann unterstehe ich ihm als Gaugraf?"

„Hast du ein Problem damit?"

„Einen gebürtigen Thüringer als Gebietsverwalter hätte ich mir nicht träumen lassen."

„Er ist ein guter Mann und der König vertraut ihm. Das findet man nicht häufig."

Mit einem freudigen Lächeln auf dem Gesicht gingen sie zurück auf den Hof.

Hartwig kostete von dem Schwein auf dem Spieß, ob es gar war. Harald legte ihm die Hand auf die Schulter.

„Du bist mir schon einer. Ich dachte, du willst dein Amt im Osten aufgeben und nun erfahre ich, dass ich dir die Füße küssen muss", sagte Harald grinsend.

„Es hat sich plötzlich ergeben."

„Für uns Thüringer ist es eine gute Lösung und ich danke dir, dass du dich dafür entschieden hast. Wenn du Hilfe brauchst, weißt du, wo du sie findest."

Harald fasste nach dem Schwartenstück, das sich Hartwig zum Kosten abgeschnitten hatte und steckte es sich in den Mund.

„Wenn du die Hilfe so verstehst, dass du mir alles wegessen willst, muss ich mir meine Entscheidung noch einmal überlegen", sagte Hartwig lachend.

„Ich habe mit deinem Freund Berthold über den Ankauf von Pferden gesprochen. Wir sollten uns zusammentun. Er will uns einen Pferdeaufkäufer vorbeischicken. Ich muss ihn noch fragen, wann es sein wird. Wo ist Berthold?"

Die Brüder sahen sich um und entdeckten ihn auf der Bank unter der großen Linde. Er unterhielt sich mit Ursula. Harald wollte zu ihm gehen, doch Hartwig hielt ihn zurück.

„Störe ihn nicht! Vielleicht spricht er über Baldur mit ihr."

Sie widmeten sich wieder dem Schwein und Hartwig schnitt weitere kleine Stücke von der knusprigen Schwarte ab. Genüsslich kauten sie darauf herum. Die Kinder warteten ungeduldig auf ein Stück Schweinefleisch. Der Duft des köstlichen Bratens lag allen in der Nase. Verstohlen sahen sie zum Grill. Einer der Frankenkrieger drehte gleichmäßig den Spieß. Sie wechselten sich ab und waren vom Bier angeheitert.

Hartwig unterhielt sich mit ihnen und erfuhr, dass sie in einem Gewaltritt durch die Ostprovinz bis zum Elbkniegau gezogen waren und sein Hauptmann ihnen half. Der Beamte wollte unbedingt die Dokumente finden, die seinen Freund entlasten konnten. Hartwig erkannte, dass Berthold ein wahrer Freund war, der keine Mühen scheute, ihm zu helfen.

„Worüber sprecht ihr, doch nicht über mich?", fragte der Beamte, der plötzlich hinter Hartwig stand.

„Ich hörte, dass du selbst in die Ostprovinz geritten bist und die Dokumente gesucht hast."

„Es war überfällig, dein Verwaltungsgebiet zu bereisen. Du hast einen guten Hauptmann, der mir sehr geholfen hat. Ohne ihn und deinen Schwiegervater hätte ich es nicht geschafft. Doch lassen wir das, es ist vorbei und keine angenehme Erinnerung für dich!"

„Vielleicht ist es eine wichtige Erfahrung in meinem Leben", bemerkte Hartwig.

Berthold zog seinen Freund zur Seite, damit niemand mithören konnte.

„Ich hatte soeben ein Gespräch mit der jungen Frau unter der Linde."

„Das ist die Freundin meiner Frau. Sie heißt Ursula."

„Ich weiß! Sie sagte es mir und noch etwas anderes. Sie war die Geliebte des Thüringer Prinzen Baldur, dem Bruder Radegundes."

„Ja, doch was ist da Besonderes daran?"

„Sie hat zwei Kinder von ihm."

„Beide haben sich geliebt und wollten heiraten. Als Prinz ist das nicht leicht möglich. Wir kennen die Geschichte mit Theudebert, der es diesbezüglich auch nicht leicht hat."

Der Beamte wehrte ab.

„Das ist es nicht, was ich meine. Ich sehe nur die Gefahr für die Kinder."

„Wieso?", erwiderte Hartwig überrascht.

„Wenn Chlothar Radegunde heiratet, glaube ich, dass er alle Personen aus ihrer Blutslinie beseitigen lässt. Sein Anspruch auf Teile Thüringens wäre sonst geschmälert."

„Du meinst, dass Baldurs Leben und das seiner Kinder gefährdet wäre."

„Ja, das denke ich."

„Wie können wir das verhindern?"

„Der Prinz muss unbedingt fliehen, bevor seine Schwester Chlothar heiratet."

Hartwig sah seinen Freund zweifelnd an.

„Ich habe ihn bei meiner Heimreise heimlich besucht und wollte ihn zur Flucht bewegen, doch er will seine Schwester nicht allein lassen."

„Sie könnte mit ihm fliehen."

„Vielleicht will sie es nicht mehr. Ich konnte leider nicht mit ihr sprechen", berichtete Hartwig.

„Wahrscheinlich hat sie sich an ihr Los gewöhnt und als Königin wird es ihr nicht schlecht ergehen", meinte Berthold nachdenklich.

„Chlothar weiß, dass sich die beiden Geschwister sehr nahestehen und kann unmöglich ihrem Bruder etwas antun."

„Er hat sogar die Kinder seines gefallenen Bruders ermorden lassen, als er dessen Frau heiratete. Das zeigt, wie er denkt und handelt. Wenn du es nicht schaffst den Prinzen zur Flucht zu bewegen, vielleicht könnte es seine Geliebte erreichen."

„Niemand kommt zu an ihn heran. Er lebt wie ein Gefangener in Athies."

„Du hast es doch auch geschafft, ihn zu sprechen."

„Ich war als Messerschleifer verkleidet und habe in der Küche des Guts heimlich mit ihm reden können."

„Sie kann sich doch einen ähnlichen Vorwand ausdenken, zum Beispiel eine Eierverkäuferin oder etwas anderes."

Hartwig überlegte und fand die Idee gut.

„Sie spricht nicht wie eine Fränkin. Jeder würde erkennen, dass sie aus Thüringen kommt."

„Dann machen wir sie zu einer. Wir verschaffen ihr für kurze Zeit einen Bauern, der sie als Sklavin gekauft und später geheiratet hat. Wenn die beiden ihre Eier ins Gut liefern, fällt die falsche Ehefrau nicht auf."

Ein verschmitztes Lächeln zeigte sich auf den Gesichtern der beiden Männer. Hartwig sah eine neue Möglichkeit seinem Freund frei zu bekommen, doch der musste die Hilfe auch annehmen. Wenn er seiner Geliebten nicht folgen würde, könnte niemand mehr etwas für ihn tun. Die Hoffnung war groß und sie sprachen sogleich unter dem Siegel der Verschwiegenheit mit Ursula darüber.

Sie war mit dem Vorschlag einverstanden und zu allem bereit, um ihrem Geliebten zu helfen. Sie bat darum, dass sie mit ihrer Freundin Elke darüber sprechen durfte. Die Männer waren einverstanden.

Zu viert gingen sie zu der Pferdekoppel, die sich hinter den Stallungen befand und berieten, wie sie vorgehen wollten. Den falschen Bauer mit einem kleinen Hof wollte der Beamte organisieren. Elke würde zu Hause auf Ursulas Kinder achten und Hartwig wollte die Flucht vorbereiten und durch einen Freund, vor Ort, durchführen lassen.

Harald rief sie zum Feuer. Das Fleisch wurde verteilt und der Beamte bekam die besten Stücke vorgesetzt. Er gab das meiste an die Kinder weiter, da er nicht hungrig war. Alle saßen unter der Linde und ließen es sich gut schmecken.

Beim Met berichtete Harald von seinen Reisen durch das ehemalige Thüringer Königreich. Hartwig kannte die Geschichten seines älteren Bruders und er ließ seine Gedanken zu Baldur und dessen möglicher Befreiung schweifen.

12. Abreise in den Elbkniegau
Im Wonnemond (Mai) 537

Am nächsten Morgen reiste der Beamte aus Metz mit seiner Eskorte von Rodewin ab. Alle waren auf dem Hof, um den hohen Gast zu verabschieden. Hartwig, Elke und Ursula, sowie ihre Kinder und der Sklave Sigu begleiteten den Franken bis nach Erphesfurt. Von dort wollte der Beamte mit seinen Wachleuten auf dem Königsweg in Richtung Metz weiterreisen. Ursula hatte ihren Kindern noch nicht gesagt, dass sie sich den Franken anschließen würde.

Es gab viele Tränen bei der Verabschiedung. Der wahre Grund sollte verschwiegen werden. Den Kindern wurde erzählt, dass ihre Mutter eine Freundin in Metz besuchen wollte und in ein paar Wochen zu ihnen in den Elbkniegau zurückkehren würde. Es war das erste Mal, dass Ursula ihre Kinder allein ließ und es fiel ihr schwer, sich von ihnen zu trennen. Am liebsten würde sie von der Reise ins Frankenreich Abstand nehmen, doch sie musste versuchen, ihren Geliebten Baldur zur Flucht umzustimmen.

Der Beamte drängte zur Eile. Er wollte noch vor dem Dunkelwerden im nächsten Königsgut eintreffen.

Hartwig nahm Quartier in der besten Herberge am Marktplatz der Stadt Erphesfurt. Er ritt allein zur Bertaburg. Der Amtmann kam ihm auf dem Burghof entgegen. Er begrüßte ihn euphorisch und lud ihn in seine Privatgemächer zu einem Umtrunk ein. Seine Frau, die eine ausgezeichnete Köchin war, zauberte in Kürze einen voll gedeckten Tisch mit Köstlichkeiten der fränkischen Küche. Hartwig konnte nicht widerstehen und probierte von allem, nicht nur aus Höflichkeit. Es waren

Speisen, die er nirgendwo sonst in Thüringen zu essen bekommen konnte. Sein Amtskollege war in jeder Weise emsig um ihn bemüht. Er bedauerte aufrichtig die Geschehnisse in den letzten Wochen auf der Burg. Da er sich als Opfer sah, glaubte er einen Mitverschworenen in Hartwig zu sehen. Er wusste nicht, dass er in den nächsten Wochen seines Amtes enthoben und in den Süden des Frankenreiches versetzt werden würde. Wahrscheinlich wird ihm die Versetzung wie eine Beförderung vorkommen. Das Gebiet, das ihm als Amtmann neu zugewiesen wird, dürfte mehr Annehmlichkeiten als die Thüringer Westprovinz bieten. Er hatte sich nie über sein Leben auf der Bertaburg beklagt, doch glücklich schien er an diesem Ort nicht gewesen zu sein. Vielleicht hatte er von dem römischen Historiker und Senator Tacitus die Schrift aus dem ersten Jahrhundert über die Germanen gelesen. Er beschrieb das Land jenseits des Limes unter anderem als rau und trostlos. Die klimatische Situation konnte diese Aussage nur noch bestärken. Wer hier lebte, musste glauben, dass es woanders nur besser sein konnte.

Hartwig fragte nach seinen Plänen für eine Gebietsreform in der westthüringischen Provinz. Der Amtmann machte brauchbare Vorschläge, wie das Handwerk, der Handel und die Landwirtschaft wieder in Schwung gebracht werden könnten.

Nach mehreren Bechern Wein verabschiedete sich Hartwig von seinem Amtsbruder. Dieser schenkte ihm seine Sammlung von kostbaren Fundstücken aus dem Thüringer Königreich. Es waren Dinge, die ihm seine Gutsverwalter aus Dankbarkeit zukommen ließen und mit denen er wenig anfangen konnte. Thüringer Schmuckstücke, Waffen und ähnliche Sachen waren für ihn nicht geeignet, um sie zu präsentieren. In seinem

230

Freundeskreis hatten diese Dinge keinen Wert. Er glaubte, dass Hartwig als gebürtiger Thüringer mehr damit anfangen konnte.

Die Amtsbrüder gingen froh gestimmt auseinander. Hartwig wusste, dass es möglicherweise ein Abschied für immer sein könnte und bedauerte die Entscheidung von Berthold, die Amtssitze zusammenzulegen. Vielleicht war der König anderer Meinung und würde nur den Amtmann austauschen. Ob der Nachfolger seinen Reformplänen ebenso positiv gegenüberstehen würde, bezweifelte Hartwig. Ihm war es lieber, mit Personen zu tun zu haben, die er kannte, auch wenn sie große Schwächen besaßen. Er konnte sie besser einschätzen und es gab weniger unangenehme Überraschungen.

Elke freute sich als ihr Mann im Gasthaus ankam. Sie hatte sich Sorgen gemacht, weil er solange ausblieb und wollte ihren Sklaven Sigu zur Burg schicken, um nachzusehen. Ihr steckte noch immer der Schock in den Gliedern, dass ihr Mann in den letzten Wochen auf der Burg wie ein Gefangener verbleiben musste.

Hartwig erzählte ihr von dem Gespräch mit dem Amtmann und seiner Geschenksammlung. Elke und die Kinder waren neugierig, was er bekommen hatte und bestaunten die Sammelstücke. Besonders der Gold- und Silberschmuck mit Einlagen aus Glas, Edelsteinen und Bernstein begeisterte sie. Hartwig schenkte seiner Frau eine goldene Adlerfibel und dazu passenden Armreif. Elkes Augen strahlten, wie er sie schon lange nicht mehr gesehen hatte. Er nahm sich vor, ihr öfter ein passendes Geschenk zu machen, um diesen Anblick genießen zu können.

Die Reise in den Elbkniegau verlief ohne Zwischenfälle. Sie mussten entlang des Weges nie im Freien übernachten und wurden in Königsgütern und in den

Siedlungen am Weg zuvorkommend bewirtet. Hartwig erfuhr von den Nöten und sprach über Möglichkeiten, diese zu lindern oder zu beseitigen. Er gewann viele neue Erkenntnisse, die er in seinen Reformplan mit einbauen wollte. Zu Hause angekommen, reiste er am nächsten Tag mit Elke und den Kindern zur Siedlung seines Schwiegervaters in den Elbkniegau weiter. Er wollte mit ihm über verschiedene Dinge sprechen. Seine Ratschläge als langjähriger Gaugraf waren ihm wichtig.

Weibel berichtete von den Übergriffen der Sachsen, die im Norden seiner Gaugrenze lebten. In kleinen Scharen überquerten sie die Seen des Augebietes der Elbe und auch den Fluss. Sie waren ernstere Gegner als die Gruppen herumziehender Slawen. Die wilden Sachsenkrieger begnügten sich nicht nur mit den geraubten Lebensmitteln, sondern schändeten die Frauen und ermordeten alle, die sich auf den Bauernhöfen befanden. Weibels Siedlung blieb bisher verschont. Die Sachsenkrieger trauten sich nicht in die Nähe seiner Behausung. Ein hoher Palisadenzaun schützte die Insassen vor Angriffen und da waren noch die gut ausgebildeten Wachleute. Es hatte sich herumgesprochen, dass selbst die Sklaven und Frauen mit dem Schwert sowie Pfeil und Bogen gut umgehen konnten.

Mit den slawischen Siedlern, jenseits der Elbe gab es weniger Probleme. Wer von ihnen hungerte, schloss sich den fränkischen Wegebaukolonnen an. Beaufsichtigt wurden die Trupps von fränkischen Wachleuten, die dem Hauptmann unterstanden.

Die Einfälle der Sachsen bereitete Hartwig große Sorge. Von ähnlichen Umtrieben hatte ihm sein Amtsbruder von der Bertaburg berichtet. Alle seine fränkischen Krieger musste er an die Nordgrenze entsenden. In den Vorjahren waren es die Rebellen und jetzt die

Sachsen, die auf Raub aus waren. Weibel hatte schon zu Zeiten der Herrschaft des Thüringer Königs als Gaugraf Probleme mit den sächsischen Nachbarn gehabt. Er meinte, dass es in ihrer Natur läge, sich von anderen das zu nehmen, was sie gern hätten.

„Es ist die Hungersnot, die sie zu dem macht", entschuldigt Hartwig ihr Verhalten.

„Nicht nur der Hunger treibt sie an, sondern ihre angeborene Falschheit. Es ist das Beste, wenn man mit ihnen nichts zu tun hat."

„Wieso beschimpfst du sie? Wir Thüringer sind auch keine Lämmer."

„Mit denen stelle ich mich nicht auf eine Stufe. Von Anbeginn haben sie den Thüringern nur geschadet."

„Woher willst du das wissen?"

„Es gibt eine alte Sage, die mir mein Großvater als Kind erzählte. Sie beschreibt, wie die Sachsen sich das Land von den Thüringern angeeignet hatten. Kennst du die Geschichte?"

„Ich habe noch nie davon gehört!", entgegnete Hartwig. Die Männer, die mit am Tisch saßen, schüttelten ebenfalls die Köpfe. Keiner kannte die Mähr aus alten Tagen. Weibel kam in Fahrt. Er freute sich, dass er etwas erzählen konnte, von dem noch niemand im Raum etwas wusste. Die Kinder, die das Gespräch der Männer belauscht hatten, bestürmten ihn, zu erzählen. Der Gaugraf richtete sich auf seinem Schemel auf und sah in die Runde. Die Spannung erreichte ihren Höhepunkt und es wurde mucksmäuschenstill. Weibel begann: „Vor sehr vielen Jahren lebte unser Volksstamm weiter im Norden und seine Grenzen reichten bis ans Meer, das die Römer Mare Suebicum *(Ostsee)* nannten. Wir hießen damals Hermunduren. Teile des nordgermanischen Stammes der Angeln und des elbgermanischen

Stammes der Warnen schlossen sich uns später an. Danach nannte man uns Thüringer. Eines Tages kamen Schiffe aus dem Ostland und ankerten an unserer Küste. Sie trieben Handel und hatten allerlei schöne Waren bei sich, die sie verkauften. Sie fragten, ob sie Land erwerben und eine Handelssiedlung gründen dürfen. Der Stammesfürst lehnte es jedoch ab. Einer der Fremden war ein pfiffiger Bursche. Er tauschte mit einem Bauern seinen letzten Goldschmuck gegen einen Sack Erde vom Feld des Bauern. Die Hermunduren lachten ihn aus. Sie glaubten, dass er auf seinem Schiff Gemüse anbauen wollte. Für Erde eine Goldkette herzugeben fanden sie dumm und wenn sich eine Gelegenheit ergab, verspotteten sie ihn. Eines Tages erblickten sie ihn, wie er zeitig in der Früh über einen brachen Küstenstrich hinwegschritt und irgendetwas aussäte. Sie riefen ihm von weitem zu, dass dort kein Korn wachsen würde, da der Boden unfruchtbar sei. Die Hermunduren standen zusammen und lachten in einem fort. Das Feld, das der Fremde bearbeitet hatte, steckte er zum Schluss mit Stangen ab. Die Einheimischen wollten unbedingt wissen, welchen Samen der Bursche verwendete. Sie blickten in den Sack und staunten."

Der Gaugraf machte eine Pause, um die Spannung zu erhöhen. Jeder wollte wissen, wie es weiterging. Er nahm einen großen Schluck aus seinem Bierhumpen, wischte sich bedächtig die Lippen ab und fuhr mit seiner Erzählung fort.

„Ein kleiner Rest von fruchtbarer Erde befand sich darin. Die Leute sahen sich verdutzt an und fragten erstaunt, was das soll? ‚Ich habe meine eigene Erde auf den unbebauten Boden ausgestreut und damit gehört das abgesteckte Feld mir. Wer es mir verwehren will, der muss mir alle meine Erdkörner auflesen und wieder

zurückgeben. Ich habe eine Goldkette dafür gegeben.'
Das Staunen war groß. Die Leute erkannten schnell,
dass sie betrogen wurden und drängten die Fremden auf
ihre Schiffe zurück. Die waren jedoch vorbereitet und
hatten ihre Waffen bereitgelegt. Sie ergriffen sie und
töteten die Einheimischen, die sich ihnen entgegenstell-
ten und nicht flohen."

„Wie ging es weiter?", rief Hartwigs ältester Sohn.

„Gedulde dich, mein Junge! Bevor ich weiter spreche, muss ich meine Kehle ölen."
Weibel nahm einen kräftigen Schluck und freute sich
über die Spannung, die er erzeugt hatte.

„Die Fremden fingen an, auf dem abgesteckten
Landstreifen Lagerhütten zu bauen. Sie errichteten eine
Handelsstation, wie sie es nannten. Der Stammesfürst
wurde informiert, doch er konnte sie nicht vertreiben.
Sie waren im Recht. Niemand wäre in der Lage gewesen
die ausgesäten Erdkörner vollständig wieder einzusam-
meln und den Tausch rückgängig zu machen. Hinzu
kam, dass der Bauer die wertvolle Goldkette gegen andere Waren bei einem fahrenden Händler bereits einge-
tauscht hatte. Der Fürst ordnete an, Ruhe zu bewahren
und die Fremden weiter zu beobachten. Es vergingen
einige Monde und es kamen immer mehr Schiffe, die
ihre Waren in den Hütten verstauten. Die Handelssiedlung wurde der Anlaufpunkt für viele fahrende Händler.
Sie brachten die Waren vom Norden nach dem Süden
in die Städte der Griechen, Römer und Perser. Es waren
hauptsächlich Bernstein und Felle, die sie gegen Silber-
waren und Gewürze eintauschten. Viele Hermunduren
arbeiteten bei den Handelsleuten und hatten ein gutes
Auskommen. Hunger kannten sie nicht mehr und einige
wurden durch andere Geschäfte reich. Es waren die, die
ihre Wiesen und Äcker an die Fremden verkauften. Der

Stammesfürst verbot schließlich den Besitz von Grund und Boden an Fremde abzugeben. Das hatte zur Folge, dass es zu kriegerischen Auseinandersetzungen kam und die Hermunduren letztendlich weit nach Süden vertrieben wurden. Der Fürst wollte nach Jahren der Auseinandersetzung mit ihnen Frieden schließen und lud sie zu Verhandlungen auf seine Burg. Im Vorhinein wurde festgelegt, wie der Frieden aussehen sollte. Die Adeligen der Hermunduren und die Anführer der Fremden fanden sich auf seiner Burg ein. Alle mussten ihre Schwerter am Toreingang abgeben. Das große Zechen begann und die Freude war groß, dass ab nun Frieden zwischen beiden Volksstämmen herrschen würde. Als das Fest seinen Höhepunkt erreichte, zogen die Fremden Langmesser aus ihren Gewändern und ermordeten alle Hermunduren im Festsaal. Diese Waffe nannten sie SACHSE. Von dem Langmesser bekamen die Fremden ihren Namen und hießen seitdem Sachsen."

Weibel pausierte erneut. Es entstand eine betroffene Stille. Alle bedauerten den tragischen Ausgang der Verhandlungen. Weibel fuhr fort: „Nur wenige Adelige konnten fliehen. Sie wählten einen neuen Stammesführer aus ihren Reihen und kämpften Jahre lang gegen die Eindringlinge. Doch die Sachsen hatten die besseren Waffen und waren starke Krieger. Die Hermunduren mussten ihr angestammtes Land verlassen und zogen bis zur Elbe und Unstrut. Da sind sie geblieben und haben sich gut eingerichtet. Bis heute. Hat euch die Sage über die Sachsen gefallen?"

Die Kinder schrien vor Begeisterung auf und wollten noch mehr darüber hören. Der Gaugraf vertröstete sie und versprach ihnen das nächste Mal von den Kämpfen der Thüringer als Gefolgsleute der Hunnen zu erzählen.

Diese Geschichten schienen genauso interessant zu sein, wie die Göttergeschichten, die viele schon kannten.

Hartwig zog sich mit Weibel in dessen Schreibstube zurück, um wichtige Dinge zu besprechen. Er fragte ihn frei heraus, ob er bis zur Ankunft eines neuen Sekretärs, dessen Aufgaben am Verwaltungssitz übernehmen würde. Der Gaugraf fühlte sich hoch geehrt und überlegte nicht lange.

„Ich habe im Winter nicht viel in meiner Siedlung zu tun und helfe dir gerne aus. Wann soll es losgehen?"

„Morgen früh dachte ich!"

Weibel war überrascht, dass Hartwig es eilig hatte. Er überlegte, welche Arbeiten er auf dem Hof noch erledigen wollte. Letztendlich stellte er fest, dass sich sein Schwiegersohn, der Mann seiner ältesten Tochter, um die anstehenden Arbeiten kümmern konnte. Es stand einer Abreise nichts im Wege. Seine vierte Tochter Gerda, die noch bei ihm in der Siedlung lebte, sollte mitkommen und sich um sein leibliches Wohl am Verwaltungssitz kümmern. Er rief sie und teilte ihr seine Entscheidung mit. Ihre Freude war groß. Nichts tat sie lieber als den Vater zu begleiten und etwas anderes zu sehen als ihre Siedlung. Sie lief schnell davon, um zu packen. Elke blieb mit den Kindern bei ihrer Mutter. Sie wollte dort solange bleiben, bis Ursula aus dem Frankenreich zurückkommen würde. Um ihr eigenes Anwesen brauchte sie sich nicht kümmern, da ihre Tante Ortrun während ihrer Abwesenheit das Sagen hatte.

Am nächsten Morgen reisten sie zeitig ab. Weibel fuhr mit dem Pferdewagen. Das erschien ihm bequemer als im Sattel zu sitzen. Seinen weißen Hengst hatte er am hinteren Teil des Wagens angebunden. Gerda nahm neben ihm auf dem Kutschbock Platz. Sie hatte einen dicken Mantel aus Wolfsfell an, um nicht zu frieren und gut gegen Schnee und Regen geschützt zu sein. In der Nacht hatte es geschneit, obwohl es Sommeranfang war. Zwei Wachleute von Hartwig, die in der Siedlung von Weibel stationiert waren, begleiteten den kleinen Trupp. Es waren die beiden Burschen, denen Hartwig den Umgang mit Schwertern und anderen Waffen gelehrt hatte. Die Reisegruppe kam gut voran, denn die Wasserstellen auf dem zerfahrenen Weg waren zugefroren. Sie erreichten Hartwigs Siedlung und machten kurz Halt. Er benötigte aus seiner Schreibstube einige Dokumente. Die Pergamentrollen verstaute er in einer Kiste und lud sie auf den Planwagen. Inzwischen hatte sich Weibel kurz mit seiner Schwester Ortrun unterhalten. Sie beklagte sich jedes Mal, wenn sie zusammenkamen, dass er keine Zeit für sie hatte. Genervt stieg der Gaugraf auf den Kutschbock und mahnte zur Weiterfahrt. Die Reisenden erreichten am frühen Abend einen Bauernhof zum Übernachten. Hartwig konnte sich noch gut an das Haus und die Scheune erinnern. Als er als Gefangener der Steuereinnehmer hier verweilte, reichte ihm eine der älteren Frauen eine Schöpfkelle mit Wasser. Hartwig sah sich um. Die drei Frauen mussten sehr arm sein. Über der Feuerstelle hing ein Kessel, in dem eine Wassersuppe köchelte. Die beiden großen Kinder standen daneben und warteten darauf, eine Schöpfkelle der dünnen Brühe zu bekommen. Sie waren vollkommen abgemagert. Die Bäuerin saß in einer Ecke des Raums und stillte ihr Baby. Weibel ging zu ihr.

„Wo ist dein Mann Bäuerin?", fragte er.

„Er ist tot, an der Unstrut gefallen", antwortete sie und drehte sich schamhaft zur Seite.

„Lass dich nicht stören, Frau. Dein Baby ist ebenso hungrig wie wir."

238

Weibel sah in den Kessel über dem Feuer.

„Die Suppe ist dünn! Darf ich sie ein wenig verbessern?"

Die alte Frau, die Holzscheite nachlegte, entgegnete kurz: „Tu, wie es dir gefällt!"

Weibel entnahm aus dem Proviantsack eine große Speckseite und schnitt kleine Scheiben davon ab. Aus seinem ledernen Salzsäckchen am Gürtel nahm er ein paar Kristalle und gab beides in die dünne Brühe. Ein würziger Duft durchströmte den Raum und die beiden großen Kinder standen erwartungsvoll neben dem Kessel.

„Greift zu und esst euch satt!", rief Weibel und zerteilte Brot aus seinem Proviantsack.

Die Frauen und Kinder griffen nur zögerlich nach den Speisen, die ihnen Weibel reichte. Gerda schöpfte die Specksuppe in Holzschalen und verteilte sie. Die Bäuerin bedankte sich für die großzügige Gabe. Sie schienen seit langem nichts Nahrhaftes bekommen zu haben.

Eine Unterhaltung kam nur schwer zustande. Die junge Frau erzählte von dem Leid, dass sie alle ertrugen und der schweren Arbeit, die sie ohne ihren Mann auf dem Felde verrichten musste. Die Nachbarn konnten ihnen nicht helfen, da es ihnen ebenso schlecht erging. Hinzu kamen die hohen Steuerlasten. Die Bäuerin wusste nicht, wer die Gäste im Haus waren und redete freimütig über das schändliche Treiben der Steuereintreiber. Sie verwünschte sie in einem fort und konnte ihre Tränen nicht unterdrücken.

„Meine Schwiegertochter haben sie geschändet und im letzten Herbst unsere einzige Kuh mitgenommen. Wir besitzen nur noch ein paar Hühner und wissen nicht, wie wir überleben können. Bei diesem Wetter wird es keine Ernte geben und wir werden allesamt verhungern. Es ist schon ein schweres Los, das uns die Götter beschert haben. Bald werde ich zu Hel reisen."

„Vielleicht wird sich das Wetter noch bessern. Die Ernte reicht dann für den nächsten Winter zum Leben aus", tröstete sie Weibel.

„Das nützt nicht mehr. Es gibt kein Saatgut, das wir ausstreuen können. Den letzten Rest haben uns die Mäuse und Ratten weggefressen."

Alle schwiegen. Die Situation für die Familie war schlecht. Hartwig erkannte, dass sie nicht lange überleben würden und er überlegte, wie er ihnen helfen konnte. Nachdem sie abreisten, sprach er mit seinem Schwiegervater darüber.

„Es wird viele geben wie diese. Sie würden auch nicht lange existieren, wenn das Wetter besser wäre. Ihnen bleibt nichts anderes übrig als den Hof zu verlassen."

„Wo sollen sie hingehen? Niemand wird zwei alte Frauen und eine Junge mit drei Kindern aufnehmen. Alle haben mit sich selbst zu tun", entgegnet Hartwig traurig.

Auf ihrem Weg kehrten sie nachts noch bei verschiedenen anderen Bauern ein. Es ergab sich überall ein ähnlich trostloses Bild. Hartwig war sich bewusst, dass er für diese Menschen etwas tun musste. Für ihr Überleben war er mitverantwortlich. Weibel kam eine Idee: „Jeder Hof müsste aufgesucht und bewertet werden. Auf vielen Thüringer Bauernhöfen fehlen die Männer. Die Sorben könnten da aushelfen. Viele junge Männer von ihrem Stamm gerieten im Winter in Gefangenschaft, weil sie Lebensmittel stahlen. Sie könnten den Höfen, wo die Männer fehlen, für eine bestimmte Anzahl von Jahren zugeteilt werden. Allen wäre dabei geholfen."

Hartwig fand den Vorschlag gut und er grübelte lange darüber nach.

Sie erreichten Gizpiel und der Amtmann wurde von allen Seiten freudig bestürmt. Die Frau seines Sekretärs war bereits ins Frankenreich zu ihren Eltern abgereist. Wo sich ihr Mann derzeit befand, konnte niemand sagen. Alle versicherten Hartwig, dass sie nichts mit den Machenschaften des Sekretärs zu tun hatten und sein Tun verurteilten. Ob diese Zusicherungen ehrlich gemeint waren, zweifelte Hartwig an. Speichellecker und Kriecher gab es überall und je höher das Amt umso häufiger kam diese Spezies vor.

Gemeinsam mit Weibel inspizierte er alle Verwaltungsgebäude. Das Gefängnis war leer und aufgeräumt. Von den Wachen war keiner da. Sie beaufsichtigten die Gefangenen in den Lagern an den Teilstrecken für den Wegebau. Ein Schreiber zeigte dienstbeflissen eine Karte, auf der die Abschnitte für die Verlängerung der Via Regia eingezeichnet waren und informierte Weibel über die Vorteile, die der Königsweg bot. Die Straße tangierte die Siedlung des Verwaltungssitzes und reichte schon weit darüber hinaus. Wo sich die Lager für die Gefangenen befanden, sollten neue Siedlungen entstehen, in denen sich Handwerker und Händler aus dem Frankenreich ansiedeln konnten. Sie wurden auf zehn Jahre von der Steuer befreit. Das bot ausreichend Anreiz, in die östlichste Provinz zu kommen.

Die Gemeinschaft der Franken wuchs stetig an. Zu ihnen gehörten die Verwalter der Königsgüter, die umgesiedelten Bauern, die Verwaltungsbeamten und Wachleute. Sie sprachen fränkisch und grenzten sich dadurch von den Thüringern und Slawen ab. Ihre Arbeitskraft und das Vermögen, das sie mitbrachten, stärkten den Aufbau in der Ostprovinz. In den Handelsgeschäften konnten viele Dinge gekauft oder getauscht werden, die es im Frankenreich gab. Wein, Käse, feine Stoffe und viele andere Dinge waren dort zu haben. Die Händler dachten bereits daran, ihre Verbindungen nach dem Osten ins Land der Slawen weiter auszubauen. Dazu bot ihnen die verlängerte Via Regia als Handelsstraße neue Möglichkeiten. Hartwig begnügte sich jedoch damit, den Weg bis zur Elbe fertigzustellen. Er wusste, dass er das nur mit dem Einsatz vieler Gefangener bewerkstelligen konnte. Der Sklavenmarkt im Frankenreich war gesättigt und brachte nur geringe Erträge. Daher erlaubte die Zentralverwaltung in Metz, dass Hartwig alle Gefangenen im Straßenbau einsetzte. Berthold hatte ihm zugesichert, dass er über diese Leute nach seinem Befinden entscheiden durfte.

Der Amtmann ging mit Weibel in das Hauptgebäude des Verwaltungssitzes. Ein unangenehmes Gefühl beschlich ihn. Er erinnerte sich noch deutlich an die Zeit seiner Gefangenschaft. Weibel sah sich in dem Raum des Sekretärs um. Die Bücher, die in einem Regal standen, sah er sich an und schüttelte den Kopf. Er war nicht in der Lage, sie zu lesen und den Inhalt zu verstehen.

„Was soll ich hier tun?", fragte er verzweifelt.

„Du musst bis zum Eintreffen des neuen Sekretärs hier ausharren. Die Schreiber legen dir ab und zu ein Schriftstück vor, das du unterzeichnen musst. Lass es dir vorlesen und ins Thüringische übersetzen. Wenn du damit einverstanden bist, setze deinen Namen darunter. Hast du Zweifel, dann sollen sie das Schreiben mit einem Boten an mich senden. Das ist alles, was du zu tun hast. In der restlichen Zeit kannst du mit Gerda weiter die fränkische Sprache und lateinische Schrift erlernen und das angenehme Leben in dieser Siedlung genießen."

Hartwig sah seinem verdutzten Schwiegervater ins Gesicht und lachte.

Weibel wirkte hilflos.

„Du denkst dir das alles so leicht aus. Versetz dich in meine Lage. Ich verstehe nichts von der Verwaltung und soll ihr jetzt vorstehen. Ein fachkundiger fränkischer Beamter müsste mir zur Verfügung stehen."

Hartwig rief nach dem Schreiber, der sie herumgeführt hatte.

„Wer von den Schreibern spricht thüringisch?"

„Ich, mein Herr!", antwortete der Mann.

„Mein Schwiegervater, der Gaugraf Weibel aus dem Elbkniegau wird eine Weile die Aufgaben des Sekretärs übernehmen, bis aus Metz der neue Sekretär eintreffen wird."

„Ich verstehe, mein Herr!", antwortete der Schreiber, bevor Hartwig seinen Satz geendet hatte.

„Dann wirst du auch verstehen, dass mein Schwiegervater deine Hilfe benötigt. Du wirst ihm beim Erlernen der fränkischen Sprache behilflich sein und anderweitig zur Hand gehen."

Verdutzt sah ihn der Schreiber an. Diese Tätigkeit fiel aus seinem Aufgabenbereich heraus. Er traute sich jedoch nicht abzulehnen und nickte dem Amtmann zu.

Am nächsten Morgen ritt Hartwig in Begleitung seiner beiden Wachleute in Richtung Osten, wo sich der Hauptmann aufhielt. Eine tiefe breite Schneise war in den Wald geschlagen worden, wo die Königsstraße entstehen sollte. In der Mitte der Schneise zog sich eine Baugrube hin, in der streckenweise faustgroße Steine eingelagert und festgestampft lagen. Der Aushub der Grube wurde an Wegstücke gebracht, wo Dämme errichtet werden mussten.

Im zweiten Gefangenenlager sollte sich der Hauptmann befinden. Es war ein großes Lager, mit mehr als einem Dutzend Langhäusern, die nebeneinander standen. Gegenüber befanden sich kleinere schilfbedeckte Gebäude, in denen Handwerker und Händler lebten.

Die Überraschung war groß als der Amtmann plötzlich auftauchte und den Hauptmann aufsuchte.

„Du hättest mir einen Boten schicken können, damit ich dir einen angemessenen Empfang bereite", sagte der Hauptmann und bat ihn in seine Bauhütte.

Dort lagen eine Menge Pergamente mit Zeichnungen über den Wegebau und Brücken.

„Du siehst halb erfroren aus. Möchtest du heißen Wein oder Bier?"

„Nichts von beiden. Einen Becher Kräutertee würde ich jedoch nicht ablehnen."

Der Hauptmann ging in den Nebenraum, in dem sich die Feuerstelle befand. Hartwig sah sich um. Ihn interessierten die detaillierten Wegekarten, die auf dem Tisch lagen. Es war ihm nicht bekannt, dass der Hauptmann Talent zum Kartenzeichnen besaß.

Nach einer Weile kam er mit zwei Zinkbechern zurück.

„Sei vorsichtig! Der Tee ist noch heiß", warnte er.

„Ich bin überrascht, dass du gut Karten zeichnen kannst", sagte Hartwig und wies auf das vor ihm liegende Pergament.

„Ich tue es aus Freude, es macht mir Spaß!", entgegnete der Hauptmann.

„Mir geht es ebenso. Nichts tue ich lieber als Karten zeichnen."

„Du hast gesehen, wie weit wir mit den Vorbereitungen sind. Die Straßengrube ist an vielen Stellen des Weges ausgehoben und teilweise mit Packlager aufgefüllt. Leider behindert uns das schlechte Wetter stark. Es kommt vor, dass die Straßengrube ausgehoben ist und der Regen sie zusetzt. Deshalb müssen wir in Abständen Entwässerungsgräben ausschachten, um das Wasser abzuleiten. Die Feuchtigkeit ist der schlimmste Feind für die Straßen."

„Da brauchst du eine Menge Steine."

„Das ist richtig. Deshalb sind viele Hände notwendig, die fleißig anpacken. Selbst die Kinder und Frauen helfen mit und sammeln überall handgroße Steine auf. Die stampfen die Gefangenen in den Boden der Grube. Auf dieses Packlager kommen feinere Schichten von Kies und Sand. Ganz obenauf werden behauene Steine aneinandergesetzt, die an den Rändern durch Ecksteine eingefasst sind. Durch die seitlich abfallende Wölbung läuft das Regenwasser zu den Ecksteinen ab und die unteren Schichten der Straße bleiben trocken."

„Das ist echt kompliziert. Woher weißt du das?"

„Bei meiner Ausbildung im Heer habe ich das gelernt. Schon die Römer bauten ihre weiten Straßen auf ähnliche Art."

Hartwig nickte dem Hauptmann anerkennend zu und trank langsam seinen Tee.

„Wie sieht es mit der Versorgung der Leute aus?", wollte Hartwig wissen.

„Es funktioniert gut! Bisher haben die Königsgüter ausreichend Fleisch geliefert. Nur Brot ist Mangelware. Damit sieht es überall schlecht aus. Die Leute hatten bisher noch nicht gemurrt, da sie sich am Fleisch und Gemüse satt essen konnten. Sie haben keine andere Wahl. Würden sie nicht hier sein, müssten sie wahrscheinlich zu Hause verhungern. Eine reichliche Mahlzeit pro Tag bekommt bei uns jeder, der mit anpackt."

„Auf dem Weg nach Gizpiel übernachtete ich in einigen Bauernhäusern und habe gesehen, wie es den

Leuten geht. Es ist erschreckend, was ich sah und ich habe mir vorgenommen, etwas dagegen zu tun. Kannst du mich dabei unterstützen?"

„Wie kann ich dir helfen?", wollte der Hauptmann wissen.

„Mein Schwiegervater Weibel hatte eine gute Idee. Er meinte, dass wir alle Bauernhäuser und Siedlungen in der Ostprovinz erfassen sollten. Nach der Bestandsaufnahme kann festgelegt werden, ob ein Bauer besteuert wird oder nicht. Mir fiel auf, dass in manchen Höfen keine Männer sind, die auf dem Feld die schwere Arbeit verrichten. Sie starben in der Schlacht an der Unstrut. Jetzt leben nur noch Frauen und Kinder auf den Bauernhöfen und die wissen nicht, wie sie die Arbeit bewältigen und satt werden können."

„Das ist ein allgemeines Problem und betrifft auch die Slawen. Im letzten Winter kamen aus dem Gebiet zwischen Oder und Elbe viele junge Männer zu uns. Sie stahlen das Vieh, um es zu schlachten und zu essen. Der Hunger zwang sie dazu. Wir nahmen sie gefangen und setzen sie im Wegebau ein. Hier bekommen sie zu essen."

„Wenn die Wege fertig sind, müssen wir sie ins Frankenreich verschicken, wo sie auf den Sklavenmärkten verkauft werden."

„Das ist so vorgesehen", bestätigt der Hauptmann.

„Mir wurde berichtet, dass der Bedarf an Sklaven auf den fränkischen Märkten gering ist. Keiner will sie durchfüttern und auch die Zentralverwaltung hat kein Interesse an ihnen."

„Davon habe ich auch gehört. Was sollen wir dann mit ihnen tun? Sollen wir sie umbringen?", überlegte der Hauptmann laut.

„Das nicht! Einige von den besseren Burschen könnten wir bei uns belassen und als Sklaven abgeben."

„Keiner in der Ostprovinz würde einen Sklaven abkaufen."

„Das nicht, doch wir könnten sie für eine bestimmte Zeit verleihen, natürlich mit Billigung durch die Zentralverwaltung in Metz."

„Wer sollte sie haben wollen? Sie müssen ernährt werden."

„Wir könnten sie an die Bauernhöfe geben, wo ein kräftiger Mann vonnöten ist. Dort würden sie die schweren Arbeiten verrichten und wenn es dem Hof wieder gut geht, können wir von ihnen Steuern einfordern."

Verblüfft sah der Hauptmann den Amtmann an.

„Wenn ich das richtig verstehe, bleiben sie unsere Gefangenen, die als Sklaven bei den Bauern arbeiten sollen und von ihnen verköstigt werden."

„So ist es!"

„Was ist, wenn sie fliehen?"

„Das ist unser Risiko. Wir würden die Männer nicht bewachen, doch uns hin und wieder erkundigen, ob die Bauern zufrieden mit der Arbeit ihres Sklaven sind. Wenn es dem Hof wieder gut geht und der Zehnt pünktlich bezahlt wird, bekommen sie die Möglichkeit, ihren Sklaven freizukaufen. Das wird viele Gefangene davon abhalten, zu fliehen."

Der Hauptmann überlegte eine Weile.

„Ich glaube, das ist eine gute Lösung", bestätigte er überzeugt.

„Würdest du mir bei der Auswahl der Gefangenen behilflich sein? Es sollten friedfertige Burschen sein, die arbeitsam sind und keinen Ärger bereiten."

„Ich kenne da einige, die du haben kannst. Sie sind jetzt bei der Arbeit. Wenn du willst, zeige ich sie dir?"

Hartwig war einverstanden und ritt mit dem Hauptmann zu einem Bauabschnitt, wo viele Männer Steine zerkleinerten und am Boden der Straßengrube ausbreiteten. Nur wenige Wachleute beaufsichtigten die Gefangenen. Viele junge Männer waren darunter. Sie hatten unterschiedliche Brandzeichen auf der Stirn.

„Was bedeuten diese Zeichen?", wollte Hartwig wissen.

„Das Kreuz bedeutet, dass der Mann wegen Waffenbesitz aufgegriffen wurde und der Kreis, dass er gestohlen hat. Die mit dem Viereck auf der Stirn sind Räuber. Die Kennzeichnung hatte der Sekretär eingeführt, um die Gefangenen an ihren Taten zu erkennen."

„Was ist mit denen, die jemand getötet haben?"

„Die werden nach ihrer Verurteilung gleich aufgehängt. Das betrifft auch jene, welche sich an einem Aufruhr beteiligten oder geflohen sind und aufgegriffen wurden."

Der Hauptmann wies auf Männer, die mit einem Kreis gekennzeichnet waren. Sie hatten gestohlen, um zu überleben und waren mehrheitlich friedlich veranlagt.

Mehrere junge Männer wählte er aus. Sie mussten sich in einer Reihe aufstellen. Hartwig sah sich die Burschen genau an. Er fragte jeden Einzelnen nach seinem Namen und der Herkunft. Danach mussten sie ihm sagen, warum sie gefangen genommen und verurteilt wurden. Ihn interessierte auch, was sie in ihrer Heimat gelernt und gearbeitet hatten. Sie mussten ausreichend thüringisch sprechen, um auf den Höfen verstanden zu werden und sich in der Landwirtschaft gut auskennen. Die Herkunft war für ihn nicht entscheidend. Die Slawen konnten sich gut im ortsüblichen thüringisch verständigen. Letztentscheidend war sein persönlicher Eindruck.

Zehn der Gefangenen wählte Hartwig aus und der Hauptmann ließ sie in das Lager bringen. Sie wurden in einem der Langhäuser untergebracht. Der schilfbedeckte Bau bestand nur aus einem großen Raum, in dessen Mitte sich ein offenes Herdfeuer befand. Darüber hing ein Kessel. An einer der Stirnseiten des Hauses waren dicke Eichenstämme im lehmigen Boden eingelassen. Sie dienten dazu, die Gefangenen über Nacht anzuketten. Die Wachleute hatten sich auf der gegenüberliegenden Stirnseite eingerichtet und schliefen im gleichen Raum. Eine Frau stand am Herdfeuer und bereitete die alltägliche Fleischbrühe für die Hausbewohner. Sie kümmerte sich wie eine Haushälterin um alles. Von dem zentralen Versorgungslager holte sie Lebensmittel, die sie für die Verköstigung ihrer Hausbewohner benötigte, hielt das Langhaus sauber und wusch die Kleidung der Wachleute und Gefangenen. Der Hauptmann erklärte Hartwig, dass jedes der Häuser ähnlich eingerichtet war und es allen, die da lebten, gut ging. Die ausgewählten Gefangenen saßen am Boden neben der Feuerstelle. Der Hauptmann erklärte ihnen, warum sie da waren und was er mit ihnen vorhatte. Die Gesichter der jungen Männer hellten sich auf als sie erfuhren, dass sie bei Bauern arbeiten sollten. Die meisten stammten von einem Hof und kannten sich mit den Tätigkeiten aus. Jeder Einzelne musste dem Hauptmann schwören, dass sie als Sklaven nicht fliehen würden. Sie taten es gern. Gemeinsam gingen sie in die Schmiede und es wurden ihnen die Fußfesseln abgenommen. Die eisernen Schellen hatten sich bei einigen ins Fleisch geschnitten und bluteten leicht. Für diese Gefangenen war es die erste

Nacht seit langem, in der sie nicht angekettet schlafen durften. Es war für sie der Inbegriff von Freiheit.

Hartwig folgte dem Hauptmann in sein Langhaus. Es hatte die gleiche Größe, wie die Gebäude für die Gefangenen. Dort lebte er allein mit seiner Wirtschafterin. Die Frau kam Hartwig bekannt vor.

„Ich kenne die Frau!", sagte er sinnierend.

„Das stimmt! Ich lernte sie am Tempelsee bei dir kennen. Du wirst dich daran erinnern, dass Frauen am Ufer das Frühlingsfest feierten. Sie war die, die mich in ihr Zelt ließ. Jetzt lebt sie unter meinem Dach und sorgt für mein Wohlbefinden", sagte der Hauptmann lachend.

„Seid ihr verheiratet?", wollte Hartwig wissen.

„Wo denkst du hin! Sie ist eine Thüringerin und das könnte ich meiner Familie nicht antun."

Hartwigs Gesicht verfinsterte sich. Der Hauptmann bemerkte es. Er hatte vergessen, dass auch der Amtmann ein Thüringer war. Seine Äußerung war respektlos und er entschuldigte sich bei Hartwig.

„Ich bin es gewohnt, dass viele Franken abwertend von den Thüringern sprechen. Sie glauben, dass sie ihnen mit ihrer galloromanischen Kultur weit überlegen sind. Bei unseren beiden Völkern spielt zusätzlich das Verhältnis zwischen dem Sieger und Besiegten eine große Rolle. Mir ist bewusst, dass es viele Jahre und Generationen dauern wird, bis es eine Angleichung geben wird."

„Wie bist du eigentlich ein Franke geworden. Kannst du darüber sprechen?"

„Es ist schnell gesagt. Ich war als Thüringer Geisel am fränkischen Hof und nach der verlorenen Schlacht an der Unstrut war ich Leibsklave bei König Theudebert. Ich rettete ihm das Leben. Der König schenkte mir die Freiheit und eine Grafschaft im Süden des Frankenreichs."

Die Wirtschafterin trug die Speisen auf. Neben der traditionellen kräftigen Fleischbrühe gab es Braten und kostbares Brot. In mehreren Tonschalen befanden sich sauer eingelegtes Gemüse, wie Zwiebeln und Bohnen. Der Hauptmann goss aus einer Kanne Bier in Holzhumpen und die Männer stießen an.

„Wenn du ein Franke geworden bist, wie stehst du jetzt zu den Thüringern?", wollte der Hauptmann wissen.

„Es ist mein Volk! Ich sehe mich als Vermittler zwischen beiden Stämmen. Nach vielen Generationen wird der Wall, der sich zwischen uns befindet, überwunden sein."

„Meine Ahnen mütterlicherseits stammen aus dem Süden des Frankenreichs. Zur Hälfte bin ich ein sogenannter Galloromane."

„Wieso wurde dir erlaubt, Karriere im Heer zu machen?"

„Mein Vater ist Franke und er diente schon unter König Theuderich. Deshalb spielt meine gallorömische Herkunft mütterlicherseits keine Rolle. Unter König Theudebert sind die Zulassungsregeln zum Heerdienst gelockert worden. Bei ihm können auch andere Stammesmitglieder in den Heeresdienst treten."

„Sein Heer braucht gute Krieger und die gibt es nicht nur bei den blutreinen Franken", bestätigte Hartwig.

„Hattest du viel mit dem König zu tun?"

„Wir haben ein gutes Verhältnis zueinander", antwortete Hartwig nicht ohne Stolz.

„Ich würde auch lieber in seinem Heer gegen die Ostgoten kämpfen und Beute machen als hier im Osten zu verkümmern."

„Das darfst du so nicht sehen! Wir alle dienen dem König an dem Ort, wo er uns braucht. Deine Aufgabe ist es, die Bauarbeiten für die Erweiterung der Via Regia zu beaufsichtigen. Dieser Weg ist wichtig für unser Reich. Im Osten gibt es ein Reitervolk, das sich wie die Hunnen immer weiter nach Westen bewegt. Sie müssen wir an der Elbe aufhalten können. Dazu benötigt der König ein gutes Wegenetz. Auf den befestigten Straßen können unsere Krieger schnell vorankommen und sich den Feinden stellen. Die Römer haben uns gezeigt, wie das geht."

„Du hättest ein Heerführer werden können. So gut kennst du dich aus."

Beide mussten lachen und prosteten sich fleißig zu. Hartwig bot dem Hauptmann an, ihn im privaten Umfeld mit seinem Vornamen anzusprechen und nicht mit seinem Titel. Der Hauptmann hieß Dietmar. Sie zechten bis spät in die Nacht hinein und stellten fest, dass sie sich sehr ähnlich waren und viele gemeinsame Interessen hatten.

13. Hilfe für die Bauern
Im Brachmond (Juni) 537

Am frühen Morgen stand Hartwig als erster auf. Dietmar lag in den Armen seiner Wirtschafterin und beide schnarchten in allen erdenkbaren Tonlagen. Draußen war es noch dunkel. Hartwig ging zu dem Langhaus, in dem sich seine Gefangenen befanden und die erste Nacht ohne Ketten verbrachten. Er vermutete, dass zumindest einer von ihnen geflohen wäre, da er von sich ausging. Als Gefangener hätte er jede Möglichkeit genutzt, die Freiheit zu erlangen. Verwundert stellte er fest, dass noch alle zehn Männer im Stroh lagen und fest schliefen. Er ging zum Tor des Palisadenwalls. Zwei Wachmänner standen in Felle gehüllt an den Eingangspfosten und wunderten sich über den frühen Besucher.

„Guten Morgen Männer!", rief Hartwig ihnen zu. Sie erwiderten den Gruß. Hartwig ging zu der Schmiede, in der ein Feuerschein erkennbar war. Er trat durch die Tür. Der Geruch des Schmiedefeuers gefiel ihm. Tief atmete er durch. Er erinnerte sich an sein erstes Schwert, dass er in Alfenheim aus einem gefalteten Eisenblock gefertigt hatte und wie ihm die Schwielen an den Händen schmerzten. Vor dem Amboss saß ein alter Mann, der mit einem kleinen Hammer ein Schmuckstück bearbeitete.

„Sei gegrüßt Schmied!", sprach Hartwig ihn an.

„Du findest wohl auch keinen Schlaf, wie ich?", antwortete der Alte, ohne aufzusehen.

„Ich bin wie eine Lerche, die den ersten Sonnenstrahl kaum erwarten kann."

„Die Sonne habe ich lange nicht mehr gesehen. Gibt es sie noch?", fragte der Schmied.

„Wir dürfen nicht verzagen. Du hast dein Feuer und das scheint heller als die Sonne."

Der Alte lachte laut auf und sah Hartwig an.

„Bist du nicht der Amtmann, von dem jeder hier spricht."

„Was die Leute reden, weiß ich nicht, doch der Amtmann bin ich."

„Du sollst aus dem Norden kommen, wo die Elbe an das Sachsenland reicht."

„Das stimmt! Kommst du auch von dort?"

„Nein, ich bin ein Langobarde und war lange Zeit in Carnuntum."

„Was hat dich hierher verschlagen?"

„Die Tränen der Freya!", sagte der Schmied und versuchte einen rotbraungefärbten Stein in die kupferne Fassung eines Anhängers zu drücken.

Hartwig betrachtete den Anhänger.

„Sind das nicht Bernsteine, die auf dem Amboss liegen?", fragte er den Schmied.

„Es sind welche und ich habe noch viel mehr davon."

„Sie glitzern wunderbar im Licht des Schmiedefeuers."

„Das tun sie wahrhaftig!", rief der Schmied begeistert aus. „Früher reiste ich einmal im Jahr an die Küste des Meeres und habe dabei jedes Mal ein Fass der Rohsteine mitgebracht. Das ging so lange, bis mir ein hübsches Weib über den Weg lief und mich verhext hat. Sechs Kinder schenkte sie mir und zwei der Jungen arbeiten in meiner Schmiede. Bevor wir hierherzogen, lebten wir im Slawenland an dem Fluss, den sie Oder nennen. Die Leute dort sind arm. Um nicht zu verhungern sind wir hierher gezogen. Der Straßenbau schafft viel Arbeit für jedes Gewerbe und wir können bei den schlechten Ernten überleben."

„Deine Entscheidung war bestimmt richtig. Wenn der Königsweg fertig ist, kommen viele Handelsleute hier entlang, die deine Arbeit schätzen werden. Aber sage mir, wie sind die Menschen im Slawenland?"

„Ihr Leben ist abseits des weltlichen Trubels. Sie leben in kleinen Siedlungen und sind in allem bescheiden. Es ist kein Vergleich zu Carnuntum, wenn du das kennst. Es geht dort friedlicher zu als im Reich der Langobarden. Einen eigenen König haben sie nicht und vieles fehlt ihnen, was wir Kultur nennen, doch sie brauchen das alles nicht."

„Wer hilft ihnen, wenn sie angegriffen werden?"

„Niemand! Letztendlich ist es gleich, ob einem geholfen wird oder nicht. Der Schaden ist am Ende derselbe."

„Ist das Land zwischen den beiden Flüssen, der Elbe und Oder, fruchtbar?", wollte Hartwig wissen.

„Das ist es! Warum fragst du mich das? Willst du es erobern?"

„Ich will nur wissen, mit welchen Dingen wir mit den Slawen Handel treiben können."

Der Schmied erzählte von dem Landesteil, in dem er sich vor vielen Jahren niedergelassen hatte und warum er es verlassen musste. Es war seine zweite Heimat geworden, in der seine Kinder aufwuchsen und heirateten. Vier von ihnen lebten noch dort und hatten selbst Kinder bekommen. Der friedliche Kreislauf wurde nur durch die Wetterverschlechterung gestört."

Hartwig sah sich in der Schmiede um.

„Kann ich dir behilflich sein? Suchst du etwas Bestimmtes?", fragte der Alte kaum hörbar.

„Ich hätte gern ein gutes Schwert aus bestem Schmiedeeisen. Wie lange brauchst du dafür?"

„Damit kann ich dir nicht dienen. Wir dürfen keine Schwerter fertigen oder besitzen. Es ist verboten und würde mir den Kopf kosten. Gehe zu einem fränkischen Schmied. Er wird dir eines schmieden, wie du es wünschst."

„Hier liegen ein paar Damastblöcke. Wozu sonst brauchst du die. Es sind gute Rohlinge für Schwerter."
Hartwig legte einen Schmiedeblock auf den Amboss. Dem alten Mann zitterten die Hände.

„Brauchst du die Schwerter, um gegen die Franken zu kämpfen?", schrie Hartwig ihn an.

„Nein, Herr! Wir brauchen sie, um uns zu verteidigen."

„Vor wem? Sag schon!"

„Unsere Siedlungen zwischen Oder und Elbe werden ständig angegriffen. Wir müssen uns schützen. Dafür brauchen wir die Schwerter."

„Wer überfällt eure Siedlungen? Sage es!"

„Es sind Slawen eines großen Stammes, der weiter im Osten liegt."

„Warum weiß ich das nicht?"

„Für euch Franken hört die Welt an der Elbe auf. Was dahinter liegt interessiert euch nicht."

„Dann sage es mir!", fordert ihn Hartwig auf.
Der alte Schmied berichtete, wie es im angrenzenden Slawenland aussieht. Die Siedler rechts und links der Oder lebten friedlich nebeneinander. Vor langer Zeit waren sie aus dem Osten gekommen und hatten das breit gefächerte Delta der Oder besiedelt. Im Osten entstand ein großes Slawenreich, das sich nach dem Westen ausdehnen wollte. Ihre Krieger überfielen die Siedlungen und raubten sie aus. Die Bauern konnten

sich nicht wehren. Sie hatten es versäumt, sich Waffen zu beschaffen und damit umzugehen.

„Was soll ich mit dir tun? Das Gesetz fordert von mir, dass ich dich gefangen nehmen lasse und wegen Waffenbesitzes verurteile."

„Tut das nicht Herr! Es wäre alles verloren. Wenn der räuberische Stamm uns im Delta besiegt und vernichtet hat, wird er bis zur Elbe vordringen. Sie werden an der Elbe nicht Halt machen. Vergesst, was ihr hier gesehen habt. Die Schwerter werden nicht gegen Franken eingesetzt, das verspreche ich."

Hartwig überlegte eine Weile.

„Wir treffen eine Abmachung. Tu im Geheimen, was du tun musst und informiere mich über alle Vorgänge in eurem Stammesgebiet! Wenn du mein Auge und Ohr bist, ist dein Tun gerechtfertigt."

Hartwig verließ die Schmiede und ging zum Langhaus des Hauptmanns. Seine Wirtschafterin hatte den Frühstücksbrei zubereitet und lud Hartwig zum Essen ein. Der Hauptmann kam hinzu. Beide schwiegen am Tisch. Dietmar musste seinen Rausch verkraften und Hartwig dachte an die Begebenheit in der Schmiede. Ihm wurde klar, dass er über die Elbgrenze hinaus denken musste. Er durfte das Slawenland nicht aus den Augen verlieren und sich selbst überlassen.

Sie gingen zu der Hütte, in der Dietmar seine Schreibstube mit den Karten hatte.

„Kannst du mir eine Ausfertigung deiner Wegekarten geben, in denen die einzelnen Höfe und Siedlungen eingezeichnet sind?", bat Hartwig den Hauptmann.

Dietmar griff nach einer großen Pergamentrolle.

„Die ist umfassend, jedoch nicht auf dem letzten Stand."

„Das macht nichts!", antwortete der Amtmann und sah sie sich an. Er war erstaunt, wie detailliert die Höfe und Wege zu erkennen waren. Die Karte zeigte einen breiten Korridor des Königswegs von der Saale bis zur Elbe, mit den Bergen und Tälern. Gemeinsam mit seiner eigenen Karte hoffte er auch die im Gelände verborgenen Siedlungen finden zu können.

Hartwig drängte zur Eile. Die Gefangenen beluden drei Ochsenkarren mit Saatgut, Lebensmitteln und Werkzeugen, die ihnen der Hauptmann zuwies. Zwei Gefangene liefen neben jedem Gespann und führten die Tiere an einer kurzen Leine. Statt der Ochsen waren Kühe angespannt worden. Diese gab es ausreichend im Lager. Sie dienten der Fleischversorgung. Die Wachleute saßen vorn auf den Karren und bewachten die Gefangenen. Für jeden Karren hatte der Hauptmann einen Wachmann zur Verfügung gestellt. Die Gefangenengruppe zog in Richtung Elbe aus dem Lager.

Der Amtmann ritt mit seinen Begleitern voran. Am späten Nachmittag erreichten sie einen Bauernhof, der verwahrlost aussah. Ein Langhaus stand auf einer Freifläche und in kurzen Abständen befanden sich mehrere kleinere Gebäude, die wie Stallungen und Speicher aussahen. Als die Gruppe auf den Hof fuhr, kam ihnen ein alter Mann entgegen.

„Was wollt ihr von uns, ihr Raubgesindel? Ihr habt uns im letzten Herbst schon die letzte Kuh geholt. Seht in die Ställe und Speicher! Alles ist weg. Wir haben nichts mehr zu essen und müssen uns von der Rinde der Bäume ernähren. Thor soll euch bestrafen, ihr fränkisches Diebesgesindel!"

Hartwig ging auf den alten Mann zu und sah ihn an.

„Wir wollen dir nichts wegnehmen. Wir suchen nur einen Platz, wo wir übernachten können."

„Wer bist du, ein Steuereintreiber oder ein Räuber?"
„Keiner von beiden."
Verdutzt sah der Alte ihn an. Er glaubte den Worten seines Gegenübers nicht. Krampfhaft hielt er die Heugabel wie einen Speer in den Händen, bereit damit den vermeintlichen Räubern entgegenzutreten. Die Frauen verkrochen sich ins Langhaus und verschlossen ängstlich die Tür. Hartwig versuchte, die angespannte Lage zu entschärfen.

„Glaube mir, Bauer, dass ich es gut mit dir meine. Sieh mich an! Sehe ich wie ein Räuber aus oder wie ein Steuereintreiber?"

„Ich wundere mich, dass du meine Sprache sprichst. Ein Franke bist du bestimmt nicht."
Der Bauer senkte die Gabel. Misstrauisch betrachtete er Hartwig von allen Seiten und sah zu seinem Gefolge.

„Jetzt weiß ich, wer du bist! Du bist ein Sklavenhändler. Es sind viele Männer, die du bei dir hast. Warum sind sie nicht in Ketten?"

„Höre auf mit dem Gerede!", antwortete Hartwig genervt. Wir suchen für die Nacht ein Quartier und bezahlen dafür."
Der Bauer überlegte nicht lange und sagte: „Ihr könnt in dem Heuschober schlafen, doch Essen kann ich euch nicht geben. Seit Tagen leben wir nur von Wassersuppe."

„Wir sind einverstanden. Du brauchst dich nicht um uns kümmern. Morgen früh ziehen wir weiter."
Hartwig wies seine beiden Wachleute an, sich um alles zu kümmern. Der Bauer verschwand im Haus und äugte durch die Tür auf den Hof. Er hatte kein gutes Gefühl, doch das Geld für die Übernachtung wollte er nicht ausschlagen. Es würde vielleicht das Überleben in dieser schlechten Zeit sichern.

Die Gefangenen bereiteten die Abendmahlzeit vor. Auf dem Vorplatz zum Haus schichteten sie Steine auf und legten trockenes Holz darauf. Bald brannte ein herrliches Feuer und aus dem darüber aufgehängten Kessel verbreitete sich ein wunderbarer Duft von Fleischbrühe. Während sie aßen, gesellten sich vorsichtig der Bauer mit seiner Frau und den beiden großen Töchtern dazu. Hartwig bot ihnen an, mitzuessen. Sie ließen sich nicht lange nötigen und schlürften hastig die Brühe. Das Misstrauen schien sich bei den Bauersleuten zu legen und die Frauen fragten die Wachleute und Gefangenen, wer sie seien. Als sie erfuhren, dass der Anführer des Trupps der Amtmann von Ostthüringen war, blickten sie verwundert und ehrfürchtig Hartwig an. Es dauerte eine Weile, bis der Bauer sich traute, offen mit dem Amtmann zu sprechen und auf seine Fragen zu antworten. Hartwig ließ sich die Lage der Bauern in der Umgebung schildern. Er erfuhr, wo Hilfe am notwendigsten wäre und ließ sich den Weg zu diesen Siedlungen beschreiben. Auf seiner Landkarte markierte er die Höfe, die sie besuchen wollten. Die Situation in den kleinen Siedlungen ähnelte sich. Die jungen Männer fehlten für die schwere Feldarbeit und es gab kein Korn für die Aussaat.

Der Amtmann schlug dem Bauer vor, ihm Saatgut und einen Sklaven zu leihen. Nach einigem Hin und Her war er einverstanden und unterfertigte ein Pergament, in dem er sich zur Zahlung einer höheren Steuer verpflichtete, wenn es seinem Hof besser ging. Der Bauer konnte weder lesen noch schreiben. Die beiden Wachleute von Hartwig bezeugten durch ihre Unterschrift das Dokument. Der Bauer hätte in seiner ausweglosen Situation fast alles getan, um seinen Hof vor dem Untergang zu retten. Das Angebot des Amtmanns sah er als fair an.

Am nächsten Morgen zeigte sich bei der Besichtigung der Gebäude, der wahrhaft schlechte Zustand des Anwesens. Die meisten Schilf- und Strohdächer waren undicht. Hartwig wies die Gefangenen an, unter Anweisung des Bauern die Reparaturen vorzunehmen. Zwei Tage benötigten sie für die Arbeit. Als die Arbeiten getan waren, saßen alle beim gemeinsamen Abendessen zusammen.

„Bist du mit unserer Arbeit zufrieden?", fragte Hartwig den Bauern.

„Euch hat Odin geschickt. Ich danke dir für die Hilfe. Wenn die Dächer undicht sind, dauert es nicht lange und die Gebäude stürzen zusammen. Ich bin zu alt, um diese Arbeiten zu erledigen. Du hast meinen Hof vor dem Verfall gerettet."

„Jetzt kannst du dir von meinen Sklaven einen aussuchen, der auf deinem Hof verbleiben wird und die schweren Arbeiten erledigt. Du hast gesehen, wie fleißig sie sind."

Der Bauer beriet mit seinen drei Frauen, wen sie behalten wollten. Es dauerte lange, bis sie sich entschieden hatten. Am liebsten hätten sie mehrere behalten, doch das ging nicht. Hartwig erklärte dem Bauer, dass er bei Fehlverhalten der Sklaven, diese sofort beim Verwaltungssitz melden sollte und er würde im Austausch einen anderen bekommen. Immer wieder dankte der alte Mann Thor und den anderen germanischen Gottheiten für das Geschenk, das sie ihm machten. Außer einem Sack Getreide als Saatgut überließ der Amtmann der Bauersfamilie eine Kuh und sicherte ihnen zu, dass die Steuereintreiber in den nächsten drei Jahren nichts von ihnen fordern würden.

Hartwig vermerkte in seinen Unterlagen die überreichten Hilfsleistungen und notierte in seiner Wegekarte den

Viehbestand und die Anzahl der Personen, die auf dem Hof wohnten.

Der Hilfstrupp zog weiter zum nächsten Thüringer Bauernhof. Nach mehreren Tagen erreichte ihn ein Botenreiter. Er teilte ihm mit, dass der neue Sekretär in Gizpiel angekommen war. Hartwig ritt mit seinen beiden Wachmännern los, um ihn zu begrüßen und seine Aufgaben zuzuweisen. Die Hilfstour musste daher abgebrochen werden. Drei Gefangene waren übrig geblieben, die zurück ins Lager gebracht wurden. Vom Saatgut war nichts mehr vorhanden. Mit einem Karren, der von nur einer Kuh gezogen wurde, kamen die Wachleute des Hauptmanns ins Gefangenenlager zurück. Hartwig wollte die Hilfstour später fortsetzen. Die Bauernfamilien, denen er helfen konnte, waren ihm sehr dankbar. Sie sahen sich zuvor nur als Ausgebeutete in einem von Franken besetzten Reich und waren davon überzeugt, dass sie vom Schicksal bestrafte Wesen waren. Das erste Mal in ihrem Leben wurde ihnen in der Not geholfen.

Bei seiner Ankunft im Verwaltungsssitz begrüßte ihn sein Schwiegervater Weibel. Er war verhalten und lud ihn zum Abendessen in sein Haus ein. Gerda führte den Haushalt und servierte ihrem Vater und Schwager ein traditionelles Thüringer Gericht, wie sie es von zu Hause kannten. Sie erntete viel Lob von den beiden Männern. Hartwig fragte seinen Schwiegervater, wie es ihm in den letzten Wochen erging. Er glaubte, dass Weibel zu klagen beginnen würde. Das Gegenteil war der Fall. Der Gaugraf schien Freude an seiner neuen Aufgabe gefunden zu haben. Damit hatte er nicht gerechnet. Behutsam fragte Hartwig ihn aus, wie die Amtsgeschäfte liefen.

Er erfuhr, dass der Schreiber alle Aufgaben eines Sekretärs selbst erledigte und Weibel nur die Dokumente unterschreiben musste.

„Hast du gelesen, was du unterschrieben hast?"

„Das brauchte ich nicht. Der Schreiber hat mir jeden Brief vorgelesen."

„Du hättest dein Todesurteil unterschreiben können!", erklärte ihm Hartwig grinsend.

„Das wäre nicht möglich, da dazu deine Unterschrift als Amtmann nötig gewesen wäre."

„Zumindest kennst du dich in der Rechtsprechung aus", sagte Hartwig lächelnd.

Sie stießen miteinander an und leerten ihren Becher Bier auf einen Zug.

„Ich war schon in Sorge, dass sie aus dir einen Franken gemacht haben, der nur noch Wein trinkt", bemerkte Hartwig.

„Du glaubst nicht, was die Franken in letzter Zeit in der Siedlung alles geschaffen haben. Einer von den Handelsleuten hat ein römisches Bad errichtet, in dem jeder gegen einen Obolus verweilen darf. Das schlechte Wetter ist dort viel besser zu ertragen als im Freien und mein Kreuzweh ist wie weggeblasen. Die Weiber schrubben dir den Rücken und wenn es dich zwickt, massieren sie dich ordentlich durch. Das solltest du erleben und du würdest nicht mehr fort wollen."

„Ich kenne Badehäuser. Die Römer hatten sie überall in ihrem Reich gebaut. Sie dienten nicht nur der Reinigung, sondern auch der Entspannung."

„Man sagt, dass unsere Königin auch eines auf ihrer Burg hatte."

„So war es! Bauleute aus Ravenna haben es errichtet, doch jetzt ist es zerstört."

„Wie schade! Ich habe mir vorgenommen, im Elb-kniegau eines zu bauen. Das ist das Beste, was gegen mein ständiges Rheuma hilft."

„Wie geht es unserem neuen Beamten aus Metz? Hat er sich schon eingelebt."

„Er ist noch blutjung und ohne Erfahrung. Der Schreiber sagte mir, dass dies seine erste Anstellung in der Verwaltung ist und er diesen Posten bekam, weil seine Familie gute Beziehungen zum König hat."

„Ist er allein gekommen?"

„Nein! Er hat eine Frau. Ein weiterer junger Mann ist bei ihm, über den nichts herauszubekommen war. Er soll ein Schreiben an dich bei sich haben."

„Ich empfange die beiden morgen früh, dann werden wir mehr wissen."
Hartwig war müde und zog sich zurück.

14. Der neue Sekretär
Im Heumond (Juli) 537

Wie gewohnt wachte Hartwig zeitig auf und sah nach draußen. Es regnete nicht und ein warmer Wind blies vom Westen über die Hügel. Die Siedlung wirkte wie ausgestorben, nicht ein Laut war zu vernehmen. Hartwig lief zu Weibels Haus, um mit ihm gemeinsam zu frühstücken. Durch die Fenster konnte man in die Häuser sehen. Es brannten die Herdfeuer und die Hausfrauen bereiteten den Frühstücksbrei für ihre Männer vor. Auch in dem Haus seines zukünftigen Sekretärs sah er die Flammen über dem Herd auflodern. Eine junge Frau stand nackt in einem Holztrog und wusch sich. Sie war wunderschön. Hartwig konnte seinen Blick nicht von ihr abwenden und stellte für sich fest, dass er zu lange von seiner Frau getrennt war. Er nahm sich vor, bald zu ihr in den Elbkniegau zu reisen. Leicht verwirrt ging er langsam weiter. Er kam zu Weibels Haus und ging hinein. Gerda war mit der Zubereitung des Frühstücksbreis befasst. Weibel lag auf einer Holzbank, die an der Wand stand und schnarchte. Gerda erschrak über den unerwarteten Gast. Als sie Hartwig erkannte, bat sie ihn freundlich Platz zu nehmen und später mit ihnen gemeinsam zu essen. Sie stellte ihm eine Tonschale mit Kräutertee auf den Tisch.
Er nippte und sah ihr bei der Arbeit zu. Es war das erste Mal, dass er Gerda genau betrachtete. Sie war keine Schönheit wie Elke. Unansehnlich fand er sie jedoch nicht. Er konnte sich noch daran erinnern, dass es unter den ledigen Töchtern in Weibels Haus einen Eifersuchtsstreit wegen seines Schreibers Gottlieb gab, den

Hedwig für sich entschied. Gerda war die letzte Ledige, die noch im Elternhaus lebte.

„Wie gefällt es dir in Gizpiel?", fragte er Gerda.

„Es ist schön hier. Ich möchte gar nicht mehr weg-gehen."

„Das wirst du müssen, wenn dein Vater wieder nach Hause reist."

„Vielleicht lässt er mich zurück. Ein eigenes Haus haben wir schon."

„Hat er es gekauft?"

„Gleich nachdem du weg warst."

„Dann hat dein Vater wohl vor, länger und öfter hier zu verweilen."

„Ihm gefällt es, die fränkische Sprache zu erlernen. Wir machen große Fortschritte."

„Das freut mich für euch. Doch wer bewirtschaftet daheim den Hof?"

„Das macht Adelheit mit ihrem Mann."

Hartwig konnte sich nun das zurückhaltende Verhalten von Weibel bei seiner Ankunft erklären. Sein Schwie-gervater möchte gerne hierbleiben. Wenn der Sekretär seine Aufgaben übernehmen würde, gäbe es keinen Grund für ihn länger zu verweilen.

Weibel rekelte sich auf der Bank und rieb verschlafen die Augen.

„Ich habe vergessen, dass du ein Frühaufsteher bist, sonst säße ich schon am Tisch."

„Lass dir Zeit Schwiegervater! Es ist draußen dun-kel."

„Das wird es den ganzen Tag sein!"

„Zumindest bläst ein warmer Wind."

Weibel setzte sich zu ihm an den Tisch und schlürfte den heißen Tee, den ihm seine Tochter vorsetzte. Die Männer schwiegen gedankenversunken.

„Ich wollte dich etwas fragen", begann Hartwig.

Der Gaugraf sah auf und nickte.

„Könntest du dir vorstellen, das Amt des Sekretärs für ein paar Monde weiter auszuführen?"

„Der Anwärter aus Metz ist bereits da, du kannst ihn nicht warten lassen."

„Ich würde ihn mit auf meine Tour zu den Bauern nehmen. Da kann er sich einen Überblick über die Provinz verschaffen."

„Wenn du mich brauchst, bin ich immer für dich da", sprach Weibel gönnerhaft und hatte Schwierigkeiten, seine Freude zu verbergen.

„Lass den Sekretär-Anwärter gleich nach dem Frühstück in meine Schreibstube bringen. Ich werde ihm seine Aufgaben erklären."

Gerda trug den Frühstücksbrei auf. Haselnüsse und getrocknete Beeren waren obenauf gestreut. Diesen Luxus konnte sich nicht jeder leisten. Mancher wäre froh, wenn er eine Schale Hirsebrei oder gestampften Hafer pro Tag bekäme. Der warme Wind, den Hartwig in der Früh bemerkte, stimmte ihn optimistisch. Vielleicht würde sich das schlechte Wetter bald zum Guten ändern.

Hartwig ging mit seinem Schwiegervater an dem leeren Gefängnis vorbei zum Verwaltungsgebäude. Es war ein zweigeschossiges Fachwerkhaus aus Lehm, in dem die Beamten und er die Schreibstuben hatten. Im Obergeschoß befanden sich seine Privaträume. Alle seine Mitarbeiter wohnten in der unmittelbaren Nachbarschaft. Sie hatten kleine Häuser mit Schilfdächern und versorgten sich selbst. Die ledigen Beamten lebten in den Gasthäusern. Dort war auch ausreichend für ihr leibliches Wohl gesorgt. Da die Franken die Geselligkeit liebten, trafen sie sich jeden Abend dort zum Diskutieren und Zechen.

Hartwigs Schreibstube war nicht aufgeräumt. Er hatte noch keine Zeit gefunden, die Pergamente zu ordnen. Stapel von Dokumenten lagen auf seinem Schreibtisch. Stöhnend setzte er sich in seinen bequemen Sessel. Weibel nahm auf einem der Hocker davor Platz. Der fleißige Schreiber betrat den Raum und sah zuerst auf Hartwig und dann auf Weibel.

„Kann ich für die Herren etwas tun?", unterbrach er die Stille.

„Bring den Anwärter für das Amt des Sekretärs zu mir!", befahl Hartwig.

„Du solltest deinen Schreibtisch etwas aufräumen, damit du über die Pergamente hinwegsehen kannst!", riet ihm Weibel.

„Soll er sehen, wie viel Arbeit wir haben, dass keine Zeit bleibt, Ordnung zu schaffen!", entgegnete Hartwig lachend.

Sein Schwiegervater schien es anders zu sehen. Er war ein ordnungsliebender Mensch, bei dem alles seinen Platz hatte und ausgerichtet daliegen musste. Hartwig gab nach und legte die beiden Pergamentstapel auf zwei Schemel. Sein Schreibtisch war nun frei. Weibel sah ihn zufrieden an. Es gefiel ihm, wenn sein Schwiegersohn sich seinen Wünschen fügte, ohne zu widersprechen. Er war der Ältere und sein Schwiegervater. Das zählte seines Erachtens mehr als der Respekt vor dem hohen Amt, das Hartwig einnahm.

Der Anwärter betrat mit dem Schreiber den Raum. Er blieb wie eine Steinsäule vor dem Schreibtisch stehen. So hatte er es in seiner früheren Ausbildung gelernt. In der Hand hielt er einen Brief, den er dem Amtmann entgegen streckte. Das Schreiben war von der

Zentralverwaltung in Metz. Es war ein Empfehlungs-schreiben seines Freundes Berthold. In ihm stand, dass er den Überbringer des Schreibens als Sekretär empfeh-len würde und es folgten Angaben über dessen mögliche Eignung. Hartwig gab den Brief zum Lesen an Weibel weiter, der die Handschrift jedoch nicht entziffern konnte.

„Es freut mich, dass du den Weg zu uns gefunden hast und ich hoffe, dass ich mit dir zufrieden sein werde. Deine Aufgaben in dem Amt des Sekretärs sind sehr umfangreich. Sie reichen von der Steuereintreibung bis zur Rechtsprechung und von der Korrespondenz bis zur Archivierung. In meiner Abwesenheit musst du selbstständig Entscheidungen treffen und mich umfas-send informieren. Du wirst viel mit den Menschen in unserer Provinz zu tun haben. Wie gut sind deine Sprachkenntnisse?"

„Ich spreche Latein und Fränkisch!"

„Thüringisch sprichst du nicht?"

„Nein! Das hatte ich zuvor nicht benötigt."

„Es ist aber wichtig, die Sprache des Gebietes zu kennen, in das man dienstlich verpflichtet wird. Ich fordere von allen unseren Verwaltungsbeamten, dass sie thüringisch sprechen können. Es ist somit deine vor-dringlichste Aufgabe, diese Sprache zu lernen."

Der Anwärter nickte zustimmend.

„Wie sieht es mit deiner Unterkunft aus? Bist du zu-frieden?"

„Es passt alles Herr Amtmann. Das Haus für mich und meine Frau ist sehr geräumig. Wir werden uns be-stimmt wohlfühlen."

„Das freut mich!", entgegnete Hartwig und sah zu Weibel.

„Meinen Schwiegervater, den Gaugraf Weibel, hast du bereits kennengelernt. Ich habe ihn mit dem Amt des Sekretärs vorerst beauftragt. Wenn du dich für die Aufgabe gerüstet fühlst, wirst du die Stelle übernehmen. Bis dahin gebe ich dir die Möglichkeit, mich auf meiner Tour zu den freien Bauern in der Provinz zu begleiten. Du wirst dabei die Menschen kennenlernen und ihre Sprache erlernen. Ich sage dir Bescheid, wann wir abreisen."

Der Anwärter verbeugte sich und verließ den Raum.

„Wie ist dein Eindruck?", wollte Hartwig von Weibel wissen.

„Er sieht nicht wie ein standfester Mann aus. Ich würde das Bürschchen nicht für voll nehmen."

„Er kommt aus gutem Hause und das wird der Grund sein, dass man ihn zu uns in die harte Schule schickt. Lassen wir uns überraschen!"

Hartwig rief nach dem Schreiber. Er sollte ihm den zweiten Ankömmling bringen. Der wartete bereits vor der Tür und trat in den Raum. Die Aufregung war dem jungen Mann anzusehen. Er musste im gleichen Alter wie der Sekretär-Anwärter sein. Auch er hatte ein Empfehlungsschreiben von Berthold. Sein Freund informierte ihn, dass der junge Mann talentiert im Brückenbau sei und gerade das Studium in dieser Fachrichtung, mit besten Beurteilungen durch die Professoren, abgeschlossen hatte. Berthold hoffte, dass er als Bautechniker beim Wegebau gut einsetzbar wäre. Bezahlt wurde er, wie der Sekretär, von der Zentralverwaltung in Metz. Hartwig erklärte dem Brückenbauer sein Vorhaben mit der Verlängerung der Königsstraße von der Saale bis zur Elbe und dass auf dieser Strecke mehrere Brücken errichtet werden mussten. Er sollte den Hauptmann bei diesem Vorhaben unterstützen.

Gemeinsam mit Weibel und dem Schreiber sichtete Hartwig die beiden Stapel an Dokumenten und ordnete sie in die dafür vorhandenen Regale. Er erkannte an den Absende- und Ankunftsterminen auf den Schreiben, dass der Briefzustelldienst trotz der widrigen Wetterlage gut funktionierte. Das Netz mit Botenreitern hatte er bis zum Elbkniegau ausgeweitet. Einer der Briefe kam von Elke. Sie schrieb ihm, wie sehr er ihr fehle und dass sie noch immer kein Lebenszeichen von ihrer Freundin Ursula erhalten hatte. Hartwig antwortete ihr und versprach bald nach Hause zu kommen. Am Abend waren die beiden Stapel mit Dokumenten verschwunden und Weibel lud Hartwig in das römische Badehaus ein.

Gespannt folgte er seinem Schwiegervater in das neu errichtete Gebäude und ließ sich überraschen. Von außen sah es wie ein übergroßes Rundzelt aus. Es hatte ein Schilfdach, das in der Mitte zusammenlief. Eine spitze Haube aus Holzschindeln ließen den Regen nicht in das Gebäude eindringen. Der Rauch zog zwischen den locker aufgelegten Schindeln hindurch. Einen solchen Bau hatte Hartwig zuvor noch nie gesehen. Innen gab es mehrere Räume, einen Trockenraum zum Massieren und drei Räume mit unterschiedlich großen Wasserbehältern. Die Bezeichnung „Römisches Bad" war maßlos übertrieben. Das Einzige, das Hartwig daran erinnerte, war der steinerne Fußboden, der von unten beheizt wurde. Der Raum glich eher einer Badestube, die er im Frankenreich kennengelernt hatte.

Ein Teil war den Frauen vorbehalten und hatte einen eigenen Zugang auf der anderen Seite des Gebäudes. Weibel steuerte zu einem großen Bottich, in dem zwei alte Männer saßen. Es war noch genügend Platz darin und könnte gut ein Dutzend Personen aufnehmen. Nachdem sie sich ihrer Kleidung entledigt hatten und

diese auf einer Bank ablegten, stiegen sie über eine Leiter in den Badezuber. Die beiden Männer, die bereits im
Bottich saßen, kannten den Gaugrafen und fragten ihn,
wen er da mitbrachte.

„Das ist mein Schwiegersohn!", antwortete Weibel
kurz, aber nicht unhöflich.

Er winkte einer Magd und bestellte Speisen und Wein.

„Du bist von mir eingeladen", sagte er unüberhör-
bar in seiner gönnerhaften Art. Hartwig störte es nicht.
Niemand schien ihn zu kennen. Die beiden Alten waren
Kaufleute. Der eine von ihnen war der Eigentümer des
Badehauses. Er erzählte Hartwig voller Stolz, dass er
diese geniale Idee mit dem Badehaus vor kurzem hatte
und meinte, dass nur so, das schlechte Wetter in der
Ostprovinz zu ertragen wäre. Die Magd brachte den
Wein und die Speisen. Sie stellte sie auf den Tisch in der
Mitte des Zubers ab. Hartwig war hungrig und langte
kräftig zu. Die drei Alten betrachteten ihn neidvoll, wie
er Unmengen verdrücken konnte. Sie hielten sich lieber
an den Wein. Der stammte von dem zweiten Handelsmann. Er beschaffte ihn aus dem Süden des Frankenreichs, nicht weit entfernt von dem Gebiet, wo Hartwig
seine Grafschaft hatte. Ihre Geschäfte reichten über die
Grenzen des Frankenreichs hinaus. Sie kannten fast alle
Länder des Mittelmeerraums und der Badbesitzer war
schon einmal in Konstantinopel, der Kaiserstadt. Viel
hatten die beiden Handelsleute zu erzählen und Weibel
saß bedrückt und stumm daneben. Er konnte sie verstehen, aber nicht mitreden. Von der weiten Welt hatte er
nichts gesehen und bedauerte, dass er nicht Handelsmann geworden war. Nach dem Essen gesellten sich
zwei junge Frauen in hauchdünnen leinenen Hemden zu
ihnen. Sie setzten sich zu den Handelsleuten. Der Badbesitzer erklärte Hartwig, dass es zwei Sklavinnen sind,

die aus Oberitalien stammten. König Theudebert hatte dort Gebiete erobert. Die Auseinandersetzungen zwischen den Ostgoten und Byzantinern machten es ihm leicht. Dabei fielen viele Gefangene an, die auf den fränkischen Märkten günstig zu erwerben waren. Die Handelsmänner prahlten damit, dass sie viele Sklavinnen besaßen, die in den verschiedenen Handelsstationen auf sie warteten. Sie priesen ihre Vorzüge. Darunter waren auch Thüringerinnen, die nach der Schlacht an der Unstrut ein beliebtes Beutegut waren. Hartwig musste seinen Zorn unterdrücken. Am liebsten hätte er die angeberischen Fettwänste unter Wasser gedrückt und ertränkt. Er entschuldigte sich bei Weibel, dass er gehen musste und täuschte eine Magenverstimmung vor.

In der Nacht schlief er schlecht und dachte an die Sklavin, die ihm König Wacho schenkte. Er musste sie in Vindobona zurücklassen und gab ihr die Freiheit. In seiner Erinnerung sah sie ihn mit ihren großen traurigen Augen an. Wie wird es ihr nach ihrem Abschied in Vindobona ergangen sein? Ob sie zu der Schneiderfamilie zurückgekehrt war, in deren Obhut er sie gegeben hatte oder teilte sie noch das Bett mit Prinz Amalafred? Wütend dachte er daran, wie Amalafred ihn hintergangen hatte. Seine langjährige Freundschaft setzte er aufs Spiel, wegen dieser Frau. Hartwig war sich jedoch nicht sicher, ob es nur an Amalafred lag. Die ehemalige Sklavin war frei und sie konnte selbst über ihr Leben entscheiden. Vielleicht erlag sie den Schmeicheleien des Prinzen oder ihrer Lust. Hartwig bedauerte, dass er es nicht erfahren würde, was wirklich passierte und wie die Geschichte ausging. Der Weg ins Langobardenreich war ihm wegen der Vorkommnisse mit dem Gesandten verwehrt. Er hatte sich mit dem Heruler zerstritten und ihm das Messer an die Kehle gehalten. Der Gesandte hatte ihm Rache geschworen. Er war ein Mitglied der Familie des Langobardenkönigs Wacho und Hartwig wusste nicht, wie Wacho den Vorfall beurteilen würde.

Nach Mitternacht stand er auf und suchte Ablenkung beim Ergänzen der Daten in der Wegekarte, die auf seinem Schreibtisch lag. Von weitem hörte er einen Wolf heulen und sah aus dem Fenster. Hartwig machte sich auf den Weg zu Weibel, um gemeinsam mit ihm zu frühstücken. Er war allein auf der Straße. Stille umgab ihn. Durch die kleinen Fenster der Häuser drang der Schein der flackernden Herdfeuer. Hartwig kam an dem Haus des Sekretär-Anwärters vorbei und blieb stehen. Er erinnerte sich an den Anblick der schönen Frau durch das kleine Fenster. Ob er sie wiedersehen würde? Er konnte die lodernden Flammen des Herdfeuers erkennen. Sie musste schon wach sein und es entfacht haben. Nach einer Weile erschien die junge Frau mit einem Holzbottich. Sie schöpfte aus dem Kessel heißes Wasser hinein. Dann zog sie ihr Nachthemd aus und wusch sich. Fasziniert betrachtete Hartwig die Frau. Ihre Schönheit war unvergleichlich. Er konnte sich nicht abwenden und weitergehen. Ihm war bewusst, dass es eine verwerfliche Handlung war, der Frau eines anderen und noch dazu eines Untergebenen, beim Baden zuzusehen. Ihm kam in den Sinn, zu welchen komplizierten Verwicklungen das führen könnte und er erinnerte sich an die Erzählung eines katholischen Priesters von König David und Batseba. Sie war verheiratet und die Frau eines Kriegers. Begierde erfasste den König als er ihr heimlich beim Baden zusah. Die Geschichte endete tragisch.

Die Frau, die er durch das Fenster betrachtete, drehte ihren Kopf. Sie schrak nicht zusammen, obwohl sie ihn gesehen haben musste. Bedächtig wusch sie sich weiter.

Langsam strich sie mit dem Schwamm über ihren Körper. Hartwig war verwirrt und fasziniert zugleich. Ihr Mann kam zu ihr. Hartwig sprang erschreckt zurück, damit er von ihm nicht gesehen wurde. Eilig ging er weiter. Das Bild der schönen Frau hatte sich in sein Gedächtnis gebrannt. Hartwig erreichte Weibels Haus und trat ein. Sein Schwiegervater schlief noch tief und Gerda rührte den Brei in dem Kessel über dem lodernden Feuer.

„Du bist heute früher dran als gestern. Hast du schlecht geschlafen?"

„Ich habe manchmal Träume, die mich aufwecken. Danach kann ich nicht weiterschlafen."

„Das geht mir auch so", entgegnet Gerda spontan.

„Sind es gute oder schlechte Träume?", fragte Hartwig, wenig interessiert.

„Das ist unterschiedlich. Die meisten vergesse ich gleich, nachdem ich aufgewacht bin. An wenige erinnere ich mich, doch ich kann mit niemand darüber sprechen."

„Auch nicht mit mir?", wollte Hartwig wissen.

„Du bist mein Schwager und da ziemt es sich nicht, darüber zu reden."

„Dann behalte deine Träume für dich!", entgegnete Hartwig missmutig.

Gerda rührte emsig weiter und sah hin und wieder heimlich zu ihrem Schwager. Er war mit seinen Gedanken bei der badenden Frau und froh, dass Gerda ihn nichts fragte. Sie brachte eine Schale Tee und stellte sie auf den Tisch.

„Soll ich dir meine Träume verraten?", begann sie erneut.

„Erzähl schon, wenn es dir hilft", antwortete Hartwig gelangweilt.

„Du darfst aber mit niemand darüber sprechen!"
Hartwig nickte ihr zu.

„Ich schlafe zu Hause mit meiner Schwester Adelheit und ihrem Mann im gleichen Raum. Da ist mir was aufgefallen."
Gerda redete nicht weiter. Ihr Vater hatte mit Schnarchen aufgehört und rieb sich die Augen. Er kam zu dem Tisch und setzte sich.

„Du hast gestern Abend das Beste verpasst", flüsterte er Hartwig zu und sah verstohlen zu seiner Tochter.

„Ich werde es dir sagen, wenn wir allein sind", fügte er hinzu.
Der Frühstücksbrei war fertig und Gerda trug ihn auf. Hartwig aß hastig. Er hatte entschieden, noch heute früh abzureisen und bat seinen Schwiegervater alle Vorkehrungen zu treffen. Weibel weckte den Schreiber und der suchte den Sekretär-Anwärter und Brückenbauer auf. Sie sollten sich für die Abreise fertig machen.
Gerda glaubte, ihre Traumgeschichte ihrem Schwager weitererzählen zu können, doch Hartwig stand auf und eilte Weibel hinterher. Enttäuscht sah sie ihnen nach. Sie hatte das Gefühl, von allen alleingelassen zu sein und weinte.

15. Besuch im Elbkniegau
Im Erntemond (August) 537

Bevor es hell wurde, ritten sie auf der neuen Königstraße in Richtung Elbe. Die kühle Luft verschaffte Hartwig einen klaren Kopf. Am Nachmittag erreichten sie das Gefangenenlager. Der Amtmann suchte den Hauptmann auf und übergab ihm den Techniker. Gemeinsam wählten sie zehn Gefangene aus, die als Sklaven an die bedürftigen Bauernhöfe ausgeliehen werden sollten. Die drei Gefangenen, die Hartwig von der ersten Tour zurückbrachte, bekamen eine neue Chance.

Am nächsten Morgen standen drei Karren mit Lebensmitteln und Saatkorn bereit. Die Kühe waren angespannt und es konnte losgehen. Sie fuhren in Richtung Elbkniegau. Hartwig hatte die Bauernhäuser, die sie besuchen wollten, auf seiner Wegekarte gekennzeichnet. Am Ende der Reise würden sie den Elbkniegau erreichen und er könnte seine Frau und die Kinder wiedersehen. Zu lange war er von ihnen getrennt. Auf ihrer Tour kamen sie zu dem Hof, den die drei Frauen bewirtschafteten. Sie erinnerten sich dankbar an die Gaben, die er ihnen bei seinem ersten Besuch überlassen hatte. Er ließ die Dächer der Gebäude reparieren und überließ ihnen einen Gefangenen als Sklaven sowie eine Kuh und Saatgut. Die Bäuerin quittierte den Erhalt. Dem Sekretär-Anwärter gefiel die Geste der Hilfsbereitschaft für die Notleidenden. Es entsprach seinem Verständnis von christlicher Nächstenliebe. Er erzählte Hartwig von seiner Absicht, einst in den Kirchendienst zu treten, doch seine Familie hinderte ihn daran. Beamter wollte er nie werden. Sein Herz hing mehr am Dienst für die Kirche als der Verwaltung. Inständig hoffte er, beides miteinander in Einklang bringen zu können. Das Beispiel mit den notleidenden Bauern zeigte ihm, dass es möglich war.

Während der Reise lernte er eifrig thüringisch und nach wenigen Tagen verstand er vieles, was gesprochen wurde. Das Sprechen bereitete ihm größere Schwierigkeiten. Hartwig half ihm dabei, sich korrekt auszudrücken. Er bot ihm an, ihn beim Namen zu nennen. Der Sekretär-Anwärter fühlte sich nicht wohl. Der Respekt vor dem Amtmann war zu groß. Sie einigten sich, dass er ihn nach seinem Stand „Amtmann" nannte und Hartwig ihn mit seinem Namen „Dagobert" ansprach.

Dagobert trug das Herz auf der Zunge. Er war offenherzig und sprach viel über sich und seine Familie. Sein Wesen war fast kindhaft naiv. Die Familie besaß hohes Ansehen in Metz und beim König. Sein Vater war ein tapferer Krieger und befehligte mehr als tausend Reiter im Heer des Königs. Seine Mutter kam aus einer alten gallorömischen Adelsfamilie und besaß große Ländereien im Frankenreich. Dagobert war der einzige Sohn von fünf Kindern. Von ihm hing es ab, die Stammeslinie der Familie fortzusetzen. Das empfand er als große Belastung. Seine Mutter hatte ihm die Ehefrau ausgewählt und er musste sich ihren Wünschen fügen. Lieber wäre er Priester geworden oder hätte als Mönch in irgendeinem Kloster keusch gelebt. Seine Beziehung zum anderen Geschlecht war gespalten. Die Nähe von Frauen mied er, was er auf die Dominanz seiner Mutter zurückführte. Freimütig gab er zu, dass ihn das weibliche Geschlecht nicht sonderlich interessierte. Er war ein dicker, wenig attraktiver Mann, dem bewusst war, dass er bei Frauen nicht besonders ankam. Grundsätzlich störte es ihn nicht, was sie über ihn dachten. Ihm war wichtig, dass er seiner religiösen Neigung nachkommen konnte.

Den ehelichen Pflichten versuchte er weitgehend aus dem Weg zu gehen. Sein Wissen und die Lernbereitschaft waren jedoch phänomenal. Hartwig bewunderte ihn, wie schnell er thüringisch sprechen lernte. Schon bald überließ er ihm die vertraglichen Absprachen mit den Bauern bezüglich der Rückgabe der gewährten Zuwendungen.

Am Ende der Tour erreichten sie den Elbkniegau und Hartwig war voller Erwartungen, seine Frau auf dem Gut von Weibel anzutreffen. Die Kinder liefen ihm auf dem Weg entgegen und überhäuften ihn mit Neuigkeiten. Elke war krank und die Sachsen hatten vor ein paar Tagen die Siedlung angegriffen. Sie konnten jedoch erfolgreich abgewehrt werden.

Der Amtmann eilte zu seiner Frau. Sie lag in ihrem Bett und hustete. Die Kräuterfrau saß neben ihr. Sie beschwichtigte Hartwig.

„Es ist nur eine Erkältung. Du brauchst dich nicht sorgen. Sie braucht nur Ruhe und meine Medizin."

Elke sah ihren Mann mit traurigen Augen an. Er tröstete sie und hielt ihre Hand. Elke wollte wissen, wie es ihm erging und wann ihr Vater wieder nach Hause kommen würde. Er erzählte ihr von den Hilfstouren zu den Bauern und wie Weibel als zeitweiliger Sekretär am Verwaltungssitz residierte. Ein Lächeln glitt über ihr Gesicht. Sie wusste, dass ihr Vater gern im Rampenlicht stand. Hartwig wollte ein paar Tage bei ihr bleiben. Die Gefangenen und Wachleute setzte er bei den Arbeiten auf den Feldern ein. Sie halfen einen Kanal auszuheben, um die Wiesen trockenzulegen.

Das Wetter schien besser zu werden. Es regnete selten und der Wind trocknete die Wege und Weiden. Dagobert erzählte den Kindern Geschichten von seinem Christengott und die großen Jungen verglichen sie mit den Göttergeschichten der Germanen. Der Franke hatte manchmal Schwierigkeiten, auf alle Fragen eine klare Antwort zu geben. Er erkannte, dass sich die älteren Kinder von den vielen Dogmen in der christlichen Kirche nicht überzeugen ließen. Sie verlangten auf ihre Fragen eine klare Antwort.

Seit Tagen hatte es nicht mehr geregnet und die Sonnenstrahlen bahnten sich den Weg durch die grauen Wolken. Es war ein Hoffnungsschimmer, der alle erfasste und die Menschen sahen zum Himmel und hofften auf besseres Wetter. Hartwig hatte mit Dagobert die Felder und Weiden besichtigt. Das Vieh stand trocken, wo Entwässerungsgräben gezogen wurden. Die Arbeiten gingen gut voran und waren eine wichtige Maßnahme, Hungertote in den Wintermonaten im Elbkniegau zu vermeiden. Wie bei den Straßenbaukolonnen wurden die Bautrupps zum Aushub der Gräben und Kanäle von den unmittelbar betroffenen Gütern mit Lebensmitteln versorgt. Bezahlung für die schwere Arbeit gab es keine. Der Lohn war eine kräftige Mahlzeit am Ende des Arbeitstages. Das betraf nicht nur die Männer, sondern bezog auch die Frauen und Kinder mit ein. Kranke und Gebrechliche wurden von ihren Verwandten von den Resten aus den Kesseln der Arbeitenden mitversorgt. Es kam vor, dass ein Knabe, der beim Grabenbau mitwirkte, seine kranken Eltern ernährte. Dagobert war begeistert und hätte am liebsten auf der Stelle zu missionieren begonnen. Hartwig hielt ihn davon ab. Es gab seiner Meinung nach, Dringlicheres zu tun als die Menschen, die einen anderen Glauben hatten, zu bekehren. Dagobert zeigte Verständnis und hielt sich fortan ein wenig zurück. Als Hartwig ihm an einem Abend erzählt hatte, dass er in seiner Grafschaft im Frankenreich eine Kirche errichten ließ, glaubte Dagobert in seinem Vorgesetzten einen Mitstreiter in Glaubensdingen gefunden zu haben.

Der Gesundheitszustand von Elke besserte sich von Tag zu Tag. Sie nahm brav ihre Kräutermedizin und folgte ausnahmsweise den Anweisungen ihres Mannes, im Bett liegen zu bleiben und zu ruhen. Wäre er nicht bei ihr, hätte sie sich bestimmt aufgerafft und im Haus gewirtschaftet. Das Bett zu hüten und untätig dazuliegen mochte sie nicht. Krank zu sein, kannte sie nicht. Selbst nach der Niederkunft raffte sie sich bald wieder auf und ging ihren Hausgeschäften nach. Wenn sie jemand deswegen rügte, entgegnete sie, dass die meisten Menschen im Bett sterben und lachte danach. Eines betrübte sie jedoch sehr. Es war die Trennung von ihrer Freundin Ursula und dass sie keine Nachricht von ihr erhielt. Die schlimmsten Gedanken gingen ihr durch den Kopf. Vielleicht ist der Fluchtversuch von Baldur gescheitert und Ursula liegt in einem dunklen Gefängnis, ohne Hilfe und Rettung. Es wäre ihr lieber gewesen, wenn sie mit ihr nach Athies gereist wäre, doch jemand musste bei den Kindern bleiben. Diese Sorgen belasteten Elke mehr als das Fieber durch die Erkältung. Ihr Mann zeigte Verständnis und versuchte die schlimmen Gedanken zu zerstreuen. Er glaubte, dass es Ursula gelänge, ihren Geliebten zur Flucht zu bewegen und dass sie beide eines Tages hier auftauchen würden. Zu schön fand Elke diese Vorstellung und versuchte optimistisch zu denken. Nach ihrer vollständigen Genesung wollte Hartwig seine Hilfstour zu den Bauernhöfen fortsetzen. Für viele Menschen zählte jeder Tag. Elke bewunderte ihren Ehemann für sein Engagement in dieser Sache und riet ihm zum Aufbruch.

Mit dem Rest der Gefangenen zog der Amtmann mit den Wachleuten und Dagobert in Richtung Süden. Sie fanden bald notleidende Bauern, die gern seine Unterstützung annahmen. Die Wachleute halfen gemeinsam mit den Gefangenen bei den Reparaturarbeiten. Hartwig hatte keine Scheu mit anzufassen. Nur Dagobert schien zwei linke Hände zu haben. Nachdem er einen Versuch startete, riet ihm der Amtmann, sich mit dem Kartenzeichnen zu befassen. Auf diesem Gebiet war er talentiert und stellte nach wenigen Tagen gute Kopien von Hartwigs Wegekarten auf Pergament her. Der letzte Gefangene wurde auf einem Bauernhof als Sklave zurückgelassen und auch der letzte Karren mit Kuh, Lebensmitteln und Saatgut übergeben. Sie waren nur noch einen Tagesmarsch vom Gefangenenlager entfernt.

Ein Botenreiter erreichte den Trupp und übergab Hartwig einen Brief. Es war ein Schreiben des Amtmanns von der Bertaburg, der ihn bat, zu ihm zu kommen. Er hatte große Probleme mit den Sachsen, die fortwährend im Norden die Grenze überschritten und seine Siedlungen plünderten und hoffte, dass sein Amtsbruder als guter Vermittler, mit ihnen ein Abkommen aushandelt.
Hartwig erkannte die Not, in der er sich befand. Ihm war bewusst, dass es nicht leicht sein würde, dieses Problem zu lösen. Er konnte und wollte den Verwalter in dieser Sache nicht im Stich lassen, denn irgendwann würde es sein eigenes Problem werden. Dem Botenreiter gab er ein Schreiben mit, in dem er seine Hilfe zusicherte und mitteilte, dass er alsbald abreisen würde.
Er schrieb einen zweiten Brief an den Hauptmann und setzte ihn über die aktuelle Situation in der westthüringischen Provinz in Kenntnis. Die Hilfstouren zu den Bauern sollte der Sekretär-Anwärter in bewährter Weise eigenständig fortsetzen. Er bat den Hauptmann, ihn zu

unterstützen. Mit Dagobert sprach er die Einzelheiten ab und sicherte ihm zu, baldmöglichst zurückzukommen. Sie trennten sich und Hartwig ritt mit seinen beiden Wachleuten nach Gizpiel. Er wollte mit Weibel über das Sachsenproblem sprechen und wie es gelöst werden könnte.

Weibel fühlte sich geehrt, dass Hartwig ihn um Rat fragte. Das Volk der Sachsen war für ihn ein rotes Tuch. Es gab zu allen Zeiten, im Krieg wie im Frieden, Ärger mit ihnen. Sie hatten keinen König und jeder Fürst handelte, wie es ihm gefiel. Keiner hielt sich an die Abmachungen mit den Franken und auch untereinander standen sie sich oft feindselig gegenüber. Im Krieg der Franken gegen die Thüringer versuchten sie ihren Vorteil daraus zu ziehen. Sie wollten einen Teil der Beute. Die Franken verwehrten es ihnen und als einige ihrer Fürsten in die Thüringer Provinz einfielen, wurden sie besiegt und mit der Kuhsteuer belegt. Diese Steuer sollte den Sachsen zeigen, wer der Sieger war und das Sagen hatte. Die Konflikte an der Harzgrenze weiteten sich aus. Schuld daran war nicht nur die Hungersnot wegen der Wetterverschlechterung, es war eine Art Rebellion gegen den überstarken fränkischen Nachbarn.

Weibel bot sich an, Hartwig zu begleiten. Er kannte den ungeliebten und gefährlichen Nachbarn. An eine friedliche Einigung glaubte er nicht. Nach seiner Erfahrung müssten sie mit Gewalt in ihre Schranken gewiesen werden. Wie konnte das bewerkstelligt werden? Darauf hatte er noch keine Antwort.

Am Abend vor der Abreise lud Weibel seinen Schwiegersohn in das Badehaus ein. Der Besitzer und der Handelsmann waren nicht da. Sie waren wegen Geschäften nach Paris abgereist. In dem großen Badezuber hatte nun Weibel das Sagen und er benahm sich, als gehörte ihm der ganze Betrieb. Hartwig berichtete von seinem Besuch im Elbkniegau und dass dort alles zufriedenstellend verlief. Weibel interessierten nur seine Pferde. Einige Stuten hatten Fohlen bekommen. Darüber schien er sich am meisten zu freuen. Nach dem Speisen gesellten sich die beiden Badenixen zu ihnen. Sie verstanden nicht thüringisch. Hartwig fragte, ob die Händler ihre Sklavinnen vergessen hätten.

„So ist es nicht!", entgegnete Weibel. „Sie sind mir anvertraut worden und ich soll gut auf sie aufpassen. Das tue ich jeden Abend und es scheint ihnen zu gefallen."

„Du bist ein ganz schöner Schwerenöter", entgegnete Hartwig schmunzelnd. „Sind nicht zwei solche Schönheiten Gift in deinem Alter?"

„Wo denkst du hin! Ich habe das Gefühl, dass ich mich um Jahre verjüngt habe. Sie sind wie ein Jungbrunnen. Wenn du willst, trete ich dir heute Nacht eine von ihnen ab. Wähle selbst aus!"

„Das ist sehr freundlich von dir, doch ich bin zu müde nach der langen Reise. Wenn wir von der Bertaburg zurückkommen, werde ich dein Angebot überdenken."
Weibel bedauerte die Absage seines Schwiegersohns und genoss den Abend mit den beiden schönen Frauen allein im Zuber.

Hartwig ging in Richtung des Verwaltungsgebäudes. Er wollte sich zeitig niederlegen und ein wenig vorschlafen. Die Reise zur Bertaburg mit Weibel würde beschwerlich werden.
An der Straße lag das Wohnhaus des Sekretär-Anwärters. Hartwig überlegte, ob er Dagoberts Frau einen Besuch abstatten sollte, um sie über den Verbleib ihres Mannes zu informieren. Er klopfte an die Holztür.

Die Frau öffnete und bat den Amtmann, einzutreten. Hartwig stellte sich vor, doch die Frau winkte ab.

„Ich weiß, wer Sie sind! Bei der Abreise meines Mannes hatte ich Sie gesehen. Wie geht es meinem Mann?"

„Es geht ihm gut. Er wird zum Vollmond von der Hilfstour heimkehren. Wenn ihr ihm schreiben wollt, könnt ihr das gern tun. Gebt den Brief in der Verwaltung ab. Ein Botenreiter wird ihm das Schreiben überbringen."

„Das wird doch eine Ewigkeit dauern?", sagte die Frau enttäuscht.

„In wenigen Tagen wird er ihn erhalten. Alle Schreiben werden auch in der Ostprovinz schnell übermittelt."

„Könnte ich auch Briefe zu meiner Mutter versenden?"

„Ihr Ehemann ist ein hoher Beamter und damit steht ihnen der gleiche Botendienst zu."

„Das wusste ich nicht. Darf ich ihnen Wein anbieten?", fragte sie zögernd.

„Nein danke! Ich werde gehen. Morgen früh reite ich zur Bertaburg und muss meine Sachen packen, die ich mitnehme."

„Tut das nicht ihre Frau?", fragte sie neugierig.

„Meine Frau lebt mit den Kindern im Elbkniegau, das ist mehrere Tagesritte entfernt im Norden an der Grenze zu den Sachsen."

„Es muss sehr schwer für Sie sein, getrennt von der Familie zu leben."

„Man gewöhnt sich daran. Das Amt verlangt es."

„Nur das Amt?", fragte sie mit einem rätselhaften Lächeln.

Hartwig wusste nicht, was sie meinte.

„Nein, auch der König", antwortet er bestimmt.

„Ich habe den König schon einmal in Metz getroffen. Er ist ein wunderbarer Mann. Es war bei einem Empfang in seiner Residenz. Er forderte mich sogar zum Tanz auf."

„Ihre Familie ist wohl gut befreundet mit ihm?"

„Ja", sagte sie und blickte verträumt in Richtung Herdfeuer.

Die Flammen spiegelten sich in ihren Pupillen und auf der zarten Haut ihres Gesichtes. Ein paar Tränen flossen über die Wangen.

Hartwig fragte erschrocken: „Was ist mit Ihnen? Ihr weint!"

„Ich bin traurig, dass ich hier allein bin. Alle meine Freunde und die Familie leben in Metz. Ich habe niemand, mit dem ich sprechen kann. Die Frauen in der Siedlung sind abweisend zu mir. Ich liebe die Gesellschaft und die Annehmlichkeiten einer Stadt. Kennen Sie Metz?"

„Ja! Ich kenne es gut. Es ist eine schöne Stadt."

Wieder quollen Tränen aus den Augen. Hartwig wischte sie von ihren Wangen. Sie fasste seine Hand und drückte sie an ihr Gesicht. Hartwig wusste in diesem Moment nicht, wie er sich verhalten sollte. Sie war eine unglückliche Frau, die weit weg von zu Hause leben musste. Er dachte an ihren Mann, der ebenso unglücklich war, wie sie. Lieber würde er missionieren, als in der Ostprovinz seinen Dienst tun. Sie waren beide zu etwas gezwungen, was sie nicht wollten. Die Frau tat ihm leid.

„Ich glaube, dass ich gern einen Schluck Wein hätte", sagte er leise.

Sie ließ seine Hand los und ging zum Regal, auf dem eine Karaffe und zwei Zinnbecher standen. Sie schenkte die Becher voll und prostete Hartwig verhalten zu.

„Der Wein schmeckt gut", sagte Hartwig, um ein anderes Thema anzuschneiden.

„Es ist der Lieblingswein meines Vaters. Er hat ein großes Weingut im Süden des Frankenreichs."

„Wo liegt es?", fragte Hartwig interessiert und war froh, dass er ihre Gedanken ablenken konnte. Die Traurigkeit in ihrem Gesicht war verflogen.

„Es ist in der Nähe der Burg von Cabrieres. Ihr werdet den Ort nicht kennen."

„Ich weiß, wo das ist! Der König lebt auf der Burg mit seiner Frau Deuteria."
Verblüfft sah ihn Dagoberts Frau an.

„Das überrascht mich. Ich war oft als Kind dort. Es ist eine wunderschöne Gegend und das Klima angenehm, viel besser als hier."

„Das stimmt! Ich fühle mich dort auch wohl."

„Wie seid ihr hingekommen?", fragte sie neugierig.

„Ich habe bei Mons eine kleine Grafschaft."
Erstaunt sah sie ihn an. Mit einem Zug trank sie ihren Becher Wein aus und goss sich aus dem Krug nach.

„Entschuldigen Sie! Ihr Becher ist fast leer. Darf ich nachschenken?", fragte sie.

„Nur noch einen winzigen Schluck, sonst halte ich mich morgen nicht im Sattel", scherzte Hartwig.
Sie goss nach und lehnte sich dabei, wie zufällig an ihn.

„Ich hätte eine Bitte", sagte sie leise.
Hartwig sah sie fragend an.

„Ich weiß nicht, ob ich sie erfüllen kann", entgegnete er lächelnd.
Sie fasste seine Hand.

„Würden Sie mich bitte einmal bei meinem Namen nennen. Ich habe ihn schon lange nicht mehr gehört."

„Wie heißen Sie?"

„Antonia."

Hartwig sah sie an. Ihre Augen begegneten sich. Sie stießen mit den Weinbechern an und nippten daran. Wie benommen sagte Hartwig zu ihr: „Antonia".

Sie umfasste seinen Kopf und küsste ihn auf den Mund. Verzaubert hielt er still.

„Wie ist dein Name?", flüsterte sie ihm ins Ohr.

„Hartwig!", sagte er wie betäubt.

Leise wiederholte sie den Namen und küsste ihn wie wild. In einem Rausch der Gefühle entledigten sie sich ihrer Kleider und versanken in eine andere Welt, voller Glück und Begierde.

Antonia lag neben ihm und strich zärtlich über seine Haare. Sie lächelte ihn an und bedeckte sein Gesicht fortwährend mit Küssen. Hartwig war bewusst, dass es Unrecht war, was er getan hatte. Sie war eine verheiratete Frau und noch dazu die eines seiner Untergebenen. Ihm kam wieder die Geschichte mit David in den Sinn, die nicht gut ausging. Wie würde diese Beziehung enden? Warum ist er schwach geworden? Eine Antwort konnte er nicht finden. Ohne ein Wort zu sagen stand er von der Schlafbank auf und zog sich an. Antonia sah ihm zu. Er gab ihr einen Kuss auf die Stirn und ging nach draußen.

Die kühle Nacht tat ihm gut. Sie deckte seine Untat zu. Dennoch empfand er kein Gefühl der Schuld. Er sah das Geschehene als den Willen der Götter an, deren Willen sich keiner widersetzen konnte.

Am nächsten Morgen überlegte Hartwig, einen Umweg zu Weibels Haus zu nehmen. Er war sich nicht sicher, dem Zauber von Antonia widerstehen zu können, wenn er sie durch das Fenster erblickte. Sein zweites ich siegte und er lief die Straße, die an ihrem Haus vorbeiführte, entlang. Antonia schien mit seinem Kommen gerechnet zu haben. Sie stand in dem Zuber und wusch sich bedächtig. Ohne anzuklopfen, öffnete Hartwig die Haustür. Sie war nicht verschlossen, ein Zeichen, dass sie ihn erwartete. Von innen verriegelte er die Tür. Antonia stieg aus dem Zuber und verhängte das Fenster mit einem Tuch. Er ging auf sie zu und trug sie zu der Schlafbank. Keiner sprach ein Wort. Sie hielt seinen Kopf in ihren Händen und benetzte sein Gesicht mit Küssen. Hartwig stellte nur für einen kurzen Moment sein Tun in Frage. Es blieb keine Zeit, um nachzudenken und er wollte es auch nicht. Gewissensbisse ließ er nicht aufkommen. Antonia erschien ihm wie Freya, die ihrer Lust keine Zügel anlegte. Er fügte sich ihrem Willen und erklomm mit ihr den Berg der Leidenschaft. Auf dem Gipfel angekommen durchströmte ihn ein Wonnegefühl. Er verlor den Halt und stürzte ab. Sie ließ von ihm ab. Zufrieden lächelte sie ihn an. Hartwig zog sich an und verließ das Haus. Es war noch dunkel und still. Er irrte durch die Straßen der Siedlung und stand plötzlich vor Weibels Haus. Seine Gedanken waren verwirrt.

Hartwig öffnete die Haustür. Sein Schwiegervater wartete auf ihn, um gemeinsam zu frühstücken. Gerda hatte bereits Proviant und Kleidung für ihren Vater hergerichtet. Er war gut aufgelegt. Die letzte Nacht schien ihn nicht überfordert zu haben.

Mit Hartwigs beiden Wachleuten ritten sie auf der Königsstraße in Richtung Westen. Sie erreichten nach wenigen Tagen die Bertaburg. Unterwegs erfuhren sie von den Gutsverwaltern, dass es starke Einfälle der Sachsen an der Nordgrenze des Reiches gab. Nach dem Abzug der Thüringer Rebellen, versuchten sächsische Stammesfürsten Land zu gewinnen. Sie raubten nicht nur, sondern brandschatzten und drangsalierten die

Bauern. Die Menschen flohen bis zur Unstrut, wo sie sich sicher fühlten. Der Amtmann der Westprovinz entsandte seine Krieger und einen Teil der Wachleute, um die Eindringlinge nach Norden zu vertreiben. Es gelang ihm nicht und der Unmut gegen ihn und die fränkische Verwaltung wurde größer.

Hartwig suchte nach seiner Ankunft in Erphesfurt zusammen mit seinem Schwiegervater den Amtmann auf. Der war vollkommen verzweifelt. Er bedankte sich für Hartwigs Kommen und schilderte die Lage aus seiner Sicht. Mit den hundert Kriegern, die ihm die Hauptverwaltung geschickt hatte, konnte er die Sachsen nicht zurückdrängen. Die Grenze und das Hinterland schienen zu brennen. Der verzweifelte Amtmann bat Hartwig, ihm Krieger zur Verfügung zu stellen oder einen anderen Weg zu finden, um dem Treiben der verhassten Sachsen Einhalt zu gebieten.

Hartwig erkannte, dass es ein Machtvakuum im Harzgebiet gab. Nach dem Abzug der Rebellen aus diesem Gebiet drangen die Sachsen vor. Es war bekannt, dass im Thüringer Wald sich erneut Rebellen gesammelt hatten, die jedoch die Güter nicht angriffen und nach außen Ruhe bewahrten. Für die fränkische Verwaltung traten sie nicht in Erscheinung und wurden still geduldet. Es waren meist Knaben, die von zuhause weggingen, um Jungkrieger zu werden und sich in den Waffentechniken zu üben. Die Tradition spielte bei ihnen eine übergeordnete Rolle. Bei den Thüringern war es noch immer üblich, dass nur ein Jungkrieger heiraten durfte. Versorgt wurden die Rebellengruppen von den freien Bauern südlich und nördlich des Rynnestigs.

Hartwigs Bruder Harald gehörte zu diesen Sympathisanten, das wusste nur er und er behielt es für sich. Vielleicht könnte es ihm gelingen, einen Teil dieser Gruppen in die Harzberge umzusiedeln. Die Sachsen würden es dann nicht mehr wagen, die Grenze zu überschreiten. Die Verwaltung müsste jedoch bereit sein, die Rebellen im Harzgebiet mit Lebensmitteln zu versorgen. Hartwig äußerte seine Idee. Nach dem Für und Wider dieses Vorschlags entschieden sie sich, es zu probieren. Hartwig und Weibel ritten in Richtung Rynnestig. Sie besuchten Harald und besprachen mit ihm den Vorschlag. Er konnte sich vorstellen, dass die Rebellen darauf eingehen könnten und wollte den Kontakt zu ihnen herstellen. Grundsätzlich hatte er nichts gegen die Sachsen, doch ihr räuberisches Verhalten gegenüber seinen Landsleuten war ihm zuwider. Sein Pferdesklave Jaros begleitete Hartwig und Weibel in die Berge des Thüringer Waldes. Sie hatten Packpferde bei sich, die mit Lebensmitteln für die Jungkrieger beladen waren. Hartwig erinnerte sich noch an manche Stege, die vom Tal auf den Kammweg führten. Er hatte als Kind mit seinen Brüdern die Pferde seines Vaters auf die Sommerweiden getrieben und bewacht. Von dieser Zeit blieben nur gute Erinnerungen zurück. Nach einem halben Tagesritt erreichten sie das hochgelegene Plateau des Mittelgebirges. Auf dem Rynnestig ging es vorsichtig weiter. In jedem Moment konnten sie angegriffen werden. Der Verbindungsweg zwischen West und Ost war trocken und steinig. Sie kamen an Köhlerhütten vorüber, die Holzkohle für die Schmieden herstellten und gelangten nach kurzer Zeit ins Hauptlager der Rebellen. Ihr Anführer begrüßte sie. Er war ein Riese von Statur und wurde „Bärenkrieger" genannt. Keiner kannte seinen wahren Namen. Er unterstand noch immer Siegbert, der mit der Mehrzahl der Thüringer Rebellen ins Langobardenreich gezogen war. Hartwig als Haralds Bruder und Weibel als dessen Schwiegervater vertraute er.

Sie durften sich im Lager frei bewegen. Eine Nacht wollten sie bei den Rebellen bleiben und mit ihnen verhandeln. Dem Anführer der Rebellen war bekannt, dass Hartwig einer der ranghöchsten fränkischen Beamten im ehemaligen Thüringer Königreich war, doch es schien ihn nicht zu beeindrucken oder zu stören. Der Rebellenrat wurde einberufen. Es war eine Versammlung von Ausbildern der Jungkrieger. Sie entschieden im Thing alles gemeinsam. Hartwig erklärte seinen Vorschlag und die Männer hörten schweigend zu. Als er geendet hatte, begann eine heftige Diskussion. Fragen über Fragen türmten sich auf. Dem guten Geschick von Weibel war es zu verdanken, dass bald wieder Ruhe einkehrte. Hartwig versuchte zu antworten und verschwieg nicht die Risiken zu erwähnen. Was wäre, wenn die Sachsen sich nicht in ihr Stammesgebiet zurückziehen würden und vieles andere mehr. Die Vorteile für die Rebellen überwogen und sie stimmten mehrheitlich zu. Einzelheiten wurden besprochen. Wie konnten sie ungehindert in die Harzberge gelangen? Hartwig schlug vor, den Freiwilligen einen Passierschein auszuhändigen, der sie als seine Grenzwachmänner auswies und sie berechtigte, Waffen zu tragen. Der Passierschein sollte ein Jahr gelten und danach wollte er neu mit ihnen verhandeln. Alle waren mit dem Ergebnis der Verhandlungen zufrieden und die Jungkrieger wurden informiert. Niemand sollte gezwungen oder genötigt werden. Viele meldeten sich für den Einsatz bei der Grenzwache. Sold gab es keinen, doch wurde eine bestimmte Menge an Lebensmitteln als Abgeltung für den Dienst vereinbart. Die Menge reichte aus, um ihre Kameraden im Thüringer Wald mitzuversorgen. Die Jungkrieger, die sich meldeten, sahen in dem Dienst bei der Grenzwache die

Möglichkeit, ihre Fertigkeiten mit dem Schwert zu erproben und mitzuhelfen, die Landesgrenze zu schützen. Hartwig bereitete die entsprechenden Passierscheine vor und fertigte ein Dokument, in dem die Rahmenbedingungen festgehalten wurden. Die Abmachung unterschrieben Hartwig und der Rebellenführer. Es war darin auch die Höhe der Abgaben von Lebensmitteln an die Rebellen vermerkt. Nirgendwo im Vertrag schien die Bezeichnung „Rebell" auf. Es gab nur freiwillige Grenzwächter. Die schriftliche Form der Vereinbarung war für Hartwig wichtig, um gegen seine Widersacher in der Verwaltung einen Beweis für sein aufrichtiges Handeln zu haben. Das Gerichtsverfahren auf der Bertaburg lag noch nicht zu lange zurück. Mit dem Dokument konnte er beweisen, dass sein Tun im Interesse des Königs war.

Auf einer von Hartwigs Wegekarten waren die Harzberge eingezeichnet und der Weg zu sehen, auf dem die Jungkrieger in das Harzgebiet ziehen sollten. Am Roten Stein hatten sich alle Jungkrieger bei Vollmond einzufinden und er würde einen seiner Wachmänner zu ihnen senden und ihnen helfen ins Harzgebiet in geordneter Weise zu gelangen.

Nach dem erfolgreichen Thing lud der Anführer der Rebellen zum Umtrunk ein. Hartwig musste vom Langobardenreich berichten und wie die Thüringer dort aufgenommen wurden. Einige der Jungkrieger wünschten sich, eines Tages selbst dorthin auswandern zu können. Es gab nicht vieles, was sie an ihre Heimat band.

Als die Sonne am Firmament aufging, verabschiedeten sich Hartwig und Weibel von den Rebellen und wählten eine andere Route, die nach Rodewin führte. Hartwig wollte sich die ehemalige Burg von Siegbert auf dem Roten Stein ansehen oder was davon noch übrig war.

Harald war froh über den guten Ausgang der Verhandlungen. Es lag im Interesse eines jeden Thüringers, dass seine Grenzen geschützt blieben, ganz gleich, wer momentan das Sagen hatte. Weibel und Hartwig blieben noch einen Tag bei Harald und ritten dann nach Erphesfurt.

Der Amtmann von der Bertaburg erwartete sie ungeduldig. Er war begeistert von der getroffenen Vereinbarung und sah sich bereits als der erfolgreiche „Sachsenvertreiber" in Metz. Dieser Einsatz würde seine Reputation in der Hauptverwaltung erheblich verbessern. Er brauchte unbedingt einen Erfolg. Gerüchte kamen ihm zu Ohren, dass er abgesetzt werden sollte und er glaubte, dass einige der unmittelbaren Untergebenen an dem Ast sägten, auf dem er saß. Er hatte eine Liste erstellt, auf der alle Namen der Mitarbeiter in seiner Verwaltung standen und vermerkte am Rand, ob die Person loyal zu ihm stand. Hartwig vermutete, dass sein Amtsbruder einen erheblichen Teil seiner Zeit damit verbrachte, das festzustellen.

Weibel drängte zur Abreise. Ihm fehlten wahrscheinlich die Annehmlichkeiten des Badehauses. Als sie sich verabschiedeten, wollte der Amtmann wissen, wie er sich Hartwig gegenüber erkenntlich zeigen könnte.

„Hast du Gefangene?", wollte er wissen.

„Mehr als genug. Wenn du sie haben willst, schenke ich sie dir."

„Du könntest sie mir leihen. Ich brauche welche beim Straßenbau."

„Das ergibt sich gut. In Metz wollen sie keine von mir haben. Sklaven sind jetzt schlecht zu verkaufen. Es gibt zu viele aus den Kriegsgebieten. Notgedrungen muss ich sie durchfüttern, bis mir die Hauptverwaltung welche abnimmt."

„Überstelle sie bald zu mir! Der König möchte, dass sich unser Wegenetz verbessert und drängt auf die Verlängerung der Via Regia und den Ausbau der Hauptwege bis zur Elbe."

„Wenn ich dir damit helfen kann, tue ich es gern."

„Vergiss aber nicht, Proviant für sie mitzugeben!", ergänzte Hartwig.

Der Amtmann sah Hartwig erstaunt an.

„An welche Menge dachtest du?"

„Das Doppelte, was ein Wachmann bekommt."

„Wieso das?"

„Die Gefangenen brauchen bei dir nicht mehr bewacht zu werden. Also sparst du die Wachleute ein."

Der Amtmann lachte und versprach seinem Amtskollegen das Gewünschte bald zukommen zu lassen.

Auch Hartwig drängte es, schnell nach Gizpiel zu kommen. Ihn zog es zu Antonia. Auf der einen Seite war der Wunsch, sie zu sehen und auf der anderen Seite die Angst, dass die Liaison entdeckt werden könnte. Elke dürfte nie davon erfahren. Wenn sie sich von ihm abwenden würde, hätte sein Leben keinen Sinn mehr. Er liebte sie über allen Maßen.

Die gut ausgebaute Königsstraße erlaubte ein schnelles Vorankommen. In wenigen Tagen erreichten sie Gizpiel.

Weibel war bedacht, rechtzeitig zum Abendessen im Bad zu erscheinen und Hartwig begleitete ihn. Die beiden Handelsmänner waren noch nicht aus Paris zurückgekehrt. Die Thüringer genossen das heiße Bad und das gute Essen. Hartwig zog sich zurück als sich die beiden italienischen Nixen zu ihnen gesellten. Er gab vor, noch arbeiten zu müssen. Auf dem Heimweg kam er beim

Haus von Dagobert vorbei. Er überlegte, ob er der Hausfrau seine Aufwartung machen sollte. Sein Verstand hielt ihn jedoch zurück. Eilig lief er zum Verwaltungsgebäude und vergrub sich in seiner Schreibstube. Morgen früh wollte er sie besuchen und in seine Arme schließen. Dieser Gedanke raubte ihm den Schlaf. Nichts hielt ihn mehr im Bett. Draußen blies ein kühler, trockener Wind. Eilig lief er zu dem Haus des Sekretär-Anwärters. Er stand auf der Straße vor dem Haus seiner Geliebten. Durch das Fenster konnte er sie sehen, wie sie das Feuer schürte. Ob sie ihn vor dem Fenster entdeckt hatte? Andächtig kämmte sie ihre schwarzen Haare. Sie war eine jugendliche Schönheit und wenn er ein Maler wäre, würde er diesen Augenblick verewigen und auf Pergament bringen. Sein Verlangen nach ihr stieg ins Grenzenlose. Er ging zur Tür und wollte sie öffnen. Sie war verschlossen. Wie ein Tier, das instinktiv eine Falle meidet, wendete er sich ab und lief eilig zu Weibels Haus.

Gerda war froh, dass er zeitig kam und sie sich mit ihm unterhalten konnte. Es gab sonst niemand, der ihr zuhörte. Mit den Frauen der Franken kam sie nicht in Kontakt und die Einzigen, mit denen sie reden konnte, waren die Bauern und Händler auf dem Markt. Sie erzählte Hartwig, was sich in den letzten Tagen in der Siedlung zugetragen hatte und dass sein Sekretär-Anwärter von seinen Hilfstouren gestern zurückgekehrt war. Wenn Hartwig ein Christ wäre, hätte er sich bekreuzigt, so küsste er den Thorhammer. Den Anhänger aus Silber trug er an einem Lederband um den Hals. Ihm verdankte er die Rettung vor der Tür von Dagoberts Haus. Er stellte sich vor, was passiert wäre, wenn er durch die Tür gestürmt wäre und Antonia in seiner

Begierde umarmt hätte. Hartwig sah dies als göttliche Warnung an, von der schönen Frau abzulassen.

Nach dem Frühstück ließ er Weibel und Dagobert zu sich kommen. Hartwig wollte von seinem Sekretär-Anwärter wissen, wie die Hilfstouren verlaufen waren. Dagobert berichtete ausführlich. Seine Begeisterung für diese Aktion konnte er nicht verbergen. Sie verschaffte ihm die Möglichkeit zu missionieren. Hartwig war es im Grunde genommen gleich, wem die Bauern für die Hilfe dankten. Er dachte weiter und hoffte, dass die Bauern die schlechte Zeit bald überwinden und nach guten Ernten der Zehnt an die Verwaltung gezahlt werden konnte. Am nächsten Tag wollte er zusammen mit Dagobert eine neue Hilfstour starten. Auf der Wegekarte sah er detaillierte Angaben zu den Siedlungen und Bauernhäusern. Die Anzahl der Häuser und Stallungen sowie die Personenzahl und der Viehbestand hatte Dagobert gewissenhaft vermerkt. Daraus konnte Hartwig abschätzen, wann ein Bauer in der Lage sein könnte, seine Steuerschuld zu begleichen. Dagobert war in guter Stimmung und fragte höflich an, ob er Weibel und Hartwig zum Abendessen in sein Haus einladen dürfe. Beide nahmen dankend an.

16. Elkes Absage
Im Erntemond (August) 537

Die Besprechung war beendet und Hartwig schrieb einen ausführlichen Bericht über die Vorgänge in Westthüringen an seinen Freund Berthold in Metz. Er erklärte ihm, dass er dem Amtmann riet, Jungkrieger, die in den ehemaligen Rebellenlagern ausgebildet wurden vom Thüringer Wald in die Harzberge umzusiedeln. Eine Abschrift des Vertrages mit den Rebellen fügte er bei. Er schilderte ebenso die Abmachung mit dem Amtmann wegen der Gefangenen und versicherte, dass für die Verwaltung keine Mehrkosten entstehen würden.

Die regelmäßigen Informationen an Berthold hatte er mit ihm in Rodewin vereinbart. Hartwig war froh darüber. Er empfand die Regelung nicht als ständige Kontrolle und Rechtfertigung seines Tuns gegenüber der Hauptverwaltung. Den Vorteil sah er darin, dass Beamte in seiner Nähe, die versuchen sollten, ihn zu verleumden oder seine Entscheidungen in Misskredit zu bringen, es schwer haben würden, ihre Ziele zu erreichen.

Weibel holte ihn ab, um mit ihm zu Dagoberts Haus zu gehen. Hartwig fühlte sich unwohl als er die Schwelle überschritt. Die Hausfrau hatte das Abendessen bereits vorbereitet und der Duft feinster Gewürze aus der Provence lag in der Luft. Antonia bewegte sich frei und ungezwungen und hatte ein schönes Kleid angezogen. Am liebsten hätte Hartwig sie in die Arme genommen, doch er musste vorsichtig sein und sich nichts anmerken lassen. Dagobert stellte den Gästen seine Frau vor und beschrieb sie als exzellente Köchin und Sängerin.

„Dürfen wir ein Lied von ihnen hören?", fragte Weibel in seiner charmanten Art, die er gern gegenüber Frauen anwendete.

„Erst nach dem Essen", sagte sie freundlich aber bestimmend.

Sie trug viele Speisen auf und die bedeckten bald die große Tischplatte. Es gab verschiedene Früchte, Gemüse, Bratenfleisch, Fisch, Suppe und zuletzt eine süße Nachspeise, von der Weibel nicht genug bekommen konnte. Der Wein rundete das vorzügliche Essen ab. Während des Speisens erzählte Dagobert von seiner Familie im Frankenland, besonders von seinem Vater, der im Heer diente und für seine Verdienste oftmals mit Geschenken vom König persönlich ausgezeichnet wurde. Er war stolz auf seinen Vater, doch bedauerte er nicht, in seine Fußstapfen getreten zu sein. Er dankte Gott, dass er ihn in die ostthüringische Provinz geführt hatte und lobte überschwänglich das christliche Verhalten des Amtmanns. Keinen besseren Vorgesetzten hätte er sich vorstellen können. Die Lobesrede wollte kein Ende nehmen und Hartwig sah betreten zu Weibel. Der erkannte, dass die Schmeicheleien seinem Schwiegersohn zu viel wurden und verwies auf den versprochenen Gesang. Dagobert fand in die Wirklichkeit zurück und bat seine Frau ein Volkslied aus ihrer fränkischen Heimat zu singen. Sie holte aus dem Regal eine kleine Harfe und zupfte leicht auf den Darmsaiten eine beschwingte Melodie. Als sie zu Singen begann, glaubte Hartwig, dass ihm die Sinne entschwanden. Es war eine engelgleiche Stimme, voller Zartheit und Wärme. Verzückt hörten die Männer ihr zu und ermunterten sie weiter zu singen. Ein Lied nach dem anderen folgte. Erst als sie außer Atem kam, bat sie um eine Pause. Weibel pries ihre göttliche Stimme und suchte nach einem Namen für die germanische Göttin, die ihr gleichkam. Er fand jedoch keinen. Sie sollte weitersingen und die Saiten der Harfe erklingen lassen.

Es wurde spät. Zufrieden und leicht beschwipst verabschiedeten sie sich von den Gastgebern und Hartwig begleitete seinen Schwiegervater nach Hause. Weibel wollte nicht allein bleiben und bat Hartwig ihm Gesellschaft zu leisten und ein paar Humpen Bier mit ihm zu leeren. Da am nächsten Tag nichts Wichtiges anstand, willigte Hartwig ein. Gerda musste Bier heranschaffen und sah zu, wie sich die Männer bis zum Umfallen betranken. Sie schliefen dort, wo sie von der Bank glitten.

Am nächsten Morgen konnte sich Hartwig nicht mehr daran erinnern, dass er seinen Schwiegervater nach Hause gebracht hatte und mit ihm zechte. Sein Schädel schien zu zerspringen und er legte sich in eine Ecke des Raums auf das Stroh. Weibel erging es ähnlich. Er setzte sich an den Tisch und sagte kein Wort. Wenn Gerda ihn etwas fragte, winkte er ab. Erst gegen Mittag kamen sie zu sich. Sie gingen den ganzen Tag nicht aus dem Haus und dösten stumm dahin, bis es Abend wurde.

Im Badehaus erholten sie sich. Die Lebensgeister kehrten zurück. Das Einzige was sie mieden, war Bier und Wein. Die Angst, einen ähnlichen Rausch zu bekommen, wie in der letzten Nacht, hielt sie ab. Hartwig ließ sich diesmal von Weibel leiten. Der bestimmte die Regeln im Badezuber und der angeschlagene Schwiegersohn fügte sich. Die beiden Badenixen verschafften ihnen alle erdenklichen Freuden. Der Dampf stieg aus den Zubern auf als wären es Feuerkessel in der christlichen Hölle. Für die Germanen war der Ort, wo sich ihre Seelen nach dem Tod einst hinbegaben ebenfalls kein schöner, doch unvergleichlich besser als das Zuhause des Teufels. Auf Bildern in Ravenna hatte Hartwig Darstellungen von der Hölle gesehen, die ihm wenig einladend erschien. Es war das erste Mal, dass er über die Zeit, nach dem Tod, nachdachte. Wann wird das Ende für ihn kommen? Werden ihn die Walküren nach Walhall tragen oder muss er, wie die meisten zu Hel? Gern würde er es wissen? Tief in seinem Inneren fühlte er sich den germanischen Göttern verbunden, doch was ist mit dem christlichen Gott, dem er in seiner Grafschaft ein Haus errichten ließ? Ist der Christengott einer von den Asen? Ist es Balder, der mit seiner Frau bei Hel in der Unterwelt weilt und nach der Zeit des Kampfes der Riesen gegen die Götter, wiedergeboren wird und eine friedliche Zeit in Midgard für die dort lebenden Menschen beginnt?

Seine Hilfstouren zu den armen Bauern wollte er morgen fortsetzen. Dagoberts Eifer in dieser Sache bestärkte ihn.

Hartwig reiste mit Dagobert in das Gefangenenlager, in dem sich der Hauptmann befand. Er informierte ihn, dass in den nächsten Wochen viele Gefangene aus der thüringischen Westprovinz ankommen würden und er die nötigen Vorkehrungen treffen sollte.

Dagobert nahm mit dem Hauptmann die Auswahl der Gefangenen vor und ließ die Karren beladen.

Hartwig suchte den Schmied auf. Er stand am Schmiedefeuer und wischte sich den Schweiß von der Stirn.

„Wie geht es dir?", fragte Hartwig den alten Mann.

„Ich kann nicht klagen. Die Arbeit ist mehr als ich schaffen kann", antwortete der Schmied.

„Wo sind deine beiden Söhne?"

„Sie haben mich allein gelassen. Der eine hat unsere abgebrannte Schmiede an der Oder wieder aufgebaut

und der andere versucht sich im Handel mit den Langobarden."

„Können beide gut davon leben?"

„Das hängt nicht nur von ihnen ab."

„Wie meinst du das?"

„Die Herren im Osten haben wiederholt unsere
Siedlungen überfallen und nehmen sich, was sie finden
können. Sie rauben das Getreide und Vieh und ver-
schleppen unsere Söhne und Töchter in die Sklaverei.
Wie sollen wir da überleben?"

„Du schmiedest doch heimlich Waffen und damit
können die Männer sie vertreiben."

„Es sind nicht genug Schwerter, die wir herstellen
können und wir haben nur wenige Männer, die wissen,
wie man kämpft."

Hartwig überlegte, wie lange es dauern würde, bis die
räuberischen Banden die Elbe und somit seine Verwal-
tungsprovinz erreichen könnten. Er fragte den Schmied.
Der meinte, dass es nur wenige Jahre dauern würde und
die Franken ihr Reich bis zur Oder ausdehnen sollten.
Hartwig war bewusst, dass dies nicht ging. Sein König
konnte keinen Krieger entbehren, da sie im Ostgotenreich kämpften. Er musste eine andere Lösung finden.
Ihm kam in den Sinn, fränkische Handelsstationen bis
zum Westufer der Oder zu gründen und das Gebiet zu
missionieren. Wenn man die Handelsleute und Mönche
angreift, hätte er einen Grund, Krieger dorthin zu entsenden.

Darüber musste er noch nachdenken. Er wollte sich
erkundigen, ob Händler bereit wären, bis zur Oder zu
ziehen. Ebenso brauchte er Gewissheit, dass es genügend Mönche gäbe, die ein beschwerliches Leben unter
den Heiden auf sich nehmen würden. Diese Fragen

wollte er mit Weibel besprechen, bevor er Berthold einen Vorschlag machen konnte.

„War dein Sohn, der Handelsmann, in den letzten Wochen im Langobardenreich unterwegs?

„Er kam vor ein paar Tagen zurück und ist zu Besuch bei mir. Willst du ihn sprechen?"

Hartwig nickte. Der Schmied ging zu einem Speicherhaus und kam mit seinem Sohn zurück. Der sah Hartwig mit ängstlichen Augen an.

„Du musst dich nicht fürchten! Sprichst du meine Sprache?", fragte ihn Hartwig.

„Was wollt ihr von mir?", fragte der Sohn des Schmieds.

„Ich hörte von deinem Vater, dass du im Langobardenreich warst. Hast du gehört, dass Thüringer in Vindobona angekommen sind?"

Der Mann schien beruhigt zu sein, dass der Amtmann nicht nach seinen Handelsgeschäften fragte.

„Ein ganzes Heer mit Jungkriegern und einem gewaltigen Tross ist im Frühjahr dort eingelangt."

„Hast du mit welchen von ihnen gesprochen?"

„Das nicht, aber es soll ihnen gut gehen."

„Wenn du das nächste Mal an die Donau reist, erkundige dich nach ihnen. Ich werde dich gut dafür belohnen."

Hartwig gab dem Sohn ein Silberstück. Der war sehr überrascht und versprach alles über die Leute herauszufinden und ihm zu melden. Er schien froh darüber gewesen sein, dass der Amtmann nicht fragte, womit er gehandelt hatte und zog sich schnell in das Speicherhaus zurück.

Hartwig verabschiedete sich vom Schmied. Er war froh, dass sein Bruder Siegbert mit den Jungkriegern und den Auswanderern ihr Ziel erreichten.

Am nächsten Morgen zog der Hilfstrupp in das nördliche Saalegebiet. Zu diesen Bauern kam nur selten jemand, da sie zu weit von Gizpiel und den Hauptwegen entfernt lagen. Sie durchstreiften das Gebiet vom Süden nach Norden. Die Bauern waren durch ihre Lage vor Überfällen der Sachsen und Slawen geschützt. Ihre Siedlungen bestanden aus nur wenigen Häusern. Oft nur aus einem Bauernhaus mit wenigen Nebengebäuden. Die Steuereintreiber verirrten sich selten dorthin. In den Wegekarten waren die Höfe nicht vermerkt. Für die Verwaltung existierten sie nicht. Die Not war bei einigen jedoch genau so groß, wie bei den Bauern in der übrigen Provinz. Sie waren dankbar für die Unterstützung durch die fränkische Verwaltung.

Am Ende ihrer Tour befand sich der Hilfstrupp nur einen Tagesritt vom Elbkniegau entfernt. Hartwig beschloss, die verbliebenen Gefangenen zu Weibels Hof zu bringen, damit sie dort beim Ausschachten der Entwässerungsgräben eingesetzt werden konnten. Die Wachleute der Gefangenen kehrten zu Fuß in das Baulager zu ihrem Hauptmann zurück. Dagobert blieb bei Hartwig. Sie kamen an seiner Siedlung vorbei und er sah nach dem Rechten. Es gab nichts zu beanstanden. Den Pferden und dem Vieh ging es gut und alle hatten ihr geregeltes Tun. Hartwig ging allein in die Schmiede und fand dort die beiden Cousins seiner Frau. Er sprach mit ihnen über ihre Arbeit. Sie erzählten, dass nach dem Abzug der Rebellen das Schmiedefeuer selten angezündet wurde.

„Eure Schwerter will keiner mehr haben", scherzte Hartwig.

„Das stimmt! Doch sie waren die Besten, die es weit und breit gab."

„Ich kann euch vielleicht helfen", erwiderte Hartwig.

„Willst du unsere Schwerter kaufen?"

„Genau das will ich. Ich erkläre euch schriftlich zu meiner fränkischen Waffenschmiede und ihr müsst genau Buch führen, wie viel gefertigt wird. Ihr liefert mir die Schwerter dorthin, wo ich es euch sage. Habt ihr verstanden?"

Die Brüder nickten ihm zu.

„Wenn ihr die Waffen jedoch selbst verkauft, kommt ihr ins Gefängnis und ich werde euch dort nicht herausholen."

„Was willst du mit den vielen Schwertern tun? Willst du eine eigene Armee ausrüsten?", fragte Edmund, der Ältere der Brüder.

„Genau das habe ich vor! Aber nichts verraten, das bleibt unter uns. Es ist ein Geheimnis!"

Edmund und Godwin fühlten sich als Mitverschworene und trauten sich nicht weiter zu fragen. Im Flüsterton sicherten sie Hartwig zu, ihr Bestes zu tun und die fertigen Schwerter in einem sicheren Versteck zu lagern.

Hartwig war zufrieden und ging ins Haus. Ortrun, die Schwester von Weibel, bereitete das Abendessen. Elke war noch immer mit den Kindern in der Siedlung ihrer Eltern. Sie fühlte sich zu Hause ohne Ursula nicht wohl. Ihre Tante jammerte Hartwig vor, wie vernachlässigt sie sich auf seinem Hof fühlte.

„Wie kann ich dir helfen?", wollte Hartwig wissen.

„Schicke mir eine Magd, damit sie mir zur Hand geht. Ich bin nicht mehr die Jüngste. Mir tun alle Knochen im Leib weh."

„Ich sage morgen Elke Bescheid. Sie wird dir eine junge Magd schicken. Bist du damit einverstanden?"

Ortrun war es, doch hielt es sie nicht ab, weiter zu klagen. Diesmal war es ihre schlechte Gesundheit, über die sie mit ihm sprechen wollte und sie erwartete, dass er ihr zuhörte.

Das Wetter hatte sich in den letzten Tagen erheblich gebessert. Es regnete nicht mehr und die Sonne zeigte sich für kurze Momente am Himmel. Die Schlacht der Götter gegen die Riesen musste beendet worden sein und die Asen hatten den Sieg davongetragen. Wenn es anders gekommen wäre, sähe die Erde verwüstet aus. Der Feuerriese Surt hätte sie mit seinem Feuerschwert versengt. Da die Katastrophe nicht eintrat, konnte es nicht der letzte Kampf und der Untergang der Götter sein. Wahrscheinlich war es einer der Kriege, der zwischen den neun Welten tobte und den die Menschen in Midgard ertragen mussten. Sie hatten keine andere Möglichkeit als sich ihrem Schicksal zu fügen. Das Ende war noch nicht gekommen. Mit Dagobert konnte er über die Ansichten der Germanen in diesen Dingen nicht sprechen. Er hatte eine andere Vorstellung über das Sein und die Rolle der Menschen auf dieser Erde. Hartwig ließ aufsitzen und sie ritten zu Weibels Siedlung. Am Nachmittag kamen sie dort mit den Gefangenen an. Elke kam ihm auf Weibels Hof entgegen. Aufgeregt erzählte sie ihrem Mann, dass gestern ihre Freundin Ursula aus dem Frankenreich zurückgekehrt sei.

„Wie ist es ihr ergangen? Hat sie Baldur angetroffen?", wollte Hartwig wissen.

„Das soll sie dir selbst sagen. Kommt ins Haus und ruht euch aus!", rief sie Dagobert und Hartwigs beiden Wachleuten zu. Ursula stand am Herdfeuer und bereitete den Brei für das Abendessen zu. In ihrer Freude umarmte sie Hartwig und er ging mit ihr auf den Hof, wo sie auf der Bank unter der Linde ungestört miteinander sprechen konnten.

„Sag mir, hast du Baldur sprechen können?", fragte Hartwig ungeduldig.

„Es ist vieles anders gekommen als wir es geplant hatten. Dein Freud Berthold aus Metz lässt dich vielmals grüßen und gab mir den Brief an dich mit."

Ursula reichte ihm das zusammengefaltete und verknotete Schreiben seines Freundes. Bevor Hartwig ihn öffnete, wollte er von Ursula wissen, was sie erlebt hatte. Aufgeregt berichtete sie von ihrer Reise ins Frankenland nach Athies, wo ihr Geliebter gefangen gehalten wurde.

Die Reise wurde ab Metz von Berthold organisiert. Er hatte umdisponiert und Ursula nicht zum Schein einem fränkischen Bauern als Sklavin gegeben. Der Zufall spielte eine große Rolle. Eine Theatergruppe hielt sich gerade in Metz auf und gab mehrere Vorstellungen am Verwaltungssitz. Berthold kam mit dem Chef der Truppe überein, dass er Ursula in sein Ensemble aufnahm. Die Gruppe zog in Richtung Athies weiter. Von dort sollte sie wieder nach Metz zurückkehren. Dafür sagte er ihnen ein kostenfreies Quartier für den kommenden Winter in Metz zu. Das verlockende Angebot wollte sich der Direktor der Theatergruppe nicht entgehen lassen. Ursula wurde eine kleine Rolle zugewiesen, in der sie nur wenige Sätze sprechen musste. Nach verschiedenen Vorstellungen in Orten, entlang der Straße nach Reims, erreichten sie Athies und hatten Glück, auf dem Landsitz, in dem sich Baldur mit seiner Schwester befand, mehrere Vorstellungen geben zu dürfen. Während des Aufenthalts hatte Ursula Gelegenheit, mit Baldur heimlich zusammenzukommen. Er erklärte ihr, dass er seine Schwester nicht allein lassen durfte, da er ihr das versprochen hatte. Er hoffte nach ihrer Hochzeit mit König Chlothar wieder frei zu kommen und bat Ursula, sich bis dahin zu gedulden. Sie versprach es. Obwohl es ihr nicht gelang, ihren Geliebten zur Flucht zu bewegen, war sie trotzdem froh, mit ihm gesprochen zu haben. Ihre Liebe zueinander war noch die Gleiche, wie zuvor. Das gab ihr Kraft und Zuversicht. Die Hochzeit seiner Schwester Radegunde sollte in zwei Jahren sein. Das hatte Chlothar bestimmt und wurde von der Kirche abgesegnet.

Hartwig war über den Ausgang der Reise von Ursula zufrieden. Er öffnete den Brief von Berthold und las ihn. Sein Freund beschrieb ihm, wie die Reise von Ursula ausgegangen war und dass er in der Sache nichts weiter für die beiden tun konnte. Er teilte Hartwig auch mit, dass der westthüringische Amtmann in den nächsten Tagen in eine südfränkische Provinz versetzt würde und er sich unverzüglich nach Erphesfurt zur Bertaburg begeben soll, um das Amt zu übernehmen. Die westlichen und östlichen thüringischen Provinzen sollten zusammengelegt werden und der Sitz der Verwaltung auf der Bertaburg sein.

Die Anweisung kam für Hartwig nicht überraschend. Er wusste, dass es einmal so kommen würde. Der Entscheid kam ihm zeitlich verfrüht, da er den Straßenbau und die Trockenlegung der Äcker und Wiesen selbst weiter vorantreiben wollte. Die Bertaburg war weit weg von der Elbe. Wenn er dort seinen Sitz hätte, könnte er die Aktivitäten im Ostteil von Thüringen nicht in gewohnter Weise kontrollieren. Er war froh, dass er sich auf seinen Hauptmann und Weibel verlassen konnte und wusste, dass beide in seinem Sinne handeln würden. Auf Dagobert wollte er an seinem neuen Amtssitz nicht verzichten. Er musste mit ihm sprechen und bat Ursula, den Sekretär-Anwärter zu ihm zu schicken.

Hartwig informierte ihn über die neue Situation in der Verwaltung. Dagobert reagierte enttäuscht. Er sah die

Aufgabe betreffend der Hilfstouren zu den Bauern noch nicht als beendet an. Bisher hatte er etwa die Hälfte der Ostprovinz bereist. Hartwig tröstete ihn damit, dass er in der Westprovinz die Hilfstouren fortsetzen darf.

Sie gingen zusammen ins Haus. Das Abendessen war fertig. Die Kinder warteten ungeduldig. Heidrun und Ursula stellten eine große Schüssel mit Brei auf den Tisch. Zuerst bekamen die Männer ihren Anteil und danach wurden die Schüsseln der Kinder gefüllt. Nach dem Essen durfte Dagobert den Kindern eine Nachtgeschichte erzählen. Er berichtete von David, wie er gegen den Riesen kämpfte und ihn im Zweikampf besiegte. Mit einem Stein aus einer Schleuder soll er den Riesen niedergestreckt haben. Die Kinder fanden die Geschichte ähnlich spannend, wie die germanischen Götter- und Heldensagen. Sie mussten danach in die Betten und es wurde still im Haus. Hartwig saß mit Elke und Ursula am Tisch. Er erzählte seiner Frau von dem Schreiben seines Freundes Berthold aus Metz. Elke reagierte abweisend.

„Du darfst dich nicht nach Erphesfurt versetzen lassen. Gib dein Amt zurück und bleibe bei uns", forderte Elke energisch.

„Du weißt, dass es nicht geht. Du selbst hattest mich damals ermutigt, es anzunehmen", entgegnete Hartwig.

„Es war nicht vorauszusehen, dass du zur Bertaburg sollst. Ich jedenfalls bleibe mit den Kindern hier!"

„Du kannst mich doch nicht allein lassen?"

„Danach hattest du nicht gefragt, als du die Königin nach Ravenna begleitet hast. Ich blieb allein zurück und musste sehen, wie ich mit den Kindern zurechtkomme."

Ursula stand auf und ging zum Herdfeuer. Es war ihr unangenehm, dass sich ihre Freundin mit ihrem Mann stritt. Sie konnte sich an keine Meinungsverschiedenheit zwischen den beiden erinnern. Eingreifen wollte sie nicht. Das war eine Entscheidung, die sie allein treffen mussten.

Hartwig goss sich Bier aus der Kanne in seinen Humpen und nahm einen kräftigen Schluck.

„Ist das dein letztes Wort in der Sache!", schrie er sie an.

„Ja!", entgegnete sie hart und wendete sich von ihm ab.

Hartwig stürzte ins Freie und eilte zum Gästehaus.

Seine Wachmänner und Dagobert schliefen noch nicht. Er befahl ihnen, sich sofort für die Abreise fertig zu machen. Mit Fackeln in der Hand ritten sie aus dem Tor. Gegen Mitternacht erreichten sie Hartwigs Gut und ruhten sich dort aus. Niemand traute sich, den Amtmann nach dem Grund für seine Eile zu fragen. Hartwig blieb die ganze Nacht wach. Die sture Haltung von Elke machte ihn wütend. Sie war stets seine Stütze. Er konnte mit ihr über alle Dinge sprechen und sie hatte großes Verständnis für seine Aufgabe als Amtmann. Jetzt ließ sie ihn im Stich. Warum wollte sie ihm nicht zur Bertaburg folgen? Das Leben in der Westprovinz war nicht weniger komfortabel als im Elbkniegau. Lag es daran, dass Ursula zurückgekehrt war und sie mit ihr allein sein wollte. Einen anderen Grund konnte er sich nicht vorstellen. Seine Wut weitete sich auf Ursula aus und er verwünschte sie. Bisher hatte er die Beziehungen zwischen beiden Frauen toleriert und sogar nützlich empfunden, da er selten zu Hause war. Dieses Mal war es anders. Sein neuer Lebensmittelpunkt würde die Bertaburg sein und er wollte auf seine Familie nicht verzichten. Hartwig überlegte, ob er sie mit Gewalt hinbringen lassen sollte. Das Recht dazu hätte er. Es schien ihm jedoch nicht ratsam. Bisher hatte er seine Frau als ebenbürtig angesehen und behandelt. Er wollte nicht mit einem Menschen zusammen sein, der sich nicht freiwillig für ein Leben an seiner Seite entschied. Jeglichen Zwang in einer ehelichen Beziehung lehnte er grundsätzlich ab.

Nach wenigen Tagen erreichten sie Gizpiel. Hartwig informierte Weibel über die Entscheidung der Zentralverwaltung, dass er von der Bertaburg aus, die Ost- und Westprovinz verwalten soll und dass er Dagobert als Sekretär mitnehmen müsste. Weibel schien nicht überrascht zu sein. Er erklärte sich bereit, das Amt des Sekretärs im vollen Umfang zu übernehmen. Hartwig war froh darüber, denn er brauchte sich nicht nach einer anderen Besetzung umsehen. Die Abreise wurde für den nächsten Tag festgelegt. Hartwig schrieb noch an den Hauptmann und teilte ihm die Neuigkeiten mit. Er war überzeugt, dass der Wegebau unter seiner Anleitung in seinem Sinne fortgesetzt werden würde. Zum Schluss schrieb er seinem Freund Berthold und berichtete ihm, dass er in ein paar Tagen auf der Bertaburg sein werde.
Weibel bat Hartwig, den Abend mit ihm im Badehaus zu verbringen. Nach vielem Drängen sagte er zu. Weibel fragte ihn, ob Elke mit den Kindern schon nach Erphesfurt abgereist wäre. Hartwig erzählte ihm von dem Streit, den sie hatten und dass sich Elke weigerte, ihm dorthin zu folgen.

„Was glaubt sie, wer sie ist! Soll ich als Vater mit ihr sprechen?", bot sich Weibel an.

„Lieber nicht! Sie hat ihren eigenen Kopf und lässt sich von keinem etwas sagen, auch nicht von dir."
Weibel erkannte die Aussichtslosigkeit und bot Hartwig an, ihm seine ledige Tochter Gerda mitzugeben, damit sie ihm den Haushalt führt.

Lächelnd sah er seinen Schwiegervater an, der um eine Lösung bemüht war. Mit Gerda wäre ihm nicht geholfen.

„Ich danke dir für dein selbstloses Angebot. Sorge dich nicht um mich, es wird sich eine Lösung finden."
Sie stießen mit ihren Humpen an und ließen den Abend angenehm ausklingen.

Dagobert und seine Frau packten ihre Habe auf einen Pferdewagen. Es war einer von denen, die Hartwigs fränkischer Verwalter für die Kornlieferungen verwendete. Diese Wagen erregten überall Aufsehen. Sie waren selten zu sehen. Mit Pferdewagen konnte fast die doppelte Wegestrecke an einem Tag zurückgelegt werden. Hartwig wartete beim Verwaltungsgebäude auf den Sekretär-Anwärter und seine Frau. Er selbst hatte wenig Gepäck, nur zwei Holzkisten. In ihnen hatte er ein Gewand und viele Pergamentrollen verstaut. Weibel verabschiedete die Drei. Er war froh, dass durch den Abzug des Sekretär-Anwärters seine Position gefestigt war. Hartwig hatte ihn nun offiziell mit dem Amt des Sekretärs für die Ostprovinz betraut. Nie hatte er mehr Entscheidungsgewalt als jetzt. Es gab ihm ein Gefühl der Macht.

17. Reise in die Westprovinz
Im Herbstmond (September) 537

Die Reise auf dem neu erbauten Teilabschnitt der Via Regia nach Westen verlief gut. Sie kamen schnell voran. Dagobert hatte sein Pferd an den Planwagen gebunden und lenkte das Pferdegespann vom Bock aus. Antonia saß neben ihm. Den Abschluss bildeten Hartwigs Wachleute. Am Abend erreichten sie ein Königsgut. Es lag etwa einen halben Tagesritt von der Saale entfernt. Dort konnten sie übernachten. Der fränkische Gutsverwalter betrieb eine Gastwirtschaft, in der Handelsleute und Botenreiter abstiegen. Die Ausstattung der Unterkunft war spartanisch. Hartwig musste sich einen Raum mit Dagobert und seiner Frau teilen. Die Wachleute kamen im Stall bei den Pferden unter.

Hartwig unterhielt sich noch lange mit dem Gutsverwalter. Er kam von der Küste des Nordmeeres und war froh mit jemand zu sprechen, der seine Heimat kannte. Ihm fehlte das Meer mit Ebbe und Flut und dennoch war er froh, in Thüringen zu sein, da hier der Boden fruchtbarer war. Mit der zunehmenden Wetterverbesserung stieg die Zuversicht im nächsten Jahr gute Ernten zu erzielen. Durch die Gastwirtschaft konnte er überleben. Die Anzahl der Reisenden nahm zu. Die meisten waren Handelsmänner, die ihre Landsleute im Osten mit Waren des täglichen Bedarfs belieferten.

„Wie hast du die letzten Monde überstanden als sich die Sonne nicht mehr sehen ließ?", fragte Hartwig.

„Es war nicht immer leicht. Lebensmittel waren genug eingelagert, doch die Überfälle nahmen zu."

„Wen musstet ihr fürchten?"

„Die Sachsen sind bis zu uns vorgedrungen. Sie kamen mit Booten die Saale aufwärts und brannten die Siedlungen in Ufernähe nieder. Wir konnten sie mit unseren wenigen Wachleuten nicht vertreiben."

„Sind sie danach in ihr Stammesgebiet zurückgekehrt?", wollte Hartwig wissen.

„Wie Geister tauchten sie aus dem Delta auf und verschwanden wie diese. Eine Verfolgung war unmöglich, da das gesamte Gebiet jetzt eine einzige Seenlandschaft ist."

Hartwig versprach Abhilfe zu schaffen. Die in den Harzbergen angesiedelten Rebellen schützten nur die Grenze in der Bergregion und nicht das Mündungsgebiet von der Saale in die Elbe. Es musste ihm bald gelingen diesem Treiben der Sachsen ein Ende zu setzen. Je länger er wartete, umso dreister würden sie werden. Hartwig war nach der langen Reise müde. Er ging in den Schlafraum. Dagobert und seine Frau lagen aneinandergeschmiegt auf dem Stroh. Er legte sich daneben und versuchte schnell einzuschlafen. Antonia wendete sich von Dagobert ab und umarmte ihn. Ein gefährliches Spiel trieb sie. Wahrscheinlich war es im Halbschlaf. Ihren Annäherungen versuchte er zu widerstehen, doch sie gab keine Ruhe. Hartwig hielt es nicht länger aus und stand auf. Leise schlich er in den Raum, in dem er mit dem Gutsverwalter gezecht hatte. Der lag unter dem Tisch und schlief dort seinen Rausch aus. Hartwig legte seinen Kopf auf die Tischplatte und versuchte bis zum Morgengrauen ein wenig Schlaf zu finden.

Die ersten Sonnenstrahlen weckten ihn. Schlaftrunken rieb er sich die Augen und ging hinaus auf den Hof. Die kühle Morgenluft vertrieb die Müdigkeit. Er ging zu den Pferdeställen. Seine beiden Wachleute schliefen tief. Er weckte sie und befahl, sich reisefertig zu machen.

Hartwig wollte die Bertaburg erreichen, bevor der Amtmann ins Frankenreich abreiste. Er hatte mit ihm noch wichtige Dinge zu besprechen. Die Frau des Gutsverwalters bereitete den Frühstücksbrei vor und weckte ihren Mann. Er konnte sich kaum auf den Beinen halten. Dagobert und seine Frau kamen dazu. Sie waren das frühe Aufstehen nicht gewöhnt. Der Planwagen stand bereit und die Pferde waren angeschirrt. Der Gutsverwalter gab ihnen vier seiner Wachleute mit, die sie bis zur Saale begleiten und über den Fluss helfen sollten. Hartwig wollte zunächst ablehnen, doch sah er dieses Angebot als Freundlichkeit und Respekt gegenüber seinem Amt an.

Auf dem neuen Teilabschnitt der Königsstraße ging es westwärts weiter. Sie erreichten bald das Delta der Saale. Ein befestigter Damm zog sich durch die Sumpflandschaft bis zum Ufer des Hauptstroms der Saale. Biber hatten dieses Delta geschaffen. Ihre Dämme zogen sich zu beiden Seiten des Flusses dahin und bildeten eine Vielzahl von Teichen. In diesem Bereich der Königsstraße war der Aufwand für ihre Instandhaltung besonders hoch. Die beiden am nächsten gelegenen Königsgüter hatten diese Aufgabe zu erfüllen.

Mit der Wetterverbesserung senkte sich der Wasserstand in den Teichen und dem Fluss. Hartwig sah von weitem das Haus des Fährmanns und freute sich auf die Unterhaltung mit ihm während der Überfahrt. Er war überrascht, dass ihn ein junger Mann empfing.

„Wo ist der alte Fährmann?", fragte Hartwig.

„Der ist vor dem letzten Vollmond verstorben. Ich bin sein Nachfolger und bringe euch sicher ans andere Ufer."

„Das soll dein Schaden nicht sein! Wie ich sehe, hast du ein neues Boot?", bemerkte Hartwig.

„Mit dem alten Kahn ist der Fährmann nach Walhall gereist."

„Was weißt du schon davon?", bemerkte Hartwig.

„Ich war dabei und habe ihm geholfen."

„Soso! Was hast du genau getan?"

„Er wollte auf seinem Fährboot verbrannt werden. Ich belud es mit Brennholz und legte seine Leiche obenauf. Danach zündete ich den Holzstoß an und stieß das Boot vom Ufer ab. Es trieb mit der Strömung langsam den Fluss hinab, bis es hinter den Bäumen verschwand."

„Der Fährmann sagte mir einst, dass er so sterben wollte. Es ist schön, dass du ihm dabei geholfen hast. Von der Sprache her bist du Thüringer. Wo kommst du her?"

„Ich stamme von hier, aus dem Delta", antwortete der junge Mann und half beim Verstauen der Ladung auf dem Boot.

Mit einer Stange stieß er vom Ufer ab und steuerte in die Flussmitte. Sie kamen gut voran. Hartwig hatte auf Booten immer ein mulmiges Gefühl. Er kannte es von anderen Flussüberquerungen. Nirgendwo sonst fühlte er sich den Kräften der Natur stärker ausgesetzt als in einem Boot auf dem Wasser. Bewundernd sah er dem Fährmann bei der Arbeit zu. Jeder Handgriff saß. Mit ganzer Kraft hielt er das Ruder, um gegen die Strömung anzukommen. Plötzlich hielt er inne und sah sich besorgt um. Im nächsten Moment schlugen Pfeile auf dem Bootsdeck ein. Zum Glück trafen sie keine Personen und Pferde. Hartwig warf sich zu Boden und sah über die Reling. Am Ufer erkannte er eine kleine Gruppe Männer, die es auf das Fährboot abgesehen hatten. Die Fahrt wurde turbulent. Sie erreichten die Hauptströmung und trieben schnell flussabwärts. Dagobert hatte die Hände gefaltet und betete. Seine Frau lag neben ihm und weinte vor Schreck und Angst. Die Wachleute wagten sich nicht aus ihrer Deckung hervor. Hartwig gelang es, den Bogen eines Wachmannes zu ergreifen und schoss vom Boot aus auf die Gruppe der Männer am Ufer. Einen von ihnen musste er getroffen haben, denn der Beschuss ihrer Fähre wurde eingestellt. Nach einer Weile waren sie aus dem Gefahrenbereich heraus. Das Boot war weit abgetrieben.

An einer geeigneten Stelle am Westufer vertäute der Fährmann den Kahn. Eilig brachten sie den Wagen und die Pferde vom Boot. Sie befanden sich in der Wildnis. Einen Weg von dem Landeplatz bis zur Königsstraße gab es nicht. Die Biberdämme der Teiche konnten nicht befahren werden. Sie bestanden hauptsächlich aus Baumstämmen und Reisig. Hartwig entschied, die Räuber zu Fuß anzugreifen und zu überwältigen. Der Fährmann kannte sich in dem Gelände gut aus. Dagobert, Antonia und zwei Wachleute blieben bei dem Wagen und den Pferden zurück. In der Nähe des Flussufers ging Hartwig mit den anderen flussaufwärts. Sie wollten zur westlichen Anlegestelle der Fähre gelangen, wo sie die Räuber vermuteten. Es war schwierig, durch das Dickicht zu gelangen. In einer kleinen Einbuchtung des Flusses entdeckten sie Ruderboote, die wahrscheinlich den Räubern gehörten. Hartwig ließ sie zerstören und drang mit den Wachleuten tiefer in das Gebüsch vor. Die Laubbäume und Sträucher gaben ihnen gute Deckung. Stimmen wurden hörbar. Vorsichtig schlichen sie weiter. Sie entdeckten die Räuber am Ufer, wie sie heftig miteinander diskutierten. Die Gruppe bestand aus fünf Männern. Sie waren gut bewaffnet. Ihre Erscheinung war furchteinflößend. Obwohl Hartwig mit seinen Wachleuten in der Überzahl war, musste er vorsichtig sein und den Überraschungseffekt ausnutzen. Er verteilte seine Männer. Von drei Seiten sollten sie gleichzeitig angreifen. Offen blieb nur noch der Weg zum Fluss. Die Wachleute gingen in Stellung und warteten geduldig ab.

Hartwig beobachtete das Treiben der Räuber. Einer von ihnen lag am Strand und rührte sich nicht. Vielleicht hatte er ihn vom Boot aus mit einem Pfeil verletzt oder getötet. Es konnte ihr Anführer sein, denn die anderen stritten miteinander. Sie waren sich uneins, ob sie zu ihren Booten zurückgehen oder auf neue Beute warten sollten. Hartwig verstand wenige Worte ihres sächsischen Dialektes. Zwei von ihnen waren der Meinung, dass es keinen Sinn hatte, zu warten. Die Fähre war abgetrieben worden und es würde eine geraume Zeit dauern, bis wieder Personen und Güter an dieser Stelle die Saale überqueren könnten. Sie wollten zurück zu ihren Booten und den Raubzug abbrechen. Die anderen meinten, dass es noch weitere Fährboote geben würde und sie abwarten sollten. Die Meinungsverschiedenheiten endeten in einer Prügelei.

Diese Situation nutzte Hartwig aus. Auf sein Zeichen stürmten die Wachleute mit Geschrei auf die Räuber am Strand zu. Die waren derart überrascht, dass sie nach kurzem Kampf die Flucht ergriffen und ins Wasser sprangen. Sie versuchten, ihr Versteck mit den Booten zu erreichen. Bei dieser Flucht gelang es den Wachleuten alle Räuber einzufangen. Zwei wurden durch Pfeile getötet und die anderen ergaben sich. Hartwig wurde bei dem Angriff durch einen Pfeil am Oberarm verletzt. Die Eisenspitze steckte fest im Fleisch und behinderte ihn. Er brach den Schaft ab und kämpfte weiter. Erst als sie bei dem Fährboot ankamen, zog er die Pfeilspitze selbst heraus. Antonia sah mit Entsetzen zu. Der Fährmann holte von seinem Boot einen Weinschlauch. Hartwig trank einen Schluck davon und schüttelte sich. Es war hochprozentiger Schnaps. Er goss ihn über die Wunde und verzog vor Schmerz das Gesicht. Antonia riss einen Stoffstreifen von ihrem Unterkleid und verband damit Hartwigs Oberarm. Sie sah ihn bewundernd an, wie er alles tapfer ertrug. Die Wachleute legten den Gefangenen Halseisen an und ketteten sie aneinander. Danach beluden sie das Fährboot. Die Räuber mussten mithelfen, das Boot in Ufernähe mit Tauen flussaufwärts zu ziehen. Erschöpft kamen sie an der Anlegestelle an. Der Fährmann wischte sich den Schweiß mit seinem Kopftuch aus dem Gesicht. Hartwig erkannte auf seiner Stirn ein rundes Brandzeichen. Mit diesem Zeichen wurden die, wegen Diebstahl inhaftierten Gefangenen gekennzeichnet.

„Wo hast du dieses Brandmal her?", fragte er den Fährmann.

Der fühlte sich ertappt und band sich das Kopftuch schnell um die Stirn.

„Es ist eine alte Verletzung!", entgegnete er unsicher.

„Sei es, wie du sagst und zeige sie keinem!", sagte Hartwig leise zu ihm. Er dankte ihm beim Abschied für die gute Unterstützung bei der Ergreifung der Räuber. Die Gefangenen wurden mit Seilen an den Karren gebunden.

Der Trupp zog weiter bis zum nächsten Gut und Hartwig übergab die Räuber dem Verwalter.

„Verhöre sie! Es muss ein Ende haben mit den Raubüberfällen in unserer Provinz. Gib mir Bericht, was du von ihnen herausbekommen hast!"

„Diese verflixte Sachsenbrut! Sie wagen es immer wieder flussaufwärts vorzudringen. Ich habe schon viele von ihnen eingefangen und zur Bertaburg geschickt.

Was mit ihnen passiert ist, weiß ich nicht. Ich hoffe nur, dass sie dort das Gesindel nicht freilassen."

„Hab keine Sorge! Es gibt genug Arbeit für sie im Osten der Provinz beim Straßenbau. Dort vergehen ihnen die Gedanken ans Rauben."

„Das ist eine gute Lösung. Ich hätte sie einfach verhungern lassen. Diese Brut hat kein Recht zu leben. Jedes Stück Brot ist zu schade für sie."

Hartwig gab keinen Kommentar dazu. Vor nicht zu langer Zeit war auch er ein Gefangener der Franken. Vielleicht ist der eine oder andere von ihnen unschuldig, wie er damals.

Bis zur Bertaburg gab es keine weiteren Vorfälle. Hartwig nahm Quartier im Gasthaus am Marktplatz in Erphesfurt. Er ritt allein zur Burg und wollte erkunden, wie die Situation war. Der Amtmann kam ihm auf dem Hof der Oberburg entgegen. Er war gut gelaunt und erzählte, dass er schon morgen früh abreisen würde. Mehrere Ochsenkarren standen beladen auf dem Hof. Hartwig warf einen flüchtigen Blick darauf. Der Amtmann schien die ganze Burg leer geräumt zu haben. Holzschemel, Stühle und einen Tisch konnte er erkennen. Dazu kamen eine Menge Kisten, die alles Mögliche enthalten konnten.

„Habt ihr den Königsschatz gefunden?", fragte Hartwig schmunzelnd.

„Das ist ein guter Scherz, Amtsbruder! Ich habe vergebens danach graben lassen. Vielleicht hast du als mein Nachfolger mehr Glück."

„Ich überlasse die Suche anderen, die sich darin besser auskennen", antwortete Hartwig.

„Das ist klug entschieden, denn du dürftest ihn ohnehin nicht für dich behalten."

Die Männer stiegen die Stufen hinauf bis zu den Wohn-
räumen oberhalb des Saals. Oben angekommen musste
der Amtmann kurz verschnaufen. Er schob es entschuldigend auf sein Alter. Seine Frau kam den Männern
entgegen und begrüßte Hartwig freundlich.

„Wo haben sie ihre Frau gelassen? Ist sie nicht mitgekommen?", fragte sie.

„Sie musste im Elbkniegau bei ihrer Mutter bleiben
und sie pflegen", log Hartwig.

„Die Arme! Das ist das Los der Frauen, für die ganze Familie in der Not da zu sein. Meine Eltern sind
schon seit Jahren verstorben und Geschwister habe ich
keine. Es ist traurig, allein ohne Angehörige zu sein."
Hartwig antwortete nicht und folgte seinem Amtsbruder
in dessen Schreibstube. In einem Regal lagen geordnet
die aktuellen Dokumente. Das Archiv befand sich im
Nebenraum. Dort standen mehrere Stehpulte, an denen
die Schreiber ihre Arbeit verrichteten. Die Männer
blickten nicht von ihren Pergamenten auf. Der Amtmann ging mit Hartwig zurück in seinen Amtsraum.

„Was ist mit den Schreibern? Freundlich sahen sie
nicht aus."

„Sie fühlen sich von der Hauptverwaltung übergan-
gen. Ein jeder von ihnen hatte gehofft, befördert zu
werden. Nun bist du gekommen und bringst einen eigenen Sekretär mit. Es ist nicht leicht mit ihnen auszukommen. Ich habe dir hier eine Zusammenstellung aller
Leute gemacht, die in meinem Dienst standen und was
ihre Aufgaben sind. Du musst dir meine Anmerkungen
zu jedem mit ansehen. Es erleichtert dir, mit ihnen umzugehen."
Er wies zu einem aufgerollten Pergament, auf seinem
Schreibtisch. Der Amtmann hatte darauf alle seine Beamten, die Wachleute und Krieger, die Knechte und

Mägde sowie die Sklaven vermerkt, die nicht zu seinem persönlichen Besitz zählten. Hartwig standen in seiner Ostprovinz viel weniger Bedienstete zur Verfügung.

Die Hausfrau ließ den Männern ausrichten, dass sie das Essen aufgetragen hat und auf sie warten würde. Der Amtmann musste hungrig sein, denn er brach weitere Erklärungen zu den Dokumenten ab und bat Hartwig, ihm zu folgen. Sie liefen durch mehrere Gänge und erreichten den großen Speisesaal. Hartwig erkannte mit einem beklemmenden Gefühl, dass es sich um den ehemaligen Gerichtssaal handelte. Ihm verschlug es den Appetit. Das damalige Geschehen hatte sich tief in sein Bewusstsein eingebrannt. Der Amtsbruder war nicht unschuldig, dass sich der Verlauf des Gerichtsverfahrens zugespitzt hatte und es hätte böse für Hartwig ausgehen können. Nun saßen sie gemeinsam am Tisch und prosteten sich mit bestem Frankenwein zu. Es war ein Tabuthema, das jeder der beiden Amtmänner vermied. Eine letzte Aufklärung würde es wohl nie geben und Hartwig war überzeugt, dass es ihm letztendlich nichts brächte. Die Vergangenheit war begraben und was unter der Erde lag, sollte man ruhen lassen. Diese Erkenntnis hatte Hartwig schon lange und es erleichterte ihm den Umgang mit Menschen, die ihm nicht immer wohlgesonnen entgegenkamen.

Die Amtsbrüder saßen bis zum Morgengrauen zusammen und tranken Wein. Der Scheidende freute sich auf sein neues Verwaltungsgebiet im südlichen Frankenreich und Hartwig bedauerte, dass er ging.
Die Karren standen für die Abreise bereit. Der alte Amtmann winkte den wenigen Bediensteten zu, die zur Verabschiedung gekommen waren. Er ritt mit seiner Frau durch das Burgtor und die Karawane mit den Ochsenkarren folgte ihnen. Eine beklemmende Ruhe

kehrte auf der Burg ein. Schweigend gingen die Leute, die zur Verabschiedung gekommen waren, zurück an ihre Arbeit. Hartwig verschwand in der Schreibstube und dachte über vieles nach. Er verstaute die Namensliste in seinem Wams und ritt zum Gasthaus, in dem der Sekretär mit Antonia ungeduldig auf ihn wartete. Von dem Abzug des Amtmanns hatten sie nichts mitbekommen.

Der Einzug auf der Burg war für Hartwig und sein Gefolge wenig spektakulär. Es schien als würde sie niemand wahrnehmen. Mit Bedauern nahm er es zur Kenntnis. Einem Knecht trug er auf, dass sich alle Leute in der Burg auf dem Hof versammeln sollten.

Dicht gedrängt standen sie da und Hartwig hielt eine kurze Ansprache. Darin teilte er ihnen mit, dass er der neue Amtmann ist. Sie schienen es schon gewusst zu haben. Gleichgültigkeit bestimmte ihr Verhalten. Hartwig wunderte sich. Er konnte sich die Stimmung nicht erklären. Mit Dagobert ging er in die Schreibstube und zeigte ihm die Liste seines Vorgängers. Sein Sekretär war überrascht, wie genau sich der Amtmann über jeden auskannte und was er alles vermerkte. Sie sahen sich die übrigen Pergamente in der Schreibstube an. Dagobert fiel ein Schreiben der Hauptverwaltung in die Hand, auf dem die übermittelten Gelder für die Beamten, die Wachmannschaft und die Bediensteten aufgezeigt waren. Einen Kassensturz hatte der Amtmann bei der Übergabe der Geschäfte an Hartwig nicht gemacht.

Hartwig ging ins Archiv. Er sah zu den Schreibern, die gebeugt dastanden und ihren Blick von dem Pergament, das sie beschrieben, nicht hoben. Jedem von ihnen sah er über die Schulter. In Fensternähe stand ein junger Schreiber, der ihn beobachtete.

„Wie ist dein Name?", sprach ihn Hartwig an.

„Jacob, mein Herr!"

„Wie lange bist du hier?"

„Ein Jahr."

„Komm mit in meine Schreibstube!", forderte er ihn auf und ging voran. Er setzte sich hinter seinen Schreibtisch und musterte den jungen Schreiber. Dem war es ersichtlich unangenehm.

„Meinen Sekretär kennst du. Wir sichten die Dokumente. Es fielen uns dabei einige Ungereimtheiten auf, die aufzuklären sind. Wirst du den Sekretär dabei unterstützen?"

„Gern, mein Herr! Ihr könnt auf mich zählen!"

„Als Erstes benötige ich eine Gegenüberstellung der Einnahmen und Ausgaben in der Verwaltung. Danach sehen wir weiter!"

Hartwig stand auf und ging in die Küche. Er sprach mit der Köchin und erfuhr, dass sie und die Küchengehilfen nicht nach den Vereinbarungen bezahlt wurden. Seit mehr als einem Mond bekamen sie kein Geld für ihre Arbeit. Der frühere Amtmann hatte sie vertröstet und gesagt, dass er nicht mehr dafür zuständig wäre. Sie trauten sich nicht wegzugehen, denn niemand würde sie in den schlechten Zeiten einstellen. Ähnlich sah es bei den Knechten und Mägden aus. Einzig die Wachleute erhielten den vereinbarten Sold. Wo war das Geld geblieben, das regelmäßig und pünktlich von der Hauptverwaltung ankam?

Die Angelegenheit konnte der Sekretär und Schreiber bald aufklären. Mit Unterstützung eines Teils der Beamtenschaft hatte der scheidende Amtmann das Geld unterschlagen. Bei einer Befragung belasteten sich die schuldigen Beamten gegenseitig. Die Wahrheit kam ans Licht. Die Schuldigen gestanden und kamen in den Kerker. Das Geld war weg. Wie konnte er die offenen

Zahlungen begleichen? Bis zum nächsten Vollmond brauchte er das Geld. Er informierte Berthold über den Vorgang und bat ihn, ihm den offenen Betrag zukommen zu lassen. Dagobert glaubte nicht daran, dass die Verwaltung die fehlenden Gelder nochmals begleichen würde. Hartwig überlegte, wo er schnell Geld herbekommen konnte. Er erinnerte sich an die beiden Handelsleute, mit denen Weibel gut auskam. Vielleicht gab es in Erphesfurt einen reichen Handelsmann, von dem er den nötigen Geldbetrag ausborgen konnte. Er ging zum Haus des Stadtältesten und fragte ihn, wer in der Stadt lebt und gute Geschäfte macht. Der Stadtälteste informierte ihn ausführlich und verwies ihn an einen Kaufmann, der ein großes Haus am Marktplatz bewohnte und mehrere Häuser in der Stadt vermietete. Hartwig ging allein zu ihm. Der Handelsmann war zu Hause und empfing ihn in seiner Schreibstube. Als er erfuhr, dass er den neuen Amtmann vor sich hatte, stieg sein Interesse an seinem Gegenüber. Er zeigte ihm sein Warenlager und erklärte, welche Städte er mit seinen Waren belieferte. Erphesfurt bildete ein Straßenkreuz zwischen den Handelswegen vom Norden zum Süden und Osten nach Westen. Im Ort befanden sich weitere Häuser mit verschieden großen Warenlagern. Die beiden Männer setzten sich nach der Besichtigung im Wohnzimmer des Handelsmanns auf einen Schluck Wein zusammen. Hartwig fragte ihn, ob er ihm mit Geld aushelfen könnte. Sein Gegenüber war gleich dazu bereit und händigte, ohne zu fragen, wozu er es benötigte, den gewünschten Betrag aus. Die Mächtigen zu unterstützen sah der Geschäftsmann als eine gute Investition für die Zukunft an. Hartwig fragte ihn nach einem Mietshaus für seinen Sekretär. Der Handelsmann zeigte ihm ein Haus, das noch nicht belegt war. Es lag nicht weit weg vom Marktplatz entfernt.

Im Gasthaus warteten Dagobert und seine Frau auf ihn. Er übergab seinem Sekretär das Geld und wies ihn an, damit die ausstehenden Löhne der Bediensteten auf der Burg zu begleichen. Dagobert war überrascht von dem plötzlichen Geldsegen, doch fragte er nicht, wie Hartwig dazu gekommen war. Sie gingen über den Marktplatz und blieben in einer Nebenstraße vor einem Haus stehen.

„Was sollen wir hier?", fragte Dagobert.

„Das ist euer neues Zuhause. Es ist gemietet und ihr könnt hier einziehen. Auf der Burg ist nicht genügend Platz zum Wohnen. Ich werde die Oberburg im nächsten Jahr ausbauen lassen und mehr Wohnraum schaffen."

Antonia ging ins Haus und sah sich um. Sie kam zurück und war begeistert.

„Wo wirst du bleiben?", fragte Dagobert den Amtmann.

„Ich werde allein auf der Burg ausharren."

„Wenn du dich einsam fühlst, kannst du mit bei uns wohnen. Das Haus ist groß genug und einen Raum richten wir für dich ein."

„Ich danke euch für das Angebot. Es kann sein, dass mich die Bauarbeiter vertreiben. Bevor ich im Gasthaus übernachte, komme ich lieber zu euch."

„Es würde uns sehr freuen!", erwiderte Antonia mit schmeichelhafter Stimme.

Hartwigs Wachleute halfen Dagobert beim Einzug in ihr neues Heim. Der Amtmann begab sich zur Burg und überlegte, wo er seine Schlafstelle einrichten könnte. Zwei Mägde säuberten die einzige Kemenate und gaben frisches Stroh in den Bettkasten. In der Küche köchelte in einem Kessel Suppe. Die Köchin gab ihm eine Schüssel davon. Sie war eine resolute Frau, die es nicht duldete, wenn eine ihrer Küchenmädchen anders handelte als sie es bestimmt hatte. Während Hartwig seine Suppe schlürfte, erzählte sie freimütig von den Gegebenheiten auf der Burg. Sie konnte sich an Hartwig erinnern als er zur Verhandlung hier weilte.

„Wo wohnst du auf der Burg?", wollte Hartwig von ihr wissen.

„Wir leben alle unten in der Stadt. Nur die Wachleute und Pferdeknechte leben im Unterschloss in den Hütten außerhalb des inneren Palisadenzauns."

„Dann bin ich wohl der Einzige, der in der Nacht die Burg bewacht", erwiderte Hartwig lachend.

„Fürchtet ihr euch, Herr?", fragte sie unsicher.

„Habe ich einen Grund dazu?", entgegnete Hartwig.

„Es ist schon sehr einsam hier oben. Wenn ihr es wünscht, übernachte ich in der Küche. Ich bin allein und habe niemand zu versorgen."

„Das Angebot ist sehr freundlich von dir. Ich werde darauf zurückkommen, wenn mich Gespenster aufsuchen."

Die Köchin schwieg dazu. Vor Gespenstern fürchtete sie sich. Es wurde dunkel. Die Köchin reichte Hartwig eine Öllampe und verabschiedete sich. Jenseits des Walls brannten noch Feuer. Die Wachleute saßen zusammen und erzählten sich Geschichten. Die Stille empfand Hartwig als angenehm. Er zündete eine Fackel an und sah sich um. Der Bergfried sah nachts gewaltiger aus als bei Tag. Es war ein viereckiger Turm aus Sandsteinen, der bei einem Angriff als sicherer Platz bei einem Rückzug zählte. Hinaufsteigen wollte er nicht. Dazu müsste er zuvor am helllichten Tag die Beschaffenheit der Holztreppe prüfen. Neben dem Bergfried befand sich der Palast mit dem Saal, einer Kemenate im Obergeschoss, die beheizt werden konnte und ein paar kleinen Räumen. Im Keller gab es eine große Küche und mehrere Gewölberäume, die teilweise als Lebensmittellager dienten. Angrenzend befand sich das Verwaltungsgebäude mit den Schreibstuben und dem Archiv. Mitten im Hof stand der Brunnen. Das Wasser musste mit einem Eimer aus einer großen Tiefe heraufgezogen werden. Neben dem Brunnen befand sich ein großer Steintrog, in dem sich geschöpftes Wasser befand. Geschützt war die Hauptburg durch einen hölzernen Palisadenzaun. Ein Tor führte zur Unterburg, mit den Stallungen, der Schmiede und den Hütten für die Wachleute. Ein zweiter Palisadenzaun mit Tor schützte diesen Bereich gegen mögliche Angreifer.

Hartwig nahm einen Krug Wein und begab sich in seine Schreibstube. Er sah die Dokumente durch, die ihm Dagobert auf seinen Schreibtisch gelegt hatte. Darunter war die Kopie eines Lageberichtes an die Zentralverwaltung. Der Amtmann hatte sein Gebiet in verschiedene Verwaltungsbezirke eingeteilt. Einer war der Oberwipgau. Hartwig wollte wissen, was sein Vorgänger nach Metz weitergegeben hatte. Detailliert war der Bestand an Vieh aufgeführt und welche Abgaben sein Bruder Harald an die Verwaltung entrichtet hatte. Von seinem Gau war nichts Negatives angemerkt. Bei vielen anderen Verwaltungsbezirken gab es Hinweise, ob und wie die Bauern mit der Verwaltungsbehörde kooperierten. Die Genauigkeit, mit der die Einträge vorgenommen wurden, brachten Hartwig auf die Idee, die Unterlagen von seinem Amtsenthebungsverfahren anzusehen. Er musste dazu in das Archiv. Der Raum wirkte in der Nacht noch düsterer als am Tag. Fein säuberlich waren die Pergamente in den Regalen geschlichtet. Hartwig fand die Kopien der Dokumente von dem Verfahren. Er packte sie zusammen und trug sie in die Schreibstube. Bei dem Licht der Fackeln ließen sie sich besser lesen. Unter den Akten fiel ihm ein Schreiben des Amtmanns an die hohe Verwaltungsbehörde in Metz in die Hand. Er fing an zu lesen und Wut stieg in ihm auf. Der Brief enthielt erfundene Anschuldigungen gegen ihn. Nichts davon war wahr. Sein Amtsbruder hatte versucht, ihm die Schuld für die Kosten des Rebellenabzugs zuzuschieben. Er schrieb, dass er von Hartwig gezwungen wurde, die Vereinbarung mit den Rebellen zu unterschreiben und dieser nicht auf seine Warnungen einging. Der Schaden, der durch sein eigenwilliges Verhalten entstand, sei allein ihm anzulasten. Hartwig war außer sich. Die Falschheit im Wesen seines ehemaligen Amtsbruders hatte er nicht erkannt. Elke hatte ihm oft gesagt, dass er keine Menschenkenntnisse besaß und zu vertrauensselig wäre. Das ging ihm nicht aus dem Sinn.

In diesem Moment empfand er die Trennung von seiner Frau und den Kindern unerträglich. Wie hatte sich sein Leben verändert? Als er von der weiten Reise aus Ravenna zurückkehrte, wollte er nur noch daheim im Elbkniegau leben. Es kam anders. Er wurde Amtmann und Elke unterstützte ihn damals. Es war auch ihr Wunsch. Sein Amt verlangte jetzt einen Ortswechsel und dazu war Elke nicht bereit. Sie ließ ihn allein zur Bertaburg ziehen. War das die endgültige Trennung von Tisch und Bett?

In der Nacht schlief Hartwig unruhig. Nach Mitternacht wachte er auf. Die Wölfe heulten in der Ferne und vom Turm des Bergfrieds war ein Käuzchen zu hören, das dem grauen Gesellen zu antworten schien. Er stand auf und warf sich seinen Wolfsfellmantel über. Mit der Fackel in der Hand ging er zum Tor der Oberburg.

Zwei Wachleute sahen zu ihm hin. Auf dem Vorhof zur Unterburg stieg Rauch von den ausgegangenen Feuerstellen auf. Hartwig ging durch das zweite Tor, und sah hinab zur Stadt. Nur wenige Herdfeuer leuchteten durch die Fenster der kleinen Häuser. Hartwig überlegte, ob er den steilen Weg zur Burg hinabsteigen sollte, um mit viel Glück Antonia sehen zu können. Es war ein absurder Gedanke, der unbändig sein Handeln bestimmte. Das Haus von Dagobert konnte er von Weitem erkennen. Am Horizont löste sich das Wolkenband auf und ließ die Morgensonne langsam durchscheinen. Hartwig zögerte kurz und lief eilig weiter. Er erreichte Dagoberts Haus und sah sich um. Niemand, außer ihm, war auf der Straße. Durch das Fenster der Küche drang Licht. Antonia musste geahnt haben, dass er unterwegs war. Sie stand am Herd und schürte das Feuer. Plötzlich drehte sie sich um und ging zum Fenster. Sie musste ihn in der Dämmerung erkannt haben und ging zurück zum Herd. Elegant löste sie die Fibel von ihrem Gewand und ließ es zu Boden fallen. Sie präsentierte Hartwig ihren schönen Körper und blieb ruhig stehen. Es war wie eine Einladung, der er nicht nachkommen konnte. Gebannt stand er da und sah zu ihr. Ein bellender Hund brachte ihn in die Wirklichkeit zurück. Wie ein Schlafwandler lief Hartwig weiter. Am Haus des Handelsmanns kam er vorbei und sah in der Küche Licht. Es war kalt und er klopfte an die Tür. Die Magd öffnete und war überrascht, den Amtmann so früh zu sehen. Sie ließ ihn eintreten und bat ihn, am Tisch Platz zu nehmen.

„Wärmt euch, mein Herr!", sagte sie und verschwand im Nebenraum.

Bald darauf kam sie mit dem Handelsmann zurück. Er setzte sich zu Hartwig an den Tisch. Die Magd brachte ihnen heißen Tee.

„Auf der Burg ist es einsam", begann der Handelsmann.

„Ich bin Frühaufsteher und gern zu Fuß unterwegs."

„Das trifft sich gut, dann können wir gemeinsam frühstücken."

Die Magd brachte zwei Schalen mit einem Brei und darüber gestreuten getrockneten Früchten.

„Es wäre besser, wenn du in der Stadt lebst. Die Nächte sind hier geselliger als da oben auf der Burg. Ich hätte noch ein Haus, das ich dir überlassen würde."

„Es ist sehr freundlich von dir, doch ich mag die Einsamkeit in dem alten Gemäuer."

„Ich kenne die Gebäude auf der Burg. In ihnen steckt viel Geschichte. Sie hatte einmal Bertachar gehört."

„Es ist ungewöhnlich, dass ein Franke den Thüringer König kennt".

„Wir waren uns einst begegnet."

Hartwig sah den Handelsmann überrascht an.

„Der König ist schon lange tot!"

„Ich hatte ihm für seine Frau ein Geschmeide besorgt. Es war schon lange her und die Erinnerung verblasst. Die Königin war eine wunderschöne Frau und sie hatte zwei bildschöne Kinder. An die Tochter erinnere ich mich noch genau. Sie ist zehn Jahre jünger als mein Sohn."

„Ich wusste nicht, dass du eine Familie hast."

„Meine Frau ist seit langem verstorben und mein Sohn hat ein Handelshaus in Ratisbona. Er hatte mich auf die Burg begleitet und mit dem Mädchen gespielt. Ich weiß nicht mehr, wie sie hieß."

„Sie heißt Radegunde", ergänzte Hartwig.

„Ja! Ich denke, so war ihr Name. Sie wird bestimmt tot sein. Ich habe nie wieder etwas von ihr gehört."

Hartwig schob seine leere Schale von sich und wollte aufstehen.

„Was ist mit deiner Frau? Will sie nicht zu dir kommen?", fragte der Handelsmann.

„Auf der Burg gibt es keinen ausreichenden Wohnraum für sie und die Kinder."

„Du musst ein neues Wohnhaus auf der Oberburg bauen lassen. Neben dem Bergfried wäre ein geeigneter Platz."

„Dazu fehlt mir das Geld", wehrte Hartwig lächelnd ab.

„Darum brauchst du dich nicht sorgen. Ich schenke es dir."

„Geschenke sind manchmal teurer als Schulden."

„Nicht bei mir. Du bist mein Freund. Aber wenn es dich beruhigt, sichere ich mir bei einem Angriff auf die Stadt eine Kemenate in dem Gebäude, das ich baue."

„Mehr willst du nicht?"

„Das ist ausreichend, für einen alten Mann. Es genügt mir eine sichere Zuflucht, die ich hoffentlich nie brauchen werde."

„Wenn es dir gefällt, darfst du das Wohnhaus bauen. Es ist und bleibt aber ein Geschenk an die fränkische Verwaltung."

„So sei es! Es wird mir eine Freude sein, ein repräsentatives Wohngebäude für dich und unseren König zu errichten."

Hartwig ergriff die dargebotene Hand und besiegelte die mündliche Abmachung. Er verabschiedete sich und machte sich auf den Weg. Unterwegs begegnete er vielen Knechten und Mägden, die in der Stadt wohnten und täglich zur Burg hinaufstiegen. Sie wunderten sich, dass der Amtmann, wie einer von ihnen, zu Fuß unterwegs war.

Das Leben war im vollen Gange als er durch das Tor schritt. Der Schmied beschlug die Pferde, die Knechte säuberten die Ställe, die Mägde schafften Wasser herbei oder gingen anderen Tätigkeiten nach. Auf der Oberburg befand sich nur die Verwaltung. Die Schreiber und anderen Beamten verrichteten ihre vorgeschriebenen Aufgaben. Das gesamte Burgleben war ineinander verzahnt und funktionierte ohne sein Beisein.

In der Schreibstube traf er Dagobert. Er war über Pergamente gebeugt und gab Anweisungen an die Schreiber. Hartwig sah ihnen eine Weile zu. Alles verlief ohne sein Zutun oder Anstoß. Die Wunde an seinem Oberarm schmerzte. Er entschied spontan, allein nach Rodewin zu reiten.

Der Weg führte nahe der Flüsse Ge (*Gera*) und Wip (*Wipfra*) entlang. Er hatte es nicht eilig und verweilte kurz an den schönen Plätzen entlang des Weges. Mit Baldur war er oft hier vorbeigekommen. Die Erinnerungen waren ihm gegenwärtig als lägen sie nur wenige Monde zurück. Am Nachmittag erreichte er Rodewin. Die Freude über den hohen Besuch war groß. Hartwig wollte ein paar Tage bleiben und sich erholen. Seine Wunde am Oberarm musste ausheilen. Sie bereitete ihm in der Nacht Schmerzen. Die Kräuterfrau sollte ihm helfen.

Hartwigs Mutter bemerkte, dass ihren Sohn etwas bedrückte. Sie fragte und er erzählte ihr, dass Elke ihm nicht mit auf die Bertaburg folgen wollte. Die alte Frau hatte für beide Seiten Verständnis und riet ihm, sich damit abzufinden.

Die Kräuterfrau am Eichelsee behandelte die Pfeilwunde. Nach ein paar Tagen hatte sie aufgehört zu eitern und die Schmerzen waren weg. Hartwig entschloss sich, zur Bertaburg zurück zu reiten. Mit seinen beiden

Wachleuten verließ er in der Früh Rodewin und alle winkten ihm nach. Sie hofften, dass er sie bald wieder besuchen würde. In der Nacht hatte es stark geregnet. Der Weg war aufgeweicht. Am Nachmittag erreichte er die Burg und eilte zur Schreibstube hinauf. Dort traf er Dagobert, der ihn überrascht ansah und fragte, wo er gerade herkam.

„Aus Rodewin."

„Warst du schon in deiner Kemenate?"

„Gibt es etwas Besonderes?", wollte Hartwig wissen.

„Überzeuge dich selbst!", sagte Dagobert und verbarg ein Grinsen.

Hartwig ging die Stufen hinauf zu dem Wohntrakt.

Am Gang kamen ihm seine Kinder entgegen. Sie hatten ihn auf dem Hof gesehen als er mit den beiden Wachleuten ankam. Nach der Begrüßung gaben sie ihren Vater frei. Hartwig öffnete die Tür zur Kemenate. Am Fenster standen Elke und Ursula. Elke lief auf ihn zu und umarmte ihn.

„Entschuldige, dass ich dich allein ließ", sagte sie leise zu ihm.

Ursula ging aus dem Raum zu den Kindern.

„Wie lange werdet ihr bleiben?", wollte Hartwig wissen.

„Solange du uns erträgst", antwortete sie und küsste ihn auf den Mund. Hartwig war glücklich. Er hatte seine Familie mehr als alles andere vermisst. Es störte ihn nicht, dass Ursula mitgekommen war. Ihre Kinder hatten das größte Recht auf dieser Burg zu sein. Sie war einst der Wohnsitz ihrer Großeltern und nach König Bertachar benannt worden.

ENDE

Reich der Franken um 537

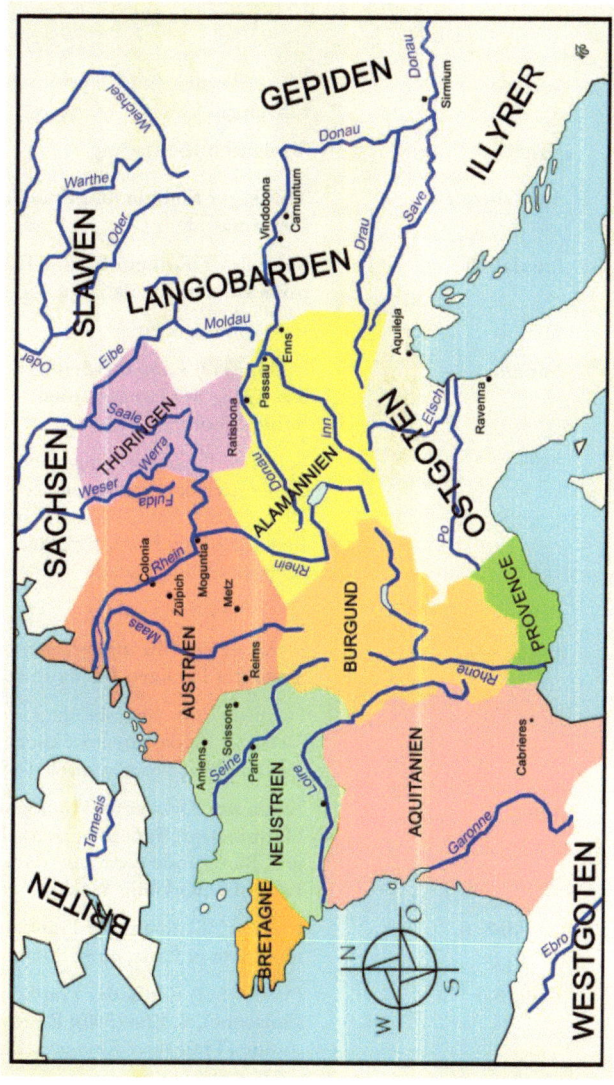

Personennamen

(Historische Personennamen sind fett geschrieben)

Adelheit	Älteste Tochter von Weibel aus dem Elbkniegau.
Alfred	Wachmann von Hartwig.
Amalaberga	**Thüringer Königin und Frau des Herminafrid.**
Amalafred	**Sohn des Thüringer Königs Herminafrid und Amalaberga.**
Antonia	Frau von Dagobert.
Audoin	**(*515, †560) Langobardenfürst, ab 546 König der Langobarden, Sohn: Alboin.**
Baldur	Sohn des Thüringer Königs Bertachar, der nach der Schlacht an der Unstrut (531) mit seiner Schwester Radegunde von König Chlothar gefangen gehalten wurde.
Benno	Wachmann von Hartwig.
Bertachar	**(*485, †530) Thüringer König; Vater der Heiligen Radegunde.**
Berthold	Höchster Verwaltungsbeamter in Metz, der für die Provinz Thüringen als Teil von Austrasien zuständig ist.
Bisin	**König der Thüringer, Vater von Herminafrid, Baderich, Bertachar und Ranigunde (verh. mit dem Langobardenkönig Wacho).**
Childebert	**(*497, †558) König der Franken, residierte in Paris, ohne Sohn.**
Chlothar	**(*495, †561) König der Franken (Soissons), 4. Ehe (540): Radegunde (Thüringer Königstochter).**

Dagobert	Anwärter des Sekretärs von Hartwig in der thüringischen Ostprovinz.
Deuteria	**Galloromanin aus Cabrieres (Hérault) in Südfrankreich, Ehefrau von Theudebert.**
Dietmar	Hauptmann in der Thüringer Ostprovinz.
Edmund	Ältester Sohn von Ortrun aus dem Elbkniegau.
Elke	Drittes Kind von Weibel aus dem Elbkniegau. Frau von Hartwig.
Erich	Pferdeknecht von Hartwig im Elbkniegau.
Gerda	4. Tochter des Gaugrafen Weibel.
Gislinde	Jüngste Tochter des Ulrich von Alfenheim *(Unterpörlitz)*.
Godwin	Jüngster Sohn von Ortrun aus dem Elbkniegau.
Gottlieb	Schreiber von Hartwig.
Harald	Ältester Sohn des gefallenen Herwald von Rodewin; ab 529 Gaugraf des Oberwipgaus.
Hartwig	Zweiter Sohn des Herwald von Rodewin.
Hedwig	Jüngste Tochter von Weibel aus dem Elbkniegau.
Heidrun	Tochter des Osmund von Anstedt *(Angelroda)*, Frau von Harald.
Herminafrid	**Thüringer König, Sohn Bisins, wurde 534 von den Franken in Zülpich ermordet.**
Jacob	Junger Schreiber auf der Bertaburg.
Justinian I.	**(*482, †565) Kaiser von Ostrom (Byzanz). Er regierte von 527 bis 565 in Konstantinopel.**

Lucius	Hartwigs Verwalter in der Grafschaft um Mons (Hérault).
Ortrun	Verwitwete Schwester von Weibel.
Radegunde (Heilige)	**Tochter von Bertachar, wird 540 mit dem Frankenkönig Chlothar verheiratet, Klostergründerin, gestorben am 13. August 587 in Poitiers.**
Rosa	Sklavin von Heidrun aus Rodewin.
Siegbert	Dritter Sohn des Herwald von Rodewin.
Sigu	Riesenhafter Sklave von Elke.
Theudebert	**König der Franken (533-547), Sohn des Königs Theuderich.**
Theuderich	**Fränkischer König von Austrasien (511-533), ältester Sohn von Chlodwig.**
Ursula	Älteste Tochter des Ulrich aus Alfenheim *(Unterpörlitz)*; Geliebte des Thüringer Prinzen Baldur.
Wacho	**König der Langobarden (510-540), 1.Ehefrau: Raicunda, Tochter des Thüringer Königs Bisin; 2. Ehefrau: Austrigusa, Tochter des Gepidenkönigs Turisind (Töchter: Wisigard, Waldrada); 3. Ehefrau: Silinga (Sohn: Walthari).**
Weibel	Gaugraf des Elbkniegaus, Schwiegervater von Hartwig; er hat fünf Töchter: Adelheit, Dagmar, Elke, Gerda und Hedwig.

Kleines Wörter-Lexikon

Athies	Fränkische Stadt an der Somme; Radegunde und ihr Bruder wurden hier von König Chlothar gefangen gehalten.
Austrasien	Östlicher Teil des Frankenreichs.
Balder	Nordischer Gott; Sohn Odins; „Der Leuchtende".
Bertaburg	Verwaltungssitz der westthüringischen Provinz des Frankenreichs mit der Siedlung Erphesfurt (*Erfurt*).
Cabrieres	Stadt im Departement Hérault (Frankreich).
Elbkniegau	Gebiet, südöstlich der Mündung der Saale in die Elbe.
Elbtor	Ebene; wo der Fluss Elbe das Elbsandsteingebirge verlässt; zwischen Pirna und Meißen.
Erblehen	Lehen, das vererbbar ist durch Erbrechtsbrief des Lehensherrn.
Erphesfurt	Siedlung am Rande der Bertaburg, der heutigen Landeshauptstadt des Freistaates Thüringen Erfurt.
Freya	Nordische Wanengöttin der Liebe.
Frigga	Gemahlin Odins; Schutzgöttin der Ehe und Mutterschaft.
Galloromane	Bewohner der römischen Provinz Gallien.
Gizpiel	Verwaltungssitz der ostthüringischen Provinz des Frankenreichs.
Hel	Herrscherin der Unterwelt.
Heruler	Ostgermanischer Stamm, der 508 von den Langobarden besiegt wurde.

Langobarden	Elbgermanischer Stamm; lebten in der ersten Hälfte des 6. Jahrhunderts im Gebiet von Mähren und Pannonien.
Il	Ilm; Nebenfluss der Saale.
Loki	Riese, der unter den Asen-Göttern lebt; Blutsbruder von Odin.
Metz	Fränkische Stadt in Lothringen.
Midgard	Wohnort der Menschen in der Mitte der Welt.
Mons	Mons-la-Trivalle; Gemeinde im Departement Hérault der Region Okzitanien in Südfrankreich.
Nornen	Schicksalsfrauen (Urd, Verdandi und Skuld).
Obolus	Kleiner Geldbetrag.
Odin	Hauptgott in der nordischen Mythologie
Ratisbona	Stadt Regensburg an der Donau.
Reims	Fränkische Stadt in der Region Champagne-Ardenne.
Rodewin	Hartwigs Geburtsort in Thüringen (Neuroda, Wipfratal, Ilm-Kreis).
Runen	Germanische Schriftzeichen.
Thor	Germanischer Asen-Gott; ältester Sohn Odins; Gewitter- und Wettergott; Beschützer der Welt der Menschen (Midgard).
Vindobonenser	Krieger, die mit Siegbert die Thüringer Königin bis nach Vindobona (*Wien*) begleitet hatten.
Walhall	Ruheort der gefallenen tapferen Kämpfer (Einherjer) in Asgard.

Walküre	In der nordischen Mythologie ein weibliches Geistwesen, das auf dem Schlachtfeld verstorbene ehrenvolle Gefallene nach Walhall führt.
Wergeld	Sühnegeld; Entschädigungszahlung bei Todschlag an die Angehörigen des Opfers.
Wigrid	Ebene, in der der Endkampf der Götter gegen die Riesen stattfinden soll.
Wipa	Siedlung; Ort Wipfra im Ilmkreis in Thüringen.
Wip	Fluß Wipfra; Nebenfluss der Gera im Ilm-Kreis in Thüringen.
Wüstung	Aufgegebene Siedlung, die noch in Urkunden erwähnt ist.

Monatsnamen

Eismond — **Januar**, *Hartung, Wintermond, Schnee-mond, Wolfsmond*

Taumond — **Februar**, *Hornung, Sturmmond, Hungermond*

Lenzmond — **März**, *Lenzing, Frühlingsmond, Saat-mond, Fastenmond*

Ostermond — **April**, *Keimmond, Launing, Grasmond, Wandelmond*

Wonnemond — **Mai**, *Weidemond, Hohe Maien, Blühmond, Hasenmond*

Brachmond — **Juni**, *Brachet, Johannismond, Honig-weinmond, Rosenmond*

Heumond — **Juli**, *Heuert, Kräutermond, Bockmond, Donnermond, Sonnenmond*

Erntemond — **August**, *Ernting, Ährenmond, Sichel-mond, Fruchtmond*

Herbstmond — **September**, *Scheiding, Holzmond, Engelmond, Gerstenmond*

Weinmond — **Oktober**, *Gilbhart, Blutmond, Reise-mond*

Nebelmond — **November**, *Nebelung, Windmond, Frostmond, Schlachtmond*

Julmond — **Dezember**, *Christmond, Heilmond, Kalter Mond, Dustermond*

Über den Autor

Herbert Schida wurde 1946 in Neuroda (Thüringen) geboren. Er ist verheiratet und lebt mit seiner Familie in Wien.
Nach dem technischen Hochschulstudium (Elektrotechnik) arbeitete der Autor auf dem Gebiet der Supraleitung, Elektromaschinenbau, CAD, Identifikationssysteme und im Kraftwerksbau. Seit 1984 hat er als Maler Einzelausstellungen. Sein erstes Buch erschien 2009.

Publikationen

* **Im Tal der weißen Pferde,** Ein historischer Roman aus dem
  Thüringer Königreich, Heinrich-Jung-Verlagsgesellschaft mbH,
  Zella-Mehlis 2009
  ISBN 978-3-930588-92-3
  2. Überarbeitete Auflage im BoD Verlag, Norderstedt 2020
  ISBN 978-3-7519-5152-4

* **Das Blut der weißen Pferde,** Ein historischer Roman aus dem
  Thüringer Königreich, Heinrich-Jung-Verlagsgesellschaft mbH,
  Zella-Mehlis 2011
  ISBN 978-3-930588-95-4

* **Die Spur der weißen Pferde,** Ein historischer Roman aus dem
  Thüringer Königreich, Heinrich-Jung-Verlagsgesellschaft mbH,
  Zella-Mehlis 2012
  ISBN 978-3-943552-03-4

* **Der Pferdejunge,** Fantastische Geschichten aus Rodewin, Heinrich-Jung-Verlagsgesellschaft mbH, Zella-Mehlis 2016, Herausgeber: Heimatverein Neuroda
ISBN 978-3-943552-99-7

* **Bruder Reinhold und Graf Bertel,** Elgersburger Geschichten aus dem Mittelalter mit Bildern von Rosa Bauer, Verlag Kern GmbH, Ilmenau 2017
ISBN 978-3-95716-261-8

* **Ein Ticket nach Shanghai,** Roman, Books on Demand GmbH, Norderstedt 2018
ISBN 978-3-7528-4682-9

* **Die Geliebte aus Shanghai,** Roman, Books on Demand GmbH, Norderstedt 2018
ISBN 978-3-7528-4713-0

* **Liebe und Tradition,** Roman, Books on Demand GmbH, Norderstedt 2019
ISBN 978-3-7494-6595-8

* **Die chinesische Lady,** Roman, Books on Demand GmbH, Norderstedt 2019
ISBN 978-3-7494-5327-6

* **Heimreise auf Umwegen,** Ein historischer Roman aus der Völkerwanderungszeit, Books on Demand GmbH, Norderstedt 2020,
ISBN 978-3-7519-5174-6

Weitere Informationen finden Sie unter   www.schida.net .